금빛
슈발리에

· · ✦ · ·

키아르네
장편소설

금빛 슈발리에 5

초판 1쇄 인쇄 2018년 7월 24일
초판 1쇄 발행 2018년 8월 13일

지은이 키아르네
발행인 오영배
기획 박성인
책임편집 김수현, 김소빈
디자인 권지연
제작 조하늬

펴낸곳 (주)삼양출판사 · 피오렛
주소 서울시 강북구 도봉로 173
대표 전화 02-980-2112 **팩스** / 02-983-0660
편집부 전화 02-980-2116 **팩스** / 02-983-8201
블로그 blog.naver.com/dan_gul
출판등록 1999년 3월 11일 제9-00046호

ISBN 979-11-283-9511-6 (04810) / 979-11-283-9506-2 (세트)

fioret 은 (주)삼양출판사의 로맨스 판타지 문학 브랜드입니다.

금빛 슈발리에

5

키아르네 장편소설

fioret

Contents

34

오랜 비밀

"전하."

세이레나와 함께 기사단으로 돌아온 애쉬는 불쾌한 표정으로 앉아 있는 일 왕자를 발견하고 인사를 건넸다.

그는 이번에는 단장실의 애쉬의 의자에 앉아 있었다.

데이비드는 애쉬를 보고 늦었다고 말하려다 멈췄다. 어쨌거나 애쉬의 약혼자가 그를 구해 줬다.

최소한 데이비드는 애쉬를 함부로 대해서는 안 된다는 판단력은 가지고 있었다.

"왔군."

"괜찮으십니까?"

데이비드는 이게 괜찮은 걸로 보이냐고 말하려다 꾹 눌러 참

왔다. 어차피 니콜라스를 잡았으니 브리츠는 일 왕자를 죽이려 한 죄로 투옥될 거다.

지금 좀 힘들었지만 자신이 곧 왕이 될 거라 생각하면 참을 수 있었다.

원래 그의 것이었는데.

데이비드는 문득 떠오른 생각에 속으로 이를 갈았다. 이게 다 멍청한 그의 동생 때문이다. 원래 그의 것이었던 자리를 갑자기 미쳐 버린 브리츠가 탐냈기 때문에 그가 괜한 고생을 하고 있다.

멍청한 자식!

어디 감히 그의 것을 탐낸단 말인가. 데이비드는 브리츠를 절대로 가만두지 않겠다고 다짐했다. 감히 제 주제에 맞지 않는 것을 탐낸 자를 그냥 둔다면 본보기도 되지 않는다. 이 녀석을 어떻게 요절을 내야 할까.

데이비드의 머릿속이 바쁘게 돌기 시작했다. 그냥 폐위 정도로는 용서가 되지 않는다.

"내 친애하는 동생은 어떻게 됐지?"

데이비드는 침착을 가장해서 물었다. 하지만 마음 같아서는 당장 브리츠의 목을 베어 버리라고 하고 싶다.

애쉬는 아직 의자에 앉지도 않은 상태였다. 그는 그가 들어온 문을 통해 밖을 한번 쳐다보고 말했다.

"아직 몰튼 경의 취조가 끝나지 않았습니다."

"몰튼 경이 말했잖아!"

결국 참지 못한 데이비드가 자리에서 벌떡 일어나며 소리쳤다. 그 순간 시끄러웠던 밖이 조용해졌다.

　젠장. 애쉬는 속으로 한숨을 내쉬었다. 문이 열려 있는 탓에 일 왕자가 소리친 것이 행정실까지 다 들려 버렸다.

　다행인 것은 대부분 퇴근해서 이 자리에 있는 것은 당직인 미카엘과 세이레나, 로렌뿐이라는 사실이었다.

　"이 왕자님은 몰튼 경의 독단이라고 하실 겁니다. 그러지 못하도록 철저하게 취조를 할 겁니다."

　애쉬의 말에 맞다. 스펜서는 일 왕자의 눈치를 살피며 생각했다. 데이비드는 하루 빨리 브리츠를 처리하고 왕이 될 조급함에 침착하게 생각하지 못하고 있었다.

　당연히 자신의 것이라 생각한 것을 빼앗길 뻔했으니 그럴 만도 하다. 하지만 그동안 보여 줬던 여유로운 성격이 거짓말처럼 느껴졌다.

　사람의 밑바닥이란 그런 것이다. 스펜서는 약간 씁쓸한 표정을 지었다.

　"그럼 브리츠는, 동생은 언제 잡아 올 건가."

　"그건 기사단의 일이 아닙니다."

　"무슨 소리야!"

　데이비드의 호통에도 애쉬는 눈썹 하나 꿈쩍하지 않았다. 그는 단장실의 문을 닫고 다시 말했다.

　"전하, 배후에 이 왕자 전하가 있다면 수사관이 찾아갈 겁니다. 기사단은 몰튼 경을 취조해서 수사관에게 넘길 뿐입니다."

"그런, 그런 게 어딨어? 내가 기사단에 수사권을 주겠네!"

수사관과 재판으로 넘어가면 일이 더 길어진다. 데이비드는 이 왕자의 목을 당장 자르고 싶었다.

하지만 애쉬는 고개를 저었다.

"안 됩니다, 전하. 기사단은 그런 권한을 가져서는 안 됩니다."

라고 말리 기사단은 적으로부터 나라를 지킨다. 애쉬가 몰튼 경을 취조하는 것은 혹시라도 몰튼 경이 타국으로부터 일 왕자의 암살을 명받았을 가능성을 배제하기 위해서다. 타국에서 이 왕자와 손을 잡고 일 왕자를 죽이려 할 수도 있으니까. 그럴 가능성이 없다면 애쉬는 수사관에게 몰튼 경을 넘기게 되어 있다.

애쉬는 어디까지나 기사단은 외부의 적만을 상대해야 한다고 생각했다. 기사단은 이미 과반수 이상이 귀족이고 나라를 위험하게 한다면 왕에게도 검을 겨눌 수 있다. 그것만으로도 그는 기사단이 너무 큰 힘을 가지고 있다고 생각했다. 어느 한 부서가 과한 힘을 가지면 나라의 균형이 깨진다.

"그럼 몰튼 경의 취조는 봐도 되겠지?"

일 왕자의 말에 애쉬는 스펜서를 쳐다봤다. 마음 같아서는 안 된다고 하고 싶지만 일 왕자가 우기면 그도 어쩔 수 없다.

애쉬는 스펜서가 자신이 책임지겠다는 의미로 고개를 끄덕이는 것을 보고 입을 열었다.

"이쪽으로 오시죠."

애쉬의 허락 아닌 허락에 일 왕자의 기분이 풀어진 듯했다. 세이레나는 애쉬를 선두로 단장실을 나오는 일 왕자와 스펜서의 표정을 살폈다. 그녀는 애쉬와 기사단으로 오면서 니콜라스에 대해 이야기했다. 그가 일 왕자를 헌터 하우스로 불렀다는 것과 이 왕자가 시킨 일이라고 말했다는 것을.

더 자세한 것은 세이레나도 모른다. 하지만 그녀는 어느 정도 예상하고 있었다.

이 왕자는 게일에게 헌터 하우스라는 집에서 살고 있다는 이야기를 들었을 것이다. 그리고 게일이 죽은 뒤 그 집이 비어 있다는 것을 떠올렸겠지. 일 왕자를 헌터 하우스로 유인하는 것은 쉬웠을 것이다. 거긴 세이레나의 소유고 세이레나는 애쉬의 약혼자니까.

일 왕자에게 애쉬가 보여 줄 것이 있으니 헌터 하우스에서 보자고 한다면 의심하기 어려웠을 것이다. 그리고 헌터 하우스에서 일 왕자가 죽는다면, 범인은 애쉬로 몰기도 좋다.

빈집이 이 왕자에게 그렇게 이용당했다는 사실에 세이레나는 한숨을 내쉬었다.

"왜 그래?"

로렌이 따뜻한 차를 건네며 물었다. 눈치 빠르게도 미카엘은 다른 사람들이 마실 수 있도록 차를 내리고 있었다. 세이레나는 잔을 건네받으며 한숨처럼 말했다.

"그 집을 무너트리거나, 누군가에게 세를 줬어야 했어."

"세이."

세이레나의 말에 로렌은 어이가 없어서 그녀의 손을 잡았다. 세이레나가 책임감이 강하다는 것은 안다. 하지만 이런 모든 것들을 짊어지려 하는 것은 좋지 않다.

"그건 네 탓이 아니야. 너는 해야 하는 일은 다 했잖아. 집은 막아 놨고. 나쁜 사람들은 언제 어떤 방법으로도 나쁜 짓을 해. 나쁜 짓을 하는 사람이 나쁜 거지, 나쁜 짓을 당한 사람이 충분히 방비하지 못했다고 자책해선 안 돼."

강도를 당했다고 밤길에 돌아다닌 사람을 비난해서는 안 된다. 강도를 욕해야지.

로렌은 세이레나가 그런 일로 자책하지 않기를 바랐다.

나쁜 사람들은 언제 어디서나 존재한다. 사람과 세상을 믿었기 때문에 나쁜 짓을 당했다면 나쁜 짓을 한 사람을 손가락질해야지 순진했다고 피해자를 손가락질해선 안 된다.

나쁜 사람은 언제 어떤 방법으로도 나쁜 짓을 한다. 그 말을 들은 세이레나의 얼굴에 놀랐다는 표정이 떠올랐다.

피해를 받지 않기 위해 모든 사람이 똑똑해져야 한다는 건 말도 안 되는 소리다. 하지만 세이레나는 그렇게 생각하고 있었다.

자신이 충분히 영리하게 굴지 못해서, 완벽하게 똑똑하지 못해서 일을 당했다고 생각했다.

완벽하게 똑똑하고 영리한 사람은 없다. 세이레나의 얼굴에 미소가 떠올랐다.

자신을 위로해 주려는 로렌의 마음 씀씀이가 고마웠다. 그리고 진심으로 그렇게 생각하는 그녀는 언제든지 약자의 편에 설 거라는 확신이 들었다.

　"세이레나!"

　그때 기사단으로 모아나가 달려 들어왔다. 눈을 동그랗게 뜨는 세이레나에게 로렌이 말했다.

　"아, 내가 알렸어. 걱정할 거 아니야."

　친구들을 그렇게 보냈는데 걱정하지 않을 리 없다. 모아나는 세이레나의 손을 잡으며 물었다.

　"괜찮아? 다친 데는 없고?"

　"으응. 난 괜찮아."

　"단장님은?"

　"몰튼 경과 이야기하러 들어갔어."

　몰튼 경? 무슨 소리냐는 모아나의 표정에 로렌에 재빨리 설명했다.

　"몰튼 경이 일 왕자님을 꾀어냈어."

　"맙소사! 몰튼 경이 이 왕자한테 붙은 거야?"

　그렇겠지. 세이레나는 고개를 끄덕였다. 니콜라스는 왕의 근위대장이다. 왜 일 왕자가 아니라 이 왕자에게 붙은 건지 이해가 되지 않는다.

　하지만 그 의문은 곧 풀렸다.

　"이 왕자가 먼저 손을 내밀었다는군."

니콜라스를 취조하고 돌아온 애쉬가 피곤한 표정으로 말했다. 화가 가라앉지 않은 일 왕자는 스펜서와 함께 돌아간 뒤였다.

세이레나와 로렌, 모아나는 애쉬와 함께 행정실에 앉아 이야기를 하고 있었다. 물론, 당직인 미카엘도 그 사이에 끼어들었다.

"이 왕자가?"

로렌의 말에 애쉬는 고개를 끄덕였다. 왕이 죽었지만 범인의 흔적은 찾을 수 없다. 니콜라스 역시 두 왕자 중 한 명일 거라고 생각했다. 그로서는 억울했을 것이다. 두 왕자의 왕위 다툼에 희생된 꼴이니까.

그때 이 왕자가 손을 내밀었다. 자신을 도와 일 왕자를 죽이면 그를 왕이 됐을 때 다시 근위대장으로 삼아 주겠노라고.

"당신에게 뒤집어씌우는 것도 동의한 거래요?"

세이레나의 말에 애쉬는 쓰게 웃었다.

"그건 모르지."

니콜라스는 누구에게 뒤집어씌울지는 몰랐다고 주장했다. 이 왕자는 뒤처리는 자신이 알아서 하겠다고 했으니까.

하지만 애쉬는 그가 알았을 거라고 생각했다. 장소가 헌터 하우스라는 상황에서 니콜라스가 몰랐을 리 없다. 그는 단지 눈앞에 취조하는 사람이 애쉬니 그의 화를 돋우고 싶지 않았을 뿐이다.

"대단하네. 나 같으면 배신당할까 봐 무서워서 못했을 거 같은데."

로렌이 어이없다는 듯 중얼거렸다. 그녀라면 절대 하지 않았을 것이다. 그게 옳고 그른 것을 떠나서 이 왕자를 믿을 수 없었으니까.

애쉬 역시 똑같은 것을 물었다. 그가 니콜라스에게 이 왕자에게 배신당할 거라는 생각은 안 했냐고 물었을 때 그는 비웃으며 말했다.

"어차피 이래도 죽을 거고 저래도 죽을 거였네."

범인을 잡지 못해도 왕의 암살을 막지 못한 죄로 감옥에 들어갔을 것이다. 이 왕자의 손을 잡는다면 적어도 부활할 가능성이 있었다.

성공했다면 부와 명예가 기다리고 있었을 것이다. 이 왕자는 그에게 큰 약점을 하나 잡힌 거니까.

물론 그 약점은 니콜라스 역시 이 왕자에게 잡혔으니 두 사람은 한배를 탄 것이나 다름이 없다.

"이제 이 왕자는 어떻게 되는 거지?"

모아나의 질문에 미카엘이 인상을 썼다. 형제를 죽이려 한 자는 왕족이라 해도 그 벌을 면할 수 없다. 운이 좋으면 지방으로 추방당해 평생 감시하에 살게 된다. 하지만 방금 나간 일 왕자의 모습으로 봐선 그런 결과가 나올 것 같지는 않다.

"감옥에 갇힐 것 같은데."

로렌의 말에 세이레나도 고개를 끄덕였다. 보통은 감옥에 갇혀 평생을 지내게 된다. 심지어 이 왕자는 이용당한 것도 아니고 배후라는 것을 니콜라스가 증언했다.

"사형, 은 아니겠죠?"

미카엘의 말에 애쉬의 시선이 그를 향했다.

"설마."

로렌이 말도 안 된다는 듯 말했다. 아무리 그래도 형제인데? 하지만 세이레나는 사형도 가능성이 있다고 생각했다. 이미 한 번 자신을 죽이려 한 형제다. 일 왕자가 죽으면 범인으로 잡히지 않는 이상 이 왕자가 왕이 될 수밖에 없다.

애쉬가 나서지 않는다면.

세이레나의 시선이 애쉬를 향했다. 그에게는 이미 말을 했다. 두 왕자가 왕의 친자가 아닐 수도 있다는 사실을.

애쉬는 증거도 없는 이야기는 할 가치가 없다는 태도였지만 세이레나는 궁금했다. 그는 왕이 되고 싶지 않을까?

그녀가 아는 모든 남자들은 왕이 되고 싶어 했다. 혹은 왕의 곁에서 힘을 쥐고 싶어 했다.

그는 아닌 걸까.

"레나."

마치 세이레나의 시선을 알아차리고 있었던 것처럼 애쉬가 그

16 금빛 슈발리에

녀의 손을 잡았다. 하지만 여전히 애쉬의 시선은 다른 사람들을 향해 있었다.

"네, 네?"

깜짝 놀라는 세이레나를 향해 애쉬는 그제야 그녀를 향해 고개를 돌리며 미소를 지었다. 지친 듯한 표정이었다.

그럴 만도 하다. 안아 주고 싶은 마음에 저도 모르게 그에게 다가갔던 세이레나는 사람들 앞이라는 것을 깨닫고 멈췄다.

"그만 퇴근하지."

내일도 여기 있는 사람들은 다시 출근해야 한다. 당직인 미카엘만 빼고. 애쉬의 말에 시간이 이미 늦었다는 것을 깨달은 기사들이 자리에서 일어났다.

세이레나 역시 자신의 잔을 들고 일어나려 했다.

"레나는 내가 데려다줄게."

애쉬의 말에 로렌과 모아나가 의미심장한 미소를 지어 보였다. 하지만 세이레나는 아무 말도 할 수가 없었다.

그에게 뭐든 물어봐도 좋다고 말했었다. 그녀는 애쉬가 그동안 궁금해 왔던 것을 바로 지금 물어보려 한다는 것을 깨달았다.

"어디로 가요?"

세이레나는 애쉬와 함께 기사단을 나오며 물었다. 둘 다 말을 탔기 때문에 대화를 나누는 것은 어딘가 도착한 다음이어야 했다.

사람들이 잠에 들 시간이었다. 고요한 이 밤에 말을 타고 대화하면 두 사람의 대화가 주변 인가에 들릴 수 있다.

"네가 편한 곳으로 해."

애쉬는 세이레나를 돌아보며 말했다. 그녀가 말할 테니까 그녀가 편한 곳이면 된다. 그런 말에 세이레나는 잠시 고민하다가 말했다.

"당신 집으로 가요."

세이레나의 집이라면 도저히 못 견디겠을 때 도망칠 수가 없다. 자신이 좀 비겁하다고 생각하며 세이레나는 애쉬와 함께 그레이윈드 저택으로 향했다.

"다녀오셨습니까."

그레이윈드 저택의 집사는 연락 없이 함께 온 세이레나의 존재에도 놀라지 않았다. 그는 그렇지 않아도 주인이 좀 늦는다고 생각하던 차였다.

헌터 경과 주인님이 함께 왔다는 건 두 사람이 식사를 하고 왔다는 게 아닐까. 그는 그렇게 생각하며 예의상 물었다.

"식사는 하셨습니까?"

"아."

안 했다. 애쉬는 세이레나를 돌아봤다. 집에 가서 늦은 저녁을 먹으려던 차였다. 심지어 그는 벤을 만날 때까지도 일이 금세 끝날 거라 생각했다. 하지만 그 일이 일 왕자 암살 사건으로까지 이어질 줄은 몰랐다.

덕분에 애쉬는 퇴근 전 차를 조금 마신 이후 쭉 빈속이었다.
세이레나 역시 모아나의 클럽에서 약간의 안주를 먹은 게 다였
다.

"간단하게 부탁하네."

"식사를 안 하신 겁니까?"

약간의 꾸지람이 섞인 말에 세이레나는 작게 웃음을 터트렸
다. 하지만 집사의 시선이 그녀를 향하자 그녀의 웃음이 멈췄다.

"헌터 경도 아직 안 먹었다네."

"애쉬!"

맙소사. 집사는 고개를 절레절레 흔들었다. 한창때의 젊은 사
람이 식사도 굶고 돌아다녔다니. 그는 한숨 섞인 목소리로 말했
다.

"최대한 빨리 준비하겠습니다."

치사하게! 세이레나는 그녀도 식사를 하지 않은 것을 집사에
게 이른 애쉬의 손을 몰래 꼬집고 있었다. 하지만 애쉬는 아무런
티도 내지 않고 집사를 향해 고개를 끄덕였다.

두 사람에게서 물러나려던 집사가 아차 하고 멈췄다. 그는 애
쉬를 향해 다시 몸을 돌리며 말했다.

"그리고 공작 부인께서 평소에도 이 시간에 들어오시는지 물
어보셨습니다."

"아."

애쉬는 아차 하고 한숨을 내쉬었다. 어머니와 따로 살다 보니

이렇게 늦게 들어오면 어머니가 걱정할 수도 있다는 걸 잊고 있었다.

"어머니는 아직 안 주무시나?"

집사는 애쉬의 질문에 그럴 줄 알았다는 듯 대답했다.

"친구분과 이야기 중이십니다."

세이레나의 시선이 저도 모르게 이 층으로 향했다. 오늘 두 사람은 일 왕자를 암살하려던 이 왕자의 음모를 저지했다.

이 왕자가 조만간 암살 혐의로 잡혀갈 거라는 것을 안다.

애쉬는 세이레나를 쳐다봤다. 그는 세이레나가 뭐라고 말할지 알 것 같았다.

"엘라 부인께 이야기해 드려야겠어요."

아들이 배다른 형을 죽이려다 실패했다는 것을 알려 줘야 한다. 어차피 이 사실은 곧 수도 전역에 퍼질 거다. 음모를 저지한 게 세이레나라는 것도 퍼지겠지.

세이레나는 엘라 부인이 그 사실을 소문으로 들어서는 안 된다고 생각했다. 그리고 그 생각에 애쉬도 동의했다.

"두 분께 우리가 드릴 말씀이 있다고 전해 주게."

집사는 고개를 꾸벅하고 물러났다. 애쉬와 세이레나는 잠시 거기 서서 집사가 돌아오기를 기다렸다.

"부인께서는 온실에 계십니다."

그레이윈드 공작 부인과 엘라 부인에게 애쉬와 세이레나의 방문을 알린 집사가 돌아와서 말했다. 애쉬는 고개를 끄덕이고 온실로 향했다.

"좀 늦었구나."

카시아는 온실에서 엘라 부인과 함께 차를 마시고 있었다.

세이레나는 굳은 표정으로 엘라 부인을 쳐다봤다. 이 왕자가 왕의 자식은 아닐지 몰라도 엘라 부인의 하나뿐인 자식이다. 하나뿐인 자식의 앞에 어떤 미래가 기다리고 있을지 말하는 건 부담스러운 일이다.

"세이레나 헌터입니다."

카시아는 뒤이어 인사하는 세이레나를 발견하고 미소 지었다. 그녀는 세이레나가 마음에 들었다. 외모가 예뻐서만이 아니다. 그녀는 세이레나의 마음 씀씀이가 좋았다.

카시아가 선단 공포증이 있다고 했을 때 혹시라도 주변에 날붙이가 있지 않은지 확인하던 태도가 첫인상을 좋게 만들었다. 게다가 기사단에서 실력도 수준급이라고 했다. 조금은 반신반의했던 그 이야기는 얼마 전 세이레나가 엘라 부인을 구한 것으로 확신이 되었다.

"헌터 경."

엘라 부인 역시 세이레나를 발견하고 미소 지었다. 두 사람의 환대가 세이레나의 죄책감을 부채질했다.

"엘라 부인께 드릴 말씀이 있습니다."

애쉬의 말에 카시아와 엘라 부인의 시선이 부딪쳤다. 어머니인 카시아라면 모르지만 엘라 부인에게? 엘라 부인은 애쉬를 쳐다보며 말했다.

"난 공작 부인이 이 자리에 계셔도 괜찮네만, 부인이 들으시면 안 되는 이야기인가요?"

세이레나와 애쉬의 시선이 카시아를 향했다. 카시아가 들으면 안 될 이야기는 아니다. 애쉬는 고개를 저으며 말했다.

"부인께서 괜찮으시다면 어머니께서 계셔도 상관없습니다."

무슨 일일까? 카시아와 엘라 부인의 얼굴에 의문이 떠올랐다. 세이레나는 자기 손을 잡아 쥐어짜기 시작했다.

이런. 애쉬는 쥐어짜인 세이레나의 손이 붉어진 것을 발견했다. 그는 슬쩍 세이레나의 손을 잡으며 말했다.

"앉아도 될까요?"

"아, 그래. 앉아, 앉아."

진지한 두 사람의 태도에 자리를 권하는 것도 잊었다. 재빨리 하인들이 세이레나와 애쉬가 앉을 의자를 가져왔다.

"조용히 이야기하고 싶네."

네 명이 앉을 자리를 다시 만든 하인들은 애쉬의 말을 듣고 고개를 꾸벅하고 물러났다. 마지막으로 세이레나와 애쉬를 위한 차까지 나오자 온실 안에는 네 사람만 남았다.

"그래, 내게 할 이야기가 뭐지?"

엘라 부인이 물었다. 몇 달을 숨어 지냈어도 그녀는 여전히 왕비의 품위가 있었다. 몇십 년을 왕비로 살았으니 당연하다.

세이레나는 다시 자신의 손을 쥐어짜려다 애쉬에게 손이 잡혔다. 애쉬는 세이레나의 손을 단단히 잡으며 그녀를 쳐다봤다. 자신의 손을 쥐어짜려면 그래도 된다. 세이레나의 손이 아픈 것보다 그의 손이 아픈 게 더 나았다.

"오늘, 일 왕자님을 암살에서 구하고 왔습니다."

세이레나의 목소리가 천천히 흘러나왔다. 카시아와 엘라 부인의 눈이 커졌다. 누굴 암살에서 구했다고? 카시아는 저도 모르게 엘라 부인을 쳐다봤다.

"범인은, 브리츠였겠군."

엘라 부인은 낮은 목소리로 말했다. 지금 이 상황에서 일 왕자를 죽이려는 사람은 이 왕자밖에 없다. 그리고 그녀는 자신의 아들이 그러고도 남을 녀석이라는 것을 알았다.

"네."

세이레나가 아무 대답도 하지 않자 애쉬가 대신 대답했다. 그는 천천히 일 왕자를 암살하려다 니콜라스가 잡힌 이야기와 그를 취조한 이야기를 짧게 설명했다.

"몰튼 경이."

엘라 부인은 한숨처럼 말했다. 멍청한 놈. 그녀는 그가 브리츠와 손을 잡았다는 게 신기했다. 그는 무조건 일 왕자 쪽에 설 줄 알았는데.

"초조해진 게 아닌가 싶습니다."

애쉬는 나직하게 말했다. 카시아와 엘라 부인이 무슨 소린가 하고 그를 쳐다봤다.

"폐하께서 독살로 암살되셨지만 범인은커녕 암살 방법조차 알아내지 못했으니까요. 그때 이 왕자님이 손을 내밀었다고 합니다."

아. 엘라 부인은 한숨을 내쉬었다. 무슨 이야기인지 알겠다. 그녀는 참 아이러니하다고 생각했다.

"그건 내 잘못인 것 같군요."

"네?"

엘라 부인의 말에 세이레나가 눈을 크게 떴다. 애쉬는 한쪽 눈썹을 들어 올렸다.

"전하를 암살한 건 나예요."

"엘라 부인!"

깜짝 놀란 카시아의 외침이 터져 나왔다. 엘라 부인이 왕을 암살했다고? 세이레나와 애쉬는 믿을 수 없는 고백에 놀라 아무 말도 할 수가 없었다.

깜짝 놀란 세 사람 앞에서 엘라 부인만은 침착했다. 그녀는 평온한 얼굴이었다. 자신의 말이 어떤 의미를 품고 있는지 아는 사람의 얼굴.

엘라 부인은 자신의 찻잔을 들어 목을 축였다.

"하, 하지만, 하지만 엘라 부인께선 그때 수도에……."

"수도에 없었죠."

당황한 세이레나의 말을 이어받으며 엘라 부인이 찻잔을 내려 놓았다. 왕을 죽인 건 그녀다. 엘라 부인은 수도에 없었지만 왕을 암살했다.

애쉬의 머릿속이 빠르게 돌기 시작했다. 그럼 엘라 부인의 동생인 유스 백작의 소행일까?

"정확히 말하면 내가 암살한 건 아니지만요."

엘라 부인은 그렇게 말하고 미소 지었다. 속이 후련하다는 미소였다. 왕이 죽었다는 소식을 들었을 때, 그녀는 아무도 없는 곳으로 가서 소리 질렀다.

꼴좋다!

"누가 부인을 도와드린 거죠?"

세이레나가 물었다. 엘라 부인은 킥킥대기 시작했다. 자신이 왕을 죽였다는 고백에도 불구하고 기분이 좋은 듯한 태도에 세 사람은 당황할 수밖에 없었다.

"누가 도와줬냐고요? 왕이 도와줬죠."

"그 말은, 폐하께서 자진하셨다는 겁니까?"

"그레이윈드 공작, 왕이 자진할 사람인가요?"

그건 아니다. 엘라 부인의 질문에 애쉬는 아무 말도 할 수 없었다. 그녀는 허리를 쭉 펴더니 다시 왕비의 위엄을 가지고 말했다.

"헌터 경은, 내게 브리츠가 데이비드의 암살범으로 잡혀가기 전에 알려 주고 싶었던 거죠?"

"네."

좋은 사람이다. 엘라 부인은 세이레나를 보고 미소 지었다. 정말로 좋은 기사이고, 사람이었다. 그녀에게도 이런 친구가, 딸이 있었다면 얼마나 좋았을까. 그랬다면 좀 더 버틸 수 있었을지도 모른다. 지금처럼 자신의 죽음을 위장해 도망치지 않았을지도 모른다.

엘라 부인은 외롭고 고통스러웠던 자신의 지난 생을 돌아봤다. 왕에게 사랑 따위를 기대하지는 않았다. 어차피 가문을 위해 팔려 온 것이나 다름없다는 것을 알아차린 순간, 그녀는 최소한의 존중을 받을 거란 기대조차 포기했다.

자신이 키운 아들조차 왕위를 위해 그녀를 죽이려 한다는 것을 알았을 때, 왕비 미카엘라의 일부분이 죽었다. 죽은 그곳은 다시는 살아나지 못할 것이다.

하지만 다른 존재가 태어났다. 왕비가 아닌 엘라 부인이라는 또 다른 그녀가.

지금 이 자리에 엘라 부인이 있을 수 있는 건 단 한 사람, 세이레나 덕분이다.

"헌터 경은 내 목숨을 몇 번이나 구해 줬죠. 그러니 나도 보답으로 몇 가지 이야기를 해 줄게요."

세이레나는 바짝 긴장해서 허리를 세웠다. 애쉬조차 눈을 가늘게 뜨고 엘라 부인이 할 이야기를 기다리고 있었다.

"왕을 죽인 건 나예요. 하지만 내가 아니기도 해요."

엘라 부인은 그렇게 말하고 애쉬와 세이레나를 돌아봤다. 그녀의 얼굴은 왕비다운 위엄과 속이 시원하다는 표정이 담겨 있었다.

"아마 그레이윈드 공작 부인도 알고 있겠지만, 두 사람에게 가장 중요한 이야기를 먼저 할게요. 왕은 변태 새끼였어요."

애쉬의 눈이 커졌다. 그는 한때 왕비였던 엘라 부인의 입에서 나온 거친 말을 어떻게 받아들여야 할지 몰라 멍하니 있었다. 하지만 세이레나와 카시아는 그녀가 무슨 말을 하려는지 알아차리고 잠시 숨을 멈췄다.

"네?"

"말 그대로예요. 왕은 가학적인 변태 새끼였어요. 남자 구실을 전혀 하지 못했고 뭔가를 괴롭히며 즐거워했죠. 특히, 대상의 피를 맛보는 걸 아주 좋아했어요."

세이레나의 얼굴이 새하얗게 변했다. 그건 카시아의 얼굴도 마찬가지였지만 애쉬는 두 사람이 단순히 엘라 부인의 거친 말 때문에 놀랐다고 생각했다.

"대상의 피를 맛보는 걸 좋아했다는 건……?"

차마 말을 끝맺지 못하는 애쉬를 위해 엘라 부인은 자신의 소매를 걷어 올렸다. 그녀는 이 여름에도 목까지 올라오고 손목까지 덮는 옷을 입고 있었다.

"그 말 그대로예요."

애쉬는 저도 모르게 숨을 멈췄다. 엘라 부인의 가늘고 하얀 팔은 흉터로 끔찍할 정도였다. 이십여 년이 넘는 기간 동안 가해진 고문과 같은 흔적들이 계속해서 덧입혀져 있었다.

검을 다루는 자라면 그게 검으로 만들어진 흉터라는 것을 한

번에 알아차릴 수 있다. 애쉬는 한참을 엘라 부인의 팔을 쳐다보다가 말했다.

"검이군요."

"그래요."

이런 흉터투성이의 몸을 타인에게 보인다는 건 부담스러운 일이다. 엘라 부인의 팔이 가늘게 떨리고 있었다. 애쉬는 재빨리 시선을 떼어 내며 사과했다.

"실례했습니다."

엘라 부인은 괜찮다고 중얼거리며 재빨리 소매를 내렸다. 여전히 흉터를 타인에게 내보이는 건 부담스럽다.

애쉬 역시 엘라 부인의 심정을 이해했다.

"도망칠 방법은 단 두 가지. 내가 죽거나, 그가 죽거나."

그녀는 그렇게 말하며 조소했다. 아직도 자신이 죽지 않고 왕이 죽었다는 게 꿈처럼 느껴졌다. 바로 몇 달 전까지만 해도 그녀는 어떻게 죽어야 편할지 고민하고 있었으니까.

편하게 죽기 위해 독약을 준비했다. 원래대로라면 아무도 없을 때 먹고 죽을 생각이었다. 하지만 그때…….

"헌터 경이 나타났지."

엘라 부인은 세이레나를 쳐다보며 미소 지었다. 아들이 그녀의 도움 요청을 거절하고 절망에 빠졌을 때 세이레나가 손을 내밀었다.

"그래서 도망치기 전에 나도 도박을 하나 했어요."

그녀는 그렇게 말하고 품에서 작은 약병을 꺼냈다. 신경과민증으로 그녀가 늘 먹는 약이 담겨 있었다.

엘라 부인은 씩 웃으며 말했다.

"그 작자는 주제에 의처증까지 있었거든."

의처증? 애쉬는 어리둥절한 표정을 지었고 세이레나의 안색은 다시 하얗게 변했다. 그녀는 엘라 부인이 무슨 말을 하는지 이해했다. 왕은 세이레나를 믿지 않았다. 이성과 대화를 하는 것만으로도 화를 냈다.

"늘 내 방을 뒤지고, 내 물건을 하나하나 확인했지. 때때로……"

거기까지 말한 엘라 부인은 역겹다는 표정을 지었다. 일부러 그녀의 팔찌나 옷에 그녀의 피를 묻히고 핥기도 했다.

"여기에 내 피를 담고 내가 먹으려던 독약을 넣었지."

애쉬의 얼굴에서 표정이 사라졌다. 그 자리에 있던 세 사람은 순식간에 무슨 일이 일어났는지 이해했다. 어째서 왕이 먹은 게 없는데 독살을 당했는지, 어떤 방법으로 당한 건지 아무도 몰랐는지도.

엘라 부인도 완전히 도박이었다. 그녀는 독약이 피를 굳지 않게 한다는 것조차 몰랐다. 그리고 그걸 왕이 먹을지 말지도 알 수 없었다.

"범인은 없는 거군요."

가까스로 세이레나가 입을 열었다. 이걸로 엘라 부인을 왕의 암살범으로 잡을 수 없다. 설령 그녀가 자백해서 재판까지 간다고 해도 무죄로 풀려날 것이다.

왕이 병 안의 피를 마신 건 어디까지나 그의 의지였으니까.

잠시 온실 안에 침묵이 흘렀다. 네 사람 다 무슨 말을 해야 할지 고민하고 있었다. 그때, 애쉬가 입을 열었다.

"돌아가신 폐하께서 남자 구실을 못 한다는 건, 지금 이 왕자님이 폐하의 아들이 아니라는 말입니까?"

"그래, 그 이야기가 있었지."

엘라 부인은 쓰게 웃었다. 왕을 암살한 죄에서는 벗어날 수 있지만, 왕족을 농락한 죄는 벗어날 수 없다. 그녀는 왕의 자식이 아닌 아이를 왕의 자식으로 만들었다.

"나는 스무 살에 왕비가 돼서 삼 년 동안 자식이 없었어요."

다들 알지만 동시에 알려지지 않은 이야기다. 끝까지 자식이 없었다면 모든 사람이 그 이야기를 했겠지만 어쨌든 왕비는 아들을 낳았기 때문이다.

"그때 내 어머니가 내게 권하더군. 전 왕비의 유모와 이야기를 해 보는 게 어떻겠냐고 말이야."

세이레나와 달리 엘라 부인은 결혼하자마자 왕이 남자 구실을 하지 못한다는 것을 알았다. 그녀는 어머니에게 미리 교육을 받았기 때문이다.

엘라 부인과 그녀의 어머니는 머리를 맞대고 고민했다. 왕은 남자 구실을 하지 못한다. 그렇다면 죽은 전 왕비는 대체 어떻게 아들을 낳은 걸까.

첫 왕비가 죽기 전까지는 왕도 멀쩡했을 수 있다. 하지만 왕이 원래부터 저랬다면 죽은 왕비의 유모는 그 사실을 모를 리가 없다. 엘라 부인과 그녀의 어머니는 그렇게 생각했다. 그리고 죽은 왕비의 유모를 찾아 엄청난 돈을 주고 왕과 첫 왕비의 비밀을 들을 수 있었다.

"유모의 말이, 왕은 원래부터 그랬다더군요."

엘라 부인의 시선이 카시아를 향했다. 알고 있었느냐는 시선에 카시아는 당황한 표정을 지었다. 그녀는 몰랐다. 왕이 남자 구실을 못 했다는 것을.

카시아는 죽은 왕과 약혼을 했을 뿐이다. 결혼하지 않았으니 그가 침대에서 어떤지는 전혀 몰랐다.

"그리고 죽은 왕비도 다른 남자의 아이를 가졌다고 했어요."

"네?"

애쉬의 입에서 믿을 수 없다는 소리가 흘러나왔다. 엘라 부인은 쓰게 웃었다.

"그녀는 일 왕자를 낳다가 죽었어요. 당연히 임신을 했겠죠. 그렇지 않나요?"

엘라 부인이 그렇게 말했지만 애쉬가 놀란 건 그것 때문이 아니었다. 일 왕자가 왕의 자식이 아니라는 말 때문이었다.

"물론, 유모가 내게 거짓말을 한 것일 수도 있죠. 어쨌든 그녀는 그쪽 집안사람이니까요. 혹시라도 브리츠가 왕위를 탐내려

한다면 나타나서 브리츠가 왕의 자식이 아니라는 것을 밝히려
한 건지도 모르고요."

그럴 수도 있다. 하지만 사실일 수도 있다. 애쉬의 얼굴에 복
잡한 표정이 떠올랐다.

그때 세이레나가 나섰다.

"저, 전 왕비님이 임신을 하셨다는 건, 왕비님은……?"

차마 끝맺지 못한 질문에 엘라 부인은 쓰게 웃었다. 그녀는
그럴 수 없었다. 전 왕비처럼 다른 남자의 아이를 가지는 부정을
저지르고 싶지는 않았다.

"브리츠의 진짜 부모가 어디 있는지 알려 주죠."

브리츠는 엘라 부인이 낳은 아이가 아니었다. 어느 가난한 집
의 아이를 몰래 사 왔다. 어차피 왕은 관계하지 않았으니 아이가
자신의 친아들이 아니라는 것을 안다.

그래서 엘라 부인은 왕이 아닌 자신을 닮은 아이를 구했다.
금발에 파란 눈을 가진.

"이 왕자는, 그걸 아나요?"

다시 세이레나가 물었다. 브리츠가 왕비의 아들이 아니라는
것을 그가 아는지 궁금했다. 엘라 부인은 쓰게 웃으며 말했다.

"알려 준 이튿날 내게 전 왕비의 유모가 어디 있는지 묻더군."

유모의 말이 맞는지 확인하려 한 것이다. 애쉬는 세이레나를
쳐다봤다. 이상한 기분이 들었다. 그는 이것과 비슷한 이야기를
이미 한 번 들었었다. 두 왕자가 왕의 자식이 아닐 수도 있다는

것을. 그가 가학적인 성격이었다는 것을.

바로 세이레나에게 들었었다. 이런 이야기는 추측으로도 하기 어려운 이야기다. 하지만 그녀는 방금 왕비가 했던 말과 똑같은 말을 했다. 그는 이야기할 때의 세이레나의 얼굴을 떠올렸다. 어떻게 알았던 걸까.

"전 왕비님의 유모는 어떻게 됐는지 아시나요?"

세이레나의 질문에 엘라 부인은 고개를 저었다. 그날 이후로 본 적이 없다. 유모는 원래 살던 곳으로 보내 줬고 그 후로 그녀를 찾은 적이 없었다.

"나이를 생각하면 지금쯤 죽었을 거라고 생각해요. 죽지 않았다 해도 찾지 못하겠지. 오랜 시간이 흘렀으니……. 어쩌면 내게 거짓말을 했을 수도 있고."

엘라 부인의 말에 애쉬는 고개를 끄덕였다. 만약 브리츠가 전 왕비의 유모를 찾았고 그녀의 말이 사실이라면 그는 굳이 일 왕자를 암살할 필요가 없다. 그저 유모를 증인으로 해서 일 왕자가 왕위를 계승할 자격이 없다고 공격하면 된다.

세이레나는 이미 유모가 죽었을 거라고 생각했다. 살아 있었다면 그녀가 왕비였을 때 브리츠가 어떻게든 찾아냈을 것이다.

이 왕자는 계모인 세이레나와 형인 일 왕자에게 불륜 죄를 뒤집어씌울 정도로 왕위를 간절하게 원했다.

전혀 친하지 않은 두 사람을 불륜으로 모는 것보다 유모를 찾는 것이 더 쉬웠을 것이다. 죽었으니 찾지 못하고 그녀가 왕비였을 때 일 왕자와 그녀에게 음모를 뒤집어씌웠겠지.

"내가 해 줄 수 있는 건 다 해 준 것 같군요."

브리츠의 친부모를 어디에서 찾을 수 있는지 알려 준 뒤, 엘라 부인은 피곤한 표정으로 의자에 몸을 기댔다.

꼿꼿하게 앉아 이야기하느라 모든 기력을 소진해 버린 듯한 모습이었다.

어쩌면 그게 사실인지도 모른다. 브리츠가 그녀를 죽이려 했지만 그는 그녀가 아들로 키워 왔다. 먼저 어머니를 배신한 건 브리츠였지만 지금 엘라 부인도 아들을 버린 것이나 다름이 없다.

"가능하면 이 왕자님이 왕자로서 벌을 받을 수 있도록 하겠습니다."

세이레나는 그렇게 말하고 일어났다. 왕족을 시해하려 한 죄는 크다. 그게 같은 왕족일 때와 아닐 때의 차이는 어마어마하다.

엘라 부인은 세이레나의 배려에 아무 말도 하지 않았다. 그녀는 지친 표정으로 한숨을 내쉬었다.

"쉬십시오."

애쉬는 그렇게 말하고 세이레나의 뒤를 따라 자리에서 일어났다. 엄청난 사실을 알았다. 아니, 사실 자체는 이미 알고 있었지만 그게 사실이라는 것을 확인했다.

"애쉬."

빠르게 온실을 나서는 세이레나와 애쉬의 뒤로 카시아가 따라 나왔다. 그녀는 사용인을 불러 엘라 부인이 침실로 돌아갈 수 있도록 부축하게 한 뒤 다시 입을 열었다.

"나도 해 줘야 할 이야기가 있다."

"어머니께서요?"

놀란 애쉬와 달리 세이레나는 침착했다. 그녀는 카시아가 할 말이 뭔지 대충 추측하고 있었다.

카시아는 두 사람을 데리고 복도를 걸어 애쉬의 서재로 들어갔다. 사용인을 시키지 않고 서투르게 램프를 켠 그녀가 두 사람을 향해 돌아섰다.

"엘라 부인이 용기를 내서 너희들에게 이야기해 줬으니, 나도 용기를 내야겠지."

젠장. 애쉬는 속으로 한숨을 내쉬었다. 이게 대체 무슨 일이지? 오늘치 놀랄 일은 다 끝났다고 생각했는데 아니었던 모양이다. 그는 재빨리 자신의 어머니와 약혼자를 소파로 안내했다.

램프를 하나만 켠 탓에 서재 안은 어슴푸레했다.

"별로 중요하지 않은 이야기일 수도 있어."

카시아는 그렇게 말하고 시선을 떨궜다. 이미 애쉬가 알아야할 이야기는 엘라 부인이 다 했다. 하지만 그녀는 자신의 이야기가 애쉬에게 도움이 되길 바랐다.

"나는 죽은 왕이 왕자였을 때 약혼했다가 파혼을 했지."

수도의 모든 사람이 알고 있는 이야기다. 동시에 다들 잊고 있는 이야기이기도 했다. 세이레나가 고개를 끄덕이자 카시아는 다시 입을 열었다.

"내가 지금 하는 이야기는…… 아는 사람 중 아직까지 살아 있는 사람은 나뿐이라고 생각하면 될 거다."

그게 지금 이 순간 이후로 세이레나와 애쉬까지 늘어난다는 말이다.

애쉬는 표정 변화도 없이 앉아 있었다. 그는 대체 무슨 이야기를 하려고 그의 어머니가 이렇게 진지한 표정을 짓는지 어렴풋이 깨달았다. 하지만 동시에 그럴 리 없다고 생각했다.

"내가 죽은 왕의 약혼자가 됐던 건 그가 날 원했기 때문이라고 들었다. 집안에서는 당연히 좋아했지. 나도 물론 기뻤어."

처음엔 그랬다. 하지만 곧 그녀는 당시 왕자였던 왕이 그녀를 원한 이유를 알았다.

"왕은, 원래 그랬어. 천성이 그랬다고 생각해. 네 아버지 말로는 아주 어릴 때부터 성정이 가학적이고 비틀렸다고 하더구나."

"아주 어릴 때부터요?"

세이레나가 물었다. 카시아는 쓰게 웃었다. 그녀도 나중에 알았다. 애쉬의 아버지와 결혼하고 나서.

"어릴 때부터 개나 고양이를 괴롭히는 걸 좋아했다고 하더구나. 몇 개월 정도 괴롭히다가 종래에는……"

죽였다고 들었다. 여러 가지 방법으로. 처음엔 때리거나 높은 곳에서 떨어트리는 수준이었던 방법은 그가 나이를 먹으면서 점점 더 세밀해지고 가학적으로 변했다.

움직이지 못하게 묶어 놓고 목을 베어 매달아 놓은 적도 있다고 했다.

"어릴 때는 타인에게 소중한 것을 빼앗아 망가트리는 것을 좋아했다고 하더구나."

카시아의 말에 세이레나의 얼굴이 하얗게 질렸다. 그녀의 시선이 저도 모르게 애쉬를 향했다. 하지만 정작 그녀도 자신이 왜 애쉬를 쳐다봤는지 몰랐다.

다시 세이레나의 시선이 카시아를 향해 돌아갔다.

"나이가 들면서 그런 성격이 조금 나아지고, 가학적인 부분을 숨길 수 있게 되었다고 들었어."

그리고 카시아와 약혼했다. 그때의 왕은 거의 완벽하게 자신의 그런 부분을 숨길 수 있게 되었다. 단 한 번을 빼고.

"약혼하고 일 년쯤 지났을 때였다."

정확하게 기억한다. 카시아는 그날을 떠올리고 몸을 떨었다. 약혼을 사교계에 공포하고 딱 일 년째 되는 날이었다.

그녀의 약혼자가 차를 마시자고 왕궁으로 초대했다. 초대받은 사람은 오직 그녀뿐이었다. 하지만 두 사람은 약혼한 관계였고 왕궁 정원이었기 때문에 오히려 카시아는 기대감에 가득 차서 왕궁에 도착했다.

약혼자를 만나러 가는 길에 그녀는 우연히 왕의 동생을 만났다. 후에 그녀의 남편이 될 남자였지만 그때까지 카시아는 그에게 별다른 관심이 없었다.

"우연히 네 아버지를 만났는데, 생각해 보면 그는 우연히 내가 가는 길목에 자주 서 있곤 했어."

카시아는 그렇게 말하며 웃었다. 그게 우연이 아니었다는 말이다. 그녀가 왕궁에 가면 반드시라고 해도 좋을 만큼 우연히 왕의 동생을 만났다.

"내가 자신의 형과 단둘이 차를 마신다고 하자 이상한 표정을 짓더구나. 그러더니 농담처럼 말했어."

"도움이 필요하면 언제든지 여기 있겠습니다."

약혼자와 차를 마시는 데 도움이 필요할 리가 없다고 생각했다. 하지만 그는 알고 있었던 거다. 자신의 형이 어떤 사람인지.

끔찍한 순간이 떠올라, 카시아는 눈을 꽉 감았다가 떴다. 그때 어떤 냄새가 났는지, 얼마나 밝았는지 아직도 생생하다. 심지어 기온이 약간 서늘해서 따뜻한 차가 기분 좋았던 것까지 생각난다. 그게 구역질 났다.

"단둘이 차를 마시는 도중에 왕이 내 손을 잡더니 재미있는 놀이를 하자고 하더구나."

세이레나의 얼굴이 하얗게 질렸다. 재미있는 놀이. 그때의 카시아가 어떤 기분인지 알 것 같았다. 약간의 당황과 설렘. 그리고 기대감. 하지만 그 감정은 곧 끔찍하게 변해 버렸다. 마치 가장 더럽고 추악한 구렁텅이에 떨어진 듯한 기분. 왕은 늘 그녀의 몸을 찌르며 매우 재미있는 놀이라도 되는 것처럼 굴었다.

"그리고 내 손목에 칼을 찔러 넣었어."

카시아는 반사적으로 오른손으로 왼 손목을 감싸 쥐었다. 칼에 찔리던 순간이 생생하게 떠올랐다. 아주 날카로운 단검이었다. 그 뾰족한 칼끝이 그녀의 손목을 파고들었다. 그 장면은 그 후로도 아주 오랫동안 그녀의 기억 속에 계속해서 생생하게 반복되었다.

왕은 번들거리는 눈으로 칼에 찔린 그녀의 손목과 겁에 질린 그녀의 얼굴을 번갈아 바라보고 있었다. 동시에 누구의 비명인지 모를 소리가 울려 퍼졌다.

나중에야 카시아는 그 비명이 자신의 비명이라는 것을 알았다. 하지만 그 후로는 그리 기억이 정확하지 않았다.

"내가 마지막으로 기억하는 것은, 네 아버지가 뛰어 들어와서 나를 안아 들었다는 것뿐이야."

그 후, 왕의 명예를 위해 이야기는 적당히 왜곡되었다. 그레이윈드 공작이 카시아를 오랜 기간 짝사랑했던 것은 맞았다. 하지만 그는 차마 형에게 카시아를 좋아한다고 말하지는 못했다.

만약 그랬다간 카시아가 더 호된 꼴을 당하리라고 생각했기 때문이다.

왕은 왕자일 때부터 동생을 질투하고 견제했다. 그건 참 이상한 일이다. 어차피 왕은 그가 될 것이니까. 나중에, 아주 오랜 시간이 지난 후 카시아는 어쩌면 그게 성불구인 왕자의 열등감인지도 모른다고 생각했다.

그런 짓을 당하고도 왕과 결혼할 정도로 카시아는 멍청하지도, 집안의 힘이 약하지도 않았다. 아주 다행히도 그녀의 집안에서는 하나뿐인 딸을 아주 애지중지했다.

왕이 동생의 사랑을 위해 카시아와 파혼을 해 줬다는 적당한 미담을 핑계로 카시아와 왕은 파혼했다. 그리고 그녀는 그레이윈드 공작 부인이 되었다.

"어머니의 그, 병은……."

차마 말을 잇지 못하는 아들을 위해 카시아가 말했다.

"사람들에게는 병이라고 말했지만…… 병이 아니야."

맙소사. 애쉬는 두 손에 얼굴을 묻었다. 왜 부모님이 평생 왕의 눈치를 봤는지 알겠다. 특히나 어머니가 어째서 그렇게까지 검을 두려워했는지도.

그건 병이 아니었다. 상처였다. 트라우마였다. 아직까지도 카시아를 옥죄고 있는.

애쉬는 한숨을 내쉬다 문득 왕이 죽었다는 것을 떠올리고 물었다.

"지금은, 괜찮으신 겁니까? 왕이 죽었다고는 하지만……."

트라우마라는 게 그렇게 쉽게 치유되는 게 아니라는 것을 애쉬는 잘 알고 있었다. 기사단에 입단한 페이지가 첫 전투의 트라우마로 결국 기사단을 그만두는 일은 종종 일어난다. 그 트라우마로 결국 끝까지 검을 쥐지 못하는 사람도 간혹 있다.

애쉬는 어머니의 트라우마가 왕의 죽음으로 치료될 거라 믿을 정도로 순진하지 않았다.

애쉬의 말에 카시아는 씁쓸하게 웃었다. 그녀는 기사단장의 어머니임에도 끝이 날카로운 것을 보는 것이 두려웠다. 그건 아마 평생 그럴 것이다. 하지만 지금 수도에 오는 것이 예전처럼 두렵지는 않았다.

"수도는 괜찮아."

수도에 오는 것을 꺼렸던 것은 왕이 살아 있기 때문이었다. 그가 아무리 왕비를 둘이나 맞이했어도 카시아는 수도가 두려웠다. 어느 날 갑자기 왕이 들이닥쳐서 그녀의 몸에 검을 꽂을까 봐 무서웠다. 최대한 멀리. 왕이 그녀를 잊어버리도록.

카시아는 그렇게 살았다. 아주 오랜 시간을.

"수도에 올라오는 것을 꺼리셨던 게, 왕 때문이었군요."

애쉬는 새삼스러운 것을 깨달았다는 듯이 말했다. 그동안은 그저 검이 무서워서 수도를 싫어한다고 생각했다.

수도에는 라고말리 기사단이 있으니까, 길거리에서 혹시라도 기사를 만날까 봐 두려워한다고 생각했다. 하지만 어머니의 공포 근간에는 왕이 존재하고 있었던 거다.

"나는 운이 좋았어."

카시아는 죄책감이 가득한 얼굴로 말했다. 그녀는 운 좋게 도망칠 수 있었다. 하지만 두 왕비는 아니었다.

"내가 왕과 결혼했다면 미카엘라 왕비는 평온하게 살 수 있었을 테지."

"그렇지 않아요."

세이레나는 저도 모르게 말했다. 그녀는 카시아가 무엇 때문에 죄책감을 느끼는지 알고 있었다. 카시아의 말대로 그녀가 왕과 결혼했다면 두 왕비는 무사했을 것이다.

그리고 세이레나도 죽음 직전에 회귀하지 않고 평범하게 살았을지도 모른다.

하지만 그건 카시아의 희생을 토양으로 해서 이뤄진 평범이다. 세이레나는 왕이 얼마나 가학적인 변태였는지 알고 있다. 그렇기 때문에 카시아가 도망칠 수 있어서 다행이라고 생각했다.

"나쁜 건 왕이에요. 공작 부인께서 죄책감을 가지실 이유가 없어요."

세이레나의 말에 카시아의 눈이 커졌다. 심지어 애쉬조차도 눈을 가늘게 뜨고 세이레나를 쳐다보고 있었다.

아차. 두 사람의 시선을 깨달은 세이레나의 얼굴이 달아올랐다. 그녀의 기준으로 너무 주제넘게 나섰다. 그리고 왕을 나쁘다고 지칭하는 건 위험한 행동이다.

다행히 세이레나의 위로를 카시아는 기분 좋게 받아들였다. 그녀는 미소를 지으며 세이레나의 손을 잡았다.

"그리 말해 주니 고마워."

"아, 아닙니다."

세이레나는 달아오른 얼굴로 카시아의 손을 감싸 쥐었다. 문득 아깝다는 생각이 들었다. 그녀가 더 빠른 시간으로 회귀했더라면 왕비님을 좀 더 일찍 구할 수 있지 않았을까.

어째서 마법사는 그녀를 작년 말로 돌려보낸 걸까.

"그만 일어나는 게 좋겠구나."

카시아가 입을 열었다. 지친 엘라 부인은 이미 잠자리에 들러 갔다.

수도의 젊은 귀족들은 새벽까지 파티를 즐기지만, 카시아는 아니다. 그녀는 수도에서 산 것보다 더 오랜 시간을 시골에서 살았다. 이 시간이면 잠이 들 시간이라 그녀는 세이레나의 손을 잡고 일어났다.

애쉬가 재빨리 사용인을 불렀다.

"둘이 할 이야기가 있었을 텐데, 시간을 뺏어서 어쩌지?"

자기 방으로 올라가기 전에 카시아가 말했다. 그제야 애쉬는 세이레나가 그에게 모든 것을 이야기해 주기로 하고 여기로 왔다는 것을 떠올렸다. 그렇군.

그는 어머니를 사용인의 손에 맡기고 몸을 돌렸다. 세이레나는 여전히 어슴푸레한 불빛을 받으며 서재에 서 있었다.

어둠 속에서도 세이레나의 금발은 어슴푸레한 불빛을 받아 반짝이고 있었다. 새하얀 얼굴 위로 보라색의 눈동자가 커다랗게 빛나고 있었다.

"죽음의 요정 같군."

애쉬는 그렇게 중얼거리며 세이레나에게 다가갔다. 아름다운 외모와 달리 심각할 정도로 굳은 표정이 죽음을 알리기 위해 나타난 요정같다.

"네?"

카시아가 떠나자 바짝 긴장한 채 서 있던 세이레나가 물었다. 애쉬가 뭐라고 중얼거린 것을 제대로 듣지 못했다. 그녀는 자기 차례라는 것에 긴장하고 있었다. 엘라 부인과 카시아가 이야기하는 바람에 그녀가 애쉬에게 고백할 시기가 늦춰졌다.

"궁금한 게 있는데."

애쉬는 팔을 뻗어 세이레나의 어깨를 감싸고 끌어당기며 말했다. 오늘 이미 그는 놀랄 이야기를 너무 많이 들었다.

솔직히 말하면 세이레나가 무슨 이야기를 해도 더 이상 놀랄 것 같지 않았다.

"지금 우리가 들은 이야기보다 네가 할 이야기가 더 믿을 수 없는 이야기야?"

세이레나의 어깨가 애쉬의 가슴에 닿았다. 약간 지친듯한 그의 목소리에 그녀는 저도 모르게 웃음을 흘렸다.

더 믿을 수 없는 이야기냐고? 세이레나는 세상 어느 이야기를 가져와도 그녀의 이야기가 더 믿기 어려울 거라고 자부할 수 있다.

"솔직히 난 당신이 내 이야기를 믿을 거라고 생각 안 해요."

그래? 세이레나의 말에 애쉬의 한쪽 눈썹이 올라갔다. 그래도 상관없다. 그는 세이레나가 무슨 말을 해도 믿을 생각이었다. 그녀가 이 정도로 망설이고 고민하다가 이야기하는 거라면 뭐든 믿어 줘야 한다. 그렇게 생각했다.

그때, 누군가 서재 문을 두드렸다.

"공작님."

문밖에서 집사의 목소리가 들려왔다. 애쉬의 가슴에 기대고 있던 세이레나는 깜짝 놀라 그를 밀쳐 냈다.

이런. 애쉬는 쉽게 세이레나의 힘에 밀려나 주며 쓰게 웃었다. 집사가 왜 두 사람을 방문했는지 알 것 같았기 때문이다.

"먹을 것을 가져온 모양인데?"

애쉬는 그렇게 말하며 서재 문을 열었다.

세이레나는 최대한 애쉬에게서 멀리 떨어진 자리로 이동하고 있었다. 하지만 집사가 가져온 것은 두 사람이 기대한 음식이 아니었다. 그는 애쉬가 문을 열자 굳은 표정으로 말했다.

"기사단에 가 보셔야 할 것 같습니다."

35

새로운 비밀

"이게 다 무슨 일이야?"

제일 먼저 와 있던 로렌이 세이레나를 보자마자 어이없다는 듯 말했다. 애쉬와 함께 말을 달려서 온 세이레나는 로렌을 보고 한숨을 내쉬었다.

"데니스는?"

애쉬가 물었다. 일 분단 전부에게 연락이 갔다. 로렌은 어깨를 으쓱이고 말했다.

"곧 올 거야."

세이레나와 애쉬의 뒤로 일 분단 기사 몇 명이 도착했다.

"반역이라고요?"

티커가 애쉬에게 다가오며 물었다. 그는 자다 말고 사용인이 깨우는 소리에 놀라서 달려왔다. 덕분에 갑옷 속에 내의를 하나 덜 입었지만 애쉬의 눈에 거기까지는 보이지 않았다.

"비슷해."

엄밀히 말하면 반역이 아니다. 하지만 애쉬는 그렇게만 말하고 말았다.

일 왕자 데이비드는 자신의 부하들을 데리고 이 왕자의 궁으로 쳐들어갔다. 사유는 반역을 일으키려 한 동생의 음모를 막고 벌하기 위해.

왕좌를 두고 형제가 싸우는 일은 생각만큼 흔하지 않다. 한두 세대에 한 번도 있을까 말까 하다. 설령 있다 해도 이런 식으로 전면전이 되지도 않는다.

그렇기 때문에 다들 어리둥절해 하고 있었다. 공격을 한다고 해도 이 왕자가 일 왕자를 공격할 거라 생각했지 그 반대일 거라고는 아무도 생각하지 못했다.

"어, 누가 반역을 저지른 거야?"

뒤늦게 나타난 데니스가 잠이 가득한 얼굴로 물었다. 자다 끌려 나온 건 그도 마찬가지다. 로렌은 한심하다는 표정으로 데니스를 쳐다보다가 말했다.

"반역이라기엔 둘 다 아직 왕이 아니잖아?"

"설마 왕자 중 한 명이 나라를 팔아넘기기라도 했어?"

반역은 나라를 배반하거나 왕을 끌어내리려 할 때나 붙는 죄목이다. 로렌은 혀를 차며 말했다.

"기분상 반역이라는 거겠지."

"기분상? 반역에 기분상 반역도 있어?"

그런 게 있겠냐. 로렌은 뭐라고 한마디 하려다 데니스가 오늘 일어난 사건을 모른다는 것을 깨닫고 간단하게 설명했다.

"이 왕자가 일 왕자를 암살하려다 들켰어."

"어? 언제? 나 오늘 퇴근하기 전까지 그런 소리 못 들었는데?"

"퇴근하고 나서 일어난 일이니까 못 들었지."

이건 또 무슨 소리야? 어리둥절해 하는 데니스를 위해 세이레나가 거들었다.

"몇 시간 안 됐어요."

"잠깐, 헌터 경까지 그걸 어떻게 압니까?"

"나랑 세이가 막았으니까."

로렌의 말에 데니스의 입이 딱 벌어졌다. 그는 믿을 수 없다는 표정으로 세이레나와 로렌을 번갈아 보더니 머리를 감싸며 말했다.

"아, 아까워! 그런 재미있는 일 있으면 좀 끼워 주지!"

"데니스!"

위험할 정도로 경박한 말에 애쉬가 가볍게 꾸짖었다. 데니스를 단속한 그의 시선이 문 앞에 선 데이비드를 향했다. 그리고 데이비드를 감싸듯이 선 남자들에게도.

전원 과거 기사였던 자들이다. 원칙대로라면 왕자들은 기사를 가질 수 없다. 하지만 이들은 기사단을 나갔고 데이비드의 곁에 있는 게 친구로서라고 하면 할 말이 없다.

가장 선두에 선 데이비드를 중심으로 남자들은 반원 형태로 서 있었다.

그런 남자들과 소집된 기사단 사이에 확연히 눈에 띄는 선이 존재했다. 기사들은 남자들이 왜 이렇게 날이 서 있는지 몰라 어리둥절해 했고 남자들은 기사들이 자신들을 말릴까 봐 날을 세우고 있었다.

데이비드를 죽이려 한 브리츠를 가만두지 않겠다는, 그래서 데이비드에게 충성을 보여야겠다는 어떤 의지 같은 것들이 그들에게 보였다.

"그레이윈드 공작님."

가장 가장자리에 서 있던 남자가 애쉬를 발견하고 고개를 꾸벅해 보였다. 올리버 백작가의 차남, 데미안 올리버 경이다.

올리버 백작가도 일 왕자를 지지했다는 말이다.

"올리버 경."

애쉬는 데미안을 향해 고개를 까딱해 보이고 말했다.

"왕자님을 모시고 돌아가게."

"하지만 이 왕자가 데이비드 님을 죽이려 했잖습니까."

"그건 재판에서 처리할 일이지."

애쉬의 말에 데미안의 표정에 불만이 어렸다. 뭘 원하는지 알 것 같아서 애쉬는 한숨을 내쉬었다.

이들이 원하는 건 이 왕자 브리츠를 끌어내리고 데이비드가 하루빨리 왕이 되는 거다. 그렇게 되면 이들도 한자리 얻을 거라는 계산이 선 거겠지.

하지만 일이 그렇게 쉬울 리 없다. 흔한 건 아니지만 과거에도 왕자들이 왕좌를 놓고 피를 흘렸었다. 그중에서 최악은 무력 싸움이었다.

한 왕자가 다른 왕자의 궁에 전사들을 이끌고 쳐들어가 궁에 사는 모든 자들을 죽인 사건도 있었다. 그 과정에서 왕자뿐 아니라 궁에 머물고 있던 귀족들도 많이 죽었다.

다시는 그런 일이 일어나지 않도록 하기 위해 왕궁에서는 법을 하나 세웠다. 설령 왕이라 해도 왕자의 궁에 쳐들어갈 수 없다. 만약 쳐들어간다면, 최악의 경우 작위 박탈. 그건 왕이라 해도 마찬가지다.

"전하."

애쉬는 데이비드에게 다가가 말을 걸었다. 일 왕자는 절대 이 왕자의 궁에 쳐들어가지 않을 것이다. 만약 그랬다면 이유를 불문하고 벌을 받을 테니까.

일 왕자가 왕자 자리를 박탈당할 위험을 무릅쓸 리 없다. 애쉬는 그렇게 생각했다. 하지만 쳐들어가지 않아도 이 왕자를 위협할 수 있는 방법은 많다.

"계속 여기 계실 수는 없습니다."

애쉬의 말에 데이비드는 히쭉 웃었다.

"안 될 거 뭐 있나."

만약 일 왕자의 수하들이 이 왕자의 궁 앞에 진을 치고 있으면 이 왕자의 궁에 사는 사람들은 식량을 구할 길이 없다. 굶어 죽거나, 패배를 선언하고 나오거나.

데이비드가 노리는 것도 그 점이었다. 하지만 애쉬는 쓸데없는 짓이라고 생각했다.

"전하. 어차피 이 왕자님은 왕위 계승 자격을 박탈당하실 겁니다. 굳이 이자들을 여기에 세워 둘 필요는 없습니다."

애쉬의 말에 데이비드의 시선이 자신의 주변을 둘러싼 남자들을 향했다. 이 왕자에게 위협을 하기 위해 소집한 자들이다. 그가 굳이 이런 짓을 하지 않아도 어차피 왕위는 일 왕자에게 돌아갈 것이다. 약간 시간은 걸리겠지만

하지만 데이비드는 그 약간의 시간이 걸리는 게 싫었다.

"나는 내 동생의 목을 봐야겠네."

브리츠의 목을 잘라야겠다는 말이다. 맙소사. 애쉬는 속으로 한숨을 내쉬었다. 두 왕자는 서로 형제라는 감각 자체가 옅다. 애쉬는 어렴풋하게 그걸 느끼고 있었지만 이 정도일 줄은 몰랐다.

서로 형제라고 생각하지 않는다면 일은 더 어려워진다. 자신을 죽이려 한 자다. 일 왕자가 이 왕자를 용서할 수 있을 리가 없다.

그때 어디선가 쉬익 하고 뭔가가 날아왔다.

"애쉬!"

세이레나는 반사적으로 애쉬를 향해 달려갔다. 이 왕자의 궁 쪽에서 뭔가가 날아왔다.

데이비드를 향해.

"으악!"

데이비드의 곁에 있던 남자들은 깜짝 놀라서 흩어졌다. 일 왕자의 곁에 남은 사람은 애쉬와 스펜서 단둘뿐이었다.

"애쉬! 괜찮아요?"

데이비드의 곁으로 제일 먼저 달려간 건 세이레나였다. 사실 그녀는 데이비드가 아니라 애쉬를 향해 달려간 거지만.

애쉬의 손에 화살이 잡혀 있었다. 세이레나는 애쉬의 손을 잡아 그가 다치지 않았는지 살폈다. 날아오는 화살을 낚아채다니 보통 실력이 아니다. 하지만 그런 것을 감탄하는 것보다 그녀는 애쉬가 다치지 않을지가 더 걱정스러웠다.

"레나."

애쉬는 반사적으로 세이레나의 머리를 잡아당겨 품에 안았다. 이미 화살이 하나 날아왔다. 또 다른 공격이 이어지지 않으리라는 보장이 없다. 그는 자신의 몸으로 세이레나의 몸을 가리며 거칠게 말했다.

"오지 말았어야지!"

"하지만 당신이……."

화살이 애쉬를 향해 날아왔다. 그것만으로도 세이레나는 애쉬를 향해 달려오기 충분했다.

뒤이어 로렌과 데니스가 애쉬를 향해 달려왔다.

"애쉬!"

"세이! 괜찮아?"

또 다른 화살이 날아올지도 모른다. 애쉬는 세이레나를 끌어안은 채 몸을 돌렸다. 그리고 이 자리에서 벗어나려 했다.

"브리츠, 이 자식!"

데이비드가 고함을 질렀다. 그와 동시에 스펜서가 소리쳤다.

"이 왕자가 데이비드 님을 공격했다!"

흩어졌던 남자들이 이 왕자의 궁을 향해 달려들었다. 젠장. 애쉬는 세이레나를 끌어안은 채 이를 꽉 깨물었다.

궁에 쳐들어가는 게 허락되는 경우는 딱 두 가지다. 왕을 죽이려 한 증거가 명백하거나 궁 밖의 사람을 안쪽에서 먼저 공격을 해 올 경우.

누구의 소행일까. 애쉬의 시선이 데이비드를 쫓았다. 브리츠가 겁도 없이 공격을 감행했을 수도 있다. 하지만 데이비드가 사람을 시켜 화살을 쏘게 했을 수도 있다.

그렇게 하면 정당하게 브리츠의 궁에 쳐들어갈 수 있으니까.

"일 분단!"

애쉬는 세이레나를 놓으며 소리쳤다. 이 싸움을 멈춰야 한다. 두 왕자의 왕좌 싸움에 죄 없는 사람들이 다쳐서는 안 된다.

데이비드의 수하들은 이 왕자 궁의 문을 부수고 있었다. "쿵!" 하는 큰 소리와 함께 문이 흔들렸다.

"이 왕자 궁을 보호한다!"

애쉬의 말과 동시에 일 분단이 움직였다. 그들은 문을 부수는 데이비드의 수하들에게 달라붙었다. 수하들의 수가 조금 더 많았지만 실력은 일 분단이 더 높다.

"저리 가!"

"데미안, 그만둬!"

문에 사람 한 명이 들어갈 정도의 틈이 생겼지만, 그 틈을 통과할 수 있는 사람은 없었다. 일 왕자의 수하들도 한때 기사단 소속이었었다. 일 분단 기사들과 안면이 있다는 말이다.

때문에 수하들과 기사들은 거칠게 싸우지 못했다. 그것을 본 데이비드가 인상을 쓰며 소리쳤다.

"그레이윈드 공작!"

이 왕자의 궁을 보호하기 위해 달려가려던 애쉬는 일 왕자의 부름에 멈췄다. 젠장. 그는 하는 수 없이 데이비드에게 다가갔다.

애쉬가 문에서 떨어지자 데이비드가 소리쳤다.

"저 자식이 날 죽이려 했단 말이야!"

"전하, 이 싸움은 무의미한 피를 흘릴 겁니다."

"그걸 감히 자네가 판단하겠다는 건가!"

그 틈을 타서 스펜서가 이 왕자의 궁을 향해 뛰어들었다. 애쉬의 시선이 스펜서를 향했지만 데이비드가 허락하지 않았다.

"날 보게!"

일 왕자의 명령에 애쉬는 다시 고개를 돌렸다. 애쉬를 데이비드가 잡아 두는 사이 스펜서가 이 왕자를 잡으려는 속셈이다. 하지만 데이비드와 스펜서가 눈치채지 못한 사람이 하나 있었다. 세이레나는 애쉬의 품에서 빠져나와 스펜서의 뒤를 따랐다.

"하디 경!"

스펜서는 자신을 부르는 소리를 무시하고 문으로 달려갔다. 그가 문에 생긴 틈을 통과하느라 세이레나와의 거리가 좁혀졌다. 체구가 작은 세이레나는 스펜서보다 훨씬 쉽게 틈을 통과했다. 그녀는 재빨리 스펜서의 옷을 잡으며 소리쳤다.

"멈추세요!"

그럴 수 없다. 스펜서는 세이레나의 손을 뿌리치려 했다. 하지만 그녀는 호락호락하게 떨어지지 않았다.

"그자는 데이비드 님을 죽이려 했습니다."

낮은 목소리로 스펜서가 말했다. 이를 가는 듯한 말투에 세이레나의 눈이 커졌다. 단순히 명령이나 자신의 미래를 위해서가 아니라 스펜서는 진심으로 데이비드에게 충성하고 있었다.

"어차피 이 왕자는 감옥에 갈 거예요. 굳이 당신의 손을 더럽힐 필요 없어요."

"데이비드 님을 두 번이나 공격한 자입니다. 살아 있다면 후환을 남기는 게 됩니다."

어쩌면 그럴지도 모른다. 세이레나 역시 여기서 브리츠가 죽는 게 나을지도 모른다는 생각이 들었다.

그녀도 브리츠에게 좋은 감정은 없다. 오히려 나쁜 감정뿐이다. 스펜서의 말이 맞다. 어쩌면, 차라리 브리츠가 스펜서의 손에 죽는다면 세이레나는 더 편해질지도 모른다는 생각이 들었다.

브리츠가 데이비드를 죽이려 했지만, 아직 데이비드는 왕이 아니다. 왕을 암살하려 한 자는 무조건 사형이지만 데이비드는 왕자고 브리츠도 왕자다. 그러니 브리츠는 추방되거나 평생 감금되어 살겠지.

스펜서가 걱정하는 것도 그런 점이다. 브리츠는 데이비드가 후사가 없이 죽으면 왕위를 이어받을 가능성이 생긴다. 심지어 자신의 형을 죽이려 한 지금 이 상황에서조차도.

"놔 주시죠."

스펜서는 세이레나가 망설이는 것을 보고 나직하게 말했다. 그는 데이비드를 위해서 브리츠를 죽일 결심이 되어 있었다. 스펜서의 옷을 잡은 세이레나의 손에 힘이 빠졌다. 그때, 누군가 스펜서를 향해 달려들었다.

"썩 꺼져, 이 나쁜 놈아!"

검을 든 남자였다. 스펜서가 피하기 전에 남자가 검을 휘둘렀다. 젠장. 스펜서가 본능적으로 머리를 감싸려 했을 때였다.

"탁!" 하고 검이 부딪치는 소리가 들렸다.

"어?"

세이레나의 검이 스펜서를 공격한 남자의 검을 막고 있었다.

그녀는 검집째로 들어 남자의 검을 막은 뒤 차갑게 말했다.

"궁 안에서 검을 휘두르는 것은 불법일 텐데?"

자신의 검이 막힐 줄 몰랐던 남자의 눈이 커졌다. 그는 심지어 검을 막은 게 아름다운 여자라는 것을 보고 반사적으로 뒤로 물러났다.

"여, 여기사?"

기사단에 있는 금발의 아름다운 여기사에 대해 이야기를 들은 적이 있다. 엄청난 실력자라고. 남자는 뭐라고 말을 해야 할지 몰라 입만 뻐끔거렸다.

세이레나는 그가 무슨 법을 어겼는지 이야기하려 했다. 하지만 왕궁 안에서 타인을 공격하기 위해 검을 휘두르면 안 된다는 것만 생각날 뿐 무슨 벌을 받는지는 생각나지 않았다.

젠장. 공부 좀 할걸. 그녀는 그렇게 생각하면서도 냉정한 표정으로 스펜서에게 말했다.

"하디 경, 이 자를 체포하는 걸 도와주세요."

세이레나의 말을 들은 스펜서는 멍하니 그녀를 쳐다봤다. 이상한 기분이 들었다. 그는 세이레나의 재촉에 남자의 손을 묶으면서도 그녀를 쳐다보고 있었다.

"돌아가죠."

세이레나가 그렇게 말했을 때에야 스펜서는 그녀에게 다가갔다. 여전히 그의 손 한쪽에는 남자의 손을 묶은 천이 들려 있었다.

"왜 날 구했습니까?"

스펜서의 질문에 세이레나는 무슨 소리냐는 표정을 지었다. 왜 구했냐니. 구해지고 싶지 않았다는 것처럼 들린다.

세이레나의 표정을 본 스펜서가 다시 물었다.

"아까 날 도와주지 않았다면 일이 더 쉬웠을 텐데요."

세이레나가 스펜서를 구하지 않았다면 남자의 검에 그는 크게 다쳤을 것이다. 그러면 세이레나는 스펜서를 막을 필요 없이 이 왕자 궁을 지킬 수 있다.

"하디 경은 이 왕자님을 그냥 둘 생각이 없군요."

"그분을 남겨 두면 데이비드 님께 후환이 남으니까요."

일 왕자 쪽 사람들은 그렇게 생각할지도 모른다. 그리고 세이레나 역시 이 왕자가 죽는 편이 나을지도 모른다고 생각하고 있었다.

스펜서는 남자를 끌고 세이레나와 함께 이 왕자 궁의 문을 빠져나가며 다시 물었다.

"날 구한 걸 후회할 겁니다."

그는 이 왕자를 살려 둬선 안 된다고 생각했다. 왕위를 이을 왕자는 단둘뿐. 이 왕자가 죽어야 일 왕자가 안전하다. 하지만 그렇지 않다는 것을 아는 세이레나의 표정이 복잡해졌다. 그녀 역시 이 왕자가 어딘가 사라지길 바라기는 하지만 이런 식으로는 아니었다.

"하디 경. 난 다시 같은 일이 일어나도 하디 경을 구할 거예요.

그리고 이 왕자 궁을 지킬 거고요."

"그래선 끝이 없지요."

스펜서의 말에 맞다. 세이레나는 피식 웃었다. 그녀의 시선 끝에 긴장한 표정의 애쉬가 들어왔다. 그는 세이레나가 무사히 돌아오자 눈에 띄게 안도한 표정을 지었다. 저렇게 걱정하면서도 그녀를 보내 줬다는 사실에 세이레나의 기분이 좋아졌다.

"맞아요. 끝이 없죠. 하지만 당신도 나도 입장을 바꿀 생각은 없잖아요."

"그건, 그렇죠."

"나는 기사로 내가 해야 할 일을 하는 것뿐이에요. 이 왕자 궁에 사는 사람들이 다치지 않도록 지키고, 당신 역시 눈앞에서 다치지 않길 바랐을 뿐이에요."

"그건 상충되는 바람이잖습니까."

그건 그렇다. 세이레나는 저도 모르게 입술을 깨물었다. 그녀도 안다. 자신이 너무 낭만적이라는 것을. 아무도 다치지 않고 아무도 힘들지 않고 즐겁고 행복하게만 지냈으면 좋겠다. 모든 사람과 원만하게 지내고 싶다.

그녀는 그게 불가능하다는 것을 안다. 무려 그런 미래를 맞이하고 돌아왔음에도 세이레나는 아직도 그런 것을 바랐다.

"알아요. 내가 너무 낭만적이죠."

세이레나의 자신 없는 말투에 스펜서의 표정이 변했다. 생각 없이 어쭙잖은 정의나 도덕 같은 걸 말하는 사람이라면 경멸할 생각이었다. 하지만 스펜서의 눈에도 세이레나가 자신이 낭만적이라는 것을, 그녀가 바라는 것이 불가능에 가깝다는 것을 아는 게 보였다.

"그렇죠."

스펜서는 무표정한 얼굴로 고개를 끄덕였다. 세이레나 헌터는 낭만적이다. 도덕적이고 정의를 원한다. 그게 어려운 상황에서도.

그건 어려운 일이다. 스펜서는 세이레나가 큰 어려움 없이 자란 귀족 영애기 때문에 가능한 사상이라고 생각했다.

어쩌면 그녀가 왕비가 되어 모함을 받고 죽음 앞에서 회귀했다는 것을 알았다면 평가는 훨씬 달라졌을 것이다.

"레나."

애쉬는 세이레나가 가까워지자 성큼 다가와 그녀를 끌어안았다. 실력만으로 보면 그는 그녀가 스펜서를 막을 수 있을 거라고 생각했다.

하지만 스펜서를 한 군데도 다치지 않게 데려오는 건 어려울 거라고 생각하고 있었다.

"어떻게 설득했어?"

애쉬의 질문에 세이레나의 표정이 어두워졌다. 뭐지? 잠깐 당황하는 그에게 세이레나가 말했다.

"운이 좋았어요."

스펜서가 세이레나의 뒤를 따라온 건 그녀가 그를 구해 줬기 때문이다. 이번 한 번, 이 왕자를 향한 공격을 유예받았을 뿐이다.

하지만 애쉬는 상관없었다. 그는 세이레나의 어깨를 감싸 안으며 몸을 돌렸다.

"운도 실력이야."

운도, 기적도 준비된 자만이 낚아챌 수 있다.

"그런데 어떻게 됐어요?"

애쉬와 함께 이 왕자 궁의 문 앞에서 물러나던 세이레나가 문득 생각났다는 듯 물었다. 그녀가 스펜서와 나왔을 때는 이미 상황이 정리된 다음이었다.

애쉬는 이 왕자 궁을 공격한 일 왕자의 수하들에게 죄를 묻지 않겠다고 했다. 어차피 이 왕자는 자신의 궁에 유폐된 것이나 다름이 없다.

이 왕자의 밑에서 일하던 자들도 이 왕자를 포기하고 일 왕자 쪽으로 붙을 기회를 줘야 하지 않겠냐는 애쉬의 말에 데이비드는 고개를 끄덕였다.

"더 이상 일 왕자가 어떻게 할 방법도 없잖아."

마지막 계획이었던 스펜서도 세이레나에게 막혔다. 데이비드가 브리츠를 죽이려면 브리츠의 궁을 폐쇄해 궁 안에 사는 모든 사람을 굶어 죽이는 수밖에 없다.

이 왕자의 궁에 사는 사람들에게도 가족이 있다. 그들이 가만히 있지 않을 것이다. 괜히 그런 짓을 했다가 일 왕자의 지지도

가 낮아질 것이 분명했다.

"이 왕자는 감옥에 갈까요?"

세이레나는 시선을 이 왕자 궁으로 던지며 물었다.

과거에 형제를 죽이려 한 왕자가 폐위된 채 감옥에 간 경우도
있었고 폐쇄된 자신의 궁에서 평생 감금돼 살다 죽은 경우도 있
었다.

"그럴 가능성이 높겠지."

애쉬는 데이비드가 절대로 브리츠를 그냥 두지 않을 거라고
생각했다. 자신의 무력을 모두 동원하여 동생을 죽이려 한 자다.
브리츠를 죽이는 게 막혔으니 이제는 그를 폐위한 뒤 감옥에 가
두려 할 가능성이 높다.

"일 왕자가 왕이 되겠군요."

세이레나는 그렇게 말하고 애쉬의 가슴에 머리를 기댔다. 아
깝다는 생각이 들었다. 두 왕자는 적통 왕자가 아니다. 애쉬에게
자격이 있다.

하지만 일 왕자가 왕이 되는 게 아깝다는 생각이 드는 한편,
애쉬가 왕이 되지 않아 다행이라는 생각도 들었다.

"다행이지."

"다행인가요?"

세이레나의 말에 애쉬가 무슨 소리냐는 듯 말했다.

"일 왕자가 왕이 되길 바란 거 아니었어?"

"그건……."

아니라고 말하려던 세이레나의 입이 멈췄다.

솔직히 말하면 어느 쪽인지 그녀도 몰랐다. 처음엔 일 왕자가 왕이 되는 게 당연하다고 생각했다. 하지만 곧 두 왕자에게 자격이 없다는 것을 알았다.

그리고 그녀는 무엇보다 애쉬가 왕이 될까 봐 두려웠다. 그녀가 왕비가 되어야 하니까. 하지만 지금 두 왕자의 싸움을 보고 나서는 마음이 흔들리고 있었다. 그녀가 이기적으로 굴고 있는 게 아닐까.

두 왕자는 왕이 되기에는 너무 이기적이다. 오늘 사건만 봐도 그랬다. 일 왕자는 이 왕자를 향한 복수심에 눈이 멀어 왕궁 안에 있는 죄 없는 사람까지 공격하려 했다.

그 직전에는 기사단에 과도한 권한을 부여해서 이 왕자를 즉결 심판하려고도 했다.

애쉬는 왕이 된다면 두 왕자보다 훨씬 좋은 왕이 될 것이다. 그는 기사단장으로 있으면서도 기사단에 과도한 권한이 있어서는 안 된다고 주장했다.

이 왕자가 폐위되고 일 왕자가 왕이 되는 게 확실한 지금조차 흔들림 없이 일 왕자의 의견에 정면으로 반대했다.

나라를 위해서라면 애쉬가 왕이 되어야 하는 게 아닐까.

애쉬는 세이레나가 말을 하다 말고 인상을 쓰자 무슨 일인가 하고 발걸음을 멈췄다.

"나, 아직 당신에게 해야 할 이야기가 있죠."

세이레나는 애쉬에게서 몸을 떼어 내며 나직하게 말했다.

애쉬의 표정이 변했다. 그는 심각한 표정으로 세이레나를 내려다보다가 나직하게 말했다.

"난 좀 더 기다릴 수 있어."

오늘 두 사람은 너무 엄청난 사건을 겪었다. 암살당할 뻔한 일 왕자를 지켜냈고 그가 이 왕자의 궁을 습격하는 것을 막았다. 그전에는 그레이윈드 공작 부인과 엘라 부인이 가지고 있던 비밀을 들었다.

"내가 못 기다리겠어요."

세이레나는 그렇게 말하며 고개를 저었다. 어차피 말하기로 결심했다면 하루 빨리 말하고 싶었다. 전전긍긍하는 것도 이제 지쳤다.

물론 그녀가 말하지 않으면 애쉬는 꿈에도 생각하지 못할 것이다. 설령 말한다 해도 그가 믿을 가능성은 작았다. 하지만 그래도 세이레나는 꼭 말해야 한다고 생각했다.

"자리를 옮겨야겠군."

애쉬는 그렇게 말하고 떠나가는 일 왕자와 그의 부하들을 쳐다봤다. 다만 한 무리의 일 분단 기사들은 해산 명령을 기다리고 있었다. 기사단은 단장인 그의 해산 명령이 있어야 돌아갈 수 있다.

"해산."

간단한 애쉬의 명령에 기사들이 흩어졌다. 기사단으로 오라는 말이 없었으니 다들 자기 집으로 돌아갈 것이다.

애쉬는 슬쩍 고개를 들어 하늘을 쳐다봤다. 어슴푸레하게 동이 터 오고 있었다. 이 시간이면 기사단은 비어 있을 것이다.

"기사단으로 갈까?"

이건 세이레나를 배려해서 한 말이었다. 이 새벽에 약혼자라고는 하지만 상대방의 집에 함께 들어가는 걸 누가 보기라도 하면 소문이 난다.

애쉬는 상관없다. 하지만 융통성 없는 세이레나의 성격상 엄청나게 신경 쓸 게 분명했다.

"당신과 단둘이 있을 수 있다면 어디든 상관없어요."

세이레나의 말에 애쉬의 눈이 가늘어졌다. 그는 그녀가 그가 아는 그런 의미로 말한 게 아니라는 걸 알았다. 하지만 그럼에도 이런 말을 할 때마다 신경 쓰이는 것은 어쩔 수 없다.

간혹 그에게 접근하는 여자들이 단둘이 있을 수 있는 곳으로 가자고 하는 경우가 있었다. 그건 남녀 간의 은밀한 행위를 하자는 권유나 마찬가지다.

"그럴 리가 없지."

애쉬는 쓰게 웃으며 세이레나와 함께 기사단으로 향했다. 다른 사람이면 모르지만 세이레나는 그럴 리가 없다.

"미안. 차를 내와야 하는데 뜨거운 물이 없네."

기사단으로 들어온 애쉬가 세이레나를 위해 단장실의 문을 열어 주며 말했다. 당직 기사를 위해 뜨거운 물이 준비되긴 하지만 다 마신 모양이다.

"괜찮아요."

세이레나는 바짝 긴장해서 웅얼거렸다. 뭐부터 말해야 할지 모르겠다.

자기 자리에 앉으려던 애쉬는 긴장한 세이레나의 얼굴을 보고 책상 앞으로 돌아 나왔다. 그는 세이레나가 앉은 바로 앞 책상에 엉덩이를 걸치며 물었다.

"그렇게 힘든 이야기면 안 해도 돼."

왜 그에게 이야기해 주지 않느냐고, 대체 뭘 숨기고 있었던 거냐고 불만이었던 것도 잊고 애쉬는 말했다. 세이레나가 이렇게 힘들어한다면, 차라리 그가 답답한 게 낫다.

"힘든 건, 아니에요."

거짓말이지만 세이레나는 힘들지 않다고 말했다. 그녀는 뭐라고 말해야 애쉬가 중간에 이야기를 끊지 않을지 고민하고 있었다.

그가 그럴 사람이 아니라는 것을 안다. 하지만 지금 그녀가 할 말은 그럴 사람이 아니어도 그럴 수밖에 없는 이야기다.

"안 믿어도 괜찮아요. 하지만 내가 이야기를 끝낼 때까지 끊지 말고 들어 줘요."

세이레나의 요청에 애쉬의 한쪽 눈썹이 올라갔다. 그는 자신이 그녀의 말을 끊을 것 같냐고 말하려다가 말았다.

"그래. 알았어."

순순한 대답에도 세이레나는 긴장을 풀지 못했다. 그녀는 무릎 위에 얹은 자기 손을 맞잡아 쥐어짜며 입을 열었다.

"나, 십 년 정도 더 살고 왔어요."

거기까지 말한 세이레나는 고개를 숙인 채 눈만 들어 애쉬를 쳐다봤다. 그는 책상에 기댄 채 무표정한 얼굴로 그녀를 쳐다보고 있었다.

그가 무슨 생각을 하는지 모르겠다. 그녀가 미쳤다고 생각하는 건지, 아니면 농담한다고 생각하는 건지. 하지만 세이레나는 계속해서 말했다.

"이미 살고 온 인생에서 나는 왕과 결혼했어요."

드디어 애쉬의 표정에 변화가 생겼다. 그의 눈썹이 움찔하더니 자세가 잠깐 바뀌었다. 하지만 여전히 애쉬는 아무 말도 하지 않았다.

세이레나는 그가 말을 끊지 않는다는 것을 확인하고 계속해서 이야기했다.

왕과 결혼했고 주변의 모든 사람들과 멀어졌다는 것.

왕과의 결혼이 껍질뿐이었다는 것.

그리고 게일이 이 왕자를 왕으로 만들기 위해 그녀를 이용해 왕궁 재산을 빼돌리고 그녀를 죽이려 했다는 것.

그리고 마지막 순간 마법사를 만났다는 것까지.

"눈을 떴을 때, 나는 내가 다시 돌아왔다는 것을 알았어요."

이야기를 끝낸 세이레나는 그렇게 말하고 한숨을 내쉬었다.

애쉬가 믿지 않아도 상관없다. 그가 믿었으면 좋겠지만 그녀도 안다.

이건 누가 들어도 믿기 어려운 이야기다. 여러 가지 상념이 한꺼번에 밀려들어 왔다.

처음 돌아왔을 때는 오히려 아무 느낌도 느껴지지 않았다. 그때는 그저 놀랐을 뿐이고 당장 상황을 파악하는 것만으로도 조급했다. 에즈라에게 제대로 신경 써 주지 못했을 정도니 말 다했다. 지금은 그때와 반대다. 그때 그녀가 걱정했던 모든 일들은 없는 일이 되거나 끝났다.

심지어 누구에게도 말하지 못할 거라 생각했던 경험조차 방금 애쉬에게 모두 털어놓았다. 허탈하면서도 시원했고 동시에 다가올 애쉬의 반응이 미치게 두려웠다.

세이레나는 최악의 상황을 상상하며 애쉬를 쳐다봤다. 말도 안 되는 헛소리 그만하라고 벌컥 화를 내며 저 문으로 나가 버리는 상상이었다.

하지만 그는 아무 말도 없이 무표정한 얼굴로 세이레나를 쳐다보고 있었다. 속을 알 수 없는 표정에 세이레나의 얼굴이 일그러졌다.

"그게 언제였어?"

한참의 침묵 끝에 애쉬가 물었다. 불안한 표정으로 어쩔 줄 몰라 하던 세이레나는 멈칫했다. 거짓말하지 말라거나 꿈꾼 게 아니냐고 할 줄 알았다.

하지만 애쉬는 그녀가 돌아온 게 언제인지를 물었다. 세이레나는 조심스럽게 말했다.

"어, 부모님이 돌아가신 이튿날이요."

"아."

그래서였군. 애쉬는 어쩐지 갑자기 달라졌던 세이레나의 태도를 떠올렸다. 지금 생각해 보니 타이밍이 좋았다. 다들 갑자기 달라진 세이레나의 태도가 부모님의 사망으로 충격을 받아서 그렇다고 생각했으니까.

하지만 애쉬는 이상하다고 생각했다.

"그래서 왕비님의 사고도 미리 알고 있었던 거군?"

그랬다. 세이레나는 고개를 끄덕였다. 애쉬는 턱을 쓸며 다시 물었다.

"그러면 어째서 부모님이 돌아가시기 전으로 돌아가지 않았던 거야?"

이걸 어떻게 받아들여야 할까. 세이레나는 애쉬가 그녀의 말을 믿어 준다는 사실에 놀라서 잠시 그를 쳐다봤다. 안 믿을 줄 알았다. 그녀가 애쉬였다 해도 믿지 못했을 테니까.

세이레나의 시선을 깨달은 애쉬가 고개를 기울이며 물었다.

"왜 그래?"

"어, 당신이 이렇게 쉽게 믿을 줄 몰랐어요."

아, 그래서. 애쉬는 쓰게 웃으며 머리를 쓸었다. 그녀의 말대로 쉽게 믿기 어려운 이야기다. 하지만.

"거짓말을 하려고 했다면 좀 더 그럴듯한 거짓말을 했겠지."

세이레나는 멍청하지 않다. 오히려 영리한 편이다. 그래서 그는 그녀의 말이 진실일 거라고 생각했다. 당장 믿기 어려울지라도 이렇게 말도 안 되는 거짓말을 할 사람이 아니다. 게다가 그녀의 말대로라면 그동안 세이레나의 행동이 맞아떨어진다.

애쉬의 반응에 세이레나는 여전히 놀란 감정을 숨기지 못하고 있었다. 그는 공과 사가 분명한 사람이다. 자신의 이런 말도 안 되는 이야기 따위는 꿈이라도 꾼 거 아니냐고 가볍게 치부할 줄 알았다.

"레나?"

애쉬는 문득 쳐다본 세이레나의 눈동자에 눈물이 맺힌 것을 보고 놀라서 그녀에게 다가갔다.

보라색 눈동자가 눈물에 젖어 짙어진 것처럼 보인다. 마치 물감이 번진 것처럼 세이레나의 눈자위가 붉어졌다.

"당신이라서 다행이에요."

세이레나는 눈물을 글썽이며 속삭였다. 그녀가 품고 있던 가장 크고, 무거운 비밀을 나눈 사람이 애쉬라 다행이라는 생각이 들었다. 그가 이렇게 자연스럽게 받아 준다는 게 당연하게 느껴지는 동시에 기적처럼 느껴졌다.

"이야기를 믿어서?"

애쉬는 세이레나 앞에 무릎을 꿇고 앉으며 물었다. 그의 얼굴 위에 반듯한 미소가 떠올랐다.

하지만 세이레나는 그가 이야기를 믿어서 다행이라고 한 게 아니었다.

그녀의 머릿속에 돌아오자마자 만났던 애쉬가 떠올랐다. 어떻게 이럴 수 있을까 싶을 정도로 생소하게 다른 감정이 떠올랐다.

위압적이고 압도적인 체격과 표정이 겁이 나는 동시에 불쾌하게 느껴졌었다. 차가운 검정색 눈동자가 그녀의 행동을 따라다니는 게 느껴져 싫었다.

하지만 어느 순간 그의 검정색 눈동자가 싫지만은 않았다. 조금씩 조금씩 세이레나의 마음을 감싸고 있던 얼음 막이 녹는 것처럼 애쉬에 대한 감정이 부드러워졌고 따듯해졌다.

그녀는 자신의 앞에 당연하다는 듯 무릎을 꿇은 애쉬를 쳐다봤다. 그녀는 운이 좋았다. 정말로 좋았다. 그녀의 앞에서 무릎 꿇는 것을 당연하게 생각하는 남자를 만났다.

"내가 사랑하게 된 게, 당신이라서요."

애쉬의 검정색 눈동자가 커졌다가 다시 가늘어졌다. 그는 자리에서 일어나 세이레나를 일으켜 세웠다. 그리고 어리둥절한 그녀를 끌어안은 채 손님용 의자에 앉았다.

"그건 내가 할 말인데."

애쉬는 세이레나의 어깨와 머리를 쓰다듬으며 중얼거렸다. 마음 같아서는 그녀를 되돌려 보낸 마법사를 찾아서 감사의 인사라도 하고 싶을 정도다.

약간의 시간 동안 두 사람은 그렇게 꼭 끌어안고 가만히 앉아 있었다. 마치 시간이 천천히 흘러가는 것처럼 느껴졌다.

세이레나는 애쉬의 가슴에 머리를 댄 채 숨을 내쉬었다.

"한 가지 궁금한 게 있어."

문득 따뜻한 정적을 깨고 애쉬가 입을 열었다. 세이레나의 이야기를 듣는 내내 궁금한 게 딱 하나 있었다.

정말 세이레나의 말대로 대략 십 년 정도를 살고 돌아왔다면 어째서 부모님의 사망 전으로 돌아오지 않은 걸까. 그 의문이 도무지 풀리지 않았다.

"잘 모르겠어요."

세이레나는 솔직하게 말했다. 왜 하필 부모님의 사망 다음날로 돌아온 걸까. 그녀도 그동안 무수하게 질문을 던졌다. 이유가 뭐였을까. 왕비의 죽음을 막았으니 며칠만 더 일찍 돌아왔다면 헌터 백작 부부의 죽음도 막을 수 있었을 것이다.

"마법사가 임의로 그 날로 보내 준 게 아닌가 싶어요."

아무리 생각해도 그날은 세이레나가 돌아오고 싶은 날짜가 아니었다. 그냥 우연히 그 날짜에 돌아온 게 아니었을까.

세이레나의 말에 애쉬는 고개를 끄덕였다. 그럴 수도 있다.

"그 미래에서 이 왕자가 왕이 된다고?"

이어진 애쉬의 질문에 세이레나는 고개를 끄덕이다가 멈췄다. 정확히 말하면 그녀가 왕비였을 때 이 왕자는 왕이 될 준비를 하고 있었다.

"됐을 거예요. 내가 돌아오기 전에, 일 왕자는 감옥에 갇혀 있었으니까요."

그렇군. 애쉬는 고개를 끄덕였다. 솔직히 말하면 그는 세이레나가 거짓말할 리 없다고 생각하지만, 현실감을 느끼지는 못하고 있었다.

그만큼 너무 엄청난 이야기다. 말한 사람이 세이레나가 아니라면 믿을 생각조차 하지 못했을 것이다.

"저, 그래서요."

애쉬의 질문이 끝난 것 같아서 세이레나는 또 한 가지 중요한 이야기를 꺼냈다. 그에게 꼭 해야 할 이야기가 있다.

"드래곤이 깨어난 게, 나 때문인 것 같아요."

"어째서?"

"이사나 씨가, 그러니까 마법사가 그랬거든요. 드래곤은 잠들어 있을 뿐이고 강력한 마법의 기운을 느끼면 깨어날 수 있다고요."

거기까지만 말해도 애쉬는 이해했다. 강력한 마법. 누군가를 십 년 전으로 돌려보내는 것만큼 강력한 마법이 어디 있겠는가.

하지만 애쉬는 아직도 세이레나가 회귀했다는 사실을 실감하지 못하고 있었다. 그녀가 그런 거짓말을 할 이유가 없다는 것을 아는 것과 실감하는 것은 다른 문제다. 그는 거칠게 머리를 쓸어 넘기며 말했다.

"그건, 좀 더 생각해 보자."

"하지만 나 때문이면……."

"레나."

어쩔 줄 몰라 하는 세이레나를 꽉 끌어안으며 애쉬가 입을 열었다.

"널 돌려보낸 마법사가 그걸 몰랐을까?"

애쉬의 말에 세이레나의 눈이 커졌다. 그건 생각도 안 해 봤다. 하지만 칼리스타라면 알았을 것이다. 이사나가 그런 의견도 있다고 했으니까.

"마법사가 알고도 그런 마법을 사용한 건 이유가 있겠지. 막을 방법을 알고 있다거나, 드래곤이 깨어나지 않을 거라고 생각했다거나."

그는 계속해서 말하며 세이레나의 손을 잡았다. 초조한 마음에 또다시 자기 손을 쥐어짜고 있던 세이레나의 손은 이미 빨갛게 변해 있었다.

그랬으면 좋겠다. 그렇다고 해서 세이레나가 아무 일도 하지 않겠다는 건 아니지만 마법사가 그런 엄청난 마법을 쓴 데에는 믿는 구석이 있었으면 좋겠다.

"정 안 되면, 우리가 막으면 되지."

애쉬의 농담 같은 말에 세이레나의 얼굴이 밝아졌다. 그녀의 표정을 본 애쉬의 얼굴도 환해졌다.

그는 이런 게 좋았다. 세이레나가 그의 말을 듣고 기분이 좋아지는 것. 그녀의 보라색 눈동자가 기분이 좋아지면서 자수정처럼 빛나는 걸 보는 게 좋았다.

"드래곤을 막는 게 그렇게 쉬울 리가 없잖아요."

기분이 밝아진 세이레나가 농담처럼 말했다. 하지만 둘 다 그게 농담이 아니라는 것을 알았다. 애쉬는 어깨를 으쓱해 보이며 말했다.

"다섯 용사 이야기에서 용을 소드 마스터 다섯이서도 막았잖아? 지금은 다섯 명보다 더 많으니 더 쉽겠지."

현재 기사단 내에 있는 소드 마스터는 넷. 애쉬, 데니스, 로렌, 세이레나.

하지만 기사단을 은퇴한 소드 마스터까지 하면 수가 더 늘어난다.

세이레나는 자신이 생각하지 못한 부분을 일깨워 주는 애쉬의 말에 빙그레 웃었다. 혼자 전전긍긍하고 어쩔 줄 몰라 했는데 애쉬와 이야기하니 머리 한구석이 맑아지는 기분이 들었다.

"당신에게 이야기하길 잘한 것 같아요."

"평생 그랬으면 좋겠는데."

애쉬는 세이레나를 끌어안은 채 그녀의 어깨에 머리를 댔다. 머리를 맞대고 고민하는 건 얼마든지 할 수 있다. 세이레나 혼자 고민하고 걱정하는 것보다 같이 고민하고 걱정하게 해 줬으면 좋겠다.

"그래서 왕비가 되고 싶지 않다고 했던 거군."

세이레나는 애쉬의 손바닥에 뺨을 대다가 멈칫했다. 예리하게도 그는 그녀가 왕비가 되고 싶냐는 그의 질문에 예민하게 반응했던 것을 기억하고 있었다.

지금은 상황이 다른 것을 안다. 하지만 그래도 세이레나는 왕궁에 들어가는 게 아직도 조금은 두려웠다.

"잘 모르겠어요."

세이레나는 솔직하게 말했다. 지금은 왕이 아니라 애쉬가 곁에 있고 좋은 친구들도 있다. 그러니까 괜찮을 수도 있다는 생각이 반, 결국 그 자리는 그녀를 외롭고 고독하게 만들 거라는 생각이 반이다.

"나는 당신이 왕이 되어야 하는 게 아닐까 하고 생각해요. 하지만⋯⋯."

그녀 자신이 왕비가 되는 건 걱정된다.

애쉬는 세이레나를 물끄러미 쳐다보고 있었다. 그는 그녀가 뭘 걱정하는지 알았다.

"레나, 난 왕이 될 생각이 없어."

솔직히 말하면 아직도 애쉬는 약간 얼떨떨한 상태였다. 일 왕자가 왕의 친자가 아니라는 것도 정황상의 증거일 뿐이지 확실한 건 아니다. 그런 와중에서 일 왕자가 왕의 친자가 아니라는 불확실한 이유로 그가 왕위를 탐낸다는 건 위험하게 느껴졌다.

하지만 지금까지 그가 본 일 왕자의 행적과 오늘의 행적을 보면 과연 그가 왕이 되도 되는 걸까 하는 고뇌가 들었다.

데이비드가 왕이 되어도 되는 걸까. 당연히 일 왕자인 그가 왕이 된다고 생각했던 애쉬의 생각이 흔들리고 있었다. 하지만 왕위에 대한 생각과 달리 처음부터 지금까지 확실한 생각이 하나 있었다.

만약 일 왕자의 검이 세이레나를 향한다면 그 순간 애쉬의 검은 그에게로 향할 것이다. 애쉬의 말에 세이레나의 시선이 그를 향했다. 놀랍게도 그녀의 표정은 안도보다는 혼란과 죄책감이 뒤섞여 있었다.

왕이 되어야 할 사람은 일 왕자가 아니라 애쉬다. 그 사실을 아는 세이레나는 그녀의 욕심 때문에 애쉬가 마땅히 받아야 할 것을 받지 못할까 봐 두려웠다. 그리고 미안했다.

"아이를 낳지 못한다는 것도 경험이었군."

이어진 애쉬의 말에 세이레나는 고개를 끄덕이려다 말았다. 그녀는 새로 알게 된 사실이 또 하나 있다는 점에 벌떡 일어났다.

"레나?"

애쉬의 앞에 선 세이레나는 자기 손을 쥐어짜며 간신히 입을 열었다.

"그, 그거. 사실은 잘 몰라요."

"응?"

애쉬의 시선이 세이레나의 손과 그녀의 얼굴을 번갈아 향했다. 뭘 잘 모른다는 거지? 어리둥절해 하는 그에게 세이레나가 다시 말했다.

"와, 왕하고 결혼했을 때 나는, 그러니까, 그걸 안 했거든요."

"그거?"

"그, 부, 부부 관계요."

세이레나의 얼굴이 새빨갛게 달아올랐다. 애쉬의 얼굴에도 "아." 하고 알아차렸다는 표정이 떠올랐다.

생각해 보면 확실히 이상한 이야기긴 하다. 이미 왕과 결혼해 왕비였다가 돌아온 세이레나가 남녀 관계에 대해 전혀 몰랐다는 건⋯⋯.

그는 눈을 한번 굴리고 낮은 목소리로 말했다.

"그래서 알았던 거군. 왕이 생식 능력이 없다는 걸."

"사, 사실 그것도 잘 몰랐어요."

"몰랐다고?"

"지난번에 여기사 클럽 모임에 갔었잖아요?"

기억난다. 애쉬는 고개를 끄덕였다. 세이레나는 달아오른 뺨을 식히기 위해 두 손을 뺨에 갖다 대며 말했다.

"거기서 조금, 교육을 받았다고나 할까."

"맙소사."

애쉬는 저도 모르게 머리를 감싸 안았다. 아무래도 여기사 클럽에 감사의 의미로 기부금이라도 내야 할 모양이다. 하지만 동시에 이상하면서도 신기하게 느껴졌다. 그는 고개를 들며 물었다.

"그럼 그때까지도 왕이 생식 능력이 없다는 걸 몰랐던 거야?"

세이레나의 얼굴이 다시 달아올랐다. 창피해 죽겠다. 그녀는 자신이 얼마나 멍청했는지를 떠올리며 더듬더듬 말했다.

"그, 그런 말이 있잖아요? 남자의 검으로 여자를 찌른다는."

안다. 이번에도 애쉬는 안다는 의미로 고개를 끄덕였다. 그건 오랜 관용어 같은 거다.

세이레나는 애쉬가 고개를 끄덕이자 시선을 피하며 말을 이었다.

"그게 부부 관계인 줄 알았거든요."

이건 무슨 소린지 모르겠다. 애쉬의 미간에 주름이 생겼다. 그는 고개를 기울이며 물었다.

"그거?"

"그러니까, 검으로 찌르는 거요. 왕은, 저를, 그러니까 왕비들이요. 엘라 부인도 포함해서요. 왕비의 몸을 찌르는 걸 좋아했⋯⋯."

그 순간, 어디선가 빠각하고 뭔가가 부서지는 소리가 들렸다. 깜짝 놀란 세이레나가 고개를 들자 애쉬 역시 어리둥절한 표정을 지어 보였다.

"무, 무슨 소리죠?"

"글쎄? 밖에서 난 소리 같은데."

"안에서 뭔가가 부서지는 소리 아니었어요?"

"하지만 여긴 부서진 게 없는걸."

아닌가? 세이레나는 애쉬의 표정을 보고 단장실을 둘러봤다.

뭔가가 부서지는 소리가 났지만, 딱히 부서진 건 보이지 않았다.

잘못 들었나?

세이레나의 시선이 단장실 문을 향했다. 때마침 누군가 단장실 문을 벌컥 열며 소리쳤다.

"누, 누구냐!"

미카엘이었다. 그는 단장실 안에 침입자가 있다고 생각하고 들어왔다가 애쉬와 세이레나를 보고 멈칫했다.

"어? 단장님?"

"벨몬트 경."

퇴근한 거 아니었나? 당직이었던 미카엘은 당황해서 세이레나와 애쉬를 빤히 쳐다봤다. 그 표정에 괜히 제 발 저린 세이레나가 애쉬에게서 슬쩍 물러났다.

"자, 잠깐 이야기하느라……."

변명처럼 중얼거리는 세이레나의 말에 애쉬는 피식 웃었다. 굳이 그런 말 안 해도 됐을 텐데.

하지만 당황하기는 미카엘도 마찬가지였다.

"어, 아. 그, 그렇군요. 그럼 저는 자리를 피해 드릴, 아니, 나가 보겠습니다."

"아니에요!"

세이레나가는 엉겁결에 미카엘에게 다가가며 소리쳤다. 여기서 미카엘이 자리를 피하면 더 이상해진다. 그녀는 미카엘에게 성큼성큼 다가가 문손잡이를 잡으며 말했다.

"저, 저도 그만 가려고 했어요. 이야기 끝났어요. 그렇죠?"

전혀 아니지만 애쉬는 고개를 끄덕였다. 그는 여전히 의자에 앉은 채 팔걸이에 손을 얹고 있었다.

"그럼 이만."

세이레나가 허둥지둥 나가 버리자 미카엘은 눈을 깜빡이며 그녀의 뒷모습을 쫓다가 애쉬를 쳐다봤다. 애쉬는 세이레나가 나가고 나서야 몸을 일으켰다.

그의 손에 의자 팔걸이가 들려 올라왔다.

"망가졌습니까?"

미카엘은 애쉬의 손에 들린 의자 팔걸이를 보고 놀라서 단장실 안으로 들어왔다.

애쉬는 고개를 끄덕이며 부서진 팔걸이를 의자 위에 툭 던졌다.

"갖다 버리게."

어쩌다 팔걸이만 떨어져 나갔지? 미카엘은 어리둥절해 하면서도 고개를 끄덕였다.

그는 임시로 창고에 있는 의자를 가져다 둬야겠다고 생각하며 망가진 의자를 들어 올렸다.

"그리고 지금 추모식장을 경비하는 기사가 누구누구지?"

추모식장? 미카엘은 의자를 들고 단장실 밖으로 나가려다 말고 멈춰 섰다. 누구였더라. 아마 팔 분단 기사들이었을 것이다. 야간에도 한두 명은 혹시 모를 훼손을 방지해서 경비를 선다.

"하비 경과 넷 경입니다."

"잠깐 오라고 하게."

근무 중인데? 미카엘은 어리둥절해서 물었다.

"지금 당장 말입니까?"

하지만 애쉬는 단호했다. 그는 무표정한 얼굴로 말했다.

"둘 다 당장 데려오게."

"그럼 추모식장의 경비가 빌 텐데요."

"책임은 내가 지지."

이상한 일이다. 미카엘은 고개를 갸웃하며 돌아섰다. 지금까지 애쉬는 근무지 이탈을 명령한 적이 없다. 대신할 인력이 있다면 모르지만, 지금은 새벽이고 당장 그 두 명을 부르면 추모식장의 경비가 비게 된다.

대체 무슨 일이지? 그는 어리둥절해 하면서도 하비 경과 넷 경을 데려오기 위해 기사단을 나섰다.

*   *   *

"범인 잡았어?"

그날 오후. 모아나는 여기사 클럽을 찾은 세이레나에게 대뜸 말했다. 응? 클럽을 막 들어서던 세이레나는 무슨 소린가 해서 멈춰 섰다.

"추모식장을 망가트린 범인 말야. 잡았냐고."

아. 그거. 세이레나의 얼굴이 어두워졌다.

새벽에 누군가 죽은 왕을 추모하는 추모식장에 난입해 난동을 쳐 놓았다.

비와 이슬을 막기 위해 쳐 놓은 천막은 물론이고 사람들이 꽃을 바치는 제단도 산산조각. 심지어 석판까지 거의 가루가 되도록 부숴 놓았다.

평소라면 기사들이 경비를 서고 있었을 테지만 하필이면 그때 딱 애쉬가 기사들을 불러들인 모양이라 기사단과 왕궁은 뒤집어졌다.

"아직."

"어휴. 단장님이 벌 받는 거야?"

기사들이 자기 멋대로 자리를 떠났다고 해도 단장인 애쉬가 지휘 능력 부족으로 벌을 받았을 사안이다. 그런데 이건 애쉬가 기사들을 불러들인 거라 애쉬 혼자만 벌을 받게 생겼다.

"괜찮아. 그래도 공작인데 벌금 내고 자택 근신 삼 일 정도겠지."

그때 로렌이 끼어들었다. 그녀는 세이레나보다 먼저 도착해서 샌드위치를 주문해 먹고 있었다.

세이레나와 모아나의 시선이 로렌을 향했다.

"벌금?"

"아마 망가진 추모식장을 애쉬 돈으로 수리할 테니까. 그것도 지금 상황으로는 어떻게 될지 모르지만."

로렌은 그렇게 말하며 어깨를 으쓱해 보였다. 이 왕자가 일 왕자를 죽이려 했고 분노한 일 왕자가 이 왕자의 궁에 쳐들어가려 했다는 소문이 이미 수도에 퍼졌다.

사람들의 시선이 두 왕자의 싸움에 몰렸으니 애쉬는 상대적으로 가벼운 벌을 받을 것이다.

"그나저나 누굴까."

모아나가 심각한 표정으로 말했다. 누군지 몰라도 엄청난 실력자다. 두 기사가 자리를 비운 것은 고작 한 시간. 그 한 시간 동안 추모식장을 그렇게 부숴 놨다는 건 보통 실력이 아니라는 뜻이다.

아니면 여러 명이 몰려갔거나.

36

각성

이 왕자가 근신형에 내려진 것은 일 왕자가 이 왕자의 궁에서 물러난 지 이틀 후의 일이었다.

"폐위는 확실하겠지."

모아나는 심드렁하게 말했다. 아직 폐위당한 것은 아니지만 자신의 형이자 왕위 계승권이 더 높은 데이비드를 죽이려 했다. 브리츠는 당연히 폐위당할 것이다.

"그럼 뭘 회의하는 거지?"

로렌이 일인용 소파에 삐딱하게 앉아 발가락을 까딱거리며 물었다. 세 사람이 있는 곳은 클럽 안에서도 응접실에 해당되는 방이라 다른 사람들도 많았다.

책이나 신문을 읽는 사람도 있었고 차와 비스킷으로 간단하게 요기를 하는 사람도 있었다. 하지만 모두 공통적으로 세이레나와 로렌, 모아나의 대화에 귀를 기울이고 있었다.

"추방이냐 감금이냐, 뭐 그런 거겠지."

모아나의 말에 로렌이 "아." 하고 신음했다. 그러더니 세이레나를 쳐다보며 물었다.

"애쉬는 어느 쪽이래?"

오늘 왕궁 회의에 애쉬도 참석했다. 상급 귀족들은 모두 참석해서 브리츠의 처우를 결정하는 회의를 한다고 했다.

세이레나는 읽고 있던 책에서 시선을 떼고 눈동자를 굴렸다.

"글쎄."

"안 물어봤어?"

"음. 솔직히 감금이나 추방이나 무슨 차이가 있나 싶어서."

"무슨 차이냐니!"

느닷없이 여기사가 끼어들었다. 근처에 앉아 책을 읽고 있던 벨라였다. 그녀는 벌떡 일어나 세이레나 옆에 있던 의자에 앉더니 크게 말했다.

"감금되면 결국 수도에 있다는 말이잖아. 언제든지 다시 일왕자님을 노리려 할 수 있다고."

"에이, 그건 아니지."

근처에 있던 몰리가 끼어들었다. 그녀는 마시고 있던 찻잔을 든 채 다가오며 말을 이었다.

"추방이 더 위험할 수도 있어. 감금이면 지켜볼 수라도 있지,

추방되면 뒤에서 몰래 힘을 키울 수도 있잖아."

허. 세이레나와 로렌은 입을 딱 벌리고 몰리와 벨라의 토론을 지켜보기 시작했다. 모아나는 히쭉 웃으며 두 사람에게 속삭였다.

"왕궁 회의에서도 저렇게 싸우고 있겠지?"

어려운 문제다. 세이레나는 인상을 쓴 채 속삭였다.

"이래서 일 왕자가 이 왕자를 죽이려 한 거구나."

"왕위 계승권이 있는 자를 그냥 두면 골치 아파지니까."

모아나의 말에 로렌의 시선이 휙 돌아갔다. 세 사람 다 동시에 같은 생각을 하고 있었다.

로렌은 몰리와 벨라의 토론을 힐끔거리며 세이레나에게 속삭였다.

"일 왕자는 아직 모르지? 자기가 그거라는 거."

왕의 친자가 아니라는 걸 모르냐는 질문이다. 세이레나의 표정이 굳었다. 모를까? 알까? 모르겠다. 그녀는 고개를 저으며 말했다.

"모르겠어. 이 왕자는 알았으니까 알 수도 있고."

"모르지 않을까."

모아나의 말에 세이레나와 로렌의 시선이 그녀를 향했다. 몰리와 베키의 토론은 소강상태에 접어들고 있었다. 결론이 없는 이야기니 당연하다.

"알면 애쉬를 가만둘 리가 없잖아."

그 순간 세이레나의 표정이 핼쑥해졌다. 모아나의 말대로 일 왕자가 자신이 왕의 친자가 아니라는 것을 안다면, 가장 눈엣가시가 되는 건 애쉬다. 그녀는 저도 모르게 다시 자기 손을 잡고 비틀기 시작했다.

"애쉬는 뭐래?"

로렌이 속삭였다. 세이레나는 뭘 묻는지 몰라 겁에 질린 시선으로 그녀를 쳐다봤다. 로렌이 몰리와 벨라의 토론을 힐끔거리며 다시 속삭였다.

"자기가 왕이 될 생각은 없대?"

맙소사. 세이레나는 울고 싶어졌다. 모르겠다. 그는 아니라고 했다. 하지만 그게 그녀를 생각해서 한 말이라는 것을 모를 정도로 세이레나는 순진하지 않다.

"그러게. 애쉬가 한다고 나서면 지지할 사람이 한둘이 아닐 텐데."

모아나의 말에 로렌이 고개를 끄덕였다.

"오히려 왕자들보다 더 지지자가 많을 걸?"

일 왕자와 이 왕자의 싸움에서 어느 쪽 편도 들지 않았던 귀족들도 애쉬가 왕이 되겠다고 하는 순간 모두 그의 지지자가 될 것이다. 로렌은 그녀의 아버지도 애쉬를 지지할 것이라 믿어 의심치 않았다.

당연히 모아나의 아버지도 마찬가지다.

"모르, 겠어."

세이레나는 더듬더듬 말했다. 그녀가 옳은 일을 하고 있는 건지 모르겠다. 회귀한 뒤 그녀는 옳은 일이 아니라 그녀에게 유리한 일을 하기 위해 노력해 왔다.

조금 더 어려워도 자신의 인생을 더 나은 쪽으로 바꿔 왔다. 그리고 가능하면 주변 사람들의 인생도.

그렇다면 애쉬의 인생도 그렇게 할 수 있도록 도와줘야 하는 것 아닐까.

애쉬가 보고 싶어졌다. 세이레나는 저도 모르게 벌떡 일어났다. 당장 그를 만나고 싶다. 손을 잡고 그의 얼굴을 쳐다보고 싶었다. 하지만 동시에 보고 싶지 않기도 했다.

애쉬가 받아 마땅한 것을 그녀 때문에 받지 못하고 있다는 죄책감이 가슴에 차올랐다.

"세이?"

세이레나가 벌떡 일어나자 사람들의 시선이 그녀를 향했다. 세이레나는 얼굴을 붉히며 말했다.

"나, 나 애쉬를 마중 갔다 올게."

그 순간 방 안에 웃음이 터져 나왔다.

"올."

로렌은 이상한 소리를 내며 세이레나의 허리를 툭툭 쳤다.

"좋을 때지."

"얼른 가!"

여기사들의 배웅을 받으며 세이레나는 클럽을 빠져나왔다.

어떻게 해야 할지 모르겠다. 세이레나는 애쉬에게 왕이 되라고 부추길 자신도, 되지 말라고 말릴 용기도 없었다.

클럽에서 나와 말을 탄 채 왕궁 쪽을 향해 천천히 가면서도 세이레나의 머릿속은 복잡했다. 애쉬를 보고 싶지만, 봐도 무슨 말을 해야 할지 모르겠다.

그때 문득 세이레나는 이상한 느낌을 감지했다. 누군가 그녀의 뒤를 따라오는 것 같다.

"설마."

세이레나는 고개를 갸웃하며 말 속도를 높였다. 누군가 그녀를 따라올 이유가 없다. 아니, 있나?

얼마 전에 퇴근하는 그녀를 여자아이들이 힐끔거리며 따라온 적이 있다. 멈춰서 무슨 일인지 물어보자 세이레나 헌터 경이 맞냐고 몇 번이나 되물었다.

최근 사교계뿐 아니라 세이레나는 여자아이들에게도 인기인이었다. 아름다운 외모에 그레이윈드 공작의 약혼자라는 점 외에도 소드 마스터라는 실력 때문에 그랬다.

하지만 지금 그녀의 뒤를 따라오는 자들은 여자아이들로 느껴지지 않는다. 좀 더 기척을 감추는 데 능하고 성인 같다.

돌아볼까. 그렇게 생각했을 때 세이레나는 왕궁 근처까지 도착해 있었다.

"레나."

세이레나가 돌아보려고 마음먹은 순간, 애쉬가 그녀를 불렀다. 때마침 회의를 끝낸 귀족들이 마차를 타고 왕궁 밖으로 빠져나가고 있었다.

"애쉬."

세이레나는 말을 탄 채 애쉬가 탄 마차로 다가갔다. 그녀를 발견한 마부가 마차를 멈췄다. 애쉬는 문을 열며 물었다.

"왕궁에 볼일이 있어?"

"아뇨. 당신 마중하러 왔어요."

그녀의 말을 들은 애쉬의 얼굴이 환해졌다. 그는 마차 문을 활짝 열며 물었다.

"타고 갈까? 아니면 같이 걸을까?"

"걷고 싶어요."

마차 안에 앉아 있는 건 좀 답답하다. 세이레나의 말에 애쉬는 마차 밖으로 나왔다. 마부에게 세이레나의 말까지 맡긴 채 두 사람은 왕궁 아래로 난 큰길을 따라 걷기 시작했다.

"회의는 어떻게 됐어요?"

상급 귀족이 모두 모이는 회의지만 급하게 소집하느라 그리 많은 수가 모이지는 않았다. 하지만 그럼에도 회의는 시끄러웠고 정신이 없었다. 애쉬는 거의 싸움이 일어날 뻔한 회의를 떠올리고 쓰게 웃었다.

"보통 때와 비슷하지."

"이 왕자의 처우는 어떻게 하기로 했나요?"

"일단은 감금."

그건 알고 있다. 세이레나는 애쉬의 옆구리를 쿡 찌르며 말했다.

"그다음 치우요."

윽. 애쉬는 과도하게 아픈 척 옆구리를 부여잡고는 씩 웃었다. 그는 세이레나가 지금처럼 자연스럽게 그와 손을 잡고 그의 옆구리를 찌르는 장난을 치는 게 기적이라고 생각했다.

그의 어머니는 이십여 년도 전에 왕에게 당했던 사건이 트라우마가 돼서 아직도 수도를 두려워한다. 하지만 세이레나는 이겨 냈다. 검을 잡았고 애쉬와 나란히 걷고 있다.

"젠장."

역시 추모 비석을 부수는 건 부족했다. 왕궁에 쳐들어가서 시체를 조각조각 냈어야 했다고 생각하며 그는 걸음을 멈췄다.

"애쉬?"

애쉬가 걸음을 멈추자 그의 팔 안쪽에 손을 걸고 있던 세이레나도 따라 멈췄다. 그녀는 무슨 일이냐는 듯 그를 쳐다봤다.

"사과해야 할 일이 있어."

진지한 표정으로 애쉬가 말했다. 그는 주위를 둘러보고 사람들이 적은 골목으로 세이레나를 이끌었다.

"사과요?"

세이레나는 애쉬가 이끄는 대로 골목으로 들어가며 물었다. 뭘 사과한다는 거지? 그녀가 사과하면 모를까 그가 사과할 일은 없다.

"네 부모님이 돌아가시고 나서 말이야. 그러니까 네가 마법의 힘으로 돌아오고 나서."

애쉬의 말에 세이레나는 말없이 고개를 끄덕였다. 그때는 정말로 힘들었다. 당장 그녀에게 펼쳐질 미래를 피하느라 정신이 없었다.

주변을 돌아보기보다는 해야 하는 일에만 매달리는 바람에 에즈라에게 신경 쓰는 게 늦었다. 다행히 다시 에즈라와 친해졌지만, 그때의 에즈라를 생각하면 가슴이 철렁 내려앉는다.

"그때 내가 좀 강압적으로 굴었지."

"당신이요?"

세이레나는 깜짝 놀라서 되물었다. 강압적으로 굴었다고? 누가? 놀란 그녀의 표정에 애쉬는 쓰게 웃었다.

"내가 나쁜 놈이었잖아. 결혼해야 한다고 밀어붙였고."

"그건 왕이 시킨 거였잖아요."

"그래도 어쨌든 네게는 공포스러웠겠지."

그렇지만. 세이레나는 뭐라고 말해야 할지 몰라 입을 벙긋거리다 말았다. 싫었고 무서웠다. 하지만 지금 애쉬에게 그렇게 솔직하게 말할 수가 없었다.

그런 세이레나의 생각을 읽은 것처럼 애쉬는 여전히 진지한 표정으로 말했다.

"그리고, 네 태도를 확인해 보려고 억지로 행동한 것도 있고."

"어, 억지로요?"

"필요 이상으로 가깝게 다가가거나 했잖아."

세이레나의 얼굴이 달아올랐다. 문을 열어 줄 때 애쉬가 몇 번 너무 가까운 위치에서 열어 준 적이 있다. 그녀조차도 잊고 있던 걸 그가 말할 줄은 몰랐다.

"미안해. 내가 생각이 짧았고 무례했어."

뭐라고 말을 해야 할지 몰라서 세이레나는 멍하니 애쉬를 쳐다봤다. 그러고 보니 인적이 드문 골목에 와서도 애쉬는 평소보다 좀 더 멀리 떨어져 있었다.

"하지만 당신은 몰랐잖아요."

그건 세이레나만 겪고 돌아온 일이다. 지금은 일어나지도 않을 일이다. 그런 일을 사과받는 게 이상해서 세이레나는 저도 모르게 애쉬에게 다가갔다. 하지만 그는 슬쩍 뒤로 물러나며 말했다.

"지금은 알았잖아."

"하지만, 하지만 당신이 몰랐던 일을 사과할 수는 없어요."

"내가 몰랐다고 해서 그게 옳지 않은 일이 아닌 건 아니야."

떵하고 머리 한구석을 맞은 듯한 느낌에 세이레나는 눈을 크게 떴다.

"하지만 그건 내가 이상한 거였고……."

"레나."

애쉬는 주섬주섬 변명처럼 말하는 세이레나의 말을 가로챘다. 그는 못마땅한 표정으로 그녀를 쳐다보며 말을 이었다.

"누구라도 트라우마가 될 일이었어. 당연한 거야. 넌 이상하지 않아."

처음부터 끝까지 세이레나가 겪은 일에 그녀의 잘못은 없었다. 한날한시에 부모를 모두 잃은 갓 스무 살 된 아가씨가 얼마나 영리하게 상황을 헤쳐 나갈 수 있을까.

후견인이 된 숙부를 믿고 따르는 건 당연한 일이다. 한참이나 나이가 많은 남편의 말을 믿고 따르는 것도 당연한 일이다.

세이레나의 주변에 나쁜 놈들만 있었던 거다. 고작 스무 살짜리에게 어째서 주변의 나쁜 놈을 구분할 수 없었던 거냐고 비난하는 건 말도 안 된다. 그건 저열하고 멍청한 소리다.

애쉬는 세이레나를 이용하고 학대한 게일과 죽은 왕에게 화가 나서 견딜 수가 없었다. 왕과 게일이 죽기 전에 알았더라면 좋았을걸.

그때 알았다면 그는 절대 두 사람이 편한 죽음으로 도망치도록 내버려 두지 않았을 것이다.

둘 다 편한 죽음과는 거리가 먼 죽음을 당했지만, 애쉬는 그것조차도 너무 편한 죽음이라고 생각했다.

물론 그는 지금의 왕과 게일이 세이레나가 겪고 온 일들을 전혀 모른다는 것도 알고 있다. 하지만 그럼에도 그는 두 사람이 용서가 되지 않았다.

이성적이지 않다는 것을 알면서도 애쉬는 왕과 게일의 시신을 무덤에서 꺼내 부수고 싶었다.

"난……."

세이레나는 뭐라고 말하려다 입을 다물었다. 여러 가지 복합적인 감정이 울컥하고 튀어 나와서 입을 막았다.

이미 지난 일이라고 생각했다. 더 이상 일어나지 않을 일이라고 생각했다. 일어나지 않을 일로 왕과 게일을 비난할 수는 없다. 하지만 세이레나는 아직도 고통스러운 기억을 간직하고 있다. 가해자는 없는데 피해자만 남았다. 잊어버려야 한다고, 상관없는 일이라고 생각하려 애썼다.

"레나."

애쉬는 가만히 서서 눈물을 뚝뚝 흘리는 세이레나를 보고 반사적으로 다가가다가 멈췄다. 몰랐다는 게, 왕과 게일을 그냥 죽음으로 놓아줬다는 게 화가 나서 견딜 수가 없었다.

그동안 세이레나가 혼자서만 그런 고통을 품고 지냈다는 게 화가 났다.

"안아도 돼?"

애쉬의 조심스러운 질문에 세이레나는 눈물을 뚝뚝 흘리면서 피식 웃었다. 애쉬의 태도가 귀엽게 느껴졌다. 그녀는 손을 뻗어 애쉬의 목을 끌어안았다. 그리고 세이레나가 끌어안기 쉽도록 그가 허리를 숙였을 때 말했다.

"당신이라면 뭐든 해도 된다고 했잖아요."

젠장. 애쉬는 저도 모르게 신음을 흘렸다. 예전에 그녀가 그렇게 고백했었다. 뭘 해도 괜찮다고. 검으로 찔러도 된다고.

그때는 그게 융통성 없는 세이레나다운 귀여운 고백이라고 생각했다. 하지만 아니었다.

"미안해."

애쉬는 세이레나를 끌어안은 채 침통하게 말했다. 귀여운 고백 따위가 아니었다. 그따위로 치부해서는 안 됐었다. 그때 귀엽다고 생각했던 자신을 찾아가서 뒤통수를 한 대 때리고 싶은 심경에 그는 눈을 꽉 감았다. 세이레나를 되돌려 보낸 마법이 있다면 그도 그때로 돌아가고 싶었다.

그리고 세이레나에게 더 조심스럽게, 부드럽게 대해 주고 싶었다. 다시 한 번 그럴 수만 있다면.

"나 괜찮아요."

세이레나는 애쉬를 꽉 끌어안으며 말했다. 아무도 믿어 주지 않을 거라고 생각했다. 하지만 애쉬는 믿어 줬다. 그리고 미안해 했다. 그녀는 애쉬가 여전히 그녀를 제대로 안지 못하고 엉거주춤하게 서 있자 다시 말했다.

"솔직히 말하면 안 괜찮아요. 하지만 괜찮아요. 당신이 믿어 줬으니까."

"그걸로는 부족해."

부족하지 않다. 세이레나는 애쉬의 목을 끌어안은 채 나직하게 웃었다. 애쉬가 믿어 주는 거로 충분했다. 그가 그녀가 겪었지만 일어나지 않을 일임에도 가슴 아파해 주는 것만으로 충분했다.

아무도 그녀의 편이 아닐 거라고 생각했다. 그녀가 겪고 돌아온 것을 믿어 줄 사람이 아무도 없을 거라고 생각했다.

하지만 애쉬가 있었다. 그걸로 충분했다.

애쉬는 한숨을 내쉬고 세이레나를 끌어안았다. 그가 할 수 있는 게 뭐가 있을까. 세이레나가 겪은 것은 당장 치료될 만한 게 아니다.

"넌 세상에서 가장 강한 사람이야."

애쉬의 말에 세이레나의 눈이 동그래졌다. 그녀는 웃음을 터트리며 물었다.

"그래요?"

"그런 일을 겪고도 검을 잡았잖아."

솔직히 말하면 애쉬는 자신이 그런 일을 겪고도 검을 잡을 거라고 확신할 수가 없었다. 그는 검이 정말 좋았고 검을 쥐지 못한다면 죽는 게 낫다고 생각했지만, 자신의 어머니가 어떻게 살았는지 알고 있다.

카시아 그레이윈드는 지방으로 도망쳐 숨어 살았다. 평생 무서워하고 두려워했다. 하지만 세이레나는 그러지 않았다. 이렇게 작고 가느다란 몸으로, 그런 기억을 가지고도 다시 검을 잡았다. 애쉬에게 겁먹지 않고 대응했고 강해지기 위해 그가 내민 손을 잡았다.

이렇게 강한 사람이 또 있을 수 있을까.

"애쉬."

그때 세이레나가 나직하게 그를 불렀다. 그녀의 목소리를 들은 애쉬는 한숨을 내쉬었다. 그도 아까부터 눈치채고 있었다. 모른 척하면 물러가지 않을까 싶어서 잠자코 있었지만.

"젠장."

그는 투덜거리며 세이레나의 어깨에 얼굴을 묻었다. 여섯 명 정도. 아마도 두 사람을 따라온 모양이다.

"그냥 갔으면 좋겠는데."

"날 따라온 거 같아요."

세이레나는 애쉬를 만나기 전 누군가 그녀를 따라오는 것 같았던 느낌을 떠올리며 말했다. 왜 그녀를 따라오는지 몰라서 모른 척했는데 목표가 애쉬였던 모양이다.

"생각해 보니 감사해야 할지도 모르겠어."

애쉬는 그렇게 말하며 세이레나의 몸에서 손을 뗐다.

네? 무슨 소린지 이해하지 못한 그녀가 어리둥절한 표정으로 애쉬를 쳐다봤다.

"키스하고 싶어졌거든."

세이레나의 눈이 커졌다. 동시에 그녀의 얼굴이 붉어졌다. 애쉬는 슬쩍 물러나며 재빨리 말했다.

"걱정 마. 허락 없이는 절대로 안 할 테니까."

"나는."

세이레나는 물러나는 애쉬의 손을 잡으며 허둥지둥 입을 열었다. 자꾸 이렇게 물러나면 곤란하다. 그녀는 애쉬의 손을 잡아당기며 속삭였다.

"당신과 키스하는 거 좋은데요."

애쉬의 표정이 굳었다. 그는 한숨을 내쉬고 한 팔을 뻗어 세이레나의 어깨를 감싸 안았다.

"내가 지금 얼마나 네게 키스하고 싶은지 안다면 당장 도망쳐야 할 사람은 저 녀석들이 아니라 네가 될 거야."

그러니까 참을 거다. 애쉬는 고개를 숙여 세이레나의 이마에 입을 맞추고 고개를 들었다. 키스하다가 저 녀석들에게 방해를 받으면 저들을 살려 보낼 자신이 없다.

그 순간 화살이 날아왔다.

"애쉬!"

세이레나는 깜짝 놀라서 소리쳤다. 하지만 아슬아슬한 순간 애쉬가 세이레나를 끌어안은 채 몸을 움직였다.

"팍!" 하고 화살이 두 사람이 서 있던 벽에 꽂혔다.

"화살이라."

애쉬는 벽에 꽂힌 화살을 한 번 보고 화살이 날아온 쪽으로 시선을 던졌다. 이어서 화살이 쏟아지기 시작했다.

동시에 그가 검을 뽑았다. 세이레나 역시 검을 뽑았지만 그녀보다 애쉬가 더 빨랐다.

"탁!" 하고 화살 하나가 애쉬의 검에 튕겨 나갔다. 이어서 날아온 두 번째 화살 역시 그의 검에 튕겼다.

세상에. 세이레나는 깜짝 놀라 눈을 크게 떴다.

"뒤로 빠져."

애쉬가 몇 번째일지 모를 화살을 쳐 내며 말했다. 골목 안으로 들어왔으니 밖으로 나가면 된다.

세이레나는 몇 번 화살을 쳐 내려 애쓰다가 쳐 내는 화살보다 맞을 뻔한 화살이 더 많은 것을 깨닫고 포기했다.

이런 걸 할 수 있는 사람이 있을 줄은 몰랐다. 경의와 경악, 두 가지 시선으로 바라보는 세이레나 앞에서 애쉬가 한꺼번에 날아오는 네 개의 화살을 쳐 냈다.

"잠깐 실례."

그러더니 양해를 구하고 앞으로 달려 나갔다. 앗 하고 놀란 세이레나가 그를 부르려 했지만 이미 늦었다. 화살을 쏘던 사람은 모두 여섯 명.

화살이 떨어져 가는지 애쉬와 세이레나를 향해 날아오던 화살의 수가 눈에 띄게 줄어들었다. 그 사이를 절묘하게 피하며 뛰어나간 애쉬는 지붕 위로 훌쩍 뛰어올랐다. 그 뒤로 세이레나가 따랐다.

"후퇴! 후퇴!"

애쉬가 지붕 위로 뛰어오르자 남자들이 경악해서 소리치며 일어났다. 하지만 가장 선두에 있던 남자는 이미 늦었다. 그가 일어나기도 전에 애쉬는 검 손잡이로 남자의 머리를 세게 후려쳤다.

"멈춰!"

"레나."

뒤따라 온 세이레나가 남자들을 추격하려 하자 애쉬가 말렸다. 세이레나는 검을 쥔 채 애쉬를 쳐다보며 물었다.

"그냥 보내요?"

"한 명은 잡았으니 그냥 둬."

그래도……. 세이레나가 불만스러운 표정을 지었을 때였다. 멀리서 달아나던 남자가 활을 들어 올렸다.

애쉬의 한쪽 눈썹이 올라갔다. 활을 들어 올린 남자가 화살을 시위에 재더니 시위를 잡아당겼다.

"레나."

반사적으로 애쉬는 세이레나를 끌어안고 몸을 돌렸다. "휙!" 하는 소리와 함께 공기를 가른 화살이 "팍!" 하고 꽂히는 소리가 들려왔다.

"애쉬!"

깜짝 놀란 세이레나가 비명을 질렀지만, 화살에 맞은 건 애쉬가 아니었다. 그는 자기 몸에 화살이 꽂히지 않았다는 것을 확인하고 서둘러 몸을 돌렸다.

"자기편을……."

경악한 세이레나가 중얼거렸다. 애쉬에게 맞아 기절한 남자가 화살에 맞아 죽어 있었다.

빌어먹을. 애쉬는 이맛살을 찌푸린 채 죽은 남자를 쳐다보다가 그의 활을 집어 들었다.

"활, 쏠 줄 알아요?"

"페이지 때 배웠잖아."

기사단에 들어온 페이지들에게 검 외에도 몇 가지 무기 다루는 법을 가르치기는 한다. 하지만 그걸 배웠다고 하기엔 무리가 있지 않을까. 페이지 때 배우는 건 다치지 않고 무기를 다루는 법을 배우는 수준에 가깝다. 심지어 세이레나는 활에 시위를 거는 것도 거의 까먹었다.

"페이지 때 배웠다니, 그거 십 년 전 아니에요?"

그렇게 오래됐나? 애쉬는 어깨를 으쓱한 뒤 활시위에 화살을 재고 들어 올렸다.

설마. 세이레나는 불안한 표정으로 애쉬와 도망가는 남자들을 쳐다봤다. 이미 따라잡기는 늦었다. 하지만 애쉬가 쏜다고 해도 저들을 맞출 가능성은 적어 보인다.

애쉬는 크게 힘들이지 않고 시위를 잡아당겼다. 팽팽하게 당겨진 시위에 걸린 화살이 도망가는 남자 중 가장 끝에 있는 자를 조준했다.

"팽!" 하고 애쉬가 손을 떼자마자 시위가 가늘게 떨리며 화살을 쏘아 보냈다. 세이레나는 입을 딱 벌리고 화살이 크게 포물선을 그리며 날아가는 것을 쳐다봤다.

"악!"

화살에 맞은 가장 끝에 있던 남자가 넘어졌다. 하지만 다른 자들은 계속해서 달아났다.

"동료애가 없는 녀석들이군."

애쉬는 그렇게 말하며 활을 집어 던졌다.

"왜, 왜 계속 안 해요?"

"저 거리는 무리야."

그의 실력으로 저 정도 거리를 맞추는 건 무리다. 좀 더 연습했다면 가능했을 수도 있지만.

이럴 줄 알았으면 궁술도 꾸준하게 훈련할 걸 그랬다. 애쉬는 그렇게 생각하며 그가 맞춘 남자에게로 향했다.

"정말로 활 연습은 안 했어요?"

쓰러진 남자에게로 가면서 세이레나가 물었다. 애쉬는 그녀가 지붕을 뛰어넘을 수 있도록 먼저 뛰어넘은 뒤 손을 내밀며 말했다.

"응. 왜?"

"그런데 저 정도 거리를 쐈다고요?"

"쏘는 것 자체는 힘만 있으면 돼."

시위를 당기는 것 자체는 힘만 있으면 된다. 가장 중요한 건 조준이다.

"하지만 맞췄잖아요?"

"글쎄."

애쉬는 긍정도 부정도 아닌 말을 하며 남자에게로 다가갔다. 가까워지는 동안 남자의 움직임이 보이지 않았다.

"헉."

애쉬보다 한발 늦게 도착한 세이레나가 화살에 맞은 남자를 보고 신음을 내뱉었다. 애쉬가 쏜 화살은 정확하게 남자의 목을 관통해 있었다.

"연습을 안 했다고요?"

놀란 세이레나에게 애쉬는 쓴웃음을 지어 보였다. 페이지 이후로 처음 쏴 본 게 맞다. 그는 남자의 시체 옆에 무릎을 꿇으며 말했다.

"내가 노린 건 다리였어."

조준이 실패했다는 말이다. 그제야 세이레나는 "아" 하고 고개를 끄덕였다. 하지만 그래도 그 거리를 쏴서 맞췄다는 건 대단하다. 그녀는 애쉬의 곁에 쪼그리고 앉으며 말했다.

"그래도 대단해요."

초심자의 운이었다는 말에도 아랑곳없이 흘러나온 칭찬에 애쉬의 눈동자가 부드러워졌다. 그는 세이레나의 어깨를 한 번 끌어안고 놓았다.

그리고 죽은 남자의 팔을 들어 소매를 살폈다. 아무것도 없다. 남자의 옷을 들춰 가슴에 문신이 있는지도 확인한 뒤 애쉬가 말했다.

"특징이 없군."

가문이나 소속을 특징할 만한 게 없다는 뜻이다. 문신뿐이 아니다. 옷과 활도 살펴봤지만 어디서나 흔히 살 수 있는 천과 활이었다. 암살자라는 소리에 세이레나의 미간에 주름이 생겼다.

"누굴까요?"

암살자를 고용해서 애쉬를 죽이려는 사람은…… 그녀의 머릿속에 바로 이 왕자가 떠올랐다. 하지만 그는 이미 감금되었다. 암살자를 고용할 여력이 있을까?

세이레나는 잠시 생각하다가 고개를 흔들었다. 이 왕자가 저렇게 됐어도 아직 그의 수족이 남아 있을 수 있다. 어쨌든 유스 백작은 이 왕자의 삼촌이니까.

일 왕자일 수도 있다. 세이레나는 일 왕자가 자신의 출생의 비밀을 안다면 애쉬를 죽이려 할 수도 있다고 생각했다. 문제는 과연 그가 그것을 알았을까, 라는 점이다.

"돌아가자."

애쉬는 씁쓸한 표정으로 돌아서며 말했다. 그가 잡은 암살자 둘 다 죽어 버렸으니 어떻게 할 방법이 없다.

세이레나는 무거운 표정으로 그의 뒤를 따랐다. 저들을 보낸 사람이 이 왕자라면 괜찮다. 이 왕자는 애쉬를 미워할 이유가 있고 세이레나에게 복수할 이유가 있으니까.

어차피 그는 곧 유폐되거나 추방될 것이다. 하지만 일 왕자라면 문제가 커질 것이다.

* * *

이 왕자의 유폐가 결정되었다. 유폐 장소는 이 왕자가 살던

궁. 최소의 인원만 남기고 이 왕자 궁에서 일하던 사람들은 재배치가 되거나 집으로 돌려보내졌다.

"의외네."

로렌의 말에 모아나가 읽고 있던 신문 너머로 눈동자만 굴려 그녀를 쳐다봤다. 모아나가 먼저 읽은 페이지를 건네받아 읽고 있던 로렌이 말을 이었다.

"난 분명 추방할 줄 알았거든. 그리고 몇 년쯤 지나면 사람을 보내서."

그렇게 말하며 로렌은 오른손을 들어 자기 목을 긋는 시늉을 했다. 일 왕자가 이 왕자를 추방한 뒤 사람들의 관심이 사그라들면 암살할 거라는 뜻이다.

사실 모아나도 그렇게 생각했다. 모아나는 피식 웃으며 말했다.

"생각보다 일 왕자가 이 왕자를 동생으로 생각하긴 했나 봐?"

"뭐, 자길 죽이려 한 동생도 동생이니까."

"이 왕자가 싹싹 빌었다는 말이 있던데?"

근처에서 책을 읽고 있던 여기사가 끼어들었다. 응? 로렌과 모아나는 무슨 소린가 하고 고개를 돌렸다.

팔 분단 소속인 아이라 케이시 경이다. 아이라는 책을 덮으며 말했다.

"얼마 전에 이 왕자가 일 왕자한테 면담을 요청했다고 하더라고."

"그거 일 왕자가 거절한 거 아니었어?"

모아나 역시 신문을 접으며 아이라를 쳐다봤다. 그녀도 들었다. 이 왕자가 일 왕자에게 자신의 처분이 내려지기 전에 면담을 요청했다는 소식을.

하지만 일 왕자가 거절했다고 들었다.

"밤에 이 왕자가 다시 요청했나 보더라고. 일 왕자가 찾아가는 걸 본 사람이 있대."

허. 로렌과 모아나의 시선이 부딪쳤다. 로렌이 말했다.

"추방만은 하지 말아 달라고 싹싹 빌었다는 건가?"

"그거 말고는 방법도 없잖아?"

아이라의 말에 모아나도 피식 웃었다.

"추방보다는 유폐가 나았나 보지?"

"그야, 추방당하면 고생이니까."

추방이면 말 그대로 수도 밖으로 쫓아내 버리는 것이다. 왕족이니 어느 정도의 돈은 주겠지만 문제는 돈이 아니다.

폐위당했으니 더 이상 왕자도 아니다. 평민이 되어 버린다. 이 왕자가 무시하던 하급 귀족보다 낮은 계급이 된다는 말이다. 그동안 베푼 게 있다면 도움을 받은 사람들이 도와줄 테지만 그렇지 않다면 오히려 죽지 않는 게 용하다.

"이 왕자는 빈말로라도 인품 있다고 말하긴 어렵지."

로렌의 말에 주변에 있던 사람들이 쓰게 웃었다. 인품이 없는 건 일 왕자도 마찬가지지만 이 왕자가 더 심하다. 물론 두 왕자 모두 공통적으로 이기적인 성격이다. 그건 왕족이기 때문에 어떤 면으로는 어쩔 수 없다고 할 수 있을 것이다.

하지만 이 왕자는 계승권이 두 번째라는 이유로 귀족들의 관심의 대상이 되지 못했다. 이기적이라서 싫어하거나 계승권이 두 번째라 관심이 없거나 둘 중 하나다.

최근에 왕위를 노리면서 지지하는 사람이 생기긴 했지만 그들이 지금 이 상황까지 남아 있을 리가 없다.

"이 왕자라 해도 추방 앞에서는 싹싹 비는 수밖에 없었나 보네."

로렌의 말에 아이라가 킬킬대며 말했다.

"난 솔직히 상상이 안 가. 이 왕자가 싹싹 빈다는 게 말이야."

"일 왕자는 상상이 가고?"

어느 쪽이든 상상이 안 가는 건 마찬가지다. 그때, 세이레나가 여기사 클럽에 들어왔다. 딱히 볼일이 없어도 세이레나와 로렌은 하루에 한 번씩 여기사 클럽에 눈도장을 찍고 있었다.

"세이. 이리 와."

막 응접실로 들어오는 세이레나를 발견한 로렌이 손을 들어 흔들었다. 그 옆에서 모아나가 인사를 건넸다.

"에즈라와 저녁은 잘 먹었어?"

"응. 에즈라는 훈련하러 간대."

"열심이네."

모아나의 말에 세이레나가 고개를 끄덕였다. 최근 에즈라는 더 열심히 훈련하고 있다. 페이지 중에 라이벌인 아이가 있는 모양이다.

세이레나는 로렌이 가리키는 의자에 앉으며 말했다.

"아침에는 나랑 집에서 훈련하고, 저녁때는 기사단에서 훈련하는 모양이야."

저녁때 함께 훈련하는 페이지 친구들이 있다고 했다. 세이레나는 어느새 훌쩍 큰 동생을 생각하며 미소 지었다. 기사단에 들어가는 것을 겁내던 에즈라가 친구를 사귄 게 기분이 좋았다.

또래보다 훨씬 작던 키와 몸도 지금은 또래와 비슷해져 있었다. 늘 약간 겁을 먹은 듯한 표정도 검에 자신을 갖자 또렷해졌다.

최근에는 페이지들과 훈련을 끝내고 돌아오는 길에 길거리에서 뭔가를 사 먹는 모양이라며 집사가 불만을 내뱉고 있었다. 위생 상태도 깨끗하지 않는 길거리 음식을 먹는 게 걱정된다는 말이지만 길거리 음식을 먹는 건 세이레나도 마찬가지라 그녀는 아무 말도 하지 않았다.

"오는 길은 별일 없었고?"

세이레나가 의자에 앉자 모아나가 속삭였다. 며칠 전 세이레나와 애쉬를 암살하려는 시도가 있었다는 것을 아는 사람은 딱 다섯 사람뿐이다.

세이레나와 애쉬는 누가 배후에 있는지 모르니 믿을 수 있는 소수를 빼고 아무에게도 말하지 말기로 했다. 그게 데니스와 로렌. 그리고 모아나였다.

"응."

별일 없었다. 그 사건 이후로 세이레나는 신경을 곤두세우고 다녔다. 혹시라도 또 그녀를 미행하는 사람이 있을까 해서. 하지만 그 후로 싱거울 정도로 아무 일도 일어나지 않았다.

역시 이 왕자의 마지막 복수였던 걸까. 그렇게 생각하며 세이레나는 모아나에게 물었다.

"뭐 재미있는 소식이라도 있어?"

그녀의 시선이 로렌과 모아나의 손에 들린 신문을 향하고 있었다. 모아나가 말하기 전에 로렌이 끼어들었다.

"이 왕자, 유폐되기로 했대."

그건 이미 들었다. 세이레나는 고개를 끄덕이며 말했다.

"들었어. 애쉬한테."

"아, 그러게. 이미 들었겠네."

이런 건 상급 귀족 회의에서 결정된다. 당연히 애쉬도 참석한 회의였을 것이다.

"그럼 이건 어때? 며칠 전에 이 왕자가 일 왕자한테 싹싹 빌었대."

근처에 있던 아이라가 끼어들었다. 어? 깜짝 놀란 세이레나가 그녀를 쳐다보자 아이라는 뿌듯한 표정으로 말을 이었다.

"일 왕자가 거절했는데 결국 밤에 이 왕자를 만나러 갔다고 하더라고."

"그래서 우린 다 싹싹 빈 게 아닐까 생각하고 있었어."

이 왕자가 일 왕자에게 싹싹 빈다고? 전혀 상상이 되지 않는다.

세이레나는 말도 안 된다는 듯 피식 웃었다. 그녀가 아는 이 왕자의 성격상 일 왕자에게 비굴한 모습으로 애원할 리가 없다. 세이레나는 누구에게랄 것도 없이 말했다.

"그럴 리가. 뭔가 거래를 한 거면 또 몰라."

"하지만 이 왕자가 일 왕자에게 거래를 할 만한 게 없잖아."

이미 이 왕자를 지지하던 사람들은 언제 그랬냐는 듯 시치미를 떼고 일 왕자에게 선물을 보냈다. 이 왕자의 어머니인 왕비는 죽었고 유스 백작가는 일 왕자에게 미운털이 박혔을 것이다.

"숨겨 둔 재산이라도 내놨나?"

아이라의 말에 세이레나는 그건 아닐 거라고 생각했다. 브리츠는 재산을 모으기 위해 바이트 백작가와 손을 잡았지만 실패했다.

바이트 백작가는 도박판을 벌이다 잡혀서 상당한 벌금을 냈을 뿐 아니라 두 아들까지 감옥에 갔으니까.

두 번째로 드럼란리그에서 광물을 판매하려 했지만 이것도 실패했다.

그렇다면 이 왕자가 일 왕자에게 거래할 수 있는 게 뭘까……

문득 세이레나의 안색이 어두워졌다. 딱 하나 있었다. 정보. 일 왕자의 근간을 뒤흔들 수 있는 이야기.

"너 뭐 아는 거 있지?"

세이레나의 안색이 어두워진 것을 본 모아나가 그녀를 잡아당기며 속삭였다.

세이레나는 아이라가 로렌과 이야기하는 것을 보고 입을 열었다.

"왕자들이 친자가 아니라는 의심을 했잖아."

클럽을 열기 전에 시범 삼아 열었던 모임에서 세이레나가 그런 이야기를 했었다. 모아나의 눈이 커졌다. 그녀는 세이레나의 귀에 대고 속삭였다.

"그거 사실이 아닐 수도 있다며?"

"사실이야."

"뭐?"

너무 놀란 나머지 마지막 말은 속삭인 게 아니라 크게 외쳐 버렸다. 주변에 있던 사람들이 무슨 일인가 하고 두 사람을 쳐다봤다.

"아직 저녁을 안 먹었다고?"

기지를 발휘한 모아나가 재빨리 소리쳤다.

"요리사 퇴근했는데 어쩌나! 주방에 남은 거 있나 찾아보자."

"그, 그럴까?"

두 사람의 자연스러운 연극에 사람들의 시선이 원래대로 돌아갔다. 하지만 로렌은 아니었다. 그 둘과 친하게 지낸 시간 덕분에 그녀는 두 사람의 표정만으로 비밀 이야기를 하려 한다는 것을 알아차렸다.

그리고 그 비밀 이야기를 사람이 없는 주방에서 하려는 거겠지.

로렌은 벌떡 일어나서 모아나와 세이레나의 뒤를 따랐다.

"뭔데?"

아무도 없는 주방에 도착하자 로렌이 물었다. 요리사가 퇴근하면서 정리하고 간 덕에 주방은 불이 꺼져 있었다. 모아나는 재빨리 램프에 불을 켰다.

"애쉬의 집에 지금 엘라 부인이 계시거든."

엘라 부인? 모아나와 로렌이 무슨 소리냐는 표정을 짓자 세이레나는 재빨리 정정했다.

"왕비님 말이야."

"뭐?"

그러고 보니 로렌은 아직 상황을 모른다. 세이레나는 간단하게 설명했다.

미카엘라 왕비가 애쉬의 어머니와 함께 수도로 돌아왔다는 것. 새 신분이 가졌으며 엘라 부인이라고 불린다는 것.

그리고 지금 애쉬의 집에 카시아와 함께 지내고 있다는 것.

"세상에."

로렌의 입이 딱 벌어졌다. 물어보고 싶은 게 목구멍까지 기어 올라 왔다. 심지어 그게 한두 개가 아니다.

이걸 다 물어보면 세이레나는 이야기를 끝내지 못할 것이다.

결국, 그녀는 이마를 짚고 한숨을 내쉬더니 말했다.

"알았어. 계속 이야기해."

"애쉬와 함께 이야기를 들었거든. 이 왕자는 죽은 왕의 친자가 아니래."

"왕비, 아니, 엘라 부인이 그렇게 말했다는 거지?"

"응. 그리고 어쩌면 일 왕자도 그럴 가능성이 크다는 것도."

모아나와 로렌의 표정이 심각해졌다. 그렇다면 일이 커진다. 가정이라고만 생각했던 이야기가 실제가 됐기 때문이다.

"그럴듯한 이야기라고 생각은 했지만 말이야."

"실제라는 걸 확인받는 거랑은 또 느낌이 다르네."

모아나와 로렌은 그렇게 말하고 주방에 있는 의자를 끌어다 앉았다.

"단장은? 단장님도 이거 알아?"

세이레나는 모아나의 질문에 고개를 끄덕였다. 같이 들었으니 당연하다.

모아나는 세이레나가 고개를 끄덕이는 것을 보고 의자 등받이에 몸을 기다며 물었다.

"어떻게 하겠대?"

두 왕자가 모두 왕의 친자가 아니라면 애쉬가 다음 왕이 되어야 한다. 애쉬가 왕이 될지 말지를 묻는 거다.

세이레나는 고개를 저으며 말했다.

"증거가 없어서. 이 왕자는 친부모가 어디 있는지 들었는데 일 왕자는 유모의 이야기뿐이었거든."

"그 유모는 당연히 죽었겠지?"

모아나의 질문에 세이레나는 고개를 끄덕였다. 혹시 몰라서 이미 알아봤다.

"얼마 전에 죽었더라고."

기록에는 노화로 죽었다고 나와 있었다. 나이가 그렇게 많으니 지금까지 살아 있었다는 게 놀라울 정도긴 하다.

뿐만 아니다. 세이레나는 이어서 말했다.

"혹시 몰라서 첫 번째 왕비님이 어떻게 일 왕자를 얻었는지 알아보고 있어."

"어떻게?"

로렌이 무슨 소리냐는 듯 물었다. 모아나 역시 어리둥절한 표정을 짓고 있었다.

"엘라 부인 말이, 일 왕자는 돌아가신 왕비님의 자식이 맞대. 아버지가 왕이 아닌 것뿐이지."

"이 왕자는 아니고?"

"이 왕자는 어느 부부에게서 아이를 샀대."

"허."

로렌이 믿을 수 없다는 듯 신음했다. 하지만 모아나는 고개를 끄덕이며 말했다.

"하긴. 올리비아 왕비는 일 왕자를 낳다가 죽었으니까 일 왕자는 왕비의 자식이 맞기는 하겠네."

"그럼 뭐야? 올리비아 왕비는 다른 남자랑 불륜도 저지른 거야? 미카엘라 왕비는 불륜은 아니고?"

"그렇겠지."

허. 이번에도 로렌이 믿을 수 없다는 듯 신음했다. 왕이 생식 능력이 없다면 두 왕자가 왕의 자식이 아닌 게 맞다. 하지만 그것과 두 왕비가 불륜을 저질렀다는 건 또 다른 이야기다.

"문제는 일 왕자의 아버지가 누구냐는 거겠네."

모아나가 눈을 빛내며 말했다. 일 왕자가 왕의 친자가 아니라는 것을 증명할 수 있는 사람은 모두 죽었다. 왕은 물론이고 일 왕자를 낳은 올리비아 왕비와 올리비아 왕비의 유모까지.

세이레나는 어두운 표정으로 고개를 끄덕였다.

"얼마 전에 나와 애쉬를 공격한 암살자들 말이야. 난 이 왕자의 복수가 아닐까 하고 생각했거든."

하지만 일 왕자일 가능성도 얼마든지 남아 있었다. 세이레나는 그렇게 말하고 일어나서 컵을 찾았다. 목이 탔다. 그녀는 컵을 들어 요리사가 혹시 몰라 남겨 둔 여분의 차를 따랐다.

여기 온 후로 그녀는 물 한 모금 마시지 못한 채, 길고 긴 이야기를 했다. 차를 홀짝이며 다시 자리로 돌아온 세이레나가 말을 이었다.

"두 왕자가 왕의 친자가 아니라는 걸 아는 사람은 이 왕자뿐이니까 말이야. 일 왕자가 애쉬를 공격할 이유가 없다고 생각했어."

"없긴 왜 없어."

가만히 앉아 있던 모아나가 툭 내뱉었다. 그녀는 못마땅한 표정으로 말을 이었다.

"이용할 만큼 이용했으니 이제 죽어랏! 이거 일 수도 있지."

그 옆에서 로렌이 끼어들었다.

"으음. 일 왕자가 그 정도로 나쁜 놈은 아니라고 말하고 싶은데 어렵네."

일 왕자라면 충분히 그러고도 남는다는 뜻이다. 세이레나는 어두운 표정으로 말했다.

"차라리 그랬으면 좋겠는데."

"너는 이 왕자가 일 왕자에게 자기들이 왕의 친자가 아니라는 걸 알려 줬다고 생각하는 거야?"

"그렇지 않을까? 일 왕자가 이 왕자를 유폐로 끝냈다는 게."

뭔가를 거래했다는 뜻이다. 그리고 이 왕자가 지금 일 왕자에게 제시할 수 있는 건 그것뿐이다.

"근데 이 왕자가 자기랑 일 왕자가 왕의 친자식이 아닌 걸 일 왕자한테 알려 주는 게 어떻게 거래가 될 수 있어? 괜히 알려 줬다가 죽으면 어쩌게?"

그런 엄청난 사실을 알려 주면 비밀을 숨기기 위해 일 왕자가 이 왕자를 죽이려 할 거라는 말이다.

모아나는 로렌의 말에 음 하고 잠시 생각하다가 말했다.

"거래라기보다는 협박이겠지."

"협박?"

"자길 추방하면 이걸 세상에 알리겠다는, 뭐 그런 거 말이야. 이 왕자 성격에 싹싹 빌지는 않았을 테고. 추방이냐 유폐냐 중에서 선택하라면 유폐가 훨씬 나을 테니까."

추방한다고 해서 바로 죽일 수 있을 리가 없다. 왕궁에서 추방된 이 왕자의 행방은 사람들의 이목이 쏠릴 것이다.

사람들의 관심이 사그라들 때까지 기다렸다가 죽이려면 적어도 몇 달은 기다려야 한다.

브리츠는 그 점을 들어 데이비드를 협박한 것이다. 자신을 추방하면 왕궁을 나가는 순간 두 사람이 왕의 친자가 아니라는 것을 떠들어 대겠다고.

"세상에."

로렌의 입이 딱 벌어졌다. 뭘 그렇게까지 해? 평생을 기사의 딸로 태어나 기사로만 살아온 그녀가 보기에 두 왕자의 행적은 이해가 되지 않았다.

"하지만 증거가 없다며?"

"지금 당장은."

모아나는 그렇게 말하며 가슴 앞에 팔짱을 꼈다. 차를 홀짝이던 세이레나가 이어받았다.

"일 왕자도 어렴풋이 느끼고 있었던 게 아닐까? 둘 다 왕을 닮지 않았으니까 말이야. 그리고 이 왕자가 그 사실을 이야기하면 당연히 다들 의심을 하기 시작하겠지."

"피해는 폐위된 이 왕자보다 왕위를 앞에 둔 일 왕자가 더 클 테고 말이야."

복잡하다. 로렌은 인상을 쓰며 말했다.

"그럼 세이와 애쉬를 공격한 녀석들의 배후는 이 왕자보다는 일 왕자일 가능성이 크다는 거지?"

모아나와 세이레나의 시선이 부딪쳤다. 그렇지. 두 사람이 고개를 끄덕이자 로렌이 머리를 쓸어 넘기며 말했다.

"그럼 답은 하나네. 애쉬가 왕이 된다."

자연스럽게 세이레나의 얼굴이 일그러졌다. 그녀는 표정을 숨기기 위해 재빨리 고개를 숙였다. 이성은 알고 있다. 애쉬가 왕이 되어야 한다는 것을.

"일 왕자의 친부에 대해서 나도 한번 알아볼게."

모아나의 말을 듣고 나서야 세이레나는 정신을 차릴 수 있었다. 그녀는 깜짝 놀라서 물었다.

"알아본다고? 어떻게?"

"뭐, 딱히 무슨 수가 있는 건 아니니까 기대하진 마. 그냥 여기저기 알음알음 알아보려는 것뿐이야."

"조심해."

로렌이 자리에서 일어나며 충고했다. 지금 모아나가 알아보려는 건 일 왕자의 심기를 거스를 것이다.

"일 왕자가 알면 너도 위험해."

"하지만 단장님과 세이레나는 이미 위험하잖아."

모아나는 그녀가 할 수 있는 걸 하려는 것뿐이다. 정보를 모으는 거라면 두 사람보다 자신 있다. 게다가 기사단을 그만뒀으니 시간적인 여유도 훨씬 많다. 친구를 위해 이 정도쯤은 어려운 일도 아니다.

"그러네."

모아나와 로렌의 대화를 듣고 있던 세이레나는 저도 모르게 중얼거렸다. 이미 그녀와 애쉬는 일 왕자의 심기를 거슬렀다. 애쉬가 가만히 있는다고 해도 그는 애쉬를 가만두지 않을 것이다.

이건 그녀가 왕비가 되고 싶지 않다거나 되고 싶다는 수준의 문제가 아니다. 더 이상 애쉬가 왕이 되고 싶지 않다거나 되고 싶다는 문제가 아니다.

일 왕자 데이비드는 그가 살아 있는 동안 애쉬의 존재를 용납하지 않을 것이다. 아니, 용납할 수 없을 것이다.

세이레나는 자신의 안일함을 깨달았다. 애쉬는 왕위를 욕심내는 게 아니었다.

그는 살아남기 위해 왕이 되어야 한다.

살해

"삼 분단! 막아!"

컹컹하고 짖는 소리가 고막을 때렸다. 세이레나는 검을 들어 바닥에 쓰러진 몬스터의 척추를 향해 힘껏 내리꽂았다.

검이 꽂힌 순간 반사적으로 펄떡 뛰어오른 몬스터의 몸이 곧 축 늘어졌다. 그녀는 어두운 표정으로 검을 뽑아 피를 털어 내기 위해 가볍게 흔들었다.

차라리 어려운 상태면 좀 낫다. 자신이 다치지 않고 죽지 않기 위해 정신없이 검을 휘둘러야 하니까.

하지만 이렇게 수만 많고 약한 몬스터는 전투라고 부를 수 없다. 이건 그냥 도륙이다.

"아, 이거 기분이 안 좋은데."

로렌 역시 그렇게 말하며 검을 휘둘렀다. 세 개의 머리를 가진 개처럼 생긴 몬스터의 머리 하나가 날아갔다. 머리는 셋이어도 고통은 공유되는 모양인지 다른 두 개의 머리가 참혹하게 울었다.

전투가 쉽다고 느끼는 건 기사단의 전체적인 실력이 올라갔기 때문이다. 당연히 찝찝한 기분을 느끼는 건 세이레나와 로렌만이 아니었다.

"그만 좀 와라."

때마침 근처에 있던 티커가 투덜거렸다. 그는 불쾌하다는 표정으로 몬스터를 찔러 죽인 뒤 검을 뽑았다.

"차라리 트롤이나 오거가 낫겠다."

곁에 있던 다른 기사의 말에 티커가 고개를 끄덕이며 대꾸했다.

"난 집에 가서 우리 해피를 끌어안는 것도 미안하다니까."

"해피?"

해피가 누구야? 어리둥절해 하는 세이레나에게 로렌이 속삭였다.

"쟤가 키우는 개."

"그레이브스 경, 개 키워?"

"쟤가 개를 키우는 게 아니라 개가 쟤를 키우는 거지."

로렌의 농담에 잠시 웃음이 터져 나왔다. 어두웠던 분위기가 가벼워지자 티커가 세이레나를 향해 말했다.

"언제 한번 데리고 올게. 얼마나 예쁘게 생겼는데."

처음 보는 티커의 모습에 세이레나의 눈이 동그래졌다. 개를 키우는 줄 몰랐다. 티커 같은 사람들에게 오늘 같은 개처럼 생긴 몬스터를 죽이는 건 좀 힘든 일일 것이다.

"힘들었겠네."

세이레나가 건넨 위로에 티커의 얼굴이 달아올랐다. 그는 뭐라고 말해야 할지 몰라 입을 뻐끔거리다가 내뱉었다.

"다, 다 힘들지 뭐."

이것 봐라? 티커의 표정을 본 로렌이 히쭉히쭉 웃기 시작했다. 티커는 로렌이 웃는 것을 보고 황급히 표정을 지웠다.

그때 몬스터가 덤벼들었다.

아차. 아직 안 끝났다. 모여 있던 기사들이 움찔하는 사이 세이레나가 검을 휘둘렀다.

"캥!"

검이 몬스터의 몸을 파고드는 것과 동시에 몬스터가 울부짖었다. 티커는 저도 모르게 눈살을 찌푸렸다. 동시에 피가 뿜어져 나와 세이레나의 몸에 튀겼다.

"세이."

몬스터의 몸에서 검을 뽑아내는 세이레나에게 로렌이 달려들었다. 그녀는 자신의 소매로 세이레나의 얼굴을 닦아 내며 말했다.

"눈뜨지 마."

이 몬스터는 피에 독성이 있는 건 아니지만 피가 눈에 들어가는 건 좋지 않다. 로렌이 세이레나의 얼굴을 닦아 내는 것을 본 애쉬가 그녀에게로 달려오며 물었다.

"다쳤어?"

"아니야, 아니야."

로렌은 손을 저으며 애쉬가 세이레나의 상태를 확인하기 쉽도록 물러났다. 그녀의 자리를 애쉬가 재빨리 차지했다.

"어, 애쉬?"

여전히 눈을 감은 채 세이레나가 물었다. 애쉬는 먼지와 피가 튄 손을 갑옷에 문질러 닦고 조심스럽게 세이레나의 얼굴을 문질렀다.

"눈, 따갑진 않아?"

"괜찮아요."

피가 튀는 순간 눈을 감았다. 그래서 괜찮았다.

로렌이 씩 웃으며 다른 기사들에게 손짓했다. 물러나서 다른 일 해. 그런 손짓에 기사들은 마지못해 흩어졌다.

"어, 뭔데?"

"넌 또 뭐 하러 와. 가, 가."

무슨 일인가 하고 다가오던 데니스도 로렌의 주먹을 맞고 물러났다. 그는 명치를 쓰다듬으며 투덜대다가 세이레나와 애쉬를 발견하고 말없이 몸을 돌렸다.

"안 때리고 말로 하면 안 되냐?"

"내가 말로 하면 안 멈췄을 거 아니야."

애쉬는 멀어지는 로렌과 데니스의 대화에 쓰게 웃었다. 그의 앞에 눈을 감고 서 있던 세이레나 역시 대화를 들었다. 그녀는 혹시나 해서 물었다.

"혹시, 우리 주변에 아무도 없어요?"

"응."

어쩐지 기척이 멀어지더라니. 세이레나는 어이없다는 듯 웃으며 물었다.

"아직 멀었어요?"

얼굴에 묻은 피를 닦아 내는 걸 말하는 거다. 애쉬는 이미 거의 다 닦아 내 깨끗해진 세이레나의 얼굴을 보며 잠시 망설였다.

"응. 거의 다 해 가."

세이레나의 얼굴은 머리카락을 제외하면 언제 피가 쏟아졌냐는 듯 깨끗해져 있었다. 하지만 애쉬는 좀 더 이렇게 세이레나의 얼굴을 보고 싶었다.

그는 괜히 세이레나의 얼굴을 문질렀다. 그때 세이레나가 웃으면서 말했다.

"키스하고 싶으면 해도 돼요."

애쉬의 몸이 움찔했다. 그는 믿을 수 없다는 듯 물었다.

"뭐?"

세이레나는 조심스럽게 눈을 떴다. 그녀는 조금 자신 없는 목소리로 다시 말했다.

"아, 아니에요?"

맙소사. 애쉬의 얼굴에 미소가 떠올랐다. 그는 허리를 숙이며 말했다.

"아니야. 정확하게 맞춰서 놀라던 참이었어."

허락 없이는 아무것도 하지 않겠다고 그가 말했던 걸 세이레나가 기억하고 있었던 모양이다. 애쉬는 가볍게 그녀의 이마에 입을 맞추고 말했다.

"하지만 단둘이 되면 하려고 참고 있었지."

세이레나의 얼굴이 미소가 떠올랐다. 그녀는 발돋움을 하고 애쉬의 턱에 입을 맞췄다. 사랑스러운 태도에 애쉬는 저도 모르게 세이레나의 허리를 끌어안았다. 그는 주위 시선으로부터 그녀의 몸을 가리며 말했다.

"여기가 건물 안이었으면 좋았을 텐데."

그의 저택이나, 하다못해 기사단이었으면 좋았을 거다. 어딘가 사람들이 보지 못하는 곳에 가서 세이레나에게 키스하고 싶었다.

"키스라면 해도 되는데요."

세이레나의 말에 애쉬는 빙그레 웃었다. 그녀가 말하는 키스가 어떤 건지 알 것 같았다. 가볍게 입술이 닿았다 떨어지는 그런 키스를 말하는 거겠지. 사람들 앞에서 해도 괜찮은.

하지만 그는 그런 것보다 더 깊은 키스를 하고 싶었다.

"단둘이 되면."

애쉬는 그렇게 말하며 세이레나의 몸을 놓았다. 그리고 손을 올려 그녀의 머리카락을 쓸어 넘겼다. 애쉬의 다정한 태도에 세이레나는 한숨을 내쉬었다. 어쩐지 애쉬와 단둘이 되는 게 심장이 두근두근 뛸 정도로 기대가 되기 시작했다.

하지만 곧 그녀는 그에게 일 왕자 데이비드와 대적해야 한다고 말해야 한다는 생각이 떠올랐다. 데이비드가 자신의 출생의 비밀을 알았다면 그에게 애쉬는 반드시 죽어야 할 존재일 것이다.

그렇다면 데이비드가 전력을 다해 애쉬를 공격하기 전에 세이레나와 애쉬도 그를 공격해야 한다고 말해야 한다.

세이레나는 그 이야기를 할 기회를 찾고 있었다. 어쨌거나 이건 곧 왕이 될 왕자와 싸워야 한다는 것을 뜻했다.

이야기의 경중을 보면 최대한 조심스럽게 말해야 한다.

"단장님!"

그때 기사 한 명이 애쉬를 불렀다. 몬스터가 전부 물러난 모양이다.

애쉬는 아쉬운 표정을 지으며 세이레나에게서 한 걸음 물러났다. 이제 전투 상황을 확인하고 정리해야 한다.

빨리 결혼하고 싶다. 그는 세이레나에게 미소를 지으며 생각했다. 그녀의 스물한 살 생일이 지날 때까지 기다리기로 했지만, 점점 더 참기 힘들어지고 있다.

물론 세이레나는 애쉬가 결혼을 서두르자고 하면 거절하지 않을 것이다. 하지만 그는 어디까지나 세이레나가 세웠던 목표를 존중해 주고 싶었다.

게일이 죽고, 새로운 후견인을 임명해야 하지만 왕이 사망하면서 그마저도 유야무야됐다. 물론 공작인 애쉬가 요청한다면 새로운 후견인이 임명될 것이다.

약혼자 애쉬 그레이윈드 공작. 그가 세이레나와 에즈라의 후견인이 될 것이다. 하지만 그는 그것도 일부러 그냥 두고 있었다.

어차피 몇 달만 기다리면 세이레나가 스물한 살이 된다. 애쉬는 세이레나와 동등한 부부가 되고 싶었다. 후견인과 피후견인의 관계가 아니라.

"아, 맞다."

전투가 마무리된 것을 확인하고 기사단으로 돌아가기 위해 전열을 가다듬는 동안 애쉬는 다시 세이레나를 찾았다. 그의 시선이 세이레나의 금발로 향했다. 그녀는 로렌과 뭔가 재미있는 이야기를 하는지 웃고 있었다.

"레나."

어쩐지 요새 세이레나는 그와 함께 있는 시간보다 로렌과 함께 있는 시간이 더 긴 것 같다. 물론 세이레나가 로렌과 단둘이 시간을 오래 보내는 건 아니다. 그녀는 모아나까지 함께해서 여기사 클럽에서 시간을 보내고 있었다. 심지어 그 시간은 기사단에서 애쉬와 함께하는 시간보다 짧다.

하지만 애쉬에게는 로렌이 세이레나와 함께하는 시간이 훨씬 긴 것처럼 느껴졌다. 이게 다 밤에 세이레나를 집에 돌려보내기 때문일 것이다.

어쩐지 로렌이 못마땅해진 애쉬는 두 사람 사이에 끼어들며 세이레나를 불렀다. 응? 느닷없이 눈앞에 끼어든 애쉬의 모습에 로렌이 어리둥절해서 한걸음 물러났다.

"왕궁에 한 번 더 요청을 해 놨어."

"왕궁이요?"

애쉬는 로렌을 한 번 보고 세이레나에게 말했다.

"전에 말한 거 말이야."

그게 뭔데? 어리둥절해 하는 세이레나의 팔꿈치를 잡으며 애쉬는 로렌을 보고 씩 웃었다.

"잠깐 실례."

응? 로렌은 그녀의 눈앞에서 세이레나와 함께 사람이 적은 쪽으로 향하는 애쉬를 보고 입을 딱 벌렸다.

"설마, 아니지?"

애쉬 그레이윈드가 약혼자를 두고 친구를 질투할 리가 없다. 그것도 데니스나 티커가 아닌 로렌 자신을.

'야, 인마. 티커나 조심해.'

로렌은 그렇게 말하려다 티커의 미래와 목숨을 위해 참았다.

"드래곤 말이야."

세이레나를 데리고 사람들에게서 멀어진 애쉬가 재빨리 말했다. 드래곤? 세이레나는 잠시 눈을 동그랗게 떴다가 재빨리 알아듣고 물었다.

"왕궁 지하에 드래곤이 있는지 확인하게 해 달라고 했다는 거죠?"

"정확하게는 일 왕자를 통해서 부탁했어."

"일 왕자는 뭐래요?"

글쎄. 애쉬는 오늘 아침 그가 만났던 일 왕자를 떠올리며 묘한 표정을 지었다. 그는 데이비드에게 왕궁 지하뿐 아니라 그와 세이레나가 만났던 암살자의 존재에 대해서도 슬쩍 떠보려 했다. 하지만 데이비드는 전혀 모르는 눈치였다. 아니면 시치미를 상당히 잘 떼거나.

"알아봐 주겠다는군."

"왕궁 지하에 드래곤이 있을지도 모른다는 말을 믿어요?"

믿는 건 아닌 것 같다. 애쉬는 고개를 저었다.

"하지만 재미있어 보이니까 한번 확인을 해 주겠대."

정확하게 말하면 데이비드는 이렇게 말했다.

"내 친애하는 사촌 동생의 부탁 아닌가? 내가 왕이 되는 데 지대한 공헌을 했는데 이 정도는 해 줘야지."

아이러니하게도 애쉬는 그 말을 듣고 암살자를 보낸 게 일 왕자라고 직감했다.

골치 아프게 됐군. 애쉬는 표정으로 드러내지 않은 채 생각했다. 그는 일부러 자신이 데이비드와 만났을 때 직감했던 것을 세이레나에게 말하지 않았다.

괜히 곧 왕이 될 왕자가 그를 위협적으로 느낀다는 말을 할 필요가 없다. 세이레나도 반신반의하고 있을 것이고 그까지 동참한다면 그녀는 분명 불안해할 테니까.

"현자의 탑에는 이야기했어요?"

세이레나의 질문에 애쉬는 고개를 저었다. 현재 왕궁의 가장 어른은 일 왕자 데이비드다. 만일 일 왕자가 왕궁 지하를 조사하는 것을 허가한다면 현자의 탑이 들어갈 수 있다.

"그건 네가 이야기하는 게 좋을 것 같아서."

애쉬는 세이레나의 손을 잡으며 이어서 속삭였다.

"그리고 널 돌려보내 준 마법사와 연락이 되는지 물어봐."

"칼리스타요?"

그 사람은 왜? 어리둥절해진 세이레나에게 애쉬가 다시 속삭였다.

"그 마법사가 널 되돌려 준 게 십 년? 구 년 후였잖아. 그럼 이미 지금 그 마법을 연구하고 있을 거 같거든."

'어?'

세이레나는 생각하지 못한 부분에 눈을 동그랗게 떴다.

마법사의 연구는 오래 걸린다. 누군가를 십 년 전으로 돌려보내는 마법이 그렇게 단시간에 발견될 리가 없다.

이사나는 그런 마법을 모른다고 했으니 세이레나를 회귀시켜 준 마법은 칼리스타의 단독 연구였을 것이다.

애쉬는 그 부분을 지적하고 있었다.

"내가 칼리스타를 만나고 싶어 한다고 해."

그렇게 하면 이사나에게 회귀에 대해 이야기하지 않고 칼리스타에 대해 물어볼 수 있다. 애쉬의 배려에 세이레나는 그를 꽉 끌어안았다.

"고마워요."

애쉬는 당황해서 멈칫하다가 세이레나를 끌어안았다. 그리고 나직하게 웃으며 말했다.

"이 정도로?"

이 정도가 어렵다는 걸 안다. 세이레나는 애쉬의 이런 사소하고 일상적인 배려가 좋았다. 두 사람은 사이좋게 나란히 기사단으로 복귀 했다.

그리고 이튿날, 세이레나는 이사나를 만났다.

"어제도 몬스터가 접근했다면서요?"

여전히 이사나는 일에 시달리고 있었다. 현자의 탑 근처를 벗어나기 어려운 그녀를 위해 세이레나가 현자의 탑을 찾아갔다.

"여기, 맛있어요."

세이레나는 이사나가 소개한 식당으로 들어가며 주변을 둘러봤다. 현자의 탑 근처에 있는 식당이라 여기 있는 사람들은 모두 마법사로 보인다.

"마법사가 많이 오나 봐요?"

"음, 사실 마법사보다는 스콜라들이 더 많이 와요."

"그래요?"

기사단 주변에 있는 식당은 페이지보다 기사들이 더 많이 간다. 페이지 기간 동안은 단체 활동을 가르치기 위해 기사단 내에 있는 식당을 이용하도록 하기 때문이다. 기사와 마법사, 상반되는 것이 재미있어 그녀는 잠시 기분이 좋아졌다.

"마법사들은 밖으로 잘 안 나가거든요. 그 인간들은 사회성이 떨어져서."

마법사임에도 같은 마법사를 향한 거침없는 욕에 세이레나의 눈이 동그래졌다. 그녀의 표정을 본 이사나가 씩 웃으며 말했다.

"생각해 봐요. 어릴 때 현자의 탑에 들어왔으니 주변에 있는 모든 사람이 다 마법사들이잖아요? 그런 환경에서 몇십 년을 사는 거예요."

이상한 인간들로 자랄 수밖에 없다. 어느 정도로 이상하냐면 몬스터를 산 채로 잡아 와서 실험하는 걸 당연하게 생각할 정도의 이상함이다.

그렇군. 세이레나는 지난번 꽃구경 때 봤던 현자의 탑 마법사들을 떠올렸다. 그들도 몬스터를 한 마리 가지고 사람들 앞에서 연구하는 걸 문제라고 생각하지 않았다.

"내부에 식당이 있어요. 그래도 갖다 달라고 난리지만."

현자의 탑에도 구내식당이 있구나. 세이레나는 빙그레 웃으며 말했다.

"기사단에도 있어요. 우린 오히려 반대예요. 페이지 때는 대부분 구내식당을 이용하고, 기사가 되면 외부로 나가요."

"기사들은 잘 먹어야 체력을 쌓을 수 있으니까 그렇겠네요. 우린 뇌만 돌아가면 된다는 인간들뿐이라."

한 달 내내 초콜릿으로만 연명하는 마법사도 있다는 말에 세이레나는 깜짝 놀라서 눈을 크게 떴다.

기사인 그녀는 불가능한 일이다. 초콜릿 만으로 체력을 유지할 수가 없기 때문이다. 하지만 무엇보다 그녀가 놀라는 이유는 따로 있었다. 초콜릿은 꽤 비싸다. 지금의 세이레나라면 가능하지만 그리 부유하지 않은 귀족에게도 한 달 내내 그것만 먹는 건 무리다.

그녀는 놀란 표정으로 물었다.

"마법사는 부자들인가 봐요?"

"마법사가 되면 돈을 많이 벌긴 해요."

그렇구나. 세이레나는 잠시 입을 다물었다가 물었다.

"그럼, 칼리스타 씨는요? 그분은 지금 현자의 탑 소속이 아니잖아요? 그럼 돈은 어떻게 벌고 있는 걸까요?"

응? 이사나는 느닷없이 나온 칼리스타에 대한 질문에 고개를 갸웃하며 말했다.

"글쎄요. 이런저런 의뢰를 받고 있겠죠? 용병단에 고용됐을 수도 있고, 건물이나 물건에 보호 마법을 걸기도 하고요."

그렇군. 세이레나의 얼굴이 어두워졌다. 마법사가 그렇게 돈을 벌 방법이 다양하다면 칼리스타가 타인머스로 오려고 하지 않을 수도 있다.

하지만 그녀는 일단 입을 열었다.

"사실, 칼리스타 씨를 만나 보고 싶어서요."

"당신이요?"

"아뇨. 애쉬, 그러니까 제 약혼자가요."

"약혼자면, 그레이윈드 공작님이요?"

세이레나는 대답 대신 고개를 끄덕였다. 그러다가 곧 이사나가 불쾌해할 수도 있다는 사실을 떠올렸다.

눈앞에 마법사가 있는데 다른 마법사를 찾는다는 건 이사나의 실력을 의심하는 것처럼 보일 수 있다.

"뭘 의뢰하려는 건 아니고요."

그녀는 재빨리 손을 저으며 말했다. 하지만 세이레나가 말을 계속하기 전에 이사나가 끼어들었다.

"아, 이해해요. 그레이윈드 공작님이면 일 왕자의 측근이잖아요."

"네?"

이건 또 무슨 소리야? 이해하지 못하는 세이레나에게 이사나가 계속해서 말했다.

"일 왕자가 왕이 되면 그레이윈드 공작님이 일선에서 활동할 테니까요. 칼리스타 같은 천재가 드럼란리그로 갔다는 걸 알면 위험하다고 생각하시겠죠."

그건 생각도 못 해 봤다. 하지만 세이레나는 이사나의 말이 맞다는 것을 인정했다.

칼리스타 같은 인재가 타인머스에서 드림란리그로 떠나 버린 것은 타인머스로서는 큰 문제가 될 수 있다. 한 명의 소드 마스터는 몇백 명에게 피해를 입힐 수 있지만 한 명의 마스터 마법사는 몇천 명에게 피해를 입힐 수 있다. 그렇기 때문에 타인머스에서 현자의 탑에 지원을 아끼지 않는 것이다.

"걱정 마세요. 칼리스타는 지금 타인머스에 와 있거든요."

이어진 이사나의 말에 세이레나는 깜짝 놀라서 벌떡 일어났다. 그러다가 아차 하고 다시 재빨리 앉았다.

"카, 칼리스타 씨가 여기 와 있다고요?"

"며칠 전에 연락이 왔어요. 밥 먹자고 해서 만났거든요."

개인적으로 연락이 왔다. 그러나 현자의 탑에 다시 돌아오고 싶다는 말이 아니었다.

현자의 탑은 한 번 나간 마법사를 여간해서는 다시 받아 주지 않는다. 하지만 이사나는 칼리스타 같은 천재라면 받아 줄 수도 있다고 생각했다.

"어, 지금 뭘 하고 있대요?"

저도 모르게 흘러나온 질문이 무례하다는 것을 세이레나가 깨달은 것은 말을 다 하고 난 다음이었다. 하지만 이사나는 신경 쓰지 않고 말했다.

"최근에 큰 의뢰를 하나 끝냈다던데요? 의뢰인이 중간에 망하는 바람에 의뢰비를 제대로 못 받았나 보더라고요."

"그런 경우도 있어요?"

"네. 그래서 미리 선불을 받기는 하지만요."

그렇구나. 세이레나는 그녀의 몫으로 나온 음식을 건성으로 뒤적이며 말했다.

"의뢰 때문에 타인머스로 돌아온 건가 봐요?"

"음, 그건 아닐걸요."

이사나는 입맛이 떨어진 세이레나와 달리 정신없이 자신의 음식을 흡입하고 있었다. 그녀는 입 안의 음식을 다 삼킨 뒤 다시 말했다.

"소문을 들었나 보더라고요. 수도에 몬스터가 몰린다는 거요."

이렇게까지 오래 몬스터가 습격한 적은 처음이라 주변 나라는 물론 드럼란리그에까지 소문이 퍼졌다.

보통 타인머스의 수도 할렉에 몬스터와 동물이 습격하는 건 먹을 것을 구하기 힘든 겨울과 초봄까지다. 하지만 지금은 여름. 이 시기까지 몬스터가, 그것도 오거나 트롤 같은 몬스터가 습격하는 건 타인머스 역사상 거의 처음이라 할 수 있다.

이사나는 세이레나에게 칼리스타가 타인머스에 오게 된 경위를 간단하게 설명했다.

천재만 있는 마법사 사이에서도 천재라 불리던 칼리스타다.

그녀 역시 타인머스의 상황을 흥미롭게 생각하고 있었다.

몬스터의 등장이 너무 잦고 종류가 점점 강해지고 있다. 드래곤이 깨어났거나 몬스터가 드래곤을 깨우려 하는 거거나. 어느쪽이더라도 마법사들과 드래곤을 연구하는 자들에게는 흥미로운 일일 것이다.

세이레나는 이사나의 이야기가 끝나기를 기다렸다가 물었다.

"칼리스타 씨 의견은 어때요? 드래곤이 깨어난 것 같대요?"

"으음. 칼리스타도 확인하고 싶어 하던 걸요. 의뢰인을 통해서 확인할 기회가 있었는데 의뢰인이 망하는 바람에 못 했다고 실망하더라고요."

의뢰인이 대체 누구기에 왕궁 지하에 칼리스타를 들여보낼 가능성이 있었던 거지? 세이레나의 표정이 심각해졌다.

왕궁 지하에 누군가를 들여보낼 수 있을 정도의 능력을 가진 사람은 그리 많지 않다. 허세로 그런 말을 할 수는 있지만 칼리스타쯤 되는 마법사가 허세를 구분하지 못할 리도 없다.

세이레나는 조심스럽게 물었다.

"혹시 의뢰인이 이 왕자라고 하던가요?"

이사나의 눈이 동그래졌다. 그녀도 칼리스타가 꽤 높은 사람의 의뢰를 받았다고 생각하긴 했다.

하지만 세이레나처럼 콕 찝어서 이 왕자를 의심하지는 않았다. 그녀는 고개를 저으며 말했다.

"그건 안 물어봤어요. 이쪽은 의뢰인의 정보를 비밀로 하는 게 보통이거든요."

그렇구나. 세이레나는 아쉬운 표정으로 고개를 끄덕이다가
다시 물었다.

"그럼 칼리스타 씨는 드래곤이 깨어났는지 확인하러 온 거네
요?"

"그럴 거예요. 칼리스타는 원래 드래곤에 관심이 많았거든
요."

마법사가 된 뒤로 그녀는 드래곤에 관심이 많았다. 특히 드래
곤이 마법의 원천이라는 점에서 큰 흥미를 나타냈다.

문득 세이레나의 머릿속에 애쉬가 한 말이 떠올랐다. 과연 칼
리스타가 회귀 마법을 쓰면 드래곤이 깨어날 수 있다는 것을 몰
랐을까?

그녀의 얼굴이 일그러졌다.

"혹시, 칼리스타 씨는 드래곤을 깨우고 싶어 하나요?"

깜짝 놀란 표정이 이사나의 얼굴 위에 떠올랐다. 하지만 곧 고
개를 저었다.

"설마요. 현자의 탑에 소위 미쳤다고 말할 만한 마법사들이
있긴 하지만 칼리스타는 아니었어요."

"칼리스타 씨는 드래곤이 깨어나는 것을 바라지 않았다는 말
이죠?"

드래곤의 마력을 원하는 것과 드래곤이 깨어나길 원하는 건
다른 문제다. 물론 잠들어 있거나 죽었을 때의 마력과 깨어났을

때의 마력은 다르다.

하지만 이사나는 그 점은 굳이 말하지 않았다. 칼리스타가 정말 드래곤의 마력을 노린다고 생각하고 싶지 않았기 때문이다.

"아마도요."

자신 없는 듯한 이사나의 말에 세이레나는 말없이 고개를 끄덕였다. 이사나가 그렇게 생각한다면 더 캐물어 볼 수 없다. 이미 그녀는 칼리스타가 그럴 리 없다고 생각한다.

거기에 대고 칼리스타가 그런 짓을 할 수도 있지 않으냐고 물어봤자 그럴 리 없다고 할 것이다.

대신 그녀는 주제를 바꿔 애쉬가 일 왕자에게 왕궁 지하에 드래곤이 있는지 확인해 달라고 한 번 더 요청했다는 이야기를 전했다.

이번에도 거절을 당할 수도 있다. 하지만 일 왕자가 혹시라도 허가한다면 언제 왕궁에 들어갈지 모르니 현자의 탑은 준비가 돼 있어야 한다.

"다음에 또 봐요."

두 사람은 이야기를 끝내고 자리에서 일어났다. 이번에는 식사 값을 이사나가 냈다.

"허가되면 그때 보겠네요."

"허가된다면 좋겠지만요."

이사나의 말에 세이레나는 쓰게 웃었다. 그녀도 왕궁 지하에 드래곤이 있는지, 있다면 깨어난 게 맞는지 확인하고 싶다.

그리고 애쉬가 왕이 되면 일 왕자의 허가 없이도 들어가 볼 수 있다는 것을 안다.

애쉬는 왕이 되어야 해. 세이레나는 그렇게 생각하며 다시 기사단을 향해 걷기 시작했다. 차마 입 밖에 내기 어려운 말이지만 그녀의 머릿속을 계속해서 맴돌고 있는 생각이다.

애쉬는 왕이 되어야 한다. 하지만 그게 그녀가 드래곤의 존재를 확인 하기 위해서가 아니다. 애쉬의 안전을 위해서다.

"그렇다고 왕이 되면 안전하냐고 하면 그건 또 아니지."

상반된 생각이 떠오르자 세이레나는 잠시 멈춰 한숨을 내쉬었다. 왕으로 사는 것도 그리 쉽지 않을 것이다. 그녀가 왕비라는 자리가 힘들었던 것처럼.

애쉬는 훌륭한 왕이 될 테지만 훌륭한 왕이 된다는 것과 그게 그에게 쉬울 거라는 것은 다른 이야기다.

"어?"

그때 세이레나는 또다시 이상한 느낌을 받았다. 며칠 전에 애쉬를 만나러 갈 때 느꼈던 느낌이다.

누군가 그녀를 따라오고 있었다. 그때도 누군가 그녀를 따라왔고 애쉬와 함께 있을 때 공격을 가했다. 애쉬를 노리는 걸까, 아니면 그녀를 노리는 걸까. 세이레나는 확인을 위해 천천히 움직이기 시작했다.

처음에는 그녀가 착각한 게 아닐까 싶었던 감각이 확실해지기 시작했다. 그녀의 뒤에 확실히 미행하는 자가 붙어 있었다.

이번에도 활이면 곤란한데. 세이레나는 그렇게 생각하며 한숨을 내쉬었다. 혹시라도 사람이 많은 곳에서 화살을 쏘면 곤란하다.

"아가씨."

막 세이레나가 지나치려는 골목에서 웬 노파가 그녀를 불렀다. 세이레나가 걸음을 멈추자 노파가 주저앉은 채 말했다.

"나, 나 좀 도와주면 안 될까?"

명백한 함정에도 세이레나는 노파를 향해 발걸음을 옮겼다. 로렌이나 모아나가 보면 바보 같다고 할 것이다. 세이레나도 그걸 알았다.

하지만 그럼에도 그녀는 노파를 그냥 무시하고 지나칠 수가 없었다. 노파가 그녀를 미행하던 자들과 한패일 수도 있고 협박당해 이용당하는 중일 수도 있다.

전자라면 다행이지만 후자라면 그냥 넘어갈 수 없다.

"괜찮으세요?"

세이레나는 그렇게 말하며 손을 내밀었다. 노파의 손이 그녀의 손에 닿았다. 순간 노파의 표정이 일그러졌다.

"도, 도망쳐요, 아가씨."

젠장. 세이레나의 얼굴도 일그러졌다. 차라리 노파가 한패이길 바랐다. 그 순간 뭔가가 그녀를 향해 날아들었다.

세이레나는 반사적으로 노파를 끌어안고 바닥을 뒹굴었다.

"퍽!" 하고 화살이 그녀가 있던 자리에 꽂혀 부르르 떨었다. 세이레나는 벌떡 일어나 노파를 일으켜 세우며 소리쳤다.

"가세요!"

"하지만……."

"가요!"

여기서는 그녀 자신을 지키는 것만으로도 버겁다. 검이라면 모르지만 날아오는 화살 속에서 다른 사람까지 지킬 여력이 없다.

세이레나의 외침에 노파는 헐레벌떡 골목 밖으로 뛰어나갔다. 노파가 도움을 요청하기 위해 소리를 치려는 찰나 골목 어귀에서 대기하고 있던 남자가 노파에게 접근했다.

"아이고, 기사님."

노파는 눈앞에 보이는 남자에게 매달렸다. 기사단 복장을 입은 건 아니지만 남자의 단정한 차림은 기사처럼 보였다.

"저기 안쪽에 어떤 아가씨가……."

스펜서는 노파가 말을 끝내기 전에 재빨리 그녀의 뒷목을 쳐서 기절시켰다. 축 늘어지는 노파의 몸을 부축하며 그는 어두운 표정으로 골목 안으로 쳐다봤다.

세이레나는 화살을 피하느라 골목 밖에서 일어나는 일을 알아차리지 못하고 있었다.

스펜서는 그녀가 보지 못하도록 노파의 몸을 끌어안고 모퉁이에 몸을 숨겼다. 데이비드 님의 명령이라고는 하지만 마음이 영 좋지가 않았다. 차라리 세이레나와 애쉬가 나쁜 사람이었으면 좋았겠다는 생각이 들었다.

그랬다면 마음이라도 편했을 텐데. 그는 다시 한 번 세이레나를 확인하고 노파를 부축해 자리를 떴다.

"죽어라!"

남자가 그렇게 외치며 화살을 쐈다. 세이레나는 몸을 굴려 화살을 피하고 재빨리 일어났다.

그리고 그녀가 원래 있던 자리를 쳐다봤다.

"응?"

화살은 없었다. 그럼 어디에 있는 거지? 분명히 저 남자가 화살을 쐈다.

세이레나의 시선이 두리번거리다가 그녀가 원래 있던 자리에서 한참 떨어진 곳에 떨어져 있는 화살을 발견했다. 엥? 세이레나는 어이가 없어서 화살을 쏜 남자를 쳐다봤다.

"뜨거운 맛을 보여 주지!"

이번에는 다른 남자가 큰소리를 탕탕 치며 활시위를 잡아당겼다. 하지만 마찬가지로 화살은 그녀에게 닿지도 못했다.

이런.

세이레나는 어이가 없어서 혀를 찼다. 확실히 애쉬의 말이 맞는 모양이다. 시위를 당기는 건 힘이지만 조준은 훈련이라고.

남자들이 다시 화살을 쏘았지만 이번에도 세이레나에게 닿지 못하고 떨어졌다. 세이레나는 남자들이 화살을 활시위에 거는 시간을 노려 뛰어들었다.

"빨리빨리!"

세이레나가 뛰어드는 것을 본 남자가 급박하게 소리쳤지만 이미 늦었다. 세 명의 남자 중 한 명은 마음이 급하자 활을 버리고 허리춤의 검을 뽑아 들었다. 남자가 검을 뽑아 드는 폼이 제대로다. 검을 훈련했다는 말이다.

세이레나의 미간에 주름이 생겼다. 검사가 그녀를 공격하기 위해 활을 잡은 거다. 그녀가 소드 마스터라는 소문을 들은 게 분명하다. 그러니 검이 아닌 활을 준비한 거겠지.

"으악!"

세이레나의 검이 길게 원을 그렸다. 검의 궤적이 지나가고 난 자리에 두 동강 난 활이 남아 있었다.

"으아아!"

제일 먼저 검을 뽑아 든 남자가 세이레나를 향해 덤벼들었다. 검을 든 폼은 제대로였지만 공격에는 빈틈이 너무 많았다.

세이레나는 슬쩍 비키며 발을 걸었다. 그녀를 향해 검을 휘두르던 남자가 그대로 앞으로 넘어졌다.

"릭!"

두 번째 남자가 저도 모르게 소리쳤다가 아차 하고 입을 다물었다. 암살자는 아니라는 말이다. 세이레나는 픽 웃었다. 암살자라면 동료의 이름을 부를 리가 없다. 그녀는 넘어진 남자의 등을 발로 밟고 검을 들었다.

"멈춰!"

활을 들어 올린 남자가 움찔하고 멈췄다. 하지만 곧 그의 손이 활시위를 잡아당기기 시작했다.

"그걸 당기는 게 빠를까, 내가 찌르는 게 빠를까?"

세이레나는 그렇게 말하며 검날이 아래로 향하도록 고쳐 쥐었다. 그녀의 발에 깔린 남자가 몸부림치기 시작했다.

"으악! 그만둬! 그만둬!"

"움직이지 말라고 했어."

세이레나는 그렇게 말하며 다시 검 끝이 하늘을 향하도록 들어 올렸다. 그리고 검에 기를 불어넣었다. 그 모습에 남자들이 움찔하고 멈췄다. 그녀는 활시위를 당기는 남자를 향해 말했다.

"내려놔."

"야, 내려놓지 마. 내려놓지 마!"

세이레나의 발밑에 깔려 있던 남자가 소리쳤다. 자기 몸에 검이 닿지 않으니 겁이 사라진 모양이다. 동료들이 안쓰러운 눈으로 남자를 쳐다봤다. 세이레나는 발을 치워 남자가 일어나도록 했다.

"너네 절대 내려놓지 마, 알겠어?"

그렇게 큰소리치며 몸을 일으키던 남자는 세이레나의 검을 보고 눈을 커다랗게 떴다. 그는 재빨리 무릎을 꿇으며 소리쳤다.

"내려놔, 이 자식들아!"

바보 놀음이 따로 없다. 허. 세이레나는 어이가 없어서 신음을 내뱉었다. 어차피 이들의 배후가 누구인지는 예상이 간다. 세이레나는 그녀가 잡은 남자에게 검을 겨눈 채 멀리 떨어진 남자들에게 말했다.

"앉아."

세이레나의 말에 남자들이 울컥해서 입을 벌렸다. 하지만 그녀가 황금빛이 일렁이는 검을 동료를 향해 들이대자 입을 다물었다.

"사, 살려 주세요."

세이레나에게 잡힌 남자가 그제야 애원하기 시작했다. 그녀는 남자를 한 번 힐끔 쳐다보고 떨어진 곳에 무릎을 꿇는 남자들을 쳐다봤다. 아마도 친구들인 모양이다. 혹은 형제거나. 암살자라면 절대 이런 방법이 통하지 않는다. 활 쏘는 실력과 이름을 부르는 것을 보고 혹시나 싶어 해 봤는데 통해서 다행이었다.

"너희에게 이런 일을 시킨 사람에게 가서 말해."

그녀가 이야기를 시작하는 것과 동시에 그녀의 검에서 일렁이던 검기가 사라졌다. 이들을 죽일 생각이 없다는 뜻이다. 남자들의 얼굴에 안도가 서렸다.

세이레나는 말하기 전에 잠시 망설였다. 이들의 배후에 누가 있는지는 예상이 간다. 아마도 일 왕자겠지. 그녀는 일 왕자가 자신을 죽이거나 납치해서 애쉬의 약점을 잡으려 한 것일 거라 생각했다.

문제는 그녀와 애쉬 둘이, 일 왕자가 왕의 친자가 아니라는 것을 안다는 것을 일 왕자가 모른다는 점이다. 그걸 두 사람이 안다는 사실을 그가 아는 순간, 일이 어떻게 흘러갈지 모른다. 그건 그녀가 독단적으로 판단해서 말할 일이 아니다.

"당신이 누군지 관심 없으니 이런 짓 그만두라고 전해."

아직은 세이레나가 모른다고 생각하게 둬야 한다. 그녀는 그렇게 말하고 남자들을 보내 줬다. 물론 그녀가 잡은 남자는 보내 주지 않았다.

세이레나는 남자를 끌고 골목을 한 시간 정도 빙글빙글 걸었다. 그리고 남자의 동료들이 따라오지 않는 것을 확인한 뒤에야 남자를 놓아주었다.

"암살자였어?"

그날 저녁, 세이레나는 점심시간에 일어났던 사건에 대해 애쉬에게 간단하게 설명했다. 단둘이 이야기하느라 단장실 의자에 앉아 있던 애쉬가 깜짝 놀라서 벌떡 일어났다.

"암살자는 아니었어요."

세이레나는 침착하게 말했다. 전문 암살자는 아니었다. 그리고 그녀를 죽이려 한 건지, 납치하려 한 건지도 정확하지 않다. 하지만 그 말에도 애쉬는 침착할 수가 없었다. 그는 그대로 책상을 돌아 나와 세이레나의 앞에 무릎을 꿇었다.

"괜찮아? 다친 곳은?"

그렇게 물으며 애쉬는 세이레나의 손을 잡았다. 겉으로 보기에는 다친 곳은 없어 보인다.

"있으면 여기 없겠죠."

세이레나는 두 손을 들어 보이며 웃었다. 남자들은 활 솜씨가 형편없었다. 검 솜씨가 훨씬 나았으니 말 다 했다.

그럼에도 활을 썼던 건 지난번에 두 사람을 습격한 자들과 동일인이라고 생각하게 하려 했던 게 아닐까.

남자들의 검 쓰는 실력으로 보건대, 셋이 동시에 덤벼도 세이레나의 상대가 될까 말까였다. 그러니 그들이 두 사람을 암살자로 여기게 해서 세이레나를 겁먹게 하려 했던 거다.

"미안해."

애쉬는 세이레나의 손을 잡으며 침통하게 말했다.

그녀가 그런 일을 겪은 이유는 애쉬 때문이다. 일 왕자가 애쉬의 약점을 잡기 위해 세이레나를 습격한 거다.

"당신이 왜요."

세이레나는 애쉬의 손을 마주 잡으며 말했다.

애쉬가 미안할 일은 하나도 없다. 지금 일어나는 일련의 사건들에 애쉬의 잘못은 하나도 없었다.

전부 죽은 왕과 왕자들의 잘못이다.

그런 의미가 담긴 세이레나의 말에 애쉬는 그저 쓰게 웃었다. 마음 같아서는 일 왕자를 혼쭐내고 싶었다. 세이레나를 건드리지 말라고, 그와 그녀를 내버려 두라고 화를 내고 멍청한 생각이나 하는 일 왕자의 머리를 후려치고 싶었다.

하지만 그래서는 안 된다.

만약 애쉬가 뭔가 행동이나 말을 한다면 데이비드는 예민하게 반응할 게 분명했다. 아무 행동도 하지 않는 지금도 이러는데 애쉬가 뭔가를 한다면 그건 더욱 심해질 거다.

"레나."

애쉬는 세이레나의 눈을 쳐다보며 천천히 입을 열었다. 그에게는 선택지가 세 가지 있다.

일 왕자를 죽이고 그가 왕이 되는 것.

일 왕자가 그를 죽이려는 것을 참고 견디는 것.

그리고 세이레나와 함께 타인머스를 떠나는 것.

바로 방금 전까지만 해도 그는 세이레나와 함께 타인머스를 떠나면 어떨지 생각하고 있었다.

하지만 차마 세이레나에게 잠시 타인머스를 떠나 있자는 말을 할 수가 없었다.

어쩌면 그녀도 타인머스를 떠나고 싶어 할 수도 있다는 긍정적인 생각이 들었다가도 그렇게 힘들게 이겨 냈는데 떠나고 싶을 리 없다는 부정적인 생각이 들었다.

게다가 애쉬는 잘못한 게 없다. 차라리 일 왕자를 끌어내리고 그가 왕이 되면 어떨까 하는 생각이 들었다가, 세이레나가 떠올라서 생각이 멈추기를 반복했다.

"애쉬, 내가 먼저 말할게요."

그때 세이레나가 입을 열었다. 그녀는 애쉬가 그녀에게 뭐라고 말하려 하는지 직감적으로 알았다. 다정한 이 남자는 절대로 먼저 왕이 되겠다는 말은 하지 못할 것이다. 그녀는 고민하느라 약간 수척해진 애쉬의 뺨을 쓰다듬었다.

그녀가 먼저 말했어야 했다.

세이레나는 고개를 돌려 문이 닫혔는지 다시 한 번 확인하고 애쉬를 향해 몸을 숙였다. 그녀의 앞에 한쪽 무릎을 꿇고 있던 애쉬 역시 그녀를 향해 상체를 내밀었다.

"왕이 될 생각, 없어요?"

애쉬의 눈이 커졌다. 그는 뭔가를 말하려는 듯 입을 벌렸다가 닫았다. 그리고 웃음기를 띤 채 다시 입을 열었다.

"설마 파혼하자는 건 아니겠지?"

왕이 될 생각이 없냐는 세이레나의 질문에 애쉬가 제일 먼저 생각한 건 세이레나와의 결혼이었다. 혹시라도 파혼하고 애쉬 혼자 왕이 돼서 다른 여자와 결혼하라거나…… 그런 거면 생각할 것도 없이 거절이다.

세이레나 역시 애쉬의 말에 피식 웃었다. 여기까지 와서 파혼할 생각은 없었다.

"설마요. 일 왕자는 당신을 절대 그냥 두지 않을 거 아니에요? 타인머스를 떠난다고 해도 일 왕자가 보내 준다는 보장도 없고요."

그건 그렇다. 애쉬는 고개를 끄덕였다. 일 왕자가 그가 타인머스를 떠나도록 두지 않을 것이다. 어쨌거나 그는 공작이고, 소드 마스터니까.

그리고 설령 운 좋게 타인머스를 떠난다 해도 안전하지 않다. 일 왕자에게 애쉬는 존재 자체가 위협이니까.

"생각해 봤는데, 당신이 살기 위해서는 왕이 되어야겠더라고 요…… 그래서 묻는 거예요."

세이레나는 거기까지 말하고 잠시 입을 다물었다. 두 사람의 시선이 말없이 부딪쳤다.

애쉬의 눈동자는 흔들리고 있었다. 왕위를 차지하기 위해 일 왕자와 싸운다는 건 많은 피해를 각오해야 한다는 뜻이다. 그 피해에 당연히 세이레나도 포함이 된다. 애쉬의 머리가 빠르게 돌기 시작했다.

"애쉬."

세이레나는 다시 애쉬의 손을 잡았다. 그가 무슨 생각을 하는 지 알 것 같았다.

"나, 할 수 있어요. 아니, 할 수 있을 것 같아요. 당신이 있어 준다면."

그리고 친구들이 있다면.

솔직히 말하면 아직도 세이레나는 불안했다. 과중한 일에 치여 애쉬와 멀어지면 어떻게 하지…… 친구들과 만나기 힘들어지면 어떻게 하지……. 그런 걱정이 마음 한구석에서 스멀스멀 자라나고 있었다.

하지만 그런 것보다 지금은 애쉬가 죽느냐 사느냐의 문제였다. 그녀는 머리를 흔들고 다시 말했다.

"왕이 될 생각이 있어요?"

"너는."

애쉬의 입에서 탁한 목소리가 흘러나왔다. 그는 크흠 하고 목을 가다듬고 다시 말했다.

"너는 왕비가 되고 싶지 않다며."

"그게 내 운명인가 보죠."

세이레나는 그렇게 말하고 쓰게 웃었다. 어쩌면 이럴 수가 있지? 왕비로 살다가 죽임을 당했고, 마법으로 겨우 다시 돌아왔는데 왕비가 되기 싫어서 선택한 애쉬가 왕이 된다.

운명의 신이라는 게 있다면 세이레나를 지켜보며 비웃고 있는 게 분명하다.

"난 네가 싫어하는 일은 하고 싶지 않아."

애쉬의 말에 세이레나는 빙그레 웃었다. 그래도 그녀는 이번 남편은 잘 만났다. 아직 남편은 아니지만.

"괜찮을 거라고 생각해요. 당신이 있으니까."

"하지만."

"대신 하나만 해 줘요"

계속해서 걱정하는 애쉬를 달래기 위해 세이레나는 재빨리 한 가지 제안을 내밀었다.

애쉬의 검정색 눈동자가 더욱 어두워졌다. 이건 죄책감이 든다. 너무 그에게만 유리한 이야기다. 그는 자신이 왕이 되기 위해 세이레나를 그녀가 가장 두려워했던 상황에 들이밀어야 한다는 게 싫었다. 그래서 그녀가 원하는 거라면 뭐든지 해 줄 준비가 되어 있었다.

"결혼을 좀 더 빨리하고 싶어요."

생각하지 못한 요구에 애쉬의 표정이 굳었다. 그는 잠시 세이레나의 얼굴을 쳐다보다가 벌떡 일어났다. 그리고 창밖을 쳐다봤다.

"뭐 해요?"

여전히 의자에 앉은 채로 세이레나가 어리둥절해서 물었다.

창밖을 쳐다보던 애쉬가 몸을 돌려 그녀를 쳐다보더니 자기 뺨을 꼬집기 시작했다.

"아니, 너무 나한테만 좋은 이야기라 오늘 해가 서쪽에 떴나 해서."

그는 그렇게 말하고 붉어진 뺨을 문지르며 세이레나에게 다가갔다. 왕도 하고 결혼도 빨리하자니. 꿈을 꾸고 있는 것 같다.

세이레나는 어이가 없어서 피식 웃었다. 그녀는 그걸 애쉬에게만 좋은 이야기라고 생각하지 않았다. 왕이 되는 것도, 결혼을 앞당기는 것도 부담스러운 일이다.

애쉬는 다시 세이레나 앞에 한쪽 무릎을 꿇으며 물었다.

"진심으로 하는 말이야?"

"네."

"결혼을 서두르자고?"

믿기 힘들어하는 애쉬의 태도에 세이레나는 빙그레 웃었다. 그녀는 고개를 기울이며 물었다.

"나랑 결혼하기 싫어요?"

애쉬의 턱이 딱딱하게 굳었다. 그럴 리가. 절대 그럴 리 없다. 마음같아서는 당장 세이레나를 안아 들고 결혼 확인서를 제출하러 가고 싶다. 그는 그런 충동을 참기 위해 세이레나가 앉은 의자의 팔걸이를 꽉 잡았다.

"어차피 몇 달만 기다리면 내가 스물한 살이 되니까 그때 결혼해도 되지만요. 난 이번 신랑은 왕이 아니었으면 좋겠거든요."

거기까지 말한 세이레나는 아차 하고 재빨리 덧붙였다.

"그러니까 첫날밤에 말이에요."

그 순간 빠각 하고 어디선가 금이 가는 소리가 들렸다. 응? 세이레나는 깜짝 놀라서 벌떡 일어났다.

"애쉬, 이 건물 좀 이상한 거 같아요."

"건물이? 왜?"

"자꾸 어디서 이상한 소리 들리지 않아요?"

"아니, 난 못 들었는데?"

세이레나의 얼굴이 일그러졌다. 그녀는 손을 들어 자기 귀를 감싸며 말했다.

"환청을 듣나?"

"레나."

세이레나를 오해하게 만들었다. 애쉬는 벌떡 일어났다. 그러면서 의자 팔걸이가 떨어지지 않도록 고정하는 것도 잊지 않았다.

"여름이라 벌레가 들어온 모양이야. 건물에서 나는 소리가 아니라 벌레 소리 같아."

"아, 그런가요?"

세이레나는 안도해서 애쉬의 팔을 잡았다. 그녀가 보지 못한 벌레가 들어왔을 수도 있다. 애쉬는 세이레나가 의자에 앉지 못하도록 창문 쪽으로 이끌며 다시 물었다.

"나랑 결혼을 서두르자는 건, 진심이야?"

"말했잖아요. 첫날밤에 남편이 왕이 아니었으면 좋겠다고."

그 말에서 세이레나가 얼마나 트라우마였는지 알 것 같아서 애쉬의 얼굴이 일그러졌다. 세이레나는 부랴부랴 덧붙였다.

"당신이 왕이 되는 게 싫다는 건 아니에요."

"알아. 왕이 아닌 나와 결혼하고 싶다는 거지."

"그거예요."

다행이다. 애쉬가 오해하면 어쩌나 하고 걱정하던 세이레나의 얼굴에 미소가 떠올랐다.

세이레나는 애쉬의 가슴에 기대며 말했다.

"식 같은 건 올리지 않아도 돼요. 상황이 이러니까요."

"하지만 식은……."

결혼식은 여자의 오랜 꿈 같은 거라고 들었는데. 애쉬의 얼굴에 그런 표정이 떠올랐다. 세이레나는 어이가 없어서 핏 웃으며 말했다.

"친구들과 가족들 모아서 간단하게 식사나 하면 되죠, 뭐."

식사는 당연히 할 거다. 애쉬는 세이레나를 끌어안으며 말했다.

"신관을 찾아서 결혼 신청부터 해 놓을게. 그리고 일이 정리되면 식을 올리자."

"안 해도 된다니까요."

"내가 싫어."

돌아오기 전, 세이레나의 결혼 생활은 끔찍했다고 했다. 애쉬는 그녀의 그 기억을 지우지는 못해도 덧칠해 주고 싶었다.

가장 화려하고 가장 아름다운 결혼식을 열어서 세이레나가 나중에 뒤돌아봤을 때 진짜 결혼식은 이랬다고 생각하길 바랐다.

"음, 식사는 언제 할까요?"

애쉬의 고집에 세이레나는 빙그레 웃으며 말을 돌렸다. 그녀를 생각해 주는 애쉬의 배려가 기분 좋았다. 하지만 한편으로는 화려한 식도 그리 다르지 않을 거라는 생각이 깔려 있었다.

왕의 세 번째 결혼. 신부의 부모님이 없다는 것과 전 왕비인 미카엘라 왕비가 사망한 지 일 년 정도밖에 되지 않았다는 점을 고려해서 회귀 전 세이레나의 결혼식은 조촐하고 초라했다.

그때보다는 낫겠지. 적어도 그때의 그녀보다 지금의 그녀가 아는 게 더 많으니까. 자신이 뭘 하는지도 모르고 왕의 옆에 서 있는, 그런 결혼식은 아닐 것이다.

"이틀 후에 먹자. 내일은 퇴근하고 일이 있어. 에즈라와 어머니를 모셔 놓고 이야기하는 게 어때?"

어차피 결혼식을 나중에 한다면 필요한 건 증인이 될 신관을 구해서 왕궁에 제출하는 것뿐이다.

하지만 애쉬와 세이레나는 제출하기 전에 에즈라와 카시아에게 두 사람의 결혼을 어떻게 진행할지 이야기 하고 싶었다.

그리고 함께 사는 것도.

어차피 카시아는 곧 다시 그녀의 집으로 돌아갈 것이다. 그렇다면 남은 것은 에즈라의 의견뿐이다.

"에즈라에게도 생각해 보라고 할게요."

혹시라도 동생이 충격받지 않도록 세이레나는 에즈라에게 미리 이야기할 생각이었다. 두 사람이 결혼하면 함께 살게 될 테니까.

아직 스물한 살이 되지 않은 에즈라는 세이레나와 애쉬가 사는 곳에서 함께 살아야 한다. 지금 에즈라의 나이가 열네 살이니까 앞으로 칠 년.

에즈라는 애쉬를 좋아한다. 그러니 애쉬와 함께 사는 것을 반길 거라고 생각했다. 하지만 세이레나는 에즈라에게 마음의 준비를 할 시간을 주고 싶었다. 그리고 그녀가 애쉬와 결혼해도 에즈라의 누나라는 것을 확실히 전하고 싶었다.

"집사에게 말해 두지."

애쉬는 그렇게 말하고 한 번 더 세이레나를 끌어안았다. 사람들에게는 시국이 어수선하니 함께 살고 싶어서 그가 억지를 부렸다고 하면 된다.

그렇지 않아도 게일이 헌터 저택을 침입한 후로 계속 신경 쓰였다. 세이레나가 강하다고는 하지만 그런 위험한 상황이 왔을 때 누군가에게 소식을 듣고 그녀에게 달려가고 싶지는 않았다.

달려갔을 때 일이 끝나 있는 상황은 사절이다. 그는 세이레나에게 무슨 일이 있을 때, 곁에서 그녀를 지켜 주고 싶었다.

"벨몬트 경."

애쉬는 세이레나가 떠난 뒤 조용히 단장실 문을 열고 미카엘을 불렀다. 무슨 일인가 하고 다가온 그에게 애쉬가 말했다.

"손님용 의자를 버려 주게."

"또요?"

미카엘의 얼굴이 일그러졌다. 이번엔 또 뭐야? 그는 단장실로 들어와 애쉬가 말한 손님용 의자를 잡았다.

그 순간 가볍게 흔들린 의자의 팔걸이가 툭 떨어져 내렸다. 미카엘은 입을 딱 벌리고 애쉬를 쳐다봤다.

"설마 단장님이 이러신 겁니까?"

＊　　＊　　＊

"세상에."

살해 163

이틀 후, 여기사 클럽에 점심 식사를 하러 들렀던 세이레나는 이상한 기운에 눈을 깜빡였다. 무슨 일인지 몰라도 다들 삼삼오오 모여 뭔가를 속삭이고 있었다.

세이레나는 그녀가 들어온 것을 아무도 알아차리지 못하자 두리번거리며 모아나를 찾았다.

"세이레나!"

멀리서 여기사들과 이야기를 하던 모아나가 세이레나를 발견하고 달려왔다. 무슨 일이지? 여기사 클럽의 주인답게 품위를 지키던 모아나가 뛰는 건 처음 본다.

어리둥절해 하는 세이레나에게 모아나가 말했다.

"들었어? 아니, 얼굴을 보니 못 들은 모양이네."

"무슨 일인데?"

전쟁이 난 건 아닌 모양이다. 그랬다면 여기사들이 여기 있는 게 아니라 기사단에 모였겠지.

모아나는 전혀 모르는 세이레나의 표정에 한숨을 내쉬고 말했다.

"이 왕자, 죽었대."

"뭐?"

세이레나의 눈이 커졌다. 누가 죽어? 자신의 귀를 의심하는 그녀에게 모아나가 쐐기를 박는 것처럼 말했다.

"오늘 아침에 식자재를 배달하러 간 사람이 발견했다나 봐."

폐위됐다고 해도 먹고 살 수 있는 최소한의 식자재는 제공이 된다. 그걸 배달하러 간 사람이 아무리 불러도 사람의 기척조차 느껴지지 않아 이상하게 여겼다는 것이다.

"잠깐, 이 왕자? 우리가 아는 그 이 왕자?"

그제야 정신을 차린 세이레나가 물었다. 모아나는 고개를 끄덕이며 덧붙였다.

"거기서 일하는 사람들은 물론이고, 이 왕자도 자기 침실에 죽어 있었대. 검에 찔려 죽은 것 같다더라."

"누, 누가 죽였는지는 모르고?"

자연스럽게 세이레나와 모아나의 머릿속에 떠오른 것은 일 왕자였다. 두 사람은 일 왕자가 언젠가 이 왕자를 죽일 거라고 생각하긴 했다.

하지만 그 언젠가는 몇 년, 몇십 년 후를 말하는 거지 이렇게 빠른 시일 내는 아니었다.

"아직 살아 있는 사람이 있긴 하다는데."

"하다는데?"

"오늘 밤을 넘기지 못할 것 같다더라."

"다른 사람들은? 그 사람뿐이야?"

"응. 그 사람뿐이래."

맙소사. 세이레나는 저도 모르게 손을 들어 입을 막았다.

일 왕자가 이 정도로 잔인할 줄은 몰랐다. 폐위된 이 왕자의 궁에 살던 이십여 명의 사람을 모두 죽였다는 말이다. 가장 슬픈 것은 그 이십여 명의 사람들이 모두 집안이 별 볼 일 없기 때문에 이 왕자 궁에서 일하게 됐다는 점이다.

이 왕자 궁에 남아 있던 사람들은 이 왕자가 죽기 전까지는 나올 수도, 다른 곳으로 갈 수도 없었다. 집안이 괜찮은 사람은 이 왕자가 폐위됐을 때 집안의 힘을 이용해 모두 다른 곳으로 이전했다.

"어째서 다 죽인 거지?"

세이레나는 믿을 수 없어서 속삭였다.

일 왕자가 이 왕자를 죽이고 싶어 하는 건 이해한다. 하지만 거기서 일하는 모든 사람을 죽일 필요가 있었을까?

"증인이 남을까 봐서겠지."

모아나의 신랄한 말에 세이레나는 잠시 말을 잃었다. 어차피 이 왕자는 폐위됐으니 그냥 두면 안 됐던 걸까.

하지만 곧 그녀는 한 가지 사실을 지적했다.

"한 명이 아직 살아 있다며?"

"응. 그 사람이 범인을 봤을지도 몰라."

"그래도 일 왕자가 직접 죽이지는 않았을 거 아니야?"

"암살자를 지목하면 다행이지만……."

지목한다고 해도 암살자와 일 왕자간의 연관성을 찾지 못한다면 도루묵이다. 세이레나와 모아나는 다시 말을 잃었다.

그날, 암살 사건 때문에 애쉬는 바빴다.

이 왕자에게는 아무도 남아 있지 않았기 때문에 그의 죽음에 대해 왕궁에 탄원하거나 조사해 달라고 요청할 사람도 없었다.

이 왕자의 삼촌이 되는 유스 백작이 있긴 했지만 그는 브리즈가 데이비드의 암살을 꾀했다는 이야기를 듣자마자 아프다는 핑계로 집 밖으로 나오지 않았다.

덕분에 이 왕자 궁의 참상을 정리하게 된 건 애쉬였다. 그는 일 왕자의 명령으로 기사단 몇 명을 데리고 이 왕자 궁으로 들어가 상황을 파악해야 했다.

"그러니까 우리가 그레이윈드 저택으로 들어가서 살아야 한다는 거지?"

그리고 그날 저녁. 세이레나와 에즈라는 그레이윈드 저택으로 가기 위해 마차를 기다리고 있었다. 페이지 복장이 아닌 정장을 갖춰 입은 에즈라의 질문에 세이레나는 약간 불안한 표정으로 말했다.

"에즈라, 그레이윈드 저택에서 사는 건 싫으니?"

어쩌면 싫을 수도 있다는 생각이 들었다. 생각해 보면 페이지인 에즈라에게 기사단 단장인 매형이 생기는 거다. 페이지로서는 부담스러운 일일 수 있다.

"싫은 건 아닌데."

에즈라의 말에 세이레나는 저도 모르게 동생에게 다가갔다. 몇 개월 만에 꽤 키가 자라서 에즈라는 이제 또래와 비슷해져 있었다. 그녀는 에즈라와 시선을 맞추기 위해 허리를 굽힌 지 꽤 됐다는 사실에 놀라며 입을 열었다.

"네가 스물한 살이 되면 다시 이 집으로 돌아오면 돼. 칠 년이지만 생각보다 그렇게 오랜 시간은 아닐 거야."

세이레나가 왕비로 살았던 팔 년도, 뒤돌아 생각해 보면 끔찍하게 길면서도 놀라울 만큼 짧기도 했다. 하지만 에즈라는 그런 것을 걱정하는 게 아니었다. 소년은 고개를 저으며 말했다.

"아니, 그게 아니라. 친구들을 초대하기 힘들 거 아니야. 단장님 집인데."

아. 세이레나는 동생의 걱정에 저도 모르게 미소를 지었다. 에즈라가 걱정하는 게 그런 거라니 다행이다.

그녀는 동생의 머리를 쓰다듬으며 말했다.

"친구들은 얼마든지 초대해도 돼. 애쉬의 집은 크니까 네 친구들 몇 명쯤 온다고 크게 티도 안 나."

"맞아, 그렇겠지?"

그제야 에즈라의 얼굴이 밝아졌다. 다행이다. 세이레나는 속으로 안도의 한숨을 내쉬었다.

헌터가의 집사인 거드윈에게도 이미 말을 해 놓았다. 어차피 헌터 저택은 에즈라의 것이 될 것이다. 거드윈과 이 집의 사용인들은 에즈라를 위해 헌터 저택을 관리하면 된다.

"아가씨. 마차가 도착했습니다."

때마침 거드윈이 그레이윈드 공작가에서 보낸 마차가 도착했음을 알렸다. 헌터가에는 마차가 없기 때문이다.

원래대로라면 올해 말쯤에 한 대 살 생각이었지만 이대로라면 사지 않아도 되겠다는 생각이 들었다. 어차피 애쉬와 함께 살면 그레이윈드가의 마차를 쓰게 되니 기껏 산 마차가 쓸모가 없게 됐을 것이다.

그럼 고용한 지 얼마 안 된 마부를 해고하는 불상사가 일어났을지도 모른다.

문득 세이레나는 원래 그녀의 집안에서 일하던 마부를 떠올렸다. 부모님이 돌아가실 때 마부도 같이 사망했다. 그렇다면 마부의 가족들은 어떻게 됐을까.

그녀가 왕비였을 때는 에즈라가 마부의 가족들을 죽였다. 아니, 죽였다고 알려졌다. 그게 게일의 음모였다면 게일이 죽은 지금, 마부의 가족들은 안전할 것이다. 하지만 생활은 어떻게 하고 있지?

"누나."

에즈라는 골똘히 생각에 잠긴 세이레나의 손을 잡으며 불렀다. 두 사람은 재빨리 대기하고 있던 마차에 올라탔다.

마부의 가족들이 어떻게 됐는지 전혀 생각하지 못했다. 마부 때문에 부모님이 사망하셨다고 생각했기 때문에 의식적으로 무시하고 있었던 건지도 모른다.

"공작님은 일이 다 끝났대?"

덜컹거리며 그레이윈드 저택으로 달려가는 마차 안에서 에즈라가 물었다. 시간이 나는 대로 마부의 가족들이 어떻게 사는지 알아봐야겠다고 생각하며 세이레나는 천천히 입을 열었다.

"하루 이틀 안에 끝낼 수 있는 일이 아니니까. 식사 시간에 맞춰 온다고 했어."

"범인은 아직 못 잡았지?"

페이지들 사이에서도 난리가 났다. 이 왕자가 누군가에게 살해당했다는 건 그만큼 충격적인 이야기였다.

저마다 누가 이 왕자를 죽였을지 이야기했다. 다른 나라의 음모라는 의견도 있었고 유스 백작이 집안을 지키기 위해 그랬다는 의견도 있었다.

"응."

세이레나의 말에 에즈라의 표정이 진지해졌다. 소년은 목소리를 낮춰 물었다.

"누나는 누구라고 생각해?"

에즈라의 질문에 세이레나는 잠시 망설였다. 그녀와 친구들은 모두 일 왕자의 짓이라고 생각한다. 하지만 이걸 에즈라에게 말해 줘도 되는 걸까.

에즈라가 이해하고 말고를 떠나서 괜히 동생을 불안하게 만들까 봐 걱정됐다.

그때, 에즈라가 세이레나의 생각을 다 아는 것처럼 말했다.

"누나도 일 왕자님이 그랬다고 생각하는 거야?"

"확실하진 않지만. 그나저나 누나도라니. 또 누가 그래?"

"전부 다."

에즈라는 그렇게 말하고 으음 하고 한숨을 쉬었다. 그는 제법

어른스러운 표정을 지을 줄 알게 되었다.

페이지들 사이에 오늘 하루 상당히 격렬한 의견이 오갔다. 어느 정도였냐면 누가 이 왕자를 죽였느냐에 대한 의견 때문에 대련이 몇 번이나 이뤄졌을 정도다.

하지만 결국 페이지들은 일 왕자가 그랬을 거라는 결론에 합의했다.

"이 왕자님이 폐위된 이유가 일 왕자님을 암살하려 했기 때문이잖아."

에즈라는 그렇게 말하며 창밖으로 보이는 광경으로 어디까지 왔는지 확인했다. 소년은 그레이윈드 저택으로 오는 길이 익숙했다. 그 큰 집에서 산단 말이지. 소년답게 모험심으로 에즈라의 가슴이 뛰었다. 그는 곧 공작가에 도착한다는 것을 깨닫고 최대한 빠르게 덧붙였다.

"그래서 다들 일 왕자님이 아닐까 하더라고."

"너도 그렇게 생각하고?"

"음. 그렇지 않을까? 폐위된 왕자를 죽여서 득을 얻는 사람이 없잖아."

단순히 원한 관계뿐 아니라 이해득실까지 생각했다는 말이다. 에즈라의 말에 세이레나는 저도 모르게 미소를 지었다. 그녀뿐 아니라 동생도 많이 자랐다는 생각이 들었다.

세이레나는 에즈라의 머리를 쓰다듬으려다 멈췄다. 동생이 별로 좋아하지 않을 것 같다. 대신에 그녀는 몸을 기울이며 물었다.

"에즈라, 기사단 생활은 재미있어?"

"재미있을 때도 있고. 별로일 때도 있고."

"그래도 가길 잘했지?"

에즈라의 얼굴에 미소가 떠올랐다. 그도 기사단에 가기 전에 누나에게 가기 싫다고 말했던 때를 떠올리고 있었다. 기사단 생활은 생각보다 어려웠고 생각보다 재미있었다. 친구도 많이 생겼다.

에즈라가 알던 세상이 넓어졌다. 소년은 자신의 집이 그럭저럭 살만한 수준이라는 것과 그동안 상상도 못 했던 가난한 집도 있다는 것을 알았다.

그럼에도 노력하는 사람이 있다는 것도 알았다. 노력하는 친구와 훈련하면서 또래와 함께 검을 휘두르는 게 재미있다는 것도 알았다.

에즈라는 문득 자신도 누나처럼 소드 마스터가 될 수 있을지 물어보려다가 말았다.

누나라면 될 수 있다고 말할 게 분명하니까.

"어서 와."

애쉬는 이미 집에 도착해서 두 사람을 기다리고 있었다. 세이레나와 에즈라는 카시아에게 인사를 하고 자리에 앉았다.

같은 집에 머물고 있지만 엘라 부인은 동석하지 않았다. 그녀는 가족이 아니기 때문이다.

"연어와 사슴 고기 중에 사슴 고기로 했어. 에즈라가 연어를 안 좋아 할 것 같아서."

애쉬는 세이레나를 식당으로 안내하며 말했다. 뒤따르던 에즈라가 재빨리 말했다.

"연어도 괜찮습니다."

"그래? 다음에는 연어로 준비하라고 하지."

아차. 에즈라의 표정이 일그러졌다. 애쉬 말이 맞았다. 에즈라는 생선을 그리 좋아하지 않았다. 그래도 괜찮다고 한 건 단장이자 미래의 매형에게 잘 보이고 싶었기 때문이다.

"수도에서 지내는 건 어떠세요, 부인?"

자리에 앉으며 세이레나가 카시아에게 말을 건넸다. 카시아는 의자를 넣어 준 집사에게 고맙다고 인사한 뒤 고개를 돌렸다.

"물어봐 줘서 고마워요. 그래도 몇 달 전에 왔다고 이번엔 지난번보다 지내기 편해졌더라고."

"그래요?"

매번 시골에서 수도로 올라오는 거니 익숙해지려면 시간이 걸린다. 이번에는 그게 적었다는 뜻이다. 세이레나와 카시아는 음식이 나오는 동안 수도의 유행이나 아는 사람들에 대한 이야기를 나눴다.

반대쪽에서는 에즈라와 애쉬도 기사단에 대해 이야기를 하고 있었다. 정확히 말하면 애쉬가 질문을 던지고 에즈라가 긴장한 채 대답하는 거지만.

"수프입니다."

집사와 사용인들이 음식을 내오기 시작하면서 대화가 잠깐 끊겼다. 카시아는 수프 맛을 보고 가볍게 고개를 끄덕였다. 그레이윈드 공작 부인이 만족했다면 됐다. 집사는 희미한 미소를 띠고 다음 음식을 가져오기 위해 물러났다.

"일은 어떻게 됐니?"

카시아가 물었다. 애쉬는 자신을 향한 질문이라는 것을 깨닫고 말했다.

"어떤 일이요?"

"이 왕자가 죽었다면서."

아. 세이레나는 이 저택에 죽은 이 왕자의 어머니가 있다는 것을 떠올렸다. 친모는 아니지만 브리츠를 키웠다. 자신을 죽이려 했다고 해서 이십 년이 넘는 기간 동안 키운 아들의 죽음이 슬프지 않을 리가 없다.

그러니 카시아가 아들에게 이 왕자의 죽음에 대해 물어볼 수 있는 건 지금이 기회인지도 모른다.

"엘라 부인은 어떠세요?"

세이레나의 질문에 카시아는 어두운 표정으로 말했다.

"괜찮다고는 하는데, 괜찮을 리가 없지."

지금 네 사람이 먹는 식사와 같은 것을 엘라 부인의 방에도 올려 보내라고 말해 뒀다. 하지만 카시아는 그녀가 음식을 먹지 못할 거라고 생각했다.

"충격이 크시겠어요."

세이레나의 말에 카시아는 쓰게 웃었다. 상당히 복잡한 감정일 게 분명하다. 그래도 아들이라고 왕자로 벌을 받길 바랐던 사람이다. 기껏 해 봐야 유폐를 예상했을 것이다.

물론 엘라 부인도 아들이 언젠가 죽임당할 거라고는 예상했을 것이다. 그게 이렇게 빠를 줄은 꿈에도 생각하지 못했겠지만.

세이레나 역시 복잡한 기분을 맛보고 있었다. 그녀도 비슷했다. 이십 년 동안 그녀를 사랑해 준다고 믿었던 게일이 자신을 이용했다는 것을 깨달았을 때의 배신감.

그리고 그 게일을 자신의 손으로 죽음에 이르게 했을 때의 그 말로 형언할 수 없는 감정.

분명 엘라 부인도 그녀가 느꼈던 감정을 더하면 더했지 덜 느끼지는 않을 것이다.

"괜찮을 거야. 강한 사람이니까."

카시아는 그렇게 말하고 한숨을 내쉬었다. 그리고 에즈라를 쳐다봤다. 누나를 닮은 소년은 이 테이블 위에서 오고 가는 대화를 이해하지 못해 어리둥절해 있었다. 그녀는 에즈라를 위해 대화 주제를 바꿨다.

"기사단의 실력이 아주 좋아졌다고 하던데, 사실이니?"

다시 자신을 향한 질문에 애쉬가 반사적으로 대답했다.

"네. 다들 훈련을 열심히 해서요. 작년 대비 상당히 실력이 올랐습니다."

그 말을 들은 에즈라의 표정이 뿌듯해졌다. 올해 들어온 페이지들은 운이 좋다는 말을 들었었다. 전투가 많이 일어난다는 건 페이지들이 볼 수 있는 전투도 많다는 뜻이다. 기사들의 전체적인 실력이 늘었으니 페이지들의 실력도 늘 수밖에 없었다.

"좋은 일이지. 몬스터의 습격만 줄어들면 좋겠구나."

카시아의 말에 세이레나의 표정이 어두워졌다. 애쉬는 재빨리 대답했다.

"그건 저와 기사단 모두 바라는 바입니다."

그렇겠지. 카시아는 쓰게 웃었다. 그때, 밖이 소란스러워졌다.

"무슨 일이지?"

애쉬가 고개를 돌리며 중얼거렸다. 열린 문으로 당황한 집사가 허둥지둥 들어오는 게 보였다.

저 집사가 저렇게 당황하는 건 오랜만이다. 카시아의 눈이 동그래졌고 애쉬는 자리에서 벌떡 일어났다.

"공작님. 왕궁에서……."

왕궁에서 사람이 왔다는 뜻인가? 애쉬는 집사가 차마 말을 잇지 못하자 눈을 가늘게 떴다. 집사의 뒤로 사용인들이 누군가를 막는 소리가 들렸다.

"잠시만요."

"기다려 주십시오!"

카시아와 세이레나 역시 무슨 상황인지 몰라 자리에서 일어났다. 집사는 애쉬에게 다가와 나직하게 말했다.

"공작님을 모셔가겠다고 합니다."

카시아를 생각해서 애쉬에게만 말하는 것이다. 그 사실을 깨달은 애쉬는 누군지 몰라도 찾아온 자들이 그를 데려가려는 이유가 좋은 이유가 아닌 것을 직감했다.

"왕궁이라니, 일 왕자인가?"

애쉬의 속삭임에 집사는 침통하게 고개를 끄덕였다. 젠장. 애쉬의 얼굴이 일그러졌다. 그는 재빨리 카시아에게 말했다.

"어머니, 혹시 모르니 올라가시는 게 좋겠습니다."

"무슨 일이에요?"

세이레나가 다가와서 물었다. 그는 그녀를 잠시 쳐다보다가 집사에게 명령했다.

"어머니를 모시고 올라가게. 어서."

저들에게 아들이 끌려가는 것을 본다면 카시아는 크게 충격을 받을 것이다. 집사가 재빨리 카시아에게 다가가 이 층으로 올라갈 것을 권했다.

"뭔데요?"

소란스러움이 더욱더 가까워졌다. 애쉬는 세이레나에게 속삭였다.

"우리 생각보다 일 왕자는 더 나를 미워한 모양이군."

세이레나의 몸이 얼어붙었다. 식당 밖을 소란스럽게 만드는 자들이 애쉬를 잡으러 왔다는 뜻이다. 그녀의 머릿속에 제일 먼저 떠오른 건 이 왕자의 죽음이었다.

어젯밤에 죽었다고 했다.

"당신, 어제 약속이 있다고 했잖아요."

재빨리 침착을 되찾은 세이레나가 차분하게 물었다. 애쉬는 어제 약속이 있다고 했다. 그러니 알리바이가 있다. 하지만 그녀의 기대를 박살 내듯 애쉬가 말했다.

"취소됐어."

"그럼 어디, 같이 있던 사람은 없어요?"

없다. 애쉬는 고개를 저었다. 이것 때문이었군. 그는 쓰게 웃었다.

"만나려 했던 사람은?"

식당 문으로 사용인들이 밀려들어 왔다. 그 뒤로 남자들이 거칠게 들어오는 게 보였다. 세이레나의 질문에 애쉬는 재빨리 말했다.

"스펜서 하디 경."

그때 식당 안으로 들어온 남자들이 외쳤다.

"그레이윈드 공작님. 잠시 왕궁으로 함께 가 주셨으면 좋겠습니다."

38

계획

애쉬 그레이윈드 공작이 이 왕자 암살 범인으로 지목됐다는 소문은 이튿날까지 퍼지지 않았다. 저녁 시간이었고 일 왕자의 수하들이 그레이윈드 저택으로 직접 와서 애쉬를 데려갔기 때문이기도 했다.

좋은 일인지 나쁜 일인지 모르겠다고 생각하며 세이레나는 한숨을 내쉬었다. 그녀의 곁에 연락을 받은 일 분단 기사들이 모여들기 시작했다.

"알았어!"

모아나가 세이레나를 향해 달려오며 소리쳤다. 초조하게 서성거리던 기사들이 그녀를 쳐다봤다.

"마지막 생존자가 공작님을 지목했대."

"뭐? 왜?"

초조하게 서성거리던 기사들이 모아나에게 달려들었다. 모아나는 손을 들어 보이며 말했다.

"그 사람이 왜 그런 소릴 했는지까지는 모르지."

그녀는 일 왕자가 무슨 근거로 애쉬를 끌고 갔는지를 알아왔을 뿐이다. 정보를 가져온 사람에게 저도 모르게 따진 게 된 기사들이 머쓱해서 한걸음 물러났다.

그때 세이레나가 모아나의 손을 잡으며 물었다.

"그 사람은 어디 있어? 생존자 말이야."

"못 만나. 새벽에 죽었대."

"젠장!"

누군가 욕을 내뱉었다. 완전히 뒤통수를 맞았다. 세이레나는 입술을 깨물었다.

"생존자가 지목한 사람이 진짜 단장이 맞긴 해?"

티커의 질문에 모아나가 인상을 썼다. 그녀는 한숨을 내쉬며 말했다.

"생존자를 간호하던 사람이 그렇게 들었다고는 하는데, 그것도 모르는 거지."

일 왕자가 애쉬를 잡기 위해 간호인에게 돈을 주고 시켰을 수도 있다는 말이다. 그 순간 "쾅!" 하고 뭔가가 부딪치는 소리가 들렸다.

세이레나를 깜짝 놀라서 소리가 난 쪽을 쳐다봤다. 분을 참지 못한 기사가 벽을 걷어찬 모양이다. 무슨 일인가 하고 달려온 집사가 슬쩍 들여다보고 물러났다.

"행동 조심해. 여긴 단장님 집이야."

데니스가 차갑게 경고했다. 애쉬가 잡혀갔다는 소식을 들은 후로 데니스와 로렌은 무서우리만큼 말이 없었다.

기사들 역시 데니스의 얼굴을 보고 멈칫해서 중얼거렸다.

"죄, 죄송합니다."

평소라면 데니스에게 한마디 했을 로렌도 이번에는 아무 말도 하지 않았다.

세이레나는 머쓱해 하는 기사에게 다가가서 말했다.

"발자크 경 말이 맞아요. 내일이나 모레쯤 단장님이 돌아와서 보시면 화내실 거예요."

애쉬가 오래 갇혀 있지는 않을 거라 믿는 듯한 세이레나의 말에 분위기가 밝아졌다. 벽을 걷어찬 기사는 머리를 긁적이며 민망한 표정을 지었다.

그사이 세이레나는 어떻게 해야 할지 생각을 시작했다. 애쉬를 조사하는 건 오늘 아침부터다. 그를 데려간 건 어제 저녁이지만 그녀는 애쉬를 그저 가두기만 했을 거라고 생각했다.

그녀도 겪었던 일이다. 도주와 증거를 훼손할 위험이 있어서 가둔다고 하지만 그건 그냥 거짓말이다. 밤새 감옥에 가둬 심신을 지치게 만들려는 거다.

그리고 그건 왕비였을 때의 세이레나에게는 아주 잘 통했다.

"세이, 한 번 더 요청해 보면 어때?"

심각한 표정의 로렌이 다가와서 속삭였다. 애쉬를 만나게 해 달라는 요청을 하자는 말이다. 하지만 세이레나는 고개를 저었다.

받아 줄 리가 없다. 게다가 어차피 지금쯤 애쉬는 조사를 받고 있을 것이다.

"요청해 보는 것 정도는 할 만하잖아."

어느새 다가온 데니스가 화를 참는 목소리로 말했다. 평소와 달리 약간 거친 말투에도 세이레나는 눈 하나 까딱하지 않았다.

"요청하면요?"

생각보다 차분한 반응에 당황한 건 데니스였다. 그는 멈칫하다가 다시 말했다.

"혹시 알아요? 우리가 요청하면 만날 수 있을지."

"저들이 애쉬 한 명만 가둔 건 우리가 이야기를 못 하게 하기 위해서인데 만나게 해 줄까요?"

세이레나의 지적에 데니스가 다시 멈칫했다. 그런 그의 모습에 그녀는 한숨을 내쉬었다. 데니스와 로렌이 겉으로는 말이 없어도 속으로는 부글부글 끓고 있다는 것을 안다. 하지만 이럴 때야말로 더욱더 침착해야 한다.

그녀는 데니스에게 물었다.

"이틀 전 저녁, 어디에 있었어요?"

"이틀 전, 저녁 말입니까? 설마 날 범인으로 의심하는 겁니까?"

이틀 전 저녁때 어디 있었냐는 질문에 데니스의 얼굴이 일그러졌다. 그는 세이레나를 내려다보다가 못마땅하다는 듯 말했다.

"타인머스 공원 근처에 있는 술집에 있었습니다. 같이 갔던 동료들과 술집 손님들이 확인해 줄 겁니다."

그렇다면 데니스는 틀렸다. 세이레나는 한숨을 내쉬었다. 그리고 티커를 향해 물었다.

"그레이브스 경, 이틀 전 저녁에 어디 있었어요?"

"저 말입니까?"

티커는 세이레나가 그걸 왜 묻는지 이상하다고 생각하며 턱을 쓸었다. 어디 있었지?

"산책 중이었습니다. 중간에 빵을 사서 빵집에서 절 기억할 테고요."

젠장. 세이레나의 표정이 어두워졌다. 그것을 본 모아나는 그녀가 무엇을 하는지 알아차렸다.

"아, 알겠다!"

응? 모아나의 말에 사람들의 시선이 그녀를 향했다. 하지만 모아나는 신경 쓰지 않고 세이레나에게 물었다.

"단장님의 알리바이를 만들려는 거지?"

이 왕자가 죽을 때, 애쉬는 스펜서와 만나기로 약속을 했다. 하지만 스펜서는 약속 장소에 나오지 않았고 결과적으로 애쉬는 이 왕자의 살인 사건에서 알리바이가 사라졌다.

세이레나는 스펜서가 그것을 노린 거라고 생각했다. 일부러 애쉬를 혼자 있게 해서 알리바이를 없앤 거다.

이 왕자가 일 왕자를 죽이려 할 때도 사용했던 방식이다. 처음에는 잘 피했는데 두 번째에 덜컥 걸려 버렸다.

"응."

하지만 스펜서의 함정은 누군가 애쉬의 알리바이를 위증하면 해결된다. 그때 애쉬와 함께 있었다며 증언해 줄 사람만 있으면 된다.

"잠깐."

데니스가 다가왔다. 그는 로렌과 모아나, 세이레나만 모아 다른 사람에게 들리지 않을 만한 크기로 속삭였다.

"그러니까 지금 위증을 하자는 겁니까?"

"네."

일말의 망설임도 없이 세이레나의 대답이 튀어나왔다. 어차피 무고한 애쉬에게 뒤집어씌운 범죄다. 그녀가 왕비였을 때는 그녀를 위해 위증을 해 줄 사람이 없었다.

하지만 애쉬에게는 있다. 조건만 맞는다면 그녀 역시 애쉬와 밤새 함께 있었다고 말할 거다.

데니스는 세이레나의 말에 당황한 표정으로 그녀를 쳐다보았다. 그는 작년까지만 해도 약간 철없는 귀족 영애였던 세이레나를 떠올리고 있었다.

"그럼, 누군가 그 시간에 애쉬와 함께 있었다고 말하면 되는 거지?"

로렌이 끼어들었다. 이틀 전 저녁때 혼자 있었던 사람을 찾으면 된다. 있을지 모르겠지만.

"아직은 아니야."

세이레나는 고개를 저으며 말했다. 그렇게 빨리 움직일 수는 없다. 그녀의 말에 데니스와 로렌이 무슨 소리냐는 듯 그녀를 쳐다봤다.

"일 왕자는 애쉬가 자기 자리를 노릴까 봐 걱정하고 있어. 여기서 그가 가장 두려워하는 건 애쉬를 지지하는 사람이 많을 때지."

"잠깐, 잠깐. 애쉬가 자기 자리를 노릴까 봐 걱정하고 있다고요? 어째서?"

지금 이 상황을 정확히 모르는 건 네 사람 중 데니스뿐이었다. 로렌은 한숨을 내쉬며 속삭였다.

"쉽게 설명하면 애쉬가 진짜 왕위 계승자야. 일 왕자는 왕의 친자식이 아닐 가능성이 높고."

"뭐? 그걸 어떻게 알아?"

"나중에. 나중에 자세히 설명해 줄게."

다행히 데니스는 로렌의 말에 입을 다물었다. 하지만 주위에 퍼져 있던 기사들이 무슨 일인가 하고 네 사람에게 주의를 집중했다.

세이레나는 로렌에게 물었다.

"여기 있는 기사들은 모두 믿을 수 있을까?"

"음. 어떤 쪽으로?"

"애쉬를 구하기 위해서라면 뭐든 한다고 믿을 수 있냐고."

그건 당연하다. 로렌은 고개를 끄덕였고 데니스는 잠시 망설이다가 고개를 끄덕였다.

애쉬를 이기고 싶어 하는 녀석이야 한두 명 정도 있다. 그가 최연소 소드 마스터이기 때문이다. 검을 쥐는 자라면 누구나 검의 정점에 서고 싶어 한다.

지금 기사단에 있는 검의 정점에 있는 것은 애쉬고 기사들에게 호승심은 당연한 것이다. 하지만 그런 녀석조차 애쉬가 일 왕자의 음모에 당했다는 사실에 분노했다.

"그럼 다 같이 이야기해요."

세이레나는 그렇게 말하고 소파에 앉았다. 그리고 집사에게 차를 좀 더 가져와 달라고 부탁했다. 그사이 데니스와 로렌이 기사들을 모았다. 어차피 응접실에서 서성거리고 있었을 뿐이지만.

금세 세이레나가 앉은 소파를 중심으로 기사들이 모여들었다. 앉거나 서 있는 기사들을 한번 둘러본 뒤 그녀가 말했다.

"여기 있는 분들은 애쉬를 위해서라면 뭐든 할 수 있나요?"

그녀는 그를 위해 뭐든 할 수 있다. 하지만 그럴 수 없는 자가 있는지 알아야 한다.

'뭐든'이라는 게 뭐지? 기사들은 잠시 서로를 쳐다봤다.

잠시 침묵이 이어졌다. 하지만 세이레나는 차라리 이쪽이 났다고 생각했다. 무턱대고 그렇다고 하면 나중에 원하지 않아도 끌려가다가 일을 망치는 사람이 생길 수 있다.

"일 왕자는 애쉬를 위협적으로 생각하고 있어요. 그러니 애쉬를 죽이려 하겠죠."

"잠깐, 그럼 지금 이게 누명이라는 말입니까?"

티커의 질문에 세이레나는 고개를 기울였다. 그녀의 얼굴에 이상하다는 표정이 떠올랐다.

"그럼 애쉬가 이 왕자를 죽였다고 생각하는 거예요?"

그건 아니다. 아닌가? 몇몇 기사들의 표정에 망설임이 떠올랐다. 그것을 보고 놀란 것은 세이레나가 아니라 데니스와 로렌이었다.

"이 멍청이들이!"

"야! 너넨 그렇게 애쉬를 모르냐?"

분통을 터트리는 두 사람 앞에서 기사들은 아무 말도 하지 못했다. 그때 티커가 손을 들었다.

"손은 안 들어도 돼요, 그레이브스 경."

그건 그렇지. 기사들이 웃음을 터트렸다. 티커 역시 자신의 행동이 우습다고 생각했다. 하지만 이상하게 지금 세이레나에게는 존칭을 써야 할 것 같다.

세이레나는 평소대로 허리를 곧게 세우고 앉아 있었다. 지금까지는 단순히 자세가 좋다고 생각했던 게 지금 상황에서는 전혀 다르게 보였다. 여유가 있어 보였고 마치 어떻게 하면 되는지 아는 것처럼 보였다.

세이레나보다 훨씬 나이가 많은 기사들이 있음에도 이제 겨우 스무 살인 세이레나가 전혀 어려 보이지 않았다. 오히려 기사들을 주도하는 것처럼 보였다. 같은 기사가 아니라 왕이나 왕비처럼 느껴졌다.

"솔직히 말하면 전 일 왕자의 명령으로 단장이 이 왕자를 죽였을지도 모른다고 생각했거든요."

티커의 말에 로렌이 혀를 찼다. 데니스는 울컥해서 말했다.

"그럼 일 왕자가 왜 애쉬를 잡아가냐?"

"아, 그러니까 일 왕자가 뒤통수친 줄 알았지."

뒤통수친 건 맞다. 세이레나는 침착하게 말했다.

"애쉬가 이 왕자를 죽일 사람도 아니지만, 굳이 일 왕자의 명령을 들어야 할 사람도 아니죠."

애쉬가 굳이 이 왕자를 죽여야 할 이유가 없다. 일 왕자가 명령한다 해도 그의 지위가 그 명령을 반드시 들어야 하는 위치도 아니다. 그렇다면 일 왕자가 거부할 수 없는 뭔가를 제시해야 가능한데 그마저도 불가능하다.

로렌은 티커를 노려보며 말했다.

"결론적으로 일 왕자가 애쉬에게 뒤집어씌웠다는 거지."

응접실에 모여 있던 기사들의 말이 사라졌다. 다들 반쯤은 그럴 거라 예상하면서도 반쯤은 오해일 거라 생각하고 있었다.

솔직히 말하면 그들은 일 왕자가 애쉬를 모함한 것이라고 생각하지 않으려 했다. 일 왕자가 애쉬를 모함했다는 것을 인정한다면 기사들은 선택을 해야 하기 때문이다.

그럴 리 없다고 생각하는 심정을 세이레나는 잘 알고 있었다. 그녀도 왕비였을 때 몇 번이나 그렇게 생각했다. 숙부가 그럴 리없다. 아드리아나가 그럴 리 없다. 계속 그렇게 생각했다.

하지만 그랬다.

그녀는 기사들을 둘러보며 말했다.

"그러니까 지금 물어보는 거예요. 여기 있는 분들은 일 왕자와 애쉬 중 한 명을 선택해야 해요."

그 말에 내포된 뜻을 기사들은 금세 이해했다.

최악의 상황에서 여기 있는 사람들은 일 왕자를 상대로 검을들 수 있어야 한다. 그런 각오를 가져야 한다는 뜻이다.

"뭘 하면 됩니까?"

티커가 제일 먼저 물었다. 그의 얼굴이 진지해졌다. 그사이에집사가 사용인들을 데리고 들어와 차와 간단한 간식을 놓고 나갔다.

세이레나는 집사가 나갈 때까지 기다렸다가 입을 열었다.

"일 왕자에게 애쉬를 풀어 달라거나, 만나게 해 달라는 요청을하지 마세요."

잠시 응접실 안에 찬물을 끼얹은 것처럼 조용해졌다. 멍하니 있던 데니스가 달려들 듯 물었다.

"요청을 하지 말라고요?"

"네. 하지 마세요."

"그럼 가만히 있으라는 겁니까?"

가만히 있으라는 정도가 아니다. 오히려 반대로 행동해야 한다. 하지만 세이레나는 그렇게 말하면 이들이 뒷이야기를 듣기도 전에 흥분할 거라 생각했다.

"일 왕자가 애쉬를 위협적으로 생각하는 이유는……."

그녀는 거기까지 말하고 데니스와 로렌을 쳐다봤다. 일 왕자가 왕의 친자가 아니라는 것을 아는 사람은 이 자리에서는 모아나와 로렌, 그리고 방금 들은 데니스뿐이다. 이 이상 아는 사람을 늘려서는 안 된다. 나중에라면 몰라도 지금은 너무 빠르다.

세이레나는 숨을 한 번 쉬었다가 다시 입을 열었다.

"애쉬를 지지하는 사람이 많기 때문이죠."

그것도 일 왕자가 애쉬를 눈엣가시로 여기는 이유다. 그는 왕의 조카고, 공작이고, 기사단의 단장이다. 그의 실력이나 외모, 부를 제외하고서라도 애쉬 자체가 가지고 있는 지위는 대단했다. 그것만으로도 애쉬를 따르는 사람은 많다.

"만약 우리가 계속해서 애쉬를 풀어 달라고 요청하거나 면회하고 싶다고 한다면 그건 일 왕자에게는 압박이 될 거예요."

"압박을 주려고 요청하는 거 아닙니까?"

티커의 질문에 세이레나는 담담하게 말했다.

"압박이 강해서 일 왕자가 애쉬를 빨리 죽여야겠다고 생각하게 되면 그게 더 나쁜 일이잖아요."

애쉬의 지지자들이 많을수록 데이비드는 그를 위협적으로 느낄 것이다. 그러니 애쉬를 풀어 달라는 요청은 너무 많이 해선 안 된다. 그게 세이레나의 생각이었다.

그때 모아나가 입을 열었다.

"하지만 아무도 요청을 안 하면 일 왕자는 애쉬를 죽여도 문제가 없다고 생각할 텐데?"

그건 세이레나도 생각했다. 그녀는 고개를 끄덕이며 말했다.

"응. 그래서 나랑 공작가에서는 계속 요청을 할 거야."

이 정도라면 합리적인 선이다. 가족과 약혼자마저 무죄라고 부르짖지 않는다면 일 왕자는 뭔가 꿍꿍이가 있다고 생각할 게 분명했다.

게다가 그레이윈드가와 헌터가는 그리 호락호락한 상대가 아니다. 그레이윈드 공작가는 카시아와 애쉬뿐이지만 카시아의 친정은 제법 영향력이 있는 집안이다.

그리고 헌터가 역시 세이레나와 에즈라뿐이지만 세이레나는 소드 마스터다. 두 집안은 일 왕자에게 위협이 될 정도는 아니지만 무시하고 애쉬를 죽이려 할 만큼 호락호락하지도 않다.

"그럼 우리는? 우린 뭘 해?"

로렌이 물었다. 세이레나는 잠시 망설이다가 말했다.

"나는 여기 있는 분들이 분열이 된 것처럼 행동했으면 좋겠어요."

"분열?"

뭐라고 말해야 할까. 그녀가 원하는 건 기사단이 이번 일로 일 왕자의 눈치를 보는 것처럼 보이는 거였다. 하지만 여기 있는 사람들이 그걸 따를지는 모르겠다.

그때 모아나가 끼어들었다.

"일 왕자를 방심하게 만들자는 거구나?"

"응?"

"기사단이 공작님을 지지하지 않고 분열하면 일 왕자가 애쉬를 위협적으로 여기던 게 누그러질 거 아니야. 그럼 시간을 끌 수 있겠지."

바로 그거다. 세이레나는 모아나의 도움에 미소를 지었다. 덕분에 기사들의 분위기가 풀어졌다. 일 왕자를 방심하게 만들자는 계획을 마음에 들어 하는 기사도 있었다.

세이레나는 기사들을 향해 말했다.

"일 왕자는 위협이 되는 애쉬를 최대한 빨리 죽이고 싶어 할 거라고 생각해요. 그가 왕이 됐다면 모르지만 아직 왕이 아니니까요."

현재 일 왕자의 위치는 확고하면서도 불안전했다. 사람들이 보기에 왕이 될 사람은 데이비드 한 명뿐인 것처럼 보인다. 하지만 그의 마음은 그렇지 않을 것이다.

그나마 데이비드에게 위안이 되는 것은 그가 왕의 친자가 아니라는 것을 증명할 방법이 없다는 점 정도다. 있다면 세이레나와 애쉬에게 더 좋았을 텐데.

세이레나는 약간 아쉬워하며 말을 이었다.

"왕이 되기 전에 애쉬를 죽이려 할 가능성이 높아요."

"그럼 우리가 단장님을 지지하지 않는 것처럼 굴면 바로 풀어 주지 않을까요?"

기사의 말에 세이레나의 미간에 주름이 생겼다.

그럴 리 없다. 일 왕자는 반드시 애쉬를 죽이려 할 것이다. 단순히 지지자가 많기 때문만이라면 지지자만 사라지면 되지만 애쉬의 문제는 그것만이 아니다.

"풀어 주진 않을 거라고 생각해요. 그러니 우리의 목적은 애쉬를 풀려나게 하는 게 아니에요."

젠장. 티커는 저도 모르게 욕을 내뱉었다. 일이 골치 아프게 됐다.

세이레나의 말은 결론적으로 같았다. 일 왕자를 죽여야 한다. 완곡하게 이야기하고 있지만 그녀의 말은 결국 그거였다.

티커는 한숨을 내쉬고 말했다.

"왜 단장을 위해 뭐든지 할 수 있는지를 물어봤는지 알겠군."

라고말리 기사단의 검 끝은 왕을 향할 수도 있다. 그게 기사단의 자긍심이었지만 실제로 실천하는 것은 또 다른 문제다.

세이레나는 기사들을 돌아보며 말했다.

"못하겠는 분들은 지금 나가셔도 좋아요."

"세이!"

로렌이 깜짝 놀라서 소리쳤다. 여기서 나가라고 했다가 나간 사람이 일 왕자 쪽에 붙으면 골치 아파진다.

똑같은 생각을 한 데니스는 말없이 기사들을 쳐다봤다. 나가는 자가 있다면 그가 일 왕자가 만나기 전에 입을 틀어막을 생각이었다.

"미쳤습니까. 라고말리 기사단이 진짜 왕을 향해 검을 겨눌 수 있다는 것을 보여 줄 수 있는 기회인데."

얼어붙은 분위기를 풀어 준 것은 티커였다. 그는 머리를 쓸며 피곤하다는 듯 말을 이었다.

"기사단이 마지막으로 왕한테 검을 겨눈 게 언제였지? 이런 기회가 쉽게 오는 게 아니라고."

그의 말에 기사들의 분위기가 풀어졌다. 심지어 농담을 받아치는 자도 나왔다.

"나중에 자식한테 자랑할 수 있겠는데."

"애야, 내가 젊었을 땐 말이다. 이렇게 말이지? 아서라."

낄낄대는 웃음이 터져 나왔다. 세이레나는 집사를 불러서 말했다.

"사용인들에게 혹시 누가 여기서 기사들이 무슨 이야기를 했는지 물어보거든 거칠게 싸웠다고 말하도록 이야기해 주세요."

일 왕자를 방심시키기 위해서다. 세이레나의 뜻을 알아차린 집사가 고개를 숙이고 물러났다.

그녀는 다시 기사들을 돌아보며 말했다.

"그럼 저는 애쉬를 면회하게 해 달라고 요청할게요."

세이레나의 말에 로렌과 모아나가 벌떡 일어났다.

"나도 같이 가."

하지만. 말리려는 세이레나가 채 입을 열기도 전에 모아나가 재빨리 말했다.

"난 기사단도 아니고 네 친구잖아."

"너 혼자 가면 면회는커녕 요청도 못 할걸?"

모아나와 로렌의 말에 세이레나는 하는 수 없이 고개를 끄덕였다. 데니스가 다가와서 물었다.

"그다음은 어떻게 할 겁니까?"

"애쉬와 이야기하고요."

일 왕자가 무슨 핑계로 그를 끌고 갔는지, 어떻게 이 난관을 뛰어 넘으면 되는지 알려 줄 거다. 그리고 일 분단 기사들이 그를 지지하기로 했다는 것도.

애쉬의 알리바이를 채우려면 그와 입을 맞춰야 한다. 비록 일 분단 기사 중에는 애쉬의 알리바이를 채워 줄 사람이 없지만 아직 딱 한 명이 남아 있다.

세이레나는 애쉬의 알리바이를 조작하는 건 어렵지 않다고 생각했다.

"그레이윈드 공작 말이죠?"

감옥을 지키고 있던 병사들은 애쉬를 만나게 해 달라는 여기사들의 요청에 곤란한 표정을 지었다. 공작이 갇힌 곳은 감옥이라고는 하지만 일반 감옥이 아니다. 귀족들이 갇혀 있는 곳이다. 여기에 바이트 형제들도 갇혀 있다. 지위에 따라 갇히는 방의 크기나 제공되는 물건이 달라진다.

세이레나도 왕비였을 때, 처음 갇혔을 때는 여기에 있었다. 점점 더 가혹한 감옥으로 바뀌었지만.

"함부로 면회하게 해 드릴 수는……."

경비병이 그렇게 말하며 말을 흐렸다. 세이레나라면 그렇구나, 하고 물러났을 표정과 말투였다. 하지만 모아나는 아니었다. 이런 감옥의 경비병들의 부수입은 면회를 원하는 사람들이 찔러 주는 약간의 돈이다.

모아나는 재빨리 품에서 주머니를 꺼내 내밀었다. 이쪽이 훨씬 낫다는 것을 그녀는 잘 알고 있었다. 경비병보다 윗사람에게 돈을 찔러 주려면 더 많은 돈을 써야 한다.

경비병의 손이 마지못한 것처럼 주머니를 받아 들었다. 그가 주머니를 뒤에 선 동료에게 넘기자 동료 경비병이 안을 확인했다.

"시간을 많이는 못 드립니다."

경비병의 말에 모아나는 고개를 끄덕였다. 하지만 세 사람이 안으로 들어가려 하자 경비병이 팔을 뻗으며 말을 이었다.

"그리고 한 분만 들어가세요."

"우리 다 들어가야겠는데요."

"누굴 바보로 봅니까? 여기 두 분은 소드 마스터죠? 소드 마스터를 둘이나 들여보냈다가 무슨 일이 나면 어쩝니까?"

무슨 일을 낼 생각은 없다. 그렇게 화를 내려는 로렌을 세이레나가 막았다.

이들의 입장에서는 충분히 그럴 만하다. 이미 돈을 받고 애쉬를 만나게 해 주는 것만으로도 경비병들은 도박을 하는 거나 다름이 없다. 그나마 경비병들이니 돈을 받고 만나게 해 주는 거지 윗사람이라면 가차 없었을 것이다.

모아나 역시 같은 생각을 하고 있었다. 여기서 윗사람까지 부르면 더 많은 돈이 든다. 그리고 아는 사람이 많아지는 건 곤란하다.

결국 로렌은 한숨을 내쉬고 세이레나에게 말했다.

"갔다 와."

여기서 한 명만 가야 한다면 당연히 세이레나가 가야 한다. 그녀는 로렌과 모아나를 한 번 쳐다보고 문지기가 열어 주는 문으로 들어갔다.

그 뒤로 로렌이 쾅 하고 벽을 걷어차는 소리가 들렸다.

"빨리 끝내세요."

세이레나의 몸을 수색한 병사가 그렇게 말하며 문을 열었다. 무기가 될 만한 것은 아무것도 가지고 들어갈 수 없다. 세이레나는 병사를 향해 고개를 끄덕해 보이고 방 안으로 고개를 돌렸다.

애쉬는 창문 앞에 서 있었다. 그는 이미 세이레나가 그를 찾아왔다는 것을 알고 있었다. 복도를 걸어오는 발걸음 소리가 가벼웠다. 그리고 문 앞에서 무기가 없는지 수색을 받을 때 움직이는 소리가 세이레나였다. 그는 그녀가 들어오는 소리에 몸을 슬쩍 돌리고 빙그레 웃었다.

"뭐 하러 왔냐고 하려고 했는데."

거기서 잠깐 숨을 깊게 들이쉰 그는 세이레나가 뭐라고 말하기도 전에 그녀를 끌어안았다.

"볼 수 있으니까 좋네."

그리고 숨을 깊이 들이쉬었다. 세이레나의 냄새가 났다. 부드럽고, 달콤한 냄새. 정신없이 맡다 보면 저도 모르게 크게 한입 물어 버리고 싶은 그런 냄새.

이게 그리워서 미칠 것 같았다.

상황에 맞지 않는 낙천적인 말에 세이레나는 애쉬의 등을 끌어안았다. 걱정돼서 혼났다. 그럴 리는 없지만 혹시라도 일 왕자가 그사이에 애쉬를 죽이거나 고문하지 않았을까 하고.

하지만 그러지 않은 모양이었다. 애쉬의 얼굴은 약간 거칠었지만 별다른 이상은 보이지 않았다. 몸도 마찬가지였다. 그에게 바로 끌어안기는 바람에 언뜻 보고 말았지만 옷은 멀쩡했고 불편해 보이는 부분도 없었다.

세이레나는 그의 목을 끌어안은 채 한숨을 내쉬었다. 그리고 작은 목소리로 빠르게 말했다.

"이 왕자 궁에서 살아남은 마지막 생존자가 죽었어요. 죽기 전에 당신이 그랬다고 했대요."

애쉬의 몸이 잠깐 굳었다가 원래대로 돌아왔다. 그는 피식 웃으며 세이레나의 작은 등을 쓰다듬었다.

"그걸 들은 사람은?"

"간호하던 사람이요. 하지만 일 왕자의 수하거나 돈을 받았겠죠."

애쉬는 세이레나의 몸을 끌어안은 채 번쩍 들었다. 그는 두 사람의 키 차이 때문에 세이레나가 자신의 목을 끌어안고 있는 게 힘들다는 것을 잘 알았다.

그는 세이레나를 안아 든 채 의자에 앉았다. 삐걱하고 의자가 요란한 소리를 내자 세이레나는 약간 불안한 눈으로 의자를 내려다봤다.

이거 부서지진 않겠지?

하지만 지금 그런 걸 걱정할 때가 아니다. 세이레나는 애쉬의 목을 끌어안은 채 그의 귀에 대고 재빨리 속삭였다.

"내가 그날 당신과 함께 있었다고 할게요."

"뭐?"

애쉬의 눈이 커졌다. 세이레나는 그를 더욱 단단하게 끌어안으며 말했다.

"어차피 그건 함정이었잖아요? 당신은 혼자 있었고. 하디 경이 오지 않아서 나를 만나러 왔다고 하면 돼요."

"하지만 너는?"

"여기사 클럽에 있었지만 로렌과 대련하느라 지하에 있어서 다른 사람들은 날 못 봤어요. 어차피 일 왕자가 노리는 건 당신이니까 로렌은 혼자 있었다고 해도 되고요."

"아니, 내 말은 그게 아니라."

애쉬는 세이레나의 허리를 감지 않은 반대쪽 손을 들어 올려 자기 이마를 짚었다. 이 아가씨가 지금 자신이 무슨 짓을 하려는지 알고 하는 소린가?

"그러니까 네 말은, 그날 밤 너랑 나랑 단둘이 있었다는 말이지? 아무도 모르는 곳에 말이야."

세이레나의 입이 닫혔다. 애쉬는 그것을 보고 그녀가 거기까지는 생각하지 못한 모양이라고 생각했다.

하지만 아니다. 세이레나는 거기까지 생각했다. 그녀는 뺨을 붉히며 말했다.

"난, 아니 우리는 약혼했으니까요. 조금 이르게 관계를 가졌다고 해서 사람들이 크게 흉으로 보지는 않을 거예요."

그리고 애쉬가 죽는 것보다 두 사람이 결혼을 기다리지 못했다는 비난을 듣는 게 더 낫다.

세이레나의 말에 애쉬는 입을 딱 벌렸다. 그는 머리를 쓸어 넘기며 거칠게 물었다.

"진심이야? 만약 그러면, 아니, 넌 그런 걸 가장 피하려 했잖아."

"애쉬."

세이레나는 애쉬의 뺨을 감싸 쥐었다. 손바닥에 면도하지 못해 꺼끌하게 자란 애쉬의 수염이 느껴졌다.

그녀는 단 한 번도 보지 못한 모습에 세이레나의 얼굴에 미소가 떠올랐다. 늘 필요 이상으로 깔끔하고 단정한 남자의 흐트러진 모습을 보는 건 어떤 기분일지 궁금했는데 지금은 알겠다.

매일 아침 눈뜨자마자 애쉬의 이런 모습을 볼 수 있다면 어떤 소리를 들어도 상관없다.

"난 왕비가 되는 것도 결심했어요. 그런데 사랑하는 남자와 결혼까지 참지 못했다는 소릴 좀 듣는 게 뭐 어때서요."

그 순간 세이레나를 물끄러미 쳐다보는 애쉬의 눈동자가 어두워졌다. 잡아먹힐 것 같은 느낌에 세이레나의 몸이 움찔했다.

하지만 세이레나가 움찔하는 것을 본 애쉬의 표정이 천천히 가라앉았다. 그는 뭐라고 말하려다 포기하고 한숨을 내쉬었다.

"난 내 인내심이 엄청 좋은 줄 알았는데."

"어? 네?"

"아니야, 생각해 보니까 엄청나게 좋은 것 같아."

"뭐, 뭐가요?"

아무것도 아니다. 그는 고개를 저었다. 여기가 그의 저택, 그의 방이 아니라는 게 지금만큼 원통할 때가 없었다.

결혼 전까지 참을 수 있다고 생각했는데 때때로 세이레나가 이런 표정으로 이런 소리를 하면 이성이 휙 날아가 버리곤 한다.

"고마워."

애쉬는 슬쩍 세이레나의 허리를 잡아 들어 올리며 말했다. 그리고 그녀를 책상 위에 앉혔다.

그의 속마음을 모르는 세이레나는 애쉬의 어깨를 끌어안으며 속삭였다.

"오늘 오후에 당신은 나와 함께 있었다고 할 거예요. 그런데 음, 그러니까……."

세이레나의 목소리가 점점 더 작아졌다. 결국에는 들리지 않아서 애쉬는 무슨 일인가 하고 그녀의 몸을 떼어 내고 얼굴을 쳐다봤다.

"저기, 무슨 일이 있었냐고 하면 그, 설명을 해야 할 테니까요."

세이레나의 얼굴이 점점 더 달아올랐다. 그것을 본 애쉬의 입이 딱 벌어졌다.

"우리가 말을 맞춰야 할 것 같아요. 그, 어떤…… 모습인지……."

"맙소사."

이건 고문이야. 차라리 데이비드에게 고문을 받는 게 낫겠어. 애쉬는 눈을 질끈 감고 세이레나의 입을 막았다.

"내 목을 걸고 단언하는데, 그건 절대 안 물어봐."

애쉬의 손에 입이 막힌 세이레나의 눈이 동그래졌다. 정말요? 눈동자가 그렇게 말하고 있어서 그는 고개를 끄덕였다.

"절대로 안 물어봐. 걱정 마."

"하지만 혹시라도 물어보면……."

어느 미친놈이 남녀가 침대에서 뭘 어떻게 했는지를 묻는단 말인가. 애쉬는 이를 악물고 중얼거렸다.

"절대, 절대 안 물어봐."

다행이다. 애쉬의 속마음도 모르고 세이레나는 안도의 한숨을 내쉬었다. 그녀가 아는 건 이론뿐이다. 구체적으로 설명하라고 하면 설명할 수가 없다.

그제야 한숨 놓은 세이레나가 활짝 웃으며 말했다.

"다행이에요. 그것만 해결되면 다 된 거예요."

설마 그걸 말 맞추자고 온 건가. 애쉬는 약간 지친 표정으로 고개를 떨어트렸다. 어째 세이레나가 오기 전보다 지금이 훨씬 더 지친 것 같다.

"아, 그리고요."

한 가지 일을 처리한 세이레나는 곧이어 다음 이야기를 시작했다. 언제 병사가 끝났다고 나오라고 할지 모른다. 그녀는 재빨리 일 분단 기사들에게 한 이야기를 애쉬에게도 했다.

"그래서 기사들은 일 왕자의 눈치를 보는 것처럼 행동할 거예요. 당신이 무죄라고 탄원하는 건 나와 당신 집에서만 할 거고요."

"그래."

"내가 해 줬으면 하는 거 있어요?"

세이레나는 애쉬가 어머니에게 말을 전해 달라거나, 어딘가로 보내기로 한 편지나 물건을 대신 보내 달라는 등의 부탁을 할 거라 예상하고 물었다.

하지만 애쉬는 그녀의 말을 듣자마자 눈을 빛내며 말했다.

"응. 내 서재에 가면 책상 첫 번째 서랍 안쪽에 결혼 허가증이 있을 거야."

"결혼 허가증이요?"

"그리고 할렉 신전으로 가면 커닝햄 신관이 있어."

세이레나의 눈이 동그래졌다.

"무, 뭘 하라고 하는 거예요?"

"신관에게는 말해 놨어. 그러니까 허가증에 로렌과 데니스의 사인을 받아서 신관에게 갖다 줘."

세이레나는 애쉬가 먼저 둘을 혼인 관계로 묶으려는 것을 알아차렸다. 결혼식보다 먼저 하기로 했던 거다.

하지만 애쉬가 잡힌 이상 계획이 바뀌어 버렸다. 세이레나는 전혀 생각하지 못한 이야기에 당황해서 애쉬를 설득하려 했다.

"그건 그렇게 급하지 않아요. 당신이 나와서 해도 돼요."

"레나, 난 사람들이 감히 네가 결혼을 기다리지 못했다는 소리를 하게 하지 않을 거야."

"나, 난 상관없어요."

"내가 상관있어. 내가 고리타분하고, 융통성 없다고 해도 좋아."

고리타분하고 융통성 없는 건 세이레나다. 하지만 애쉬는 그녀가 자기 탓을 하지 않기를 바랐다. 그러니 억지를 부리는 건 애쉬다. 세이레나가 아니라. 결혼을 조르는 것도 애쉬고, 이 상황에서조차 세이레나와의 결혼을 우기는 것도 그였다.

세이레나는 이미 왕비였을 때 그런 말도 안 되는 헛소문으로 고통을 받았다. 이번에는 그녀가 원해서 소문이 난다고 해도 애쉬는 최대한 그녀가 괴로워 할 일은 만들고 싶지 않았다.

그날 저녁, 애쉬 그레이윈드 공작이 이 왕자의 암살범으로 지목돼 감옥에 갇혔다는 소문이 퍼졌다.

대부분 그럴 리 없다고 생각했다. 뭔가 오해거나 음모에 빠진 게 아니냐고 생각하는 사람도 있었다. 하지만 그러면서도 귀족들의 움직임은 주춤했다. 만에 하나라도 애쉬가 정말 이 왕자를 죽인 거라면 여기서 판단을 잘 해야 한다.

애쉬의 무죄를 탄원했다가 유죄라는 게 밝혀지면 그건 명예를 더럽히는 문제가 아니다. 자신과 자신의 집안이 위험해진다.

"그레이브스 경."

유진이 복도에서 마주친 티커를 불러 세웠다. 무슨 일이냐는 듯 티커가 돌아보자 유진은 주변을 둘러보며 물었다.

"기사단에서 탄원서 같은 거 안 냅니까?"

티커는 음 하고 한숨을 쉬며 머리를 긁적였다. 오늘 하루에만 이 질문을 몇 번이나 받았다.

기사단도 대부분 귀족으로 구성되어 있긴 하지만 사교계와는 다르게 행동하는 경우가 많다. 물론 기사들 중에도 집안을 대표하는 가주가 있기는 하다. 하지만 아직 젊은 기사들은 기사단에 있는 동안 만큼은 집안과 별도의 의견을 내보이기도 한다.

유진은 그런 점을 묻고 있는 것이다. 사교계에서는 이번 일에 대해 상황을 살피고 있다. 하지만 기사단은 다르다. 애쉬 그레이윈드 공작은 기사단의 단장이고 기사들은 아무도 그가 이 왕자를 암살할 리가 없다고 생각하고 있었다.

"어떻게 될지 모르겠는데요."

티커의 대답에 유진의 얼굴이 일그러졌다. 말도 안 된다. 그는 티커를 향해 덤벼들다가 상대가 일 분단 기사라는 것을 떠올리고 움찔했다.

"어떻게 될지 모르겠다니, 무슨 말입니까?"

유진의 질문에 티커는 곤란한 표정을 지었다. 일 분단 기사들은 분열된 것처럼 하기로 했다고 솔직하게 말할 수는 없다. 그렇다고 탄원서를 내지 않겠다고 말할 수도 없다. 그는 머리를 쓸어 넘기며 말했다.

"다들 나름대로 의견이 있으니까요."

"의견이라니!"

유진은 벌컥 화를 내려다가 멈췄다. 그리고 티커를 노려보기 시작했다.

실망이다. 그는 단장이 잡혀갔다는 소식을 듣자마자 당연히 일 분단 기사들이 분노해서 일어날 거라 생각했다. 왕궁으로 몰려가지는 않아도 최소한 이게 무슨 일이냐고 분통을 터트릴 거라 생각했다.

하지만 벌써 하루가 지나갔음에도 일 분단 기사들은 의견이 다르다는 헛소리를 하며 어영부영 시간을 보내고 있는 것이다.

"그러고도 기사라고 할 수 있습니까?"

유진의 뼈아픈 지적에 티커의 표정이 일그러졌다. 그가 울컥 화를 내려는 순간 데니스가 나타났다.

"경솔하게 행동해서는 안 되는 일이잖아."

티커의 어깨에 팔을 얹으며 하는 데니스의 말에 유진은 멈칫했다. 그는 믿을 수 없다는 듯 데니스와 티커를 번갈아 보다가 휙 돌아섰다.

믿을 사람 없다더니! 유진은 쿵쿵대며 두 사람에게서 멀어졌다. 존경하는 단장님이 억울하게 끌려갔는데 일 분단 기사라는 작자들이 저러고 있다.

자연스럽게 그의 머릿속에 세이레나가 떠올랐다. 그녀는 오늘 출근하지 않았다고 들었다. 애쉬의 무죄를 주장하기 위해 일왕자의 면회를 요청 중이라는 말을 들었다.

"뭔가 도움이 되고 싶은데."

유진은 그렇게 말하며 한숨을 내쉬었다.

데니스와 티커는 유진이 멀어지자 슬그머니 떨어졌다. 어휴. 티커는 머리를 긁적이며 말했다.

"깜짝 놀랐네."

"그래도 저런 녀석이 훨씬 낫지."

데니스는 손에 든 종이를 팔랑이며 빈정거렸다. 사직서다. 애쉬가 이 왕자의 살해범으로 끌려갔다는 소식을 듣자마자 기사단을 그만두겠다는 녀석들이 나왔다.

티커는 데니스가 들고 있는 사직서를 쳐다보고 물었다.

"몇 명째야?"

"스무 명 좀 넘어."

"허."

실망이다. 그는 일 분단을 믿을 수 있냐고 묻던 세이레나를 떠올렸다. 그때도 그는 라고말리 기사단 모두가 애쉬를 지지한다고 생각했다.

하지만 세이레나가 맞았다. 애쉬를 지지하지 않는 자도 있었다.

"더 재미있는 거 알려 줄까?"

데니스가 입꼬리를 끌어당기며 말했다. 이게 재미있어? 어리둥절한 티커에게 그가 말을 이었다.

"전원 남자야."

"응?"

"여기사 중에 사직서 낸 사람은 아무도 없어."

데니스의 말에 티커는 끙 하고 신음을 내뱉었다. 멍청한 놈들. 세이레나에게 사정을 들은 것은 일 분단뿐이지만 똑같이 들지 못한 여기사들은 아무도 사직서를 내지 않았다. 그만큼 세이레나와 애쉬를 믿는다는 말이다.

"나중에 후회하라지."

데니스는 그렇게 말하고 어깨를 으쓱해 보였다.

"헌터 경은 어제 단장님 만나고 온 거지?"

티커가 물었다.

"음. 아직 괜찮아 보이더래."

세이레나는 로렌과 모아나에게 애쉬가 고문을 당하거나 다치지는 않았다고 이야기했다. 그게 좋은 징조인지 아닌지 모르겠다. 티커는 한숨을 내쉬며 말했다.

"그냥 겁만 주려는 거면 좋겠는데."

"그건 아닐걸."

데니스는 티커의 말에 별생각 없이 대꾸했다가 아차 하고 입을 다물었다. 티커가 무슨 소리냐는 듯 그를 쳐다보며 물었다.

"아무리 그래도 자기 사촌인데 설마 죽이려 하겠어? 왕이 되기 전에 기를 눌러놓으려는 것뿐인 거 아닐까?"

"일 왕자가 이 왕자 궁 앞까지 간 거 못 봤냐? 기를 눌러 놓으려고 누명까지 뒤집어씌울 이유가 뭐가 있어?"

"또 모르지. 평생 단장을 왕자를 죽인 살인범이지만 자신의 관대함 덕분에 살아남은 공작으로 만들려 하는 건지도."

이건 데이비드가 왕의 친자가 아니라는 것을 모르는 자들이 떠올리는 가설이기도 했다. 데니스는 그게 아니라고 말하려다가 끙 하고 신음했다.

"그럼 더 막아야지. 라고말리 기사단 단장이 왕자 살해범이라는 말이 되니까."

"그건 그렇지."

두 사람은 동시에 한숨을 내쉬었다. 차라리 검을 들고 싸우는 게 낫겠다.

같은 시간, 세이레나는 할렉 신전에서 돌아오고 있었다. 물론 세이레나가 신앙심이 깊기 때문은 아니다. 그녀는 타인머스의 대부분의 사람과 마찬가지로 신앙심이 그리 깊지 않았다.

하지만 타인머스의 신전은 타인머스 사람들의 삶에 떼려야 뗄 수 없는 존재였다. 종교 그 이상으로 문화적으로 깊숙하게 자리 잡고 있었다.

타인머스 사람들은 신앙심이 깊지 않아도 다들 당연하다는 듯 아이가 태어나면 감사를 드리고 축복을 받기 위해 신전을 찾았다. 병에 걸리거나 사고가 나면 무사 치유를 위해 신전에서 기도를 하고, 성인이 되면 신전에서 여는 성인식에 참석하거나 신관을 초대해 따로 성인식을 치렀다. 그리고 결혼을 하면 그 결혼이 도덕적으로 아무 결함이 없다는 확인을 받았다.

세이레나가 신전에 갔다 온 건 바로 이 결혼 확인을 위해서였다. 이 시간부로 세이레나와 애쉬는 부부가 된다. 지난 생과 마찬가지로 전혀 실감이 나지 않는다. 그때는 모든 것이 그녀의 의지와 상관없이 흘러갔기 때문이다. 그리고 지금은 두 사람이 부부가 되는 것보다 더 엄청난 일이 기다리고 있기 때문이다.

"어휴."

세이레나는 말을 탄 채 천천히 헌터 저택으로 돌아가며 한숨을 내쉬었다. 결혼이 뭐 그리 중요하다고. 하지만 애쉬가 이렇게 하지 않으면 세이레나의 위증에 말을 맞추지 않겠다고 이상한 억지를 부렸기 때문에 어쩔 수 없었다.

"이상한 데서 융통성이 없는 사람이라니까."

세이레나는 그렇게 중얼거리고 저도 모르게 픽 웃었다. 투덜거렸지만 그녀는 애쉬의 그런 점도 좋았다. 그리고 그의 그런 행동의 근간이 그녀를 위해서라는 게 행복했다.

애쉬를 최대한 빨리 빼내야 한다. 다시 한 번 세이레나의 머릿속에 목표가 떠올랐다.

일 왕자와 만나고 싶다는 요청은 넣어 놓았다. 하지만 아직 그녀가 이 왕자가 죽은 날 밤, 애쉬와 함께 있었다는 말은 하지 않았다. 애쉬가 빠져나갈 방법이 있다는 것을 알게 되면 일 왕자가 어떻게 나올지 알 수가 없었기 때문이다.

"아가씨."

세이레나가 헌터 저택 앞에 도착했을 때 거드윈이 기다렸다는 듯 나왔다. 말에서 내려 집사에게 고삐를 넘긴 세이레나는 말을 쓰다듬으며 물었다.

"에즈라는요?"

"도련님께서는 훈련장에 계십니다."

페이지들이 에즈라에게 질문을 퍼부을 것이 뻔해서 그녀는 에즈라를 오늘은 기사단에 보내지 않았다. 물론 그녀도 출근하지 않았다.

애쉬는 기사단의 단장이자 세이레나의 약혼자다. 기사들은 그녀와 에즈라가 오늘 하루 기사단에 출근하지 않은 것을 이상하게 여기지 않을 것이다.

"아가씨."

거드윈은 에즈라를 보기 위해 훈련장으로 향하는 세이레나를 잡았다. 그는 머뭇거리며 말을 이었다.

"손님께서 기다리고 계십니다."

"손님이요?"

오늘은 아무도 만나지 않겠다고 말했을 텐데? 그렇게 말하려던 그녀는 집사의 표정을 보고 입을 다물었다. 누군지 몰라도 상당히 놀라운 사람이거나 중요한 인물인 모양이다.

"어디죠?"

하지만 손님을 만나겠다는 세이레나의 말에도 집사는 여전히 머뭇거리고 있었다. 뭐지? 그녀가 무슨 일이냐는 듯 쳐다보자 그는 다시 입을 열었다.

"좀, 이상한 사람입니다. 하도 우겨서 일단 아가씨께 여쭤본다고는 했습니다만."

"이상한 사람이요?"

그게. 집사는 마음을 굳힌 것처럼 세이레나를 손님이 기다리는 응접실로 안내하기 시작했다. 그러면서 조용히 말했다.

"아가씨께서 자기 눈에 대한 책임이 일부 있다고 하더군요."

"눈이요?"

그게 무슨 소린지 모르겠다. 전혀 모르겠다는 세이레나의 태도에 집사는 응접실 문 앞에 서서 다시 물었다.

"그냥 돌려보낼까요?"

아주 잠깐 그러라고 하려던 세이레나는 바로 생각을 바꿨다. 무슨 일인지 몰라도 헛소리를 하면서까지 그녀를 만나야 한다고 주장한 사람이라면 뭔가 이유가 있을 것이다. 그리고 그 이유가 왕비로 살다 돌아오기 전 그녀만큼 아주 간절한 이유일 수도 있다.

"아니에요. 손님 성함은요?"

세이레나가 손님을 만나겠다는 태도를 보이자 집사는 그제야 허리를 폈다. 남자의 행색이나 태도를 봤을 때 아가씨께 괜히 이야기를 전하는 게 아닌가 하는 걱정이 들었었다. 하지만 세이레나 아가씨가 만나겠다고 결정한 거면 됐다.

그는 세이레나를 대신해서 응접실 문을 열며 말했다.

"알빈 레이 씨입니다."

알빈 레이라고?

세이레나가 움찔하는 것과 동시에 문이 열렸다.

집사가 일부러 작은 응접실을 내준 탓에 한눈에 알빈의 모습이 들어왔다. 그는 마치 며칠은 굶은 것처럼 테이블 위에 놓인 음식을 와구와구 먹어 치우고 있었다. 어찌나 열중했던지 문이 열리는 소리도 듣지 못한 모양이었다.

"아가씨."

집사가 다시 한 번 세이레나의 의중을 물었다.

아직 알빈이 그녀의 존재를 깨닫지 못했으니 문을 닫고 모른 척하면 된다. 그리고 몇 시간 뒤에 거드윈이 알빈에게 돌아가라고 하면 세이레나는 그를 만날 필요가 없다.

하지만 세이레나는 고개를 저었다. 알빈은 현재 수배 중인 범죄자다. 겁도 없이 수도까지 들어와서 다른 사람도 아닌 세이레나를 찾아온 이유가 궁금했다.

"차는 됐어요."

세이레나는 집사에게 자신의 차는 내오지 말라고 말하고 응접실로 발을 내디뎠다. 그제야 그녀의 존재를 깨달은 알빈이 고개를 들었다.

마지막으로 봤을 때가 언제였더라. 세이레나는 예전의 모습이 가물가물한 알빈의 얼굴을 쳐다보며 그를 떠올리려 애썼다.

드럼란리그에서 만난 알빈은 멀끔했다. 옷도 고급스럽고 깨끗했다. 하지만 지금의 그는 마치 다른 사람처럼 보였다. 언제 갈아입었는지, 아니, 빨았는지조차 알 수 없는 더러운 옷과 수염이 덥수룩한 얼굴. 얼굴의 한쪽 눈은 헝겊으로 만든 안대로 가리고 있었다.

완전히 달라진 모습에 세이레나는 말을 잃었다. 그녀는 드럼란리그에서의 알빈뿐 아니라 그녀가 왕비였을 때의 알빈도 알고 있다. 사람의 인생이 이렇게까지 달라질 수 있다는 게 놀라웠다.

"꽤 일찍 오셨군요."

알빈은 턱수염에 묻은 음식물을 손등으로 닦아 내며 씩 웃었다. 고작 몇 개월 만에 태도까지 변해 있었다.

세이레나는 말없이 알빈의 맞은편에 놓인 소파에 앉았다.

드럼란리그에서 알빈은 자신감이 넘쳤다. 하지만 지금 눈앞의 알빈은 아니었다. 그는 세이레나가 움직이는 것을 힐끔힐끔 곁눈질로 훔쳐봤다. 상대의 얼굴을 정면에서 바라보던 당당한 모습은 온데간데없었다. 그러면서도 그는 테이블 위에 놓인 음식으로 손을 가져가고 있었다.

세이레나는 소파에 앉으며 알빈의 모습을 지켜봤다. 배가 많이 고팠는지 이미 그의 앞에 놓인 음식은 바닥을 드러내고 있었다. 아마도 집사가 상당히 수북한 음식을 내왔을 거라고, 세이레나는 생각했다. 그녀는 상당한 봉급을 받게 된 뒤부터, 굶은 사람이 오면 음식을 가득 주라고 당부해 놓았다.

"아, 드시겠습니까?"

막 샌드위치를 집어 들던 알빈이 세이레나에게 물었다. 생각 없다. 세이레나는 고개를 저으며 말했다.

"괜찮아요."

"하기야, 이런 것들은 충분히 먹고 있을 테죠."

그렇게 말한 알빈이 킬킬대며 웃었다. 뭐가 웃긴 건지 모르겠다. 세이레나는 입을 다문 채 그가 킬킬거리며 음식을 먹어 치우는 것을 쳐다봤다.

드럼란리그에서 여기까지 어떻게 온 걸까. 마지막으로 봤던 게 봄이었고 지금은 여름이 거의 다 지나갔으니 오고도 남을 시간이긴 하다.

하지만 세이레나는 어떻게 그가 수배를 받으면서 타인머스의 수도 할렉까지 왔는지 궁금했다.

"깜짝 놀랐지 뭡니까."

알빈은 샌드위치를 우걱우걱 먹으며 말했다. 세이레나의 표정이 잠깐 일그러졌다가 돌아왔다. 음식을 먹으면서 떠드는 건 예의에 어긋난다. 하지만 그녀는 지금 그 점을 지적할 때가 아니라고 생각했다.

"아주 유명한 분들이더군요. 헌터 경과 친구분들은요."

드럼란리그에서 그와 마주쳤던 세이레나와 모아나, 로렌을 말하는 것이다. 그녀는 알빈이 무슨 이야기를 하는지 듣기 위해 입을 다물고 있었다.

쩝쩝 소리를 내며 샌드위치를 먹어 치운 알빈은 소파의 천에 손을 문질러 닦고 세이레나를 쳐다봤다.

"참, 그 계집은 잘 있습니까?"

"계집?"

세이레나가 반문하자 알빈은 손을 들어 보였다. 그는 과장되

게 한숨을 내쉬며 말했다.

"아이고, 이것 참. 말버릇이 나쁘게 붙어 버렸거든요. 그 여자 말입니다. 제 눈을 이렇게 만든 여자요."

모아나를 말하는 거다. 세이레나가 가만히 있자 알빈이 계속해서 말했다.

"쿨린 자작이 딸년 하나는 아주 잘 뒀더군요. 덕분에 목숨을 부지하게 됐으니 말입니다."

거기까지다. 세이레나는 고개를 기울이며 물었다.

"내가 당신을 신고하지 않아야 할 이유가 있나요?"

세이레나의 말을 들은 알빈은 마치 그 말을 기다렸다는 듯 씩 웃었다. 번들거리는 눈동자는 빛나고 입꼬리만 올라가는 섬뜩한 미소였다.

"그럼요. 내게 아주 고마워하게 될 겁니다."

"그렇다면 내가 당신을 고마워할 기회를 어서 주시죠."

세이레나의 말에 알빈의 눈이 번뜩였다. 마치 그녀가 등을 보인 순간 칼로 찔러 버릴 것 같은 눈동자였다.

하지만 세이레나는 무시했다. 여기는 헌터 저택이고 감히 그런 짓을 했다간 알빈은 무사하지 못할 것이다. 게다가 그녀가 알빈보다 강하다.

"제가 드럼란리그에 있었던 이유가 뭔지 아십니까?"

느닷없는 질문에도 세이레나는 동요하지 않았다. 그녀는 무릎 위에 손을 가지런히 모은 채 말했다.

"이 왕자의 명령이었겠죠."

세이레나의 대답에 알빈이 이를 드러내고 웃어 보였다. 그는 킬킬거리며 물었다.

"그 명령이 뭔지 아십니까?"

뭔지 안다. 세이레나는 아무 말도 하지 않았다.

바이트 백작은 드럼란리그에서 타인머스의 광물을 팔려 했다. 거기에 필요한 돈은 도박판을 벌여 번 돈으로 충당했고 외교적인 부분은 이 왕자가 처리해 주기로 되어 있었겠지.

이 왕자가 죽지 않았다면 알빈은 세이레나가 왕비였을 때처럼 드럼란리그에서 판매를 총괄하고 있었을 것이다. 하지만 세이레나가 바이트 백작을 막았고 이 왕자를 저지했다.

"알겠죠. 바보도 아니고 말입니다."

알빈은 그렇게 말하며 킬킬대고 웃었다. 그 웃음이 불쾌해서 세이레나는 뭐라고 하려다 입을 다물었다. 이런 자는 자신의 행동이 타인에게 불쾌감을 준다는 것만으로도 즐거워한다. 그녀가 할 수 있는 가장 최선의 모습은 알빈의 어떤 행동도 그녀에게 영향을 줄 수 없다는 듯 구는 것뿐이다.

"제가 헌터 경을 왕비로 만들어 드리겠다면 어떨까요?"

한참을 킬킬대고 웃은 알빈이 느닷없이 말했다. 반응하지 않겠다고 다짐하던 세이레나도 이번에는 반응할 수밖에 없었다.

"뭐라고요?"

"제 손에, 일 왕자가 왕위를 계승할 자격이 없다는 증거가 있다. 이겁니다. 어떻습니까?"

"증거부터 보여 주시죠."

"어허."

침착한 세이레나의 요구에 알빈은 손을 내저었다. 그렇게 쉽게 보여 줄 수야 없다. 그는 씩 웃으며 다시 말했다.

"이렇게 말하면 쉽겠군요. 일 왕자의 친부가 어디 있는지 알고 있습니다."

말도 안 돼. 세이레나는 저도 모르게 입을 딱 벌렸다. 일 왕자의 친부라고?

그렇지 않아도 찾고 있었다. 하지만 그녀가 아는 건 일 왕자의 어머니가 다른 남자와의 사이에서 일 왕자를 낳았을지도 모른다는 가설일 뿐이었다. 어떤 남자인지, 어디 사는지는커녕 그 남자가 실제로 존재하는 사람인지조차도 몰랐다. 당연히 일 왕자의 친부를 찾는 세이레나와 애쉬의 노력은 지지부진할 수밖에 없었다.

그런데 그 친부를 알빈이 안다고?

"그……."

반사적으로 그 남자가 어디 있냐고 물어보려던 세이레나는 재빨리 입을 다물었다. 말려들면 안 된다. 그녀는 알빈을 똑바로 쳐다보며 말했다.

"왕실 모독죄도 추가되겠군요."

"글쎄요."

알빈을 당황하게 하려는 말이었지만 그는 오히려 세이레나가 그렇게 나올 줄 알았다는 듯 빙글빙글 웃었다. 진짜로 일 왕자의 친부가 어디 있는지 알고 있는 걸까.

세이레나는 알빈을 향해 의심스러운 시선을 던졌다.

"못 믿으시겠죠. 암요. 당연합니다. 제가 드럼란리그에 간 건 두 가지 명령 때문이었습니다. 한 가지는 아시다시피 광물을 파는 거였고요."

알빈은 그렇게 말하면 손가락 하나를 폈다. 그리고 곧이어 두 번째 손가락을 폈다.

"두 번째는 일 왕자의 친부를 찾으러 간 거다, 이 말입니다."

"당신이 찾은 사람이 진짜 일 왕자의 친부인지 아닌지는 그렇다 쳐도, 누가 일 왕자가 왕의 자식이 아니라고 한 거죠?"

"누구긴 누구겠습니까."

빈정대듯 말한 알빈이 재빨리 이어 말했다.

"이 왕자죠. 일 왕자가 왕의 친자가 아닐 수도 있다는 이야기를 어디선가 들은 모양이더군요."

'어디선가'라고 했을 때 그의 목소리가 이상하게 꺾였다. 세이레나는 그게 이 왕자의 어머니인 왕비라는 것을 알아차렸다. 하지만 그녀는 아무 말도 하지 않았다.

"자, 그래서 말입니다. 제가 드럼란리그로 찾으러 나갔다. 이 말입니다."

"일 왕자의 친부가 드럼란리그에 있는 줄은 어떻게 알고요?"

"다 아는 방법이 있죠."

알빈은 그렇게 말하며 씩 웃었다. 비밀을 숨긴 듯한 미소에 세이레나의 표정이 굳었다. 그녀는 다시 말했다.

"일 왕자의 친부가 드럼란리그에 있다는 것은 누구에게 들었죠?"

아. 알빈은 할 수 없다는 듯 신음을 내뱉었다. 그는 부스스한 머리카락을 벅벅 긁으며 입을 열었다.

"일 왕자의 어머니…… 왕비의 유모가 말해 줬습니다."

"그분이 살아 있다고요?"

"아, 물론 지금은 죽었죠."

그 순간, 세이레나는 알빈이 노파를 죽였다는 것을 깨달았다. 저도 모르게 혐오감이 척추를 따라 온몸을 관통했다.

세이레나의 표정을 본 알빈은 그녀가 자신을 혐오한다는 것을 알았다. 하지만 그는 신경 쓰지 않았다. 드럼란리그에서 타인머스로 오는 동안 그는 몇 번이나 죽을 고비를 넘겼다.

저 정도쯤은 그에게 아주 약간의 타격도 되지 않았다. 오히려 지금 저렇게 그를 혐오하는 계집이 하는 수 없이 그와 손을 잡을 것을 생각하면 기분이 좋아졌다.

알빈은 씩 웃으며 말했다.

"당연히 왕위는 적합한 분께 돌아가야 하지 않겠습니까? 저는 제가 알고 있는 그 남자의 위치를 헌터 경께 알려 드릴 용의가 있습니다."

하지만 바라는 게 있다는 말이겠지. 세이레나는 온몸을 잠식하는 혐오감을 억지로 털어 내고 알빈을 싸늘하게 쳐다봤다. 마음 같아서는 그를 직접 잡아 수배 중인 범인이라고 넘기고 싶다.

하지만 정말 알빈이 일 왕자의 친부가 어디 있는지 알고 있다면…… 애쉬가 왕이 되기 위해 치러야 할 많은 피해를 줄일 수 있을 것이다.

"그 남자가 일 왕자의 친부라는 것은 어떻게 알죠?"

세이레나의 질문에 알빈은 그럴 줄 알았다는 듯 킬킬 웃었다. 그는 품에서 편지를 하나 꺼내 테이블 위에 올려놓았다.

"몸이 통하면 마음도 통하는 법이죠."

무슨 소리를 하는지 모르겠다. 어리둥절한 표정으로 알빈이 꺼내 놓은 편지를 쳐다보면서 세이레나는 그것을 천천히 끌어당겼다.

꽤 오래된 편지였다.

"이건?"

알빈은 읽어 보라는 듯 편지를 가리켰다. 그는 세이레나가 편지의 내용을 살필 때까지 기다렸다가 말했다.

"연서입니다."

그 순간 세이레나는 재빨리 편지를 내려놓았다. 남의 연서를 보는 건 무례한 짓을 넘어서서 파렴치한 짓이다. 그녀는 불쾌한 표정으로 알빈을 쳐다봤다.

그는 마치 세이레나가 그럴 줄 알았다는 듯 킬킬 웃고 있었다. 상대방이 무례한 행동을 하도록 의도해 놓고 불쾌해하는 것을 보며 즐거워하고 있었다.

"증거는?"

세이레나는 차갑게 물었다. 킬킬거리면서 알빈은 무슨 소리냐는 듯 눈을 깜빡였다. 그녀는 소파 등받이에 몸을 기대며 말했다.

"이게 왕비님이 쓰신 연서라는 증거는 어디 있죠?"

"필체가 왕비님의 필체니까요."

"필체 따위는 얼마든지 따라 쓸 수 있죠."

"그런 고급 종이를 연서로 쓸 만한 여성은 왕궁 사람뿐이죠. 타인머스에는 최근 몇십 년 동안 공주님이 태어난 적이 없었다는 것을 아실 겁니다."

그럴듯한 소리다. 하지만 세이레나는 피식 웃으며 말했다.

"사기를 치려면 고급 종이를 사서 여성의 필체로 연서를 쓰는 뻔뻔함 정도는 가지고 있겠죠."

편지에 왕비의 인장이라도 찍혀 있으면 또 모른다. 하지만 왕비는 그런 짓을 하지 않을 정도로는 똑똑했던 모양이다. 아니면 저 편지가 알빈이 가짜로 만들어 낸 것이든가.

세이레나는 어느 쪽이든 자신이 알빈을 믿지 않는다는 태도를 고수하기로 결심했다. 알빈의 말을 믿는다는 태도를 보이는 순간 말려들게 된다.

"흠."

알빈의 아주 잠깐 일그러졌다가 돌아왔다. 그는 손을 뻗어 편지를 가져가며 말했다.

"경께서는 아무래도 사람을 못 믿는 병이라도 있나 봅니다."

"병이 아니더라도 당신을 쉽게 믿기는 어렵죠."

"후회할 텐데요?"

"당신을 안 믿어서요?"

세이레나는 거기까지 말하고 피식 웃었다. 알빈을 믿지 않아서 후회할지도 모른다고 생각하니 저도 모르게 웃음이 나왔다. 그녀의 웃음을 본 알빈이 벌떡 일어났다.

"내가 이걸 가지고 일 왕자에게 찾아가면 어떻게 될까?"

"당신이 죽겠지."

세이레나는 느긋하게 알빈을 올려다보며 말했다. 일 왕자라면 알빈을 죽일 것이다. 그리고 자신의 친부라는 자를 찾아 죽일 것이다.

하지만 알빈 역시 호락호락하지 않았다. 그는 편지를 흔들며 말했다.

"언젠가는 그렇겠지. 하지만 쉽게 죽이지는 못할걸."

그가 세이레나를 찾아온 것은 일 왕자가 왕이 되어서는 안 된다고 생각해서가 아니다. 이쪽이 더 쉽다고 생각했기 때문이다.

일 왕자를 협박하려면 좀 더 준비가 필요하다. 하지만 세이레나와 애쉬라면 재빨리 손을 잡을 거라 생각했다. 알빈은 편지를 품 안에 넣으며 말했다.

"공작이 감옥에 있다지? 조만간 왕궁 앞에 걸린 목을 볼 수 있겠군."

그렇지 않을 거라 생각하면서도 세이레나는 저도 모르게 울컥했다. 다행히 그녀는 곧 감정을 다스렸다.

"좀 더 제대로 된 증거를 가져와요."

세이레나는 시간을 벌기 위해 그렇게 말했다. 이건 애쉬와 의논을 해야 한다. 그녀는 알빈과 손을 잡고 싶지 않지만 애쉬가 원한다면 그래야 할지도 모른다는 생각이 들었다.

알빈은 그녀의 말에 씩 웃으며 물었다.

"어디, 눈알이라도 하나 빼 올까요?"

살아 있는 일 왕자의 친부에게서 눈알을 빼 오겠다는 말에 세이레나의 미간에 주름이 생겼다. 역시 불쾌한 남자다. 그녀는 알빈을 노려보며 말했다.

"눈알은 증거가 되지 못하죠. 그 남자가 일 왕자의 친부라는 증거를 가져오세요."

"아, 그건 쉽죠."

쉽다고? 어리둥절해 하는 세이레나에게 알빈이 으스대며 말했다.

"그 자식 얼굴을 보면 단번에 알아차릴 겁니다."

자신보다 훨씬 나이가 많은 사람을 '자식'이라고 칭하며 알빈은 손으로 자기 얼굴을 한 번 쓸었다. 그리고 재미있다는 듯 말했다.

"아주 판박이거든요."

아무래도 일 왕자 데이비드는 아버지를 쏙 빼닮은 모양이다. 알빈은 킬킬거리며 중얼거렸다.

"그러니 왕비도 그놈을 드럼란리그로 빼돌린 거겠지만요."

그래서 타인머스에서는 일 왕자의 친부를 찾을 수 없었던 거다. 이 왕자가 알빈을 드럼란리그로 보낸 이유도…….

세이레나는 한숨을 내쉬었다. 그렇게까지 똑같다면 일 왕자를 왕위에서 끌어내리는 건 쉬울 것이다. 더 정확한 증거가 필요하겠지만.

"내 눈앞으로 데려와 봐요. 정말 당신 말대로 똑같다면, 그때 믿죠."

물론 닮은 것만으로는 부족하다. 마법사에게 의뢰해서 일 왕자와 친부일지도 모를 남자의 관계도 조사해야 할 것이다. 하지만 그건 애쉬가 왕위를 주장하고 난 다음의 일이다.

알빈이 그녀를 노려봤지만 세이레나는 눈 하나 깜빡하지 않았다. 그녀는 자리에서 일어나며 말했다.

"이틀 안에 안 온다면 거짓말로 알죠. 거드윈."

세이레나의 말이 끝나기가 무섭게 응접실 밖에서 대기하고 있던 거드윈이 문을 열었다.

"네, 아가씨."

"손님 배웅하세요."

쫓겨나는 것과 다름없는 대우에 알빈은 눈을 부라렸지만 소용없었다. 세이레나는 집사가 알빈에게 안내하는 문과 다른 문으로 응접실을 나가 버렸다.

"저년이."

알빈은 응접실을 나가는 세이레나의 등을 보고 중얼거렸다. 건방진 년. 그 덕분에 왕비가 될 참인데 고마운 줄도 모르다니.

그때 집사가 말했다.

"입조심해."

거드윈은 지금까지 세이레나가 이런 식으로 손님을 내보내는 것을 딱 두 번 봤다. 첫 번째는 아드리아나. 두 번째가 알빈이다. 그는 알빈을 내보내는 세이레나의 태도에서 그가 아드리아나와 같은 타입의 인간이라는 것을 깨달았다. 주인을 무시하고 이용하려는 자에게 예의를 갖출 필요는 없다.

알빈이 거드윈을 노려봤지만 그는 신경 쓰지 않았다. 그가 가장 두려워하고 모셔야 할 사람은 세이레나뿐이다. 설령 왕이 온다 해도 마찬가지다.

* * *

"여기서 잠시 기다려 주십시오."

왕궁 직원의 말에 세이레나는 고개를 끄덕였다. 일 왕자는 아직 국왕의 접견실은 사용하지 않는 모양이었다. 그녀는 자신이 안내된 대기실을 둘러봤다.

일 왕자는 자신의 궁에서 업무를 보고 있었다. 왕이 사망하면 추모식 기간 동안 다음 왕이 될 후계자가 왕의 업무를 대신하게 된다.

그리고 짧으면 일주일, 길면 두 달 뒤에 왕으로 즉위한다.

선왕의 죽음은 갑작스러웠기 때문에 일 왕자의 즉위는 전혀 준비가 되어 있지 않았다. 게다가 이 왕자와의 왕위 다툼 때문에 일 왕자의 직위는 잠시 붕 떠 있었다. 그래서 이 왕자가 죽은 지금, 왕궁 안은 일 왕자의 즉위 준비가 한창이었다.

세이레나는 대기실을 둘러보고 직원이 살짝 열어 놓고 간 바깥쪽으로 통하는 문으로 시선을 던졌다. 안쪽으로 통하는 문은 닫혀 있었다. 안쪽 문의 반대편에는 일 왕자의 수하가 지키고 있을 것이다. 이대로 일 왕자가 왕이 된다면 그는 근위대가 된다.

하지만 바깥쪽으로 통하는 문의 반대편은 라고말리 기사단의 기사가 지키고 있었다. 익숙한 얼굴과 눈이 마주쳐서 세이레나는 억지로 미소를 지어 보였다.

"이쪽으로 오십시오."

복도 저편에서 또 다른 사람이 직원의 안내를 받아 지나가는 소리가 들렸다. 저쪽은 이야기를 끝내고 가는 모양이었다.

"왕자님은 바쁘신 모양이네요."

익숙한 목소리에 세이레나는 저도 모르게 벌떡 일어났다. 낯익은 목소리였다. 하지만 방문자의 모습은 보이지 않았다. 방문객이 서로의 모습을 볼 수 없도록 안내하기 때문이다. 세이레나는 방문자의 모습을 확인하기 위해 바깥쪽으로 통하는 문으로 다가갔다.

그때, 안쪽 문이 열렸다.

"헌터 경, 들어오십시오."

세이레나는 다시 한 번 바깥쪽을 쳐다보고 안쪽 문으로 다가 갔다.

데이비드의 집무실은 왕의 집무실보다는 작았다. 세이레나는 왕의 집무실에 들어가 본 적이 있다. 거대한 방의 한가운데에 커다란 책상이 놓여 있고 그 뒤에 왕이 앉아 있었다.

책상 앞으로 귀족들이 두 줄로 서 있었던 것을 본 기억이 난다.

하지만 데이비드의 집무실은 그 정도로 크지도 않았고 그만큼 사람이 많지도 않았다.

"헌터 경."

데이비드는 세이레나가 들어오는 것을 보고 인사를 건넸다. 세이레나는 데이비드의 책상 앞에 나란히 선 사람들을 확인하고 데이비드에게 인사를 건넸다.

"알현을 허락해 주셔서 감사합니다, 전하."

데이비드는 세이레나의 감사 인사를 당연하다는 듯 고개를 끄덕이며 말했다.

"알겠지만 지금 좀 바빠서 말이야. 시간을 그리 많이 내줄 수 없네."

귀찮으니 할 말이 있으면 빨리하고 꺼지라는 뜻이다. 이렇게 나올 줄 알았다. 세이레나는 고개를 끄덕였다. 지금 데이비드에게 그녀는 그저 귀찮은 존재일 수밖에 없다.

"애쉬 그레이윈드 공작의 이 왕자 암살 혐의는 누명이라는 것을 말씀드리러 왔습니다."

"그래. 그렇게 편지를 보냈지."

세이레나뿐 아니다. 그레이윈드 공작가에서도 누명이라고 편지를 보냈다. 하지만 세이레나는 그저 누명이라고만 보낸 게 아니었다.

데이비드는 턱을 쓰다듬으며 말을 이었다.

"그레이윈드 공작의 알리바이를 가지고 있다고."

"네. 그날 밤, 공작은 저와 함께 있었습니다."

그 순간, 방 안에 있던 사람들이 움찔했다. 그러지 않은 것은 데이비드뿐이었다. 그는 그럴 줄 알았다는 듯 고개를 기울이며 물었다.

"그날 밤에 공작과 함께 있었다고?"

"네, 전하."

"그렇다면 어째서 공작이 잡혀갈 때 그렇게 말하지 않았지?"

"전하께서 공작을 왜 데려가는지 몰랐으니까요."

"공작과 어디에서 무엇을 하고 있었지?"

"그레이윈드 저택에서 함께 있었습니다."

"공작의 저택에 함께 있었…… 라. 저택에서 일하는 사람에게 확인해 봤지만 그날 공작은 혼자 나갔다고 하던데."

그것까지 확인해 봤다는 말이다. 하지만 세이레나는 놀라지 않았다. 애쉬에게 누명을 씌우려면 거기까지 당연히 확인했을 거라 생각했기 때문이다.

"그리고 공작이 들어오는 걸 못 봤다고 했겠죠."

세이레나의 말에 데이비드의 표정이 멈칫했다. 그날 애쉬는 스펜서에게 불려 가 두어 시간을 그를 기다리다가 들어왔다고 했다. 당연히 사용인들은 잠자리에 들어 그가 들어오는 것을 보지 못했다.

세이레나는 차분하게 말을 이었다.

"당연합니다. 공작은 제 명예를 지켜 주고 싶어 했고, 아무도 제가 공작의 침실에 들어가는 것을 모르게 하려 했으니까요."

방 안이 술렁이기 시작했다. 지금 세이레나의 발언은 결혼 전에 남자의 침실에 드나들었다는 고백이다.

데이비드의 표정이 일그러졌다. 그는 세이레나를 노려보며 물었다.

"지금 경은, 공작을 보호하기 위해 자기 명예를 버리겠다는 건가?"

"약혼자가 무고한 누명을 썼는데 제 명예를 위해 입을 다물고 있다면 그것만큼 제 명예가 더러워지는 일은 없겠지요."

방 안에 싸늘한 침묵이 흘렀다. 왕자의 책상 앞에 나란히 서 있던 자들이 왕자의 눈치를 살피기 시작했다.

세이레나는 싸늘한 침묵과 데이비드의 눈초리를 받으며 허리를 곧게 펴고 서 있었다. 끔찍하게 길게 느껴진 짧은 시간이 흘렀다.

일 왕자가 억눌린 목소리로 말했다.

"공작에게도 확인해 보지. 만약 경의 말이 틀릴 때는 경도 각오해야 할 거야."

세이레나는 아무 말도 하지 않았다. 할 필요가 없었다. 곧이어 일 왕자가 다시 말했다.

"나가."

* * *

"어떻게 됐어?"

세이레나가 여기사 클럽에 들어가자 기다리고 있던 로렌이 달려들며 물었다. 덕분에 세이레나의 몸이 휘청했다. 그녀를 위해 문을 열어 주던 메르세데스가 재빨리 세이레나의 등을 받쳐 주었다.

"고마워요."

"별말씀을."

메르세데스는 세이레나의 감사에 빙그레 웃고 문을 닫았다. 로렌은 세이레나의 손을 잡으며 사과했다.

"미안, 그런데 일 왕자한테 간 건 어떻게 됐어?"

"글쎄."

모아나가 세이레나를 위해 음료를 가지고 다가왔다. 세이레나가 방 안에 들어서자 이야기를 나누고 있던 여기사들이 움직임을 멈췄다.

"헌터 경."

여기사들이 우르르 일어나 세이레나에게 몰려왔다. 어? 세이레나는 당황해서 저도 모르게 뒤로 주춤 물러났다. 다행히 사람들은 로렌처럼 세이레나에게 달려들거나 하지는 않았다. 다들 호기심 반, 걱정 반이 섞인 표정을 하고 있었다.

"어떻게 됐어?"

세이레나가 오늘 일 왕자를 만나 애쉬의 누명을 주장한다는 이야기를 들었다. 여기 모인 기사들은 어떻게 됐는지 궁금해서 기다리고 있었던 거다.

"글쎄."

세이레나는 말을 아끼며 자리에 앉았다. 그녀는 일 왕자가 애쉬를 죽이려 할 거라고 생각했지만 그걸 입 밖에 내지는 않았다. 세이레나의 시선이 그녀의 주변으로 모인 여기사들을 훑었다.

이 중에 일 왕자의 편에 선 사람도 있다. 그녀의 시선에 모른 척하고 세이레나의 입에서 나올 말을 기다리는 여기사의 얼굴이 눈에 들어왔다.

애쉬가 이 왕자의 살해범으로 지목됐다는 소식이 기사단에 퍼지고 세이레나가 일 왕자를 만나러 다녀오기까지 일주일. 기사단을 그만둔 기사는 오십여 명이 넘었다. 재미있는 것은 그만둔 기사가 모두 남기사라는 점이었다.

세이레나가 왕비였을 때 여기사 대부분이 그만둔 것을 떠올리면 신기한 변화였다.

"나는 애쉬의 누명을 주장했으니까, 다음 일은 왕자님께 달린 거지."

세이레나는 그렇게 말하고 지쳤다는 듯 찻잔을 들어 입을 축였다. 실망했다는 표정이 기사들의 얼굴 위로 떠올랐지만 모아나는 팔을 휘저어 그녀들을 쫓아 보냈다.

아쉽다는 표정으로 몇몇 기사들이 클럽을 떠났다. 로렌은 날카로운 눈으로 그녀들을 쳐다보고 있었다.

"갔다."

마지막 한 명까지 나가고 나자 모아나가 돌아서며 말했다. 일분단 기사들이 분열한 척했으면 좋겠다는 세이레나의 제안은 뜻밖의 곳에서 효과를 발휘했다.

애쉬의 부재와 일 분단의 분열에도 신경 쓰지 않고 애쉬의 무죄를 믿는 자들이 대부분이었지만 간혹 자신의 살길을 찾아 일왕자에게 붙는 기사도 있었다.

물론 일 왕자가 직접 연락해서 스카웃하는 사람도 있긴 했다. 일 분단 기사들 같은, 도움이 될 것 같은 기사들에게는 일 왕자가 먼저 연락을 취했다.

자신의 근위대로 들어오지 않겠냐는 제안을 받은 티커는 지난밤, 비밀리에 모인 자리에서 인상을 썼다.

"그렇게 기분 나쁜 사람인 줄 몰랐어?"

어이없다는 로렌의 말에 티커는 고개를 흔들었다. 왕자님이라 좀 이기적이라고 생각했을 뿐이다. 하지만 그가 들은 이야기는 그것보다 더 나빴다.

"기사단을 없앨 거라고 하더라."

"기사단을?"

깜짝 놀라는 데니스에게 다른 일 분단 기사가 끼어들었다.

"아, 그거 나도 들었어."

"왕이 나라인데 왕에게 검을 들이댈 수 있는 기사단은 반역을 저지를 소지가 있다던가."

"그 증거로 단장을 댔지."

애쉬가 이 왕자를 죽인 것처럼 라고말리 기사단이 나라를 전복하기 위해 왕을 죽일 수 있으니 기사단을 없애겠다는 말이다. 데니스와 로렌의 표정이 일그러졌다.

"그 미친놈이?"

세이레나의 얼굴 역시 어두워졌다. 그렇군. 그녀는 자신이 왕비였을 때 기사단이 어떻게 됐는지 떠올렸다. 별다른 변화는 없었다. 극소수를 제외하고 여기사들이 전부 사라졌다는 것만 제외하면.

하지만 그 이야기는 기사단의 힘이 그만큼 약화됐다는 뜻이다. 그녀는 더 이상 기사단이 아니었고 자신의 상황에만 급급해서 기사단이 어땠는지, 애쉬가 어떤 기분인지 몰랐다.

어쩌면 알았을지도 모르지. 세이레나는 한숨을 내쉬었다. 그녀는 애쉬에 대한 기억이 없으니까. 그가 어떤 생각을 했는지, 어떤 기분이었는지 모른다.

이제 상관없는 일이다. 일어나지 않을 일이고 기억하는 사람도 그녀밖에 없다. 그러니 잊어버리자. 그렇게 생각하며 지내도 때때로 이렇게 꼬리의 꼬리를 물고 생각하다 보면 세이레나는 그녀가 왕비일 때 애쉬가 어땠을지 궁금해지곤 했다.

"기사단을 없애면 수도는 어떻게 지키려고?"

누군가의 질문에 데니스가 팔짱을 끼며 심각한 표정을 지었다. 수도를 지키는 게 기사단만 있는 건 아니다. 그는 씁쓸하게 말했다.

"병사들이 있으니까."

기사단 외에 병사들이 있기는 하다. 대부분이 귀족인 기사단과 달리 대부분이 평민이다. 기사들은 어이없다는 듯 피식피식 웃었다.

"병사들은 몬스터를 상대 못 하잖아."

"뭐, 우리가 출동하기 전까지는 버티니까."

병사들이 하는 일은 기사들보다 훨씬 자잘하고 많다. 기사단과 연계해서 수도로 들어오는 문을 지키고, 습격을 방비한다. 수도의 거리를 순찰하며 범죄를 막거나 사람들을 지키기도 한다.

기사단만으로는 수도를 전체적으로 살필 수가 없다. 기사단이 공공기관을, 왕궁과 수도의 문을 중심으로 순찰한다면 병사들은 그 밖의 곳들을 순찰한다. 공원, 병원, 술집이 밀집한 저잣거리 등등.

하지만 이들은 몬스터를 상대할 수 없다. 기사단이 오기 전까지 시간을 끄는 정도가 최선이다.

여기저기에서 마른세수를 하는 기사들이 늘어났다. 세이레나 역시 한쪽에 조용히 앉아 머릿속에 상황을 정리하고 있었다.

"일 왕자는 근위대를 키울 생각인 거네."

이윽고 그녀가 입을 열었다. 로렌과 데니스도 같은 생각을 하고 있었다. 그러니 일 분단 기사들에게 손을 내밀고 있는 거다. 그는 지금 라고말리 기사단의 실력을 근위대로 흡수하고 싶어했다.

"기사단을 그대로 흡수하면 왕권이 강해지긴 하겠지."

"기사단 대신 근위대가 수도를 지키는 거겠지?"

"안 좋은데."

저도 모르게 불쑥 그렇게 말한 기사는 오웬 후작가의 차남 캘빈 오웬 경이었다. 근위대가 수도를 지킨다면 왕이 수도를 인질 삼을 수도 있다는 뜻이다. 그건 절대 좋지 않다.

그때 데니스가 입을 열었다.

"잠깐, 그럼 여기서 일 왕자한테 스카웃받지 않은 사람은 없는 거지?"

"우리 있잖아."

로렌은 그렇게 말하며 일 분단 기사들을 둘러봤다. 일 분단 기사는 모두 열세 명. 애쉬를 제외하면 열두 명이다. 그중에 세이레나와 데니스, 로렌을 제외한 아홉 명 중에 일 왕자에게 스카웃을 받은 것은 모두 여덟 명이었다.

세이레나는 아직 스카웃을 받지 못한 캘빈을 쳐다보며 말했다.

"오웬 경에게도 연락할 거예요."

"그렇습니까?"

캘빈이 어떻게 아냐는 표정을 지었다. 세이레나는 표정 변화 없이 말했다.

"일 왕자는 발자크 경과 로렌에게는 애쉬가 죽은 뒤에 연락할 거고요."

"너는?"

로렌의 질문에 세이레나는 쓰게 웃었다. 그녀에게는 연락하지 않을 것이다.

"나는 죽이려 하겠지."

세이레나의 말에 캘빈은 인상을 썼지만 아무 말도 하지 않았다. 다른 기사들도 어두운 표정으로 아무 말도 하지 않았다. 일 왕자라면 그럴 것이다.

세이레나는 소드 마스터고 애쉬의 약혼자다. 일 왕자는 그녀를 찝찝하게 여길 것이다. 그러니 세이레나는 그에게 버릴 수도,

가질 수도 없는 패다. 그녀는 애쉬에게 목숨을 걸었다.

세이레나는 그것을 생각하고 빙그레 웃었다. 어두운 이야기 속에서 한 가지 사실이 그녀를 기분 좋게 만들었다.

세이레나 헌터는 애쉬 그레이윈드에게 목숨을 걸었다.

"그럼, 스파이들이 헌터 경의 주위를 살피겠네."

티커가 불쑥 말했다. 그의 목소리에 살기가 묻어 있었다.

기사들의 시선이 부딪쳤다. 일 왕자가 기사들을 스카웃하기 시작하자 그만둔 기사와 그만두지 않은 기사들 중에 스스로 일 왕자를 찾아가는 자들이 생겼다.

상위 분단 기사들은 어려움 없이 일 왕자의 근위대에 자리를 보장받았다. 하지만 하위 분단 기사들은 아니었다.

"비겁한 자식들."

데니스는 오늘 아침 기사단에서 마주친 스파이를 떠올리고 이를 갈았다.

일 왕자는 하위 분단의 기사들에게 향후 근위대 자리를 보장해 주는 대신 기사단에서 일어나는 이야기를 가지고 오라고 명령했다.

그렇게 기사단에 스파이들이 늘어났다. 다행인 것은 일 분단이 분열한 척한 덕분에 몇몇 일 분단 기사들도 일 왕자의 스파이가 될 수 있었다는 점이다.

"할 수 없지. 자신이 내린 선택이니까."

세이레나는 그렇게 말하고 자리에서 일어났다. 그녀는 내일

또다시 일 왕자를 만나 애쉬의 무죄를 주장하기로 했다. 슬슬 해산하는 게 좋을 것이다.

"아, 그리고."

세이레나는 자리를 뜨기 전에 기사들을 돌아보며 입을 열었다.

"내일 제가 일 왕자를 만나고 오면 누군가 바로 감옥으로 가 줬으면 좋겠어요."

"감옥이요?"

감옥으로 가는 건 어렵지 않다. 하지만 왜? 이유를 궁금해 하는 기사들에게 세이레나는 망설이며 말했다.

"이제 두 번째 계획으로 넘어가야 할 것 같거든요."

세이레나가 애쉬의 무죄를 증명할 때까지, 일 왕자가 애쉬를 죽이지 않도록 하는 건 끝났다. 그녀는 어차피 일 왕자가 애쉬를 죽이려 할 거라고 생각했다. 그렇다면 그걸 역으로 이용해야 한다.

세이레나의 증언으로 왕궁에 애쉬가 무죄라는 소문이 퍼진다면, 그때까지 애쉬를 지지하는 사람이 없다는 사실에 방심하던 일 왕자도 움직이기 시작할 것이다.

그런 설명에 기사들은 고개를 끄덕였다. 그러니 세이레나가 애쉬의 무죄를 강하게 주장한다면 그때부터는 시간 싸움이 된다.

일 왕자가 보낸 사람들이 애쉬를 죽이려 할 때 기사들이 현장을 잡을 계획이었다.

*　　　*　　　*

"세이."

로렌은 세이레나에게 다가가며 그녀의 손을 잡았다. 일 왕자를 만나고 온 세이레나는 잠시 여기사 클럽에서 시간을 보낼 생각이었다.

여기사 중에도 일 왕자의 스파이가 된 자가 있다. 그들이 일 왕자를 만나고 온 세이레나가 클럽에 와서 상황을 낙관적으로 본다고 생각하길 원했다. 그리고 그 사실을 일 왕자에게 전하길 바랐다.

"두 명이 갔대."

세이레나의 귀에 대고 재빨리 속삭인 로렌이 빙그레 웃었다. 애쉬가 있는 감옥으로 일 분단 기사 두 명이 갔다는 말이다. 애쉬를 지키기 위해서.

"무슨 일 있으면 연락이 올 거야."

모아나 역시 그렇게 말하며 의자에 몸을 기대고 책을 펼쳤다. 그녀도 감옥을 지키는 경비들에게 두둑하게 돈을 준 상태였다. 만일, 감옥에 무슨 일이 일어난다면 일어나는 순간 모아나에게 알려 주기로 되어 있다.

"고마워."

세이레나는 억지로 미소 지어 보였다. 일 왕자는 그녀와 로렌, 데니스를 주시하고 있을 것이다. 최대한 모르는 척하고 있어야 한다.

하지만 자꾸만 마음이 불안해서, 세이레나는 습관처럼 자기 손을 잡고 쥐어짜기 시작했다.

39

공격

일 왕자의 행동은 세이레나가 예상하지 못한 곳에서 시작됐다. 그녀가 애쉬의 무죄를 주장하고 이틀이 지났다.

세이레나 헌터가 그레이윈드 공작의 무죄를 주장했을 뿐 아니라 증인으로 나섰다는 이야기가 천천히 사교계에 퍼지기 시작했다. 그와 동시에 그녀의 신경은 극도로 예민해졌다.

이런 소문이 퍼지면 사람들의 시선을 의식한 일 왕자는 애쉬를 풀어 주거나 죽일 수밖에 없다. 그리고 세이레나는 그가 곧 애쉬를 죽이려 할 거라고 예상했다.

쉽게 말해서 이건 결국 애쉬의 목숨을 미끼로 하는 벌인 일이다. 아무리 그를 구하기 위해서라고 해도 그의 목숨이 걸렸는데 세이레나의 신경이 온전히 남아날 리가 없다.

"젠장."

세이레나는 자리에서 벌떡 일어나며 투덜거렸다. 도저히 안 되겠다. 차라리 클럽에 가서 앉아 있는 게 나을 것 같았다. 오늘 아침만 해도 사람들이 그녀를 힐끔거리는 걸 보면 미쳐 버릴 거라고 생각했는데 막상 집에 있으니 반대로 느껴졌다.

"클럽에 갔다 올게요."

그녀는 집사가 뭐라고 말하기도 전에 그렇게 소리치고 말에 올라탔다. 마음 같아서는 이대로 애쉬가 있는 감옥으로 달려가고 싶다. 하지만 이미 어제 갔다가 면회를 거절당하고 돌아왔다.

세이레나가 애쉬의 무죄를 주장하자 일 왕자는 애쉬의 면회를 금지해 버렸다. 표면적인 이유로는 세이레나의 말이 사실인지 확인하기 위해서라고 했지만 실제로 그런지는 모른다.

어쩌면 일 왕자가 애쉬를 고문하고 있을지도 모른다는 생각에 세이레나의 신경이 바짝바짝 타들어 갔다. 돌아 버릴 것 같다. 말고삐를 쥔 세이레나의 손에 힘이 들어갔다. 지금이라도 애쉬에게 무슨 일이 일어났으면 어쩌지?

머릿속에 최악의 상황이 계속해서 떠올랐다가 차곡차곡 쌓였다.

일 분단 기사들이 돌아가며 감옥을 살피고 있기는 하다. 혹시라도 무슨 일이 일어나면 모아나가 돈을 준 경비들이 입을 다물더라도 기사들은 그녀에게 알려 줄 것이다.

하지만 일 분단 기사들이 일 왕자에게 포섭됐다면 어쩌지?

최악의 상상에 세이레나는 저도 모르게 고삐를 당겼다. 동시에 말이 멈춰 섰다.

"젠장."

계속 안 좋은 생각만 하게 된다. 그녀는 말 위에 앉은 채 한숨을 내쉬었다. 이대로 감옥을 쳐들어가서 애쉬를 빼내고 그와 함께 일 왕자의 목을 자르면 안 될까 하는 생각이 떠올랐다.

하지만 그래서는 안 된다. 성공 여부를 떠나 그랬다가는 나라가 혼란에 빠진다.

애쉬는 이 왕자를 죽인 혐의를 벗고 무죄가 되어야 한다. 최소한 일 왕자가 무죄인 애쉬를 죽이려 해야 한다. 그래야 어째서 그랬냐는 의문으로 이어져 그가 왕의 친자가 아니라는 의심이 합리적인 근거를 갖게 된다.

하지만 그 과정에서 애쉬가 다치면 무슨 의미가 있지?

세이레나는 고삐를 꽉 잡은 채 이를 악물었다. 왕위고 뭐고 다 필요 없이 애쉬와 둘이 나라 밖으로 도망치고 싶었다. 그러다가 곧 그녀 때문에 깨어났는지도 알 수 없는 드래곤과 에즈라, 그레이윈드 공작 부인이 떠올랐다.

"괜찮아."

세이레나는 심호흡을 하고 다시 정면을 쳐다봤다. 괜찮을 거야. 그다지 위로가 되지 않는 말을 중얼거리며 그녀는 다시 클럽으로 향했다. 아니, 향하려 했다.

"헌터 경."

익숙한 남자가 나타나지 않았다면.

알빈은 여전히 한쪽 눈을 가린 안대를 한 채 세이레나 앞에 나타났다. 그가 숨을 헐떡이는 것을 보고 그녀는 고개를 갸웃했다.

"댁으로 갔더니 클럽으로 가셨다고 해서 말입니다."

알빈의 말에 세이레나는 말없이 그의 상태를 확인했다. 옷은 전에 입고 온 것보다 조금 더 깨끗해졌다. 하지만 안대만은 전에 한 것이었다.

확실히 헌터 저택에서 그녀를 따라잡기 위해 뛰어왔는지 숨을 헐떡이고 있었다.

"제게 일 왕자의 친부를 보여 주기로 마음먹었나 보죠?"

이윽고 세이레나가 물었다. 일 왕자의 친부를 보여 준다면 그때 그의 말을 믿겠다고 했었다. 알빈은 안대의 끈을 만지작거리며 말했다.

"그럼요. 보여 드려야죠. 그래야 경이 내 말을 믿을 테니까요."

"그럼 내일 제 집으로 데려오세요."

"아, 아니죠."

알빈은 빙그레 웃으며 세이레나에게 다가왔다. 갑작스러운 접근에 말이 투레질하며 뒤로 물러났다. 그녀는 자신의 말을 다독이며 그를 쳐다봤다.

"지금 보여 드리죠."

"내일 데려오세요."

"안 됩니다. 한쪽 눈으로 어떻게 사람 한 명을 거기까지 데려 갑니까?"

일 왕자의 친부를 데리고 헌터 저택까지 갈 수 없다는 말이다. 세이레나는 물끄러미 알빈을 내려다보다가 말했다.

"그럼 내일 제가 가죠."

"안 됩니다."

알빈은 씩 웃으며 말했다.

"기껏 경에게 보여 주려고 그 자식을 데려다 놨단 말입니다. 내일까지 못 잡아 둡니다."

세이레나의 고개가 갸웃했다. 그녀는 이해할 수가 없어서 물었다.

"설마 그 남자를 납치라도 한 건 아니겠죠?"

"납치라뇨."

알빈은 킬킬대며 웃었다. 그는 다시 자기 안대를 만지작거리며 말했다.

"이 눈을 하고 사람을 가두는 게 얼마나 힘든 일인지 압니까? 아, 모르겠군요."

알빈의 한쪽 눈에 적의가 떠올랐다.

"경의 친구가 나를 이 꼴로 만들어 놨으니 말입니다."

세이레나의 알빈의 적나라한 적의에도 눈썹 하나 꿈쩍하지 않았다. 그는 모아나의 아버지를 납치했고 감금했다. 그리고 물 한 모금도 제대로 주지 않았다.

그녀는 알빈을 향해 냉정하게 말했다.

"지금 이 자리에 그 친구가 없는 걸 감사하게 여기는 게 좋을 거예요."

모아나가 이 자리에 있다면 알빈을 죽여 버리겠다고 펄펄 뛸 것이다.

세이레나의 말에 알빈의 남은 한쪽 눈이 날카롭게 빛났다. 화났다. 그녀는 그가 화가 났음을 깨닫고 마음을 굳게 먹었다. 하지만 다음 순간 그는 재빨리 말을 돌려 버렸다.

"가서 보시죠."

"어디 있는데요?"

"그건 말씀드릴 수 없습니다."

그렇다면 세이레나도 갈 수 없다. 그녀가 움직이지 않자 알빈이 미소를 지으며 말했다.

"중요한 증인을 숨겨 둔 곳을 쉽게 말할 줄 알았습니까? 제게도 써먹을 패는 남아 있어야죠."

틀린 말은 아니다. 세이레나는 잠시 망설였다. 알빈이 데리고 있는 남자가 정말 일 왕자의 친부라면 일은 훨씬 쉬워진다. 그를 데리고 왕궁으로 가서 일 왕자가 왕위를 이을 자격이 없음을 주장하면 되니까.

하지만 세이레나는 그렇게 할 경우 이어질 결과 때문에 망설이고 있었다. 일은 쉬워지지만 대신 알빈이 요구하는 것을 들어 줘야 한다.

"대신 뭘 원하죠?"

세이레나의 물음에 알빈은 씩 웃었다. 그가 원하는 것은 그리 대단한 게 아니다.

"글쎄요. 대단한 걸 바라는 건 아니지만 제 덕에 왕비의 자리에 오르신다면 그 자리에 합당한 보답은 하셔야 하지 않겠습니까?"

그게 가장 큰 문제다. 재물이라면 줄 수 있다. 하지만 명예나 권리라면 그건 줄 수 없다. 그녀가 줄 수 없는 것을 바란다면 알빈의 손은 잡지 말아야 한다.

하지만 그녀가 뭐라고 말하기도 전에 알빈이 세이레나가 무엇을 고민하는지 아는 것처럼 말했다.

"제게 어떤 보답을 하실지는 제 도움을 받고 난 다음에 해도 늦지 않죠."

"줄 수 없는 것을 요구할 수도 있으니까요."

솔직한 세이레나의 말에 알빈의 입꼬리가 올라갔다.

"왕비님이 되실 텐데 줄 수 없는 게 있을까요?"

당연하다. 세이레나는 알빈을 내려다봤다. 그녀의 것이 아닌 것은 줄 수 없다. 권력, 타인의 소유 같은 것들.

세이레나가 그리 내켜 하지 않자 알빈이 다시 입을 열었다.

"경은 걱정을 너무 깊이 하는 경향이 있군요. 내가 보여 주는 자가 진짜 일 왕자의 친부인지 먼저 확인해도 늦지 않습니다."

그는 그렇게 말한 뒤 몸을 돌려 방향을 가리킨 뒤 다시 입을 열었다.

"또 모르죠. 미래란 알 수 없는 일이니까요. 내일이라도 제가 죽을 수도 있고 경이 죽을 수도 있죠."

불길한 말에 세이레나의 미간에 주름이 생겼다. 하지만 알빈은 언제 불길한 말을 했냐는 듯 금세 웃으며 말을 이었다.

"가시죠. 조금만 가면 됩니다."

세이레나는 저도 모르게 알빈의 뒤를 따랐다. 하지만 얼마 가지 않아 그녀의 말이 멈췄다.

알빈은 뒤따라오는 말발굽 소리가 들리지 않자 뒤를 돌아봤다가 자신과 떨어진 곳에 가만히 서 있는 세이레나와 말을 보고 돌아왔다.

"한 가지만."

알빈이 다가오자 세이레나가 입을 열었다. 무슨 일이냐고 물어보려던 그는 세이레나의 말에 입을 다물었다.

"클럽에 가서 말을 맡기고 올게요."

"여기서 별로 멀지 않은데요."

"클럽에 가기로 하고 나왔는데 내가 도착하지 않으면 다들 걱정할 거예요."

"얼마 안 걸립니다. 얼굴만 보면 되는 거 아닙니까?"

세이레나의 얼굴에 미소가 떠올랐다. 그렇다면. 그녀는 고개를 끄덕이며 말에서 내렸다. 그리고 알빈에게 말했다.

"앞장서요."

그녀가 순순히 따라오자 알빈의 얼굴에도 미소가 떠올랐다. 그는 몸을 돌려 한쪽 눈만으로 길을 살피며 걷기 시작했다.

그 뒤로 말 고삐를 잡은 세이레나가 따랐다. 그녀는 알빈의 뒤를 따르며 주위를 살폈다. 아직 저녁 식사 시간 전이라 아이들이 길거리를 뛰어다니고 있었다.

"애."

세이레나가 알빈의 눈을 피해 앞에서 알짱거리던 여자아이를 불렀다. 그녀에게 말을 걸고 싶어서 그녀의 주변을 따라다니던 소녀였다.

말을 타고 검을 지닌 금발 머리의 아름다운 여자는 눈에 띈다. 소녀는 그녀가 소드 마스터인 세이레나 헌터 경이라고 확신하고 있었다.

손짓만으로 자신을 가리키는 거냐고 물어보던 소녀가 세이레나에게 다가왔다.

"저 남자에게 안 보이게 따라와."

품에서 동전을 하나 꺼내 주며 세이레나가 속삭였다. 여자아이는 눈을 동그랗게 뜨더니 곧 알빈을 보고 고개를 끄덕였다. 설명을 더 해야 할까 봐 걱정했는데 눈치가 빠른 아이였다.

여자아이는 이야기로만 듣던 헌터 경이 자신에게 뭔가를 부탁했다는 사실에 잠시 세이레나의 얼굴을 쳐다봤다. 이야기로 듣던 것보다 훨씬 예쁘다. 그리고 소드 마스터라고 했다.

동경심에 뭐라고 말하고 싶었지만, 가슴이 벅차올라서 여자

아이는 아무 말도 하지 못했다. 결국, 아무 말도 못 한 소녀는 알빈의 눈치를 살피고 떨어져 나갔다.

알빈이 뒤를 돌아봤을 때 세이레나는 말의 갈기를 쓰다듬으며 그의 뒤를 따라오고 있었다.

"바로 앞입니다."

알빈이 말했다. 세이레나는 말의 갈기에서 손을 떼고 고개를 끄덕였다.

"들어오시죠."

알빈의 말에 세이레나는 그가 가리키는 집을 쳐다봤다. 다 낡은 건물은 금방이라도 무너질 것처럼 보였다. 여기서 사는 건 아닐 거다.

앞장선 알빈은 세이레나의 대답도 기다리지 않고 문으로 다가갔다.

집 주위는 잡초가 무성했다. 창틀에도 먼지가 가득 쌓여 있었다. 하지만 문 앞만은 최근 누가 드나든 것처럼 발자국이 나 있었다. 최소한 그가 세이레나를 아무 곳이나 데려온 것은 아니라는 말이다. 집 안에 정말로 일 왕자의 친부가 있는지는 모르겠지만.

세이레나는 말 갈기를 쓰다듬으며 물었다.

"안에 일 왕자의 친부가 있다고요."

알빈은 자신만만한 표정이었다. 고개를 끄덕이는 그의 모습에 세이레나는 진짜로 일 왕자의 친부를 데려다 놓은 모양이라

고 생각했다. 하지만 그렇다고 해서 그녀 혼자 들어갈 생각은 없
다.

세이레나는 말고삐를 잡은 채 주위를 둘러보았다. 그녀가 따
라오라고 한 아이가 친구와 함께 약간 떨어진 집 뒤에 숨어 있는
게 보였다.

"거기, 너희들."

세이레나가 손짓하자 아이들이 그녀에게로 다가왔다. 알빈이
인상을 쓰며 물었다.

"그 녀석들은 왜 부릅니까?"

"말을 그냥 둘 수는 없잖아요. 아니면, 안에 내 말을 봐 줄 동
료라도 있나요?"

세이레나의 말에 알빈은 입을 다물었다. 그녀는 다시 여자아
이들에게 몸을 돌렸다.

아이들은 눈을 반짝이며 세이레나를 쳐다보고 있었다. 그녀
가 돈을 줄 거라 기대하고 있는 게 보였다. 세이레나는 품에서
동전을 두 개 꺼내 각각 내밀며 속삭였다.

"여기사 클럽에 가서 로렌을 데려와 줘."

여자아이들의 눈이 동그래졌다. 소녀들의 시선이 세이레나가
내민 동전으로 향했다.

"로렌을 데려오면 하나 더 줄게."

세이레나의 말에 여자아이들이 고개를 끄덕이며 동전을 받아
들었다. 좋아. 세이레나는 아이들을 보며 빙그레 웃었다. 그녀는

말고삐를 아이들에게 넘긴 뒤 몸을 돌렸다.

알빈은 문 앞에 서서 못마땅한 표정을 짓고 있었다. 세이레나의 시선이 집을 한 번 훑었다.

"쓸데없는 짓은 하지 않는 게 좋을 거예요."

세이레나의 말에 알빈이 씩 웃어 보였다. 쓸데없는 짓을 할 리가 없다는 그의 말을 무시하며 세이레나가 다시 말했다.

"당신 먼저."

알빈은 꼼짝도 하지 않고 빈정거렸다.

"숙녀 먼저가 아니었습니까?"

세이레나는 어깨를 으쓱이며 말했다.

"평생 숙녀 먼저는 해 본 적도 없는 사람이 꼭 이럴 때 그런 말 하던데?"

정곡이었는지 알빈이 못마땅하다는 표정을 지었다. 그는 어쩔 수 없다는 듯 문을 열며 말했다.

"경께서 이리 겁쟁이인 줄 알았다면 탁 트인 곳에서 보여 줄걸 그랬군요."

"댁이 겁쟁이라 이런 곳에 숨겨 둔 건데 내가 용기를 갖는다고 뭐가 달라질까요?"

한마디도 안 진다고 생각하며 알빈은 집 안으로 들어섰다. 응접실 밖으로 나오려던 남자가 알빈을 보고 슬쩍 뒤로 물러났다.

알빈은 남자가 완전히 사라진 뒤에야 세이레나가 들어올 수 있도록 문에서 비켜났다.

"보면 깜짝 놀랄 겁니다."

세이레나가 완전히 안으로 들어오자 알빈은 그렇게 말하며 그녀를 응접실로 안내했다. 세이레나는 그의 뒤를 따르며 주변을 살폈다.

다른 사람의 인기척은 느껴지지 않았다. 단 한 곳, 알빈이 안내하는 응접실을 제외하면.

알빈은 응접실 문을 열고 안으로 들어가자마자 몸을 숙였다. 그가 몸을 휙 굴리는 것과 동시에 뒤따르던 세이레나에게로 검이 날아들었다.

"죽어라!"

이럴 줄 알았다. 세이레나는 몸을 슬쩍 뒤로 빼는 것과 동시에 검을 뽑았다. 바로 "챙!" 하고 검이 부딪쳤다.

나쁘지 않은 실력이다. 세이레나는 힘껏 상대의 검을 밀며 다시 뒤로 물러났다. 첫 번째 남자가 비틀거리며 물러나자 곧이어 두 번째 남자가 튀어나왔다.

챙!

다시 한 번 검이 부딪쳤다. 하지만 세이레나는 이번에는 방법을 바꿨다. 그녀는 검을 쥔 손에 힘을 빼며 검날을 미끄러뜨렸다. 그그극 하는 칼끼리 마찰하는 소리와 함께 남자의 검이 미끄러졌다.

"어?"

세이레나는 슬쩍 주저앉아 순간적으로 남자의 시야에서 사라졌다. 그리고 그가 자신을 찾기 전에 발을 들어 남자를 걸어찼다.

"픽!" 하는 소리와 함께 남자의 신음이 흘러나왔다. 두 번째 남자가 비틀거리며 응접실 안쪽으로 물러나자 알빈이 소리쳤다.

"뭐, 뭐 하는 거야! 어서 죽여! 저년을 죽이라고!"

첫 번째 남자와 세 번째 남자가 동시에 덤볐다. 세이레나는 몸을 비틀어 첫 번째 남자의 검을 피했다. 그리고 이어서 검을 들어 세 번째 남자의 검을 받아 냈다.

챙!

다시 검이 부딪쳤다. 세이레나는 세 번째 남자가 힘을 주기 전에 다시 몸을 돌려 첫 번째 남자의 복부를 검으로 길게 베었다.

"큭!"

첫 번째 남자가 배를 움켜쥐고 물러났다. 하지만 세이레나의 몸은 여전히 움직이고 있었다. 그녀는 그대로 한 바퀴 돌아 세 번째 남자의 검을 다시 받아 냈다.

챙!

"죽여! 그년을 죽이라고!"

알빈이 악을 쓰는 소리에 검이 부딪치는 소리가 묻혔다. 세 번째 남자는 이번에는 검이 부딪치자마자 힘을 주어 세이레나를 밀어내려 했다.

하지만 세이레나에게는 익숙한 일이다. 기사단의 남기사들은 그녀와 대련할 때 늘 힘으로 밀어붙이곤 했다. 하지만 힘이 능사는 아니다. 그녀는 기사들에게 하던 대로 슬쩍 밀려 주다가 그대로 주저앉았다.

"어?"

세 번째 남자의 몸이 비틀거리며 그가 세이레나를 찾았다. 하지만 그보다 먼저 세이레나의 발이 남자의 발목을 걸어찼다.

"악!"

남자의 몸이 복도 쪽으로 무너져 내렸다. "콰당!" 하는 큰 소리와 함께 세 번째 남자가 넘어지자 알빈의 눈이 커졌다.

세이레나는 벌떡 일어나 세 번째 남자의 머리를 걸어찼다. 비명 소리 하나 없이 남자가 기절하면서 그의 몸이 축 늘어졌다.

"이제 둘."

세이레나는 그렇게 말하며 응접실 안으로 들어섰다. 그 말이 알빈에게도 들렸다.

남자 셋과 알빈. 모두 넷이다. 복부를 맞고 쓰러진 남자와 기절한 남자를 제외하면 둘이 남았다는 뜻이다.

"멍청한 자식! 뭐 하는 거야! 저년을 죽이라고!"

악을 쓰는 알빈의 목소리에도 두 번째 남자는 쉽게 세이레나에게 접근하지 않았다. 검을 든 채 세이레나를 공격할 기회만 노리고 있었다.

세이레나의 시선이 알빈을 향했다. 일 왕자의 친부를 데리고 있다는 말은 거짓말이었을까. 알 수 없다. 그 순간 두 번째 남자가 덤벼 왔다.

"으아아아아!"

마치 죽음을 각오한 듯한 태도에 세이레나는 피식 웃었다. 그녀가 든 검이 황금색으로 빛나기 시작했다. 세이레나는 남자의 검을 향해 자신의 검을 휘둘렀다.

"헉?"

다음 순간, 두 번째 남자의 검은 반 토막이 나 있었다. 세이레나는 검에 검기를 실어 남자의 검을 자른 뒤 슬쩍 물러났다. 그리고 바닥에 떨어진 남자의 검 반쪽을 발로 툭 걷어차며 말했다.

"이 검처럼 되고 싶다면 말리진 않아요."

"아, 아……."

남자의 손에서 검이 툭 떨어졌다. 그는 그대로 몸을 돌려 안쪽으로 사라졌다. "쾅!" 하고 문이 열리는 소리로 보아 뒷문을 통해 도망친 모양이었다.

세이레나의 자주색 눈동자가 알빈을 향했다.

"힉."

알빈은 그대로 주저앉았다. 생각보다 담이 약한 녀석이었군. 세이레나는 검을 든 채 그에게 다가갔다. 그 순간 알빈이 소리쳤다.

"일 왕자의 친부를 대령하겠습니다!"

"그 패는 이미 사용하지 않았나요?"

"진짭니다! 진짜로 친부를 데리고 있어요!"

"내가 당신을 믿어야 할 이유가 있을까요?"

그렇게 말한 뒤 세이레나는 주위를 둘러봤다. 쓰러진 남자가 둘, 도망친 남자가 하나. 이 상황까지 와서 그녀가 알빈을 믿어야 할 이유가 없다.

알빈은 벌떡 일어나더니 세이레나에게 다가왔다. 그리고 그녀의 다리를 잡으며 재빨리 엎드렸다. 그의 이마가 세이레나의 부츠에 닿았다.

"정말입니다! 일 왕자가 죽이라고 했지만, 아직 안 죽였습니다!"

"아, 역시 일 왕자 쪽에 붙었군요."

감정이 실리지 않은 세이레나의 말에 알빈의 몸이 움찔했다. 그는 세이레나가 얼마나 화가 났는지 보려고 슬쩍 고개를 들어 그녀의 얼굴을 살폈다.

하지만 세이레나는 화나지 않았다. 화가 났다면 알빈이 그녀의 다리를 잡았을 때 그의 머리를 발로 차 버렸을 것이다. 그녀는 그가 이럴 거라고 어느 정도는 예상하고 있었다.

"일 왕자의 친부는 아직 제 손에 있습니다!"

알빈의 비굴한 외침에 세이레나는 한숨을 내쉬었다. 그녀가 지금까지 알빈의 장난에 놀아나 준 것은 그가 증인이 될 수 있을 거라 생각했기 때문이었다.

어차피 이런 자들은 당장 목숨을 구하기 위해 눈앞의 더 강한 자에게 붙기 마련이다. 알빈이 일 왕자의 사주를 받아 세이레나를 죽이려 했다는 것을 증언하면 일 왕자의 기반을 흔들 수 있을 거라 생각했다.

하지만 정말로 일 왕자의 친부를 데리고 있다고?

"다시 말하지만, 내가 당신을 믿어야 할 이유가 있을까요?"

"친부가 어디 있는지 알려 드리겠습니다!"

알빈은 그렇게 말하고 주소 하나를 소리쳤다.

여기서 그리 멀지 않은 집이다. 세이레나의 얼굴이 일그러졌다. 정말로 일 왕자의 친부가 있다면 일이 편해진다.

어떻게 할까. 그녀가 망설이기 시작했을 때 밖에서 누군가 말을 타고 달려오는 소리가 들렸다.

"세이!"

"쾅!" 하는 큰 소리와 함께 문이 부서질 듯 열리며 로렌이 뛰어들어왔다. 그녀의 검은 붉은색 검기를 두르고 있었다.

"세이레나!"

그 뒤로 모아나가 들어왔다.

세이레나는 두 사람의 등장에 빙그레 웃었다. 소녀들이 그녀의 심부름을 제대로 해 준 모양이다.

"와 줘서 고마워."

세이레나는 그렇게 말하며 두 사람을 향해 돌아섰다. 그녀가 몸을 돌리자 엎드린 알빈도 로렌와 모아나의 시야에 들어왔다.

"너 이 자식!"

로렌은 알빈을 보자마자 소리쳤다. 하지만 모아나는 말없이 달려왔다. 그리고 그대로 알빈의 머리를 걷어찼다.

"악!"

쾅하고 모아나가 알빈의 머리를 걷어차자 그는 비명을 지르며 데굴데굴 굴렀다. 알빈이 다시 고개를 들었을 때 그의 코에서는 피가 두 줄기 흘러내리고 있었다.

"알빈 레이."

모아나의 목소리는 싸늘했다. 드럼란리그에서 내내 이 작자를 찾았다. 찾으면 가만두지 않으려 했다. 그런데 여기서 만날 줄이야.

알빈은 처음에는 모아나를 알아보지 못했다. 하지만 곧 알아차렸는지 입을 딱 벌렸다. 그리고 재빨리 세이레나를 향해 소리쳤다.

"친부를 넘겼잖아요!"

그의 말에 모아나의 시선이 세이레나를 향했다. 세이레나는 허리에 손을 얹은 채 말했다.

"넘겼지."

그 순간 알빈의 얼굴에 경악이 떠올랐다. 그는 자신의 패를 모두 꺼내 버렸다. 더 이상 세이레나와 모아나에게 내밀 패가 없다는 것을 깨달았다.

"하지만, 하지만……."

당황하는 알빈을 한 번 쳐다본 모아나가 세이레나에게 물었다.

"넘겼어?"

"주소만."

"그럼 확인해야겠네."

알빈이 말한 주소에 정말 일 왕자의 친부가 있는지 확인해야 겠다는 말이다. 세이레나는 고개를 끄덕이려다가 멈칫했다. 알빈이 하필이면 지금 그녀를 여기로 데려왔다는 게 찝찝했다.

"난 애쉬에게 가 봐야겠어."

"감옥에?"

로렌이 어리둥절해서 물었다. 세이레나는 알빈에게 다가가 그의 팔다리를 묶으며 설명했다.

"아무래도 이 남자가 일 왕자에게 붙은 것 같거든."

다시 모아나의 시선에 알빈을 향했다.

"그래?"

"잠깐, 잠깐만요!"

모아나가 발을 들어 올리자 알빈이 기겁해서 소리쳤다. 그는 몸을 비틀며 외쳤다.

"그래서 일 왕자의 친부가 어디 있는지 말했잖습니까! 일 왕자 가 죽이라고 했는데 안 죽였다고요!"

"여차하면 일 왕자를 협박하려고 안 죽였겠지."

싸늘한 모아나의 말에 알빈의 입이 멈췄다. 일 왕자가 자신의 친부를 죽이고 세이레나도 죽이라고 한 게 분명했다. 로렌은 알빈을 향해 성큼성큼 다가왔다. 그리고 검을 들어 알빈의 다리 사이에 꽂아 넣었다.

"으악!"

아슬아슬하게 검은 알빈의 몸에 닿지 않았다. 기겁하는 그를 보며 로렌은 음산하게 웃었다. 그리고 물었다.

"일 왕자의 친부를 숨겨 놨다고? 그게 진짜 왕자의 친부가 아니면, 알지?"

"진짭니다! 똑같이 생겼다고요!"

기겁하는 알빈의 말에 모아나와 세이레나의 시선이 부딪쳤다. 세이레나는 당장 애쉬에게 가고 싶었다. 하지만 일 왕자의 친부도 확인해야 한다. 그런 그녀의 마음을 읽은 것처럼 모아나가 말했다.

"내가 갈게."

"로렌, 모아나와 함께 가 줘."

"아니야."

모아나는 세이레나의 말에 고개를 저었다. 로렌은 그녀와 함께 가면 안 된다. 세이레나와 함께 가야 한다.

"난 클럽에서 믿을 수 있는 기사들과 함께 일 왕자의 친부가 있다는 곳으로 갈게. 로렌은 세이레나와 함께 단장님을 보러 가 줘."

그게 낫겠다. 세이레나는 심각한 표정으로 고개를 끄덕이고 몸을 돌렸다. 그리고 밖에서 아이들을 발견했다. 그사이에 모아나와 로렌은 세이레나가 쓰러트린 남자들과 알빈을 묶기 시작했다.

남자들은 전부 기절했지만 그래도 혹시 모를 상황을 대비해서 두 사람은 꼼꼼하게 묶었다.

세이레나의 심부름으로 로렌과 모아나를 불러온 여자아이들은 여전히 문밖에 서 있었다. 그녀가 주기로 한 동전을 기다리고 있는 것이리라. 세이레나는 아차 싶어서 재빨리 소녀들에게 달려갔다.

"기다리게 해서 미안해. 너희들이 친구들을 불러와 줘서 살았어."

그녀는 그렇게 말하며 품에서 동전을 꺼냈다. 그리고 각각 한 개씩 내밀었다. 나란히 서 있던 두 소녀 중 한 명은 재빨리 동전을 받았다. 하지만 다른 한 명은 받지 않았다.

"준다고 했잖아. 받아도 돼."

수줍음이라도 있는 걸까. 그렇게 생각한 세이레나가 부드럽게 말하자 받지 않은 소녀가 우물거리며 입을 열었다.

"혹시, 동전 대신에 검을 만져 봐도 될까요?"

예상하지 못한 말에 세이레나의 눈이 커졌다. 무슨 일인가 하고 따라온 로렌과 모아나의 시선이 부딪쳤다.

세이레나는 물끄러미 여자아이를 쳐다봤다. 이제 일곱 살. 옷차림을 보아하니 가난한 집의 아이거나 고아일 것이다. 그렇다면 일곱 살처럼 보이는 건 말라서 일뿐이고 사실은 열 살쯤 됐을지도 모른다.

"몇 살이니?"

"아홉 살이요."

세이레나의 생각이 맞았다. 그녀는 한숨을 내쉬며 다시 물었다.

"이름은?"

"미나요."

미나. 세이레나는 소녀의 이름을 입 안으로 몇 번 중얼거렸다. 성을 말하지 않은 건 곧이곧대로 이름만 대답하느라 잊은 걸까, 고아라 없어서 말을 못 한 걸까. 궁금했지만 그녀는 묻는 대신 다른 것을 물었다.

"검을 왜 만지고 싶니?"

미나는 약간 망설이더니 대답했다.

"기사가 되고 싶어요."

"그렇구나."

세이레나의 얼굴이 밝아졌다. 단순한 호기심이 아니라면 그녀도 진지하게 임해 줄 필요가 있다. 세이레나는 다시 동전을 내밀며 말했다.

"일단 이건 받아. 그리고 지금은 내가 바빠서, 내일 우리 집으로 오면 만지게 해 줄게."

집으로? 헌터 경의 집에 초대받았다는 사실에 미나의 눈동자가 커졌다.

세이레나는 재빨리 그녀의 집 주소를 미나에게 설명했다.

"세이?"

곁으로 다가온 로렌이 어이없다는 듯 물었다. 미나는 믿기 어렵다는 표정을 짓고 있었다. 세이레나는 미나의 손에 동전을 밀어 넣으며 다시 말했다.

"꼭 와. 집사에게 말해 둘 테니까, 정문으로. 알겠지?"

미나는 어안이 벙벙한 표정으로 고개를 끄덕였다. 그럼 됐다. 세이레나는 벌떡 일어나 모아나를 돌아봤다.

"모아나, 부탁해."

"다녀와."

모아나는 말에 올라타는 로렌과 세이레나를 향해 빙그레 웃으며 손을 흔들었다. 그녀는 클럽에 가서 여기사들과 함께 알빈이 말한 주소로 가 볼 생각이었다.

"하지만 그 전에."

그렇게 말하며 모아나는 몸을 빙글 돌려 알빈에게 다가갔다. 겁에 질린 그가 기둥에 묶인 채 모아나를 올려다봤다.

"내 아버지를 건드린 벌은 받아야지?"

*　　*　　*

"세이."

감옥에 가까워지자 로렌이 세이레나를 불렀다. 로렌의 부름을 들은 세이레나는 시선을 들어 감옥 주변을 살폈다. 곧이어 두 사람이 탄 말의 속도가 떨어졌다. 분명 감옥을 지키고 있을 경비의 모습이 보이지 않았다.

"젠장."

세이레나는 저도 모르게 욕을 내뱉었다. 알빈이 하필이면 그 때 그녀를 부른 이유가 있었던 거다. 두 사람은 감옥에서 약간 떨어진 거리에서 말을 멈췄다. 그리고 말에서 내려 천천히 감옥을 향해 접근하기 시작했다.

감옥 주변을 지키고 있던 병사들의 모습은 보이지 않았다. 두 사람은 아무 제약 없이 감옥 문 앞까지 도착했다. 문을 지키고 있을 병사의 모습도 보이지 않자 로렌의 표정이 어두워졌다.

"세이."

안을 살피던 로렌이 세이레나를 불렀다. 말없이 로렌에게 다가간 세이레나는 곧 그녀가 자신을 부른 이유를 깨달았다. 안쪽에서 희미하게 검이 부딪치는 소리가 들리고 있었다.

맙소사!

놀란 세이레나는 저도 모르게 안쪽으로 뛰어들려 했다. 하지만 로렌이 그런 그녀를 재빨리 붙잡았다.

"내가 먼저 갈게."

로렌은 그렇게 말하고 세이레나의 뒤를 가리켰다. 세이레나는 뒤에서 습격하는 적이 없는지 살피라는 뜻이다. 그게 나을 것이다.

세이레나가 앞서가면 애쉬에 대한 걱정 때문에 주위를 살피지 못하고 돌진할 게 분명했다.

"젠장."

앞서가던 로렌이 혀를 찼다. 세이레나는 로렌의 옆구리 틈으로 쓰러진 병사를 발견했다. 안을 지키던 경비였을 것이다. 그는 눈조차 감지 못한 채 죽어 있었다.

젠장. 세이레나의 얼굴이 일그러졌다. 로렌이 앞으로 나가자 세이레나는 손을 뻗어 병사의 눈을 감겨 주었다.

안으로 들어갈수록 검이 부딪치는 소리가 더 커졌다. "챙! 챙! 챙!" 하고 검이 여러 번 부딪치는 소리에 세이레나와 로렌의 표정은 더욱 심각해졌다. 안에서 누군가 싸우고 있다는 말이다. 두 사람의 머릿속에 지금 이 시간에 감옥의 상태를 살피기로 한 기사들이 떠올랐다.

"챙!"

다시 아주 가까운 곳에서 검이 부딪치는 소리가 들렸다. 로렌은 우뚝 멈춰 서서 벽에 몸을 대고 모퉁이에 슬쩍 눈만 내놓았다. 모퉁이 바로 너머에서 사람들이 모여 있는 게 보였다. 하지만 감옥을 살펴보기로 한 기사들은 보이지 않았다.

"세이."

로렌은 제자리로 돌아와 세이레나를 쳐다봤다. 이미 세이레나는 검을 뽑아 들고 있었다. 그녀의 얼굴을 본 로렌은 빙그레 웃었다.

"내가 틈을 벌릴게."

세이레나는 로렌의 말에 움찔하고 멈췄다. 그녀의 표정을 본 로렌이 덧붙였다.

"누군가는 애쉬에게 가야 하잖아."

그게 세이레나라는 뜻이다. 하지만. 세이레나가 뭐라 반박하기 전에 로렌이 검을 뽑았다.

"간다."

그리고 뛰어나갔다. 세이레나가 잡을 새도 없었다. "앗!" 하는 사이에 싸움 현장으로 간 로렌 때문에 세이레나도 부랴부랴 그녀의 뒤를 따르는 수밖에 없었다.

"비켜!"

로렌은 그렇게 말하는 것과 동시에 가장 가까운 곳에 있던 남자의 등을 걷어찼다.

"악!"

밀집돼 있었던 탓에 남자들이 한 덩어리가 되어 넘어졌다. 그 위로 세이레나가 뛰어올랐다.

"악!"

"누구야!"

남자들이 욕을 했지만 세이레나는 신경 쓰지 않았다. 그중에는 익숙한 목소리도 있었다. 그리고 그 목소리를 알아들은 것은 세이레나뿐만이 아니었다.

"너, 이 자식!"

로렌은 익숙한 얼굴에 눈을 부라리며 검을 휘둘렀다. 알고 지내던 이 분단 기사가 감옥을 공격하는 자들 사이에 섞여 있었다.

로렌은 익숙한 얼굴을 발견하고 욕을 내뱉었다. 이 분단 기사였다. 로렌을 발견한 기사는 얼굴이 핼쑥해졌다.

"죽여 버린다, 진짜."

그녀는 그렇게 말하며 칼 손잡이로 기사의 머리를 세게 후려쳤다. 소리도 내지 못한 채 기사가 쓰러지자 다른 사람들도 움찔 놀라 물러나기 시작했다.

"이 멍청한 새끼들이."

세이레나는 로렌이 화난 것을 처음 봤다. 그녀는 말 그대로 머리끝까지 화가 난 것처럼 보였다. 로렌의 온몸에 붉은색 불꽃이 피어올랐다.

세상에. 세이레나는 반사적으로 검을 고쳐 쥐었다. 온몸에 소름이 돋았다. 시끄럽던 감옥의 복도가 쥐죽은 듯 조용해졌다.

"세이."

로렌이 나직하게 세이레나를 불렀다. 화가 난 게 온몸으로 보이는데 그녀의 목소리만은 침착했다. 세이레나는 흠칫 놀라 그녀를 쳐다봤다.

"가."

"어?"

세이레나의 시선이 사람들이 복도 양쪽으로 벌어져 생긴 틈으로 향했다. 그제야 사람들도 슬금슬금 몸을 움직여 틈을 메우기 시작했다.

"먼저 가. 난 이 녀석들 혼 좀 내야겠으니까."

괜찮을까. 세이레나가 그렇게 생각한 순간 로렌이 검을 들었다. 그녀의 검은 붉게 물들어 있었다.

"헉."

마치 이글이글 타오르는 것 같은 로렌의 검을 보고 앞을 막고 있던 남자들이 움찔거리며 뒤로 물러났다. 세이레나는 걱정스러운 표정으로 로렌을 쳐다봤다.

"가라니까."

그렇게 말하며 로렌은 검을 휘둘렀다. 검기가 실린 검이 크게 호를 그리자 남자들이 기겁해서 물러났다. 덕분에 길이 열렸다.

"이따가 봐!"

세이레나는 로렌에게 말하자마자 뛰어나갔다. 그녀는 검을 든 팔꿈치로 가장 앞에 있는 남자의 옆구리를 깊게 찔렀다.

"컥!"

남자가 풀썩 쓰러지자 세이레나는 그다음 남자의 목을 검 손잡이로 내려쳤다. 동시에 그녀의 등 뒤에서 누군가 검을 휘둘렀다.

"켁!"

눈앞에 있던 남자의 목을 검 손잡이로 내려치자마자 세이레나는 몸을 숙였다. 그녀의 등을 향해 휘둘렀던 누군가의 검에 세이레나의 양옆에 있던 사람들이 맞았다.

"악!"

"으악!"

순식간에 세이레나의 주위는 피로 물들었다. 비명 소리와 피 냄새에 그녀의 미간에 주름이 생겼다. 가능하면 사람은 죽이고 싶지 않았다.

몬스터를 그렇게 많이 죽였음에도 세이레나는 사람을 죽이는 데는 거부감을 가지고 있었다. 그녀가 누군가를 죽이거나 다치게 하면 그 사람뿐 아니라 주변의 인생이 바뀌어 버린다.

좋은 쪽으로 바뀐다면 모르지만 나쁜 쪽으로 바뀌는 것만큼은 피하고 싶었다. 하지만 이런 상황에서조차 검을 휘두르고 싶지 않다는 건 만용에 가깝다.

결국 세이레나는 검을 고쳐 잡았다. 그녀의 얼굴에 죄책감이 떠올랐다.

"난 헌터 경과 달라."

세이레나가 사람들 사이로 들어가자 로렌이 씩 웃으며 말했다. 그녀의 검은 여전히 불에 타오르는 것처럼 보였다.

"난 너희를 두 동강 낼 수 있거든. 목 위가 너무 무거운 녀석들은 덤벼."

로렌의 거친 도발에 덤비는 사람은 아무도 없었다. 다들 기사단에서 그녀가 어땠는지 알고 있다. 최근 세이레나와 친해지면서 약간 유해지긴 했지만 그녀는 원래 자신에게 도전하는 자에게 가차 없었다.

대련일 때도 이튿날은 일어나지 못하도록 흠씬 두드려 팼다. 실제로 대치하게 된 지금은 그녀의 말대로 목이 분리될 거라는 걸, 사람들은 알았다.

"오웬 경!"

정신없이 사람들과 싸우면서 안쪽으로 들어가자 세이레나의
눈에 드디어 캘빈 오웬 경이 보였다. 이 시간에 감옥을 살피는
건 캘빈이었던 모양이다.

세이레나는 검을 휘둘러 눈앞으로 찔러 들어오는 검을 막아
냈다. "챙!" 하고 검이 부딪쳤다. 그녀는 로렌과 달리 검기를 사
용하지는 않았다.

검기를 사용하면 상대방의 검도 자를 수 있다. 그녀의 힘으로
도 누군가의 신체를 쉽게 절단할 수 있다는 말이다. 다른 사람에
게도 그렇겠지만 검을 쓰는 사람에게 팔이 잘리는 건 치명적이
다. 다시는 검을 쓸 수 없게 된다.

그녀는 최소한 상대방의 인생을 완전히 바꿔 버리는 일만은
피하고 싶었다. 그래서 검으로 왼쪽에서 공격해 오는 남자의 옆
구리를 베어 버린 뒤 앞으로 뛰어나갔다.

"악!"

"막아!"

복도에 가득 찬 사람들을 상대하느라 찔끔찔끔 전진한 끝에
세이레나는 사람들 틈에서 빠져나왔다. 하지만 그녀의 모습은
복도 안으로 진입할 때와는 많이 달라져 있었다.

반짝이는 금발은 물론 아름다운 얼굴에도 피가 묻어 있었다.
옷 끝부분이 검에 베여 있기도 했다. 하지만 세이레나는 신경 쓰

지 않았다. 그녀는 소매를 들어 얼굴에 묻은 피를 닦아 내며 캘빈에게 물었다.

"괜찮아요?"

저길 뚫고 오는 사람이 있을 줄이야. 캘빈은 세이레나의 등장에 눈을 크게 떴다. 하지만 그의 검은 여전히 움직이고 있었다.

"챙!" 하고 다시 검이 부딪쳤다. 세이레나 역시 뒤이어 공격해 들어오는 남자의 검을 막았다.

"저년 막아!"

그녀가 복도를 통과하자 복도를 메운 사람들이 더 격하게 고함을 질러냈다.

세이레나를 보내서는 안 된다. 그녀를 공격하기 위해 사람들이 안쪽으로 몰려들었다. 하지만 바깥쪽에는 로렌이 있었다. 그녀는 안쪽으로 몰려가느라 바깥쪽이 비자, 씩 웃으며 말했다.

"사는 게 굉장히 귀찮은가 봐?"

로렌의 말은 협박에 가까운 효과를 보였다. 뒤통수가 섬뜩해진 사람들이 다시 바깥쪽으로 몰려들었다. 덕분에 캘빈과 세이레나 쪽은 한산해졌다.

"가세요."

캘빈이 말했다. 그는 오른쪽 허벅지와 왼쪽 팔에 가벼운 부상을 입고 있었다. 하지만 세이레나를 보내야 한다고 생각했다.

"안쪽에 셰인이 있습니다. 그 녀석이 막고 있어요."

감옥을 살피는 건 이 인 일 조다. 여기 캘빈이 있다는 건 안쪽에 또 다른 한 명이 있다는 말이다. 세이레나는 복도 바깥쪽으로 시선을 던졌다가 안으로 뛰어가며 말했다.

"무사해야 해요."

그랬으면 좋겠다. 캘빈은 쓰게 웃었다. 그래도 세이레나가 와서 희망이 생겼다. 바깥쪽에도 누군가 있는 모양이다.

"그게 로렌이면 좋겠는데."

세이레나가 누구와 함께 온지 모르는 캘빈은 그렇게 중얼거리며 검을 휘둘렀다.

"클라인 경!"

복도에는 사람들이 몇 명 쓰러져 있었다. 캘빈과 셰인이 무너트린 자였다.

세이레나는 시체를 넘어 안쪽으로 달려가며 셰인을 불렀다. 셰인은 바로 세이레나의 목소리를 알아차렸다.

"소드 마스터가 한 명 도착했군."

그는 그렇게 말하며 씩 웃었다. 셰인의 상태는 캘빈보다 나빴다. 하지만 세이레나의 목소리를 들은 순간 기운이 솟았다. 안쪽에 있는 애쉬와 그의 뒤를 막고 있던 캘빈. 고작 셋이서 상대하기엔 너무 많다고 생각하던 차다. 심지어 애쉬는 무기도 없었다.

하지만 그 순간 세이레나가 도착했다. 세이레나는 셰인을 향해 달려와 그를 공격하는 검을 막았다.

"괜찮아요?"

셰인의 모습을 본 세이레나가 물었다. 아슬아슬했다. 셰인은 세이레나의 도착에 안도의 한숨을 내쉬었다. 그러면서도 그는 억지로 웃어 보였다.

"이 정도쯤이야."

셰인의 말에 세이레나의 표정이 어두워졌다. 누군가를 다치게 하고 싶지 않다는 건 말도 안 된다는 게 다시 한 번 떠올랐다. 셰인을, 저 안에 있는 애쉬를 구하려면 누군가를 다치게 해야 한다.

애쉬를 살리기 위해서 일 왕자를 죽이는 것도 각오했다. 세이레나는 마음을 다잡았다. 황금빛 검기를 두른 그녀의 검이 셰인을 공격하는 자들의 검을 댕강 잘라 냈다.

"헉!"

검이 두 동강 나자 셰인을 공격하던 자들이 놀라서 움찔하고 물러났다. 세이레나는 자신의 검을 내밀며 말했다.

"비켜."

금색으로 일렁이는 검기가 세이레나의 검에서 쏘아져 나오는 것처럼 보였다. 셰인을 막고 있던 자들이 저도 모르게 양쪽으로 갈라졌다.

"가세요."

셰인은 자신의 검을 고쳐 잡으며 말했다. 그리고 바닥에 떨어진 반 토막 난 검 날을 발로 쳐서 뒤로 보냈다.

"로렌과 함께 왔어요."

세이레나의 말에 셰인의 얼굴에 미소가 떠올랐다. 반대로 앞을 막고 있던 자들은 움찔하고 물러났다. 소드 마스터가 둘이나 왔다. 그녀는 자신을 막는 자들 사이로 파고들며 얼굴을 찡그렸다. 여기까지 온 자들은 애쉬를 죽이기로 마음먹은 자들이다.

"당신들이 죽기를 바라지는 않지만 난 애쉬가 더 소중해요."

세이레나는 사람들을 향해 검기를 두른 검을 들이대며 말했다. 이들이 애쉬를 죽이기로 마음먹었다면 그녀도 이들을 죽이기로 마음먹을 수 있다.

모든 사람의 인생을 지켜 줄 수는 없다. 그녀와 소중한 사람을 공격하는 사람들을 공격하는 것을 두려워하다간 소중한 사람이 다친다.

세이레나는 그대로 검을 휘둘렀다. 가장 가까운 곳에 있던 남자의 허벅지에 그녀의 검이 깊숙이 박혔다.

"아악!"

다리를 붙잡고 쓰러지는 남자에게 세이레나는 눈길 하나 주지 않았다. 그녀는 정면을 바라보며 말했다.

"비키지 않으면 다음은 목이에요."

복도를 막고 있던 자들이 주춤주춤 물러나기 시작했다. 세이레나는 한숨을 내쉬고 그들 사이를 지나갔다. 여차하면 반격할 준비를 하고. 그때 사람들 사이에서 누군가 뛰어나왔다.

"죽어라!"

세이레나는 반사적으로 몸을 움직였다. 그녀는 자신의 목을 향해 찔러오는 검을 몸을 낮춰 피하고 그대로 자신의 검을 찔러 넣었다. 그녀의 검이 남자의 복부를 파고들었다. 검기를 두른 탓에 그대로 검이 관통해 버렸다.

젠장. 세이레나는 재빨리 검을 빼고 물러났다. 굳어 있던 남자가 눈을 부릅뜬 게 보였다.

"크헉……."

"바이트 경?"

바이트 형제 중 형 쪽이었다. 세이레나는 감옥에 있어야 할 자가 여기 있다는 사실에 놀라 굳어 버렸다. 그때 뒤에서 누군가 뛰쳐나오며 소리쳤다.

"형!"

로딘이었다. 승단 시험 때 세이레나를 가뒀던 멍청이. 그는 형을 붙잡더니 세이레나를 향해 눈을 부라렸다.

"이 나쁜 년!"

그리고 로딘은 그녀를 향해 검을 휘둘렀다.

바이트 백작이 일 왕자에게 붙었다. 세이레나의 머릿속에 가장 먼저 떠오른 것은 그 생각이었다. 그녀는 반사적으로 로딘의 검을 피했다. 이어서 뒤에 있던 셰인이 세이레나를 대신해서 로딘에게 공격을 가했다.

"아아악!"

다음 순간, 로딘의 팔에서 피가 뿜어져 나왔다. 셰인의 검에 팔꿈치 아랫부분이 날아간 로딘이 그대로 쓰러지며 비명을 질렀다.

"헌터 경!"

셰인은 새하얗게 질린 세이레나를 불렀다. 그리고 물러나는 사람들을 향해 검을 휘두르며 말했다.

"가요! 가서 단장을 지켜요!"

누군가에게 단장을 지켜 달라고 말하게 될 줄은 몰랐는데. 아이러니한 말과 상황에 셰인은 빙그레 웃었다. 정신을 차린 세이레나가 안쪽을 향해 뛰어가기 시작했다.

쾅!

요란한 소리와 함께 문이 열렸다. 남자들은 안으로 들이닥쳤다가 애쉬의 모습이 보이지 않자 당황해서 멈췄다. 귀족 수감자에게 주어진 방은 꽤 널찍한 공간을 자랑한다. 가장 안쪽에 놓인 침대는 물론이고 책상과 의자까지 주어진다.

"도망친 거 아니야?"

누군가 소리치자 선두에 있던 란돌프가 손가락을 입에 댔다. 조용히 하라는 말에 다들 입을 다물었다.

란돌프의 시선이 방 안을 훑었다. 대체 어디에 있는 걸까. 그는 침대 곁에 놓인 옷장을 발견하고 움직임을 멈췄다.

옷장은 사람 한 명이 들어갈 만큼 컸다. 그레이윈드 공작이 몸이 크긴 하지만 구겨 넣으면 못 들어갈 것도 아니다.

란돌프의 얼굴에 미소가 떠올랐다. 그의 손짓에 따라 남자들이 살금살금 옷장 앞으로 다가갔다. 그리고 일제히 검을 찔러 넣었다.

"콱!" 하고 검이 옷장 문을 뚫고 안으로 파고들었다. 다들 애쉬의 신음 소리가 들릴 거라 믿어 의심치 않았다. 하지만 검을 찔러 넣는 감각이 이상했다.

"이상한데."

란돌프는 그렇게 말하며 옷장 문손잡이를 잡았다. 그리고 확 열어젖혔다.

옷장 안은 텅 비어 있었다.

"어?"

란돌프와 그의 동료들의 입에서 놀란 신음이 흘러나왔다. 당연히 여기에 그레이윈드 공작이 숨어 있을 줄 알았다. 그럼 어디 있는 거지? 그들이 고개를 두리번거릴 때 애쉬가 나타났다. 그는 의자를 들어 맨 뒤에 있던 남자의 머리를 내리쳤다.

"퍽!" 하는 소리와 함께 남자는 신음조차 내지 못하고 쓰러졌다. 그제야 다른 자들이 몸을 돌렸지만 애쉬가 더 빨랐다.

애쉬는 아직 부서지지 않은 의자를 들고 가장 가까이에 있는 남자의 얼굴을 후려쳤다. 남자의 입에서 이가 튀어 나갔다. 애쉬는 그가 쓰러지는 것을 확인하지 않고 그대로 몸을 돌렸다. 그리고 그다음에 있던 남자의 목을 의자 등받이로 찔렀다.

"켁!"

순식간에 세 명이 쓰러졌다. 란돌프는 눈을 크게 뜨고 멍하니 서 있었다. 그사이에도 애쉬는 멈추지 않았다. 그는 이제 덜렁거리는 의자에서 다리만 떼어 냈다. 그리고 자신에게 덤벼 오는 자를 향해 의자 다리를 휘둘렀다.

"퍽!"

덤벼 오던 남자는 검을 채 휘두르기도 전에 튕겨 나갔다. 란돌프가 정신을 차린 것은 그쯤이었다. 그는 옷장에 찔러 넣었던 검 손잡이를 잡아 잇는 힘껏 잡아 뺐다. 그리고 애쉬를 향해 휘둘렀다.

"턱!" 하고 란돌프의 검이 의자 다리에 박혔다. 애쉬가 의자 다리를 빙글 돌리자 란돌프의 손에서 검이 빠져나갔다. 애쉬는 그대로 그를 걷어찼다.

"애쉬!"

세이레나가 도착한 것은 그때였다. 그녀는 검을 든 채 열린 문으로 들이닥쳤다가 쓰러진 남자들 사이에 빈손으로 서 있는 애쉬를 발견하고 멈췄다. 남자들은 여기저기에서 나뒹굴고 있었다. 그중에는 맞은 충격에 먹은 것을 전부 토하는 자도 있었다.

"레나."

애쉬는 세이레나에게 다가가 그녀를 끌어안았다. 그리고 물었다.

"괜찮아?"

그건 그녀가 할 말이다. 세이레나는 어이가 없어서 애쉬를 쳐다봤다. 그가 멀쩡한 건 기뻤다. 정말로.

하지만 이 정도로까지 멀쩡하니까 약간 질투가 났다. 이 정도로 강할 필요는 없잖아? 세이레나는 속으로 약간 투덜거리며 말했다.

"당신을 지켜 주러 왔는데요."

맨손으로 검을 든 남자 다섯을 순식간에 처리할 줄은 몰랐지. 외견상으로 보기엔 애쉬보다 세이레나가 더 다친 것 같다. 물론 그녀는 다치지 않았지만 피가 묻어서 모르는 사람이 보면 그래 보였다.

세이레나의 말을 들은 애쉬의 표정이 환해졌다. 그는 세이레나를 번쩍 안아 들었다.

"앗!"

세이레나는 깜짝 놀라서 애쉬의 어깨에 손을 얹었다. 순식간에 그녀의 눈높이가 올라갔다. 그는 그대로 그녀를 꽉 끌어안았다. 자신을 지켜 주러 왔다는 말에 끌어안지 않고서는 견딜 수가 없었다.

애쉬의 반응에 깜짝 놀랐던 세이레나는 조심스럽게 그의 목에 팔을 둘렀다. 발이 땅에서 떨어져 달랑거렸지만 나쁘지 않았다.

"고마워."

애쉬는 세이레나의 어깨에 얼굴을 묻으며 말했다. 그녀가 와서 정말로 기뻤다. 자신을 구해 주러 왔다는 것도. 그러다가 그는 자신의 실수를 깨닫고 재빨리 세이레나를 내려놓았다.

"미안."

뭐가? 어리둥절해 하던 세이레나는 곧 그가 자신을 갑자기 안아 든 것을 사과한 것이라는 것을 깨달았다. 이 남자가? 그녀는 허리에 손을 얹으며 말했다.

"매번 이럴 때마다 사과할 거예요?"

"그건 아닌데."

애쉬는 슬쩍 세이레나에게서 한걸음 물러나며 말했다.

"옷도 안 갈아입었고."

이게 대체 무슨 소리야. 세이레나의 눈이 동그래졌다. 그녀는 믿을 수 없어서 애쉬를 빤히 쳐다봤다. 두 사람은 몬스터와 반나절 동안 싸운 적도 있다. 몬스터의 피와 체액을 완전히 뒤집어쓰기도 했다. 그래 놓고 고작 지금은 옷 안 갈아입은 거로 이러는 거야?

세이레나는 어이가 없어서 간신히 말했다.

"지금 누가 더 더러워 보이냐 하면 내 쪽일 텐데요."

하루 종일 방 안에 있었던 애쉬와 싸우며 복도를 뚫고 뛰어온 세이레나를 비교하면 당연히 그녀 쪽이 더 더럽다. 그녀의 몸 여기저기에 튄 피는 당연히 세이레나이 얼굴에도 묻어 있었다.

"그럴 리가."

애쉬는 그렇게 말하며 세이레나의 뺨에 손바닥을 댔다. 그에게 세이레나는 늘 좋은 냄새가 났다. 애쉬는 매 순간 세이레나를 끌어안지 않고 키스하지 않도록 참느라 고역일 정도였다.

방금 전처럼 애쉬는 방심하는 순간 세이레나를 안아 버린다.

문득 그는 지난번 세이레나가 면회했을 때 했던 말을 떠올리고 물었다.

"결혼 확인서는 제출했어?"

"아, 네. 아직 공식적으로 알리지는 않았지만요."

하지만 두 사람이 결혼했다는 확인서를 신전에 제출했다. 신전에서 왕궁으로 보냈을 테니 지금쯤 왕궁에서도 세이레나와 애쉬가 결혼했다는 사실을 알았을 것이다.

그렇군. 애쉬는 빙그레 웃으며 다시 세이레나의 허리를 끌어안았다. 응? 세이레나가 어리둥절한 표정으로 그를 올려다보자 애쉬가 말했다.

"우리가 부부란 말이지."

그 순간 세이레나의 얼굴이 저도 모르게 확 붉어졌다. 그녀의 얼굴이 갑자기 엄청나게 붉어지는 바람에 애쉬조차 당황할 정도였다.

"어, 레나?"

애쉬는 당황해서 세이레나를 불렀다.

부끄러운 나머지 세이레나는 애쉬를 밀어내려 했다. 하지만 쉽게 밀려날 그가 아니다. 애쉬는 세이레나의 얼굴을 쳐다보려 고개를 숙이며 물었다.

"왜 그래?"

"그냥, 좀⋯⋯."

갑자기 부끄러워졌다. 그녀가 그의 부인이 된다는 게. 그녀가 세이레나 그레이윈드가 된다는 게.

아무 실감하지 못하다가 갑자기 애쉬의 지적에 깨달았기 때문에 더 그런 것일 수도 있다. 세이레나는 새빨갛게 달아오른 뺨을 감싸며 한숨을 내쉬었다.

애쉬는 슬쩍 세이레나의 허리에서 손을 떼며 말했다.

"네가 원하지 않으면 아무것도 안 할 거야."

그걸 걱정한 게 아니었다. 세이레나는 그렇게 말하려 했다. 하지만 그때 복도에서 셰인이 외쳤다.

"단장!"

동시에 남자들이 우르르 밀려들어 왔다. 셰인이 막고 있던 자들이었다. 세이레나는 반사적으로 검을 들었다. 그리고 애쉬를 보호하듯 사람들 앞을 막아섰다. 그녀가 든 검이 황금색 빛을 뿜어내기 시작했다.

소드 마스터의 검기에 사람들은 안으로 쉽게 들어오지 못하고 멈춰 섰다. 세이레나는 검을 고쳐 잡으며 말했다.

"애쉬를 공격하려면 날 먼저 지나가야 할 거예요."

맙소사. 애쉬는 세이레나를 끌어안지 않기 위해 애를 썼다. 대신 그는 자신이 쓰러트린 남자들의 검을 집어 들었다.

애쉬의 얼굴에 미소가 떠올랐다. 검이 그의 손에 들어왔다. 감옥에 갇힌 동안 그는 손이 허전해서 혼났다. 늘 검을 쥐고 아침저녁으로 훈련하다가 맨손으로 지내려니 이상했던 탓이다.

몇 번 검을 고쳐 잡은 뒤 애쉬는 세이레나의 뒤에 섰다. 소드 마스터용 검이 아니라 검기를 사용할 수 없는 건 아쉽지만 그의 실력으로는 검기가 아니어도 사람을 두 동강 낼 수 있다.

애쉬는 보란 듯이 목과 팔을 크게 돌린 뒤 문 앞에 포진한 자들을 쳐다보며 말했다.

"운이 좋으면 헌터 경이 아니라 날 먼저 상대할 수도 있겠지."

소드 마스터가 둘. 그중 하나는 애쉬 그레이윈드 공작이다. 문 앞에서 검을 들고 서 있던 자들은 움찔움찔거리며 물러나기 시작했다.

그 뒤로 셰인이 다가왔다. 그의 몸은 가벼운 상처들로 뒤덮여 있었다. 치명상이나 큰 상처는 없었다. 하지만 긁히거나 가볍게 베인 상처에서 나오는 피로 셰인의 상태는 엉망이었다.

"무사하네."

셰인의 말에 애쉬는 씩 웃었다. 셰인은 세이레나를 향해 말했다.

"단장님을 지켜 주세요. 전 캘빈에게 가 볼 테니까."

"아, 기다려."

애쉬는 물러나는 셰인을 붙잡으며 앞으로 나갔다. 그에 따라 문 앞에 몰려 있던 자들이 움찔거리며 물러났다. 애쉬는 그들에게 눈길 하나 주지 않고 담담하게 말했다.

"같이 가. 금방 끝날 거 같아. 물론……."

그렇게 말하며 애쉬는 그와 셰인 사이를 막고 있는 자들에게 시선을 돌렸다. 애쉬를 죽이기 위해 몰려온 자들이 펄쩍 뛰어오를 듯 놀라는 게 보였다.

"하나하나 머리를 분리해야 한다면 좀 걸리겠지만."

그 순간 거기 있던 사람들이 일제히 검을 떨어트렸다. 세이레
나가 눈을 동그랗게 뜨고 쳐다보는 가운데 사람들이 무릎을 꿇
고 애쉬에게 애원했다.

"사, 살려 주세요, 공작님."

"검을 든 단장이 무섭긴 한가 보군."

셰인의 빈정거림이 이어졌다. 그는 이마에 베인 상처 때문에
피가 눈까지 흐르자 손등으로 피를 닦아 냈다. 그사이에 세이레
나는 항복한 자들을 전부 애쉬가 갇혀 있던 방 안으로 몰아넣었
다.

"로렌!"

세이레나가 들어가고 나서 약간의 시간이 흘렀다. 로렌이 끝
이 없다고 투덜거릴 때쯤 익숙한 목소리가 그녀의 뒤통수를 때
렸다.

"데니스?"

로렌은 깜짝 놀라서 몸을 돌렸다. 그러면서도 그녀는 눈앞에
있는 남자의 허벅지에 검을 깊게 꽂아 넣었다.

"커헉!"

남자가 비명을 지르며 바닥을 굴렀다. 지치지 않는 로렌의 기
세에 기가 죽어 있던 자들이 바닥을 구르는 남자의 모습에 움찔

했다. 그리고 데니스가 달려오는 것을 보고 뒤로 한걸음 물러났다.

"살아 있냐?"

데니스는 양손에 검을 쥐고 달려와서 물었다. 오른손에는 그가 평소 쓰던 검을 들고 있었지만 왼손에 든 검은 검집에서 빼지도 않은 검이었다.

어디서 많이 본 검인데. 로렌은 눈을 가늘게 뜨고 데니스의 왼손에 있는 검을 쳐다보다가 물었다.

"그거 애쉬 검이야?"

"딱 보기에도 비싸 보이지?"

"아니, 니가 들었는데 평범한 검처럼 보이는 거면 니 검이거나 애쉬 검일 거 아니야."

애쉬나 데니스나 둘 다 워낙 키가 크고 덩치가 있다 보니 평범한 검을 들면 상대적으로 검이 작아 보인다. 그런데 데니스가 들고 온 검은 전혀 작아 보이지 않았으니 평범한 검은 아니라는 말이다.

에이, 뭐야. 데니스는 투덜거리며 로렌의 뒤에 몰려 있는 사람들에게 시선을 돌렸다. 그 수는 세이레나가 들어갈 때보다 반으로 줄어 있었다.

"얘네가 다야?"

데니스의 질문에 로렌은 씩 웃었다. 데니스의 뒤로 일 분단 기사들이 달려왔다.

"아니, 뒤에 좀 더 있는 모양이야."

"헛걸음한 게 아니라 다행이네."

기껏 다 달려왔는데 싸울 상대가 없으면 섭섭하다. 그런 말에 로렌을 막고 있던 자들이 다시 뒤로 주춤 물러났다.

"그런데 어떻게 알고 왔어?"

데니스의 뒤로 도착한 일 분단 기사들이 검을 뽑아 들었다. 서슬 퍼런 날이 드러나자 모여 있던 자들이 웅성거리기 시작했다. 데니스는 시선을 그들에게 고정한 채 말했다.

"쿨린 경이."

모아나가 전달했다는 말이다. 로렌이 시선이 데니스가 들고 있는 애쉬의 검을 향했다.

"그 검도?"

"응. 이것도 가져가라고 하더라."

"모아나는 일 왕자의 친부를 찾았대?"

"찾으러 간다던데."

가려고 여기사들을 부르러 가는 길에 데니스를 찾아갔던 모양이다.

'모아나 바빴겠네.'

그렇게 생각하며 로렌도 앞을 막아선 자들을 쳐다봤다. 두 사람의 뒤에서 티커가 물었다.

"헌터 경은?"

"안에. 지금쯤이면 애쉬랑 만났을걸?"

그 말이 끝나기가 무섭게 안쪽에서 누군가 걸어 나오는 소리가 들렸다. 이어서 세이레나가 소리쳤다.

"로렌, 괜찮아?"

로렌의 얼굴에 미소가 떠올랐다. 그녀는 앞을 막고 있는 자들을 둘러보며 말했다.

"기사님이 왕자님을 구해서 돌아오는 모양인데."

농담에 가까운 말에 일 분단 기사들이 웃음을 터트렸다. 하지만 그들을 막고 있는 자들은 아니었다. 로렌의 말은 세이레나와 애쉬가 같이 나온다는 뜻이다.

"세이!"

로렌은 빠르게 나오는 애쉬의 머리만 발견하고 소리쳤다. 사람들에 가려져서 세이레나의 모습은 보이지 않았다. 하지만 애쉬가 저기 있다는 건 세이레나도 곁에 있다는 뜻이다.

세이레나는 로렌의 목소리에 안도의 한숨을 내쉬고 손을 들어 보였다. 목소리만으로는 무사한 것 같다.

세이레나와 애쉬가 세인과 캘빈을 데리고 다가가자 복도를 막고 있던 자들이 움찔거리며 물러났다. 덕분에 그들은 앞으로는 일 분단 기사들에게, 뒤로는 애쉬와 세이레나에게 막힌 형상이 되었다.

"비켜."

애쉬는 검을 늘어트린 채 싸늘하게 내뱉었다. 상대할 가치도 없다는 태도였지만 오히려 거기 있던 자들은 안도의 한숨을 내쉬었다. 그리고 재빨리 양쪽으로 갈라졌다.

사람들이 양옆으로 갈라지며 세이레나의 모습이 보였다. 약간 피가 튄 것을 빼면 그녀와 애쉬는 다친 곳이 없어 보였다. 하지만 캘빈과 셰인은 아니었다. 세이레나는 사람들을 헤치고 나오며 말했다.

"누가 클라인 경과 오웬 경을 치료사에게 데려가 주세요."

캘빈과 셰인은 자잘한 상처로 가득했다. 덕분에 상처에서 흘러나온 피로 몰골이 엉망이었다. 하지만 치료사가 필요한 수준은 아니다. 두 사람은 그렇게 생각하고 있었다.

세이레나의 말에 셰인은 재빨리 손을 저으며 말했다.

"아닙니다. 이대로 일 왕자에게 갈 거잖아요?"

캘빈 역시 끼어들었다.

"그런 일에 빠지면 죽을 때까지 후회할걸요."

헉 하고 숨을 참는 소리가 들렸다. 애쉬가 일 왕자를 공격할 거라고는 생각하지 못했던 모양이다.

데니스는 여전히 양쪽으로 갈라져 있는 사람들을 보고 눈을 가늘게 떴다. 로렌처럼 그도 익숙한 얼굴이 많이 섞여 있다는 사실을 깨달았다. 이들 일부는 라고말리 기사단의 기사였거나 현직 기사라는 말이다. 그는 애쉬에게 가져온 그의 검을 내밀고 애쉬가 가지고 있던 누군가의 검을 받아 들었다. 역시 애쉬와 데니스가 사용하기엔 가볍다.

"멍청한 놈들."

데니스는 그렇게 말하고 검을 집어 던졌다. 그의 뒤에서 티커가 앞으로 나오며 비아냥거리는 말투로 말했다.

"너희들, 줄을 잘못 잡았어."

티커는 애쉬와 일 분단 기사들이 일 왕자에게 대항할 거라는 뜻이었지만 세이레나에게는 다르게 들렸다. 그녀의 시선이 애쉬를 향했다.

애쉬 역시 세이레나의 시선을 알아차렸다. 그는 한 손에 자신의 검을 쥐고 반대쪽 손으로 세이레나의 손을 잡았다. 그의 얼굴에 괜찮냐는 표정이 떠올랐다.

걱정받아야 할 건 세이레나가 아니라 애쉬다. 그럼에도 지금 이 순간 자신을 걱정해 주는 애쉬의 태도가 기분 좋아서 세이레나는 빙그레 웃었다.

"가요."

세이레나가 말하자 애쉬가 고개를 끄덕였다.

"자, 잠깐만요!"

복도를 막고 있던 자들 중 한 명이 튀어나왔다. 그는 일 분단 기사들의 싸늘한 시선을 받으며 입을 열었다.

"투항하고 싶습니다."

그 말에 일 분단 기사들이 피식피식 웃음을 터트리기 시작했다. 인제 와서?

그러자 사람들 사이에서 다른 한 명이 나오며 말했다.

"일 왕자랑 싸울 거면 사람이 많을수록 좋잖아요?"

그건 맞는 말이다. 세이레나의 시선이 애쉬를 향했다. 그녀는 이들을 받아 주고 싶지 않았다. 어쨌거나 애쉬를 죽이려 한 자들이다. 믿을 수 없다.

하지만 애쉬는 어떨지 몰랐다. 이쪽의 사람이 많다면 일 왕자와의 싸움을 쉽게 끝낼 수 있을지도 모른다.

애쉬는 싸늘한 표정으로 그들을 쳐다보고 있었다. 그가 고개를 기울이며 물었다.

"너희를 어떻게 믿고?"

전투는 믿을 수 있는 동료와 함께해야 한다. 적으로부터 동료가 내 뒤를 지켜 줄 거라는 믿음이 있어야 한다.

애쉬가 기사단의 기사들에게 꾸준히 이야기한 것은 그 점이었다. 동료는 믿을 수 있어야 한다. 실력을 기르라는 것도 그 이야기의 연장선이었다.

내가 동료의 등을 지켜 줄 수 있는 실력이 되어야 동료도 나를 믿을 수 있다. 하지만 이들은 이번에는 나를 배신하지 않으리라는 믿음도, 내 뒤를 지켜 줄 만한 실력이 된다는 믿음도 없다.

"난 못 믿어."

티커가 불쑥 소리쳤다. 그 뒤를 따르듯 일 분단 기사들이 고개를 끄덕였다.

"나도 못 믿어."

결국 그들을 모두 가둔 채 감옥 문이 다시 닫혔다. 이번에는 아무도 열지 못하도록 티커는 감옥 문을 잠근 채 열쇠를 집어 던져 버렸다.

"세이."

애쉬와 세이레나를 선두로 기사들은 일 왕자의 궁으로 향하기 시작했다. 중간쯤에서 따라오던 로렌은 기사들이 이야기하는 틈을 타서 세이레나에게 다가왔다.

세이레나는 티커가 집어 던진 열쇠를 눈으로 찾고 있었다. 저기 풀숲에 던진 것 같은데. 걱정하는 그녀 곁으로 다가온 로렌이 대뜸 말했다.

"그러지 마."

"응? 뭐가?"

"너 지금 저 녀석들 걱정하고 있잖아."

"걱정하는 거 아니야."

세이레나의 말에 로렌이 피식 웃었다. 그녀는 티커가 열쇠를 던질 때 세이레나의 표정이 어두워지는 것을 봤다.

"너 지금 저 녀석들이 못 나올까 봐 걱정하고 있잖아."

세이레나의 얼굴이 달아올랐다. 그녀는 고개를 저으며 부인했다.

"아니야. 저 사람들은 저기 갇혀도 싸다고 생각해. 다만."

다만?

아무 말 없이 세이레나와 로렌의 대화를 듣고 있던 애쉬도 궁금해졌다. 그는 티 내지 않느라 정면을 쳐다보고 있었지만 한쪽 눈썹이 올라갔다.

"열쇠가 없으면 저 사람들 음식 같은 건 어떻게 갖다 주나 해서."

"맙소사, 세이!"

로렌은 어이없다는 듯 소리를 지르더니 배를 잡고 웃기 시작했다. 왜? 세이레나는 어리둥절해서 그녀를 쳐다봤다.

그녀의 곁에서 애쉬는 웃음을 참느라 입술을 깨물고 있었다. 사람들을 감옥에 가둬 놓고 식사를 걱정하고 있다니, 세이레나다웠다.

결국, 애쉬는 참지 못하고 팔을 뻗어 세이레나를 끌어안으며 쿡쿡대고 웃었다. 그 옆에서 로렌이 말했다.

"일 왕자 편에 선 녀석들이야. 좀 굶으면 어때?"

"그렇긴 한데."

세이레나는 애쉬와 로렌이 왜 웃는지 깨닫고 얼굴을 붉히며 중얼거렸다.

"난 저 사람들이 벌을 받길 바라는 거지 비참해지길 바라지는 않거든."

그녀의 말에 그녀를 끌어안은 애쉬의 몸이 잠시 굳었다가 풀어졌다. 그는 고개를 돌려 세이레나를 쳐다봤다. 그녀는 돌아오기 전, 누명을 뒤집어쓰고 감옥에 갇혀 있었다고 했다. 그때의 일을 자세하게 말하지는 않았지만 애쉬는 지금 그녀의 말로 그때 그녀가 비참했음을 깨달았다.

"걱정 마. 일이 끝나면 바로 문을 뜯어낼 테니까."

애쉬는 그렇게 말하고 세이레나의 이마에 입을 맞췄다. 이번 일이 세이레나의 기억을 건드려 그녀를 슬프게 만들지 않았으면 좋겠다.

하지만 로렌은 아니었다. 애쉬가 아는 것을 모르는 그녀는 못마땅한 표정으로 말했다.

"넌 마음을 좀 더 모질게 먹어야 할 필요가 있어."

세이레나는 그녀가 무슨 소리를 하는지 알 것 같아서 쓰게 웃었다. 늘 모아나와 로렌은 그녀에게 비슷한 타박을 하곤 했다.

하지만 로렌이 이번에 하는 말은 좀 다른 의미였다. 그녀는 세이레나에게 바짝 붙으며 속삭였다.

"내 말은, 애쉬가 왕이 된다면 넌 왕비가 되는 거잖아. 왕비로서 마음을 모질게 먹어야 할 때가 필요하다는 거야."

왕비와 백작 영애의 태도는 다르다. 마음가짐도 다를 수밖에 없다. 헌터 백작으로서 그리고 그레이윈드 공작 부인으로서는 관대하다고 보일 수 있는 태도가 왕비로서는 마음이 약하다고 보일 수 있다.

세이레나의 표정이 굳었다. 그녀는 로렌이 뭘 걱정하는지 이해했다.

"알았어."

40

결전

　세이레나와 애쉬를 선두로 한 일 분단 기사들은 감옥으로 향하는 길에서 빠져나와 시내로 접어들었다. 빠르지도 느리지도 않은 속도였지만 전투로 향할 때와 비슷한 분위기에 사람들이 길을 비켰다.

　"헌터 경."

　시내 중심에서 기사들이 일 분단을 기다리고 있었다. 익숙한 얼굴들에 세이레나와 로렌은 말을 멈췄다. 세이레나를 따라 애쉬 역시 말을 멈췄다.

　"합류하러 왔어."

　베키가 먼저 말했다. 세이레나는 놀라서 멍하니 그녀를 쳐다봤다. 다들 기사복을 갖춰 입고 있었다. 몰리가 어깨를 으쓱해 보이며 말했다.

"모아나가 알려 줬어. 걔는 너한테 부탁받은 일이 있다고 가던데?"

"마, 맞아."

세이레나는 모아나가 여기사들에게 일 왕자의 친부에 대해 이야기 하지 않았다는 것을 깨닫고 고개를 끄덕였다.

"일 왕자 궁으로 갈 거지?"

아이라가 물었다. 세이레나는 여기사들이 뭘 하러 가는지 알고 나왔다는 사실에 당황해서 물었다.

"우리가 일 왕자랑 싸울 걸 알고 온 거야?"

"모아나가 말했다니까?"

당연하다는 대답에 로렌은 웃음을 터트렸다. 세이레나와 애쉬 뒤에 서 있던 일 분단 기사들도 미소를 지었다. 하지만 세이레나는 아니었다. 그녀는 걱정스러운 표정으로 여기사들을 향해 물었다.

"괜찮겠어?"

여러 가지 의미가 내포된 질문이었다. 일 왕자와 싸운다는 건 몬스터와 싸우는 것과 다르다. 몬스터와의 전투는 육체가 다치는 것만 걱정하면 되지만 일 왕자는 몬스터가 아니다.

그는 아직까지 나라의 왕자고, 곧 왕이 될 거라 생각하는 사람이다. 그러니 당연하게도 그를 지지하는 사람들이 있다. 그 지지하는 사람 중에 가족이나 친구가 있을 수도 있다.

일 왕자와 싸운다는 건 일 왕자를 지지할지도 모르는 가족이나 친구와도 반목하게 된다는 뜻이다.

세이레나의 질문을 들은 여기사들이 시선을 부딪쳤다. 모두 세이레나가 무슨 의미로 물었는지 이해하고 있었다.

"그럼 우리도 물어볼게."

몰리가 입을 열었다. 그녀는 애쉬를 한 번 쳐다보고 세이레나에게 이어서 물었다.

"단장님이 왕이 되는 거지?"

세이레나의 표정이 굳었다. 그녀는 애쉬를 한 번 쳐다보고 고개를 끄덕였다.

"응."

그럼 됐다. 여기사들의 얼굴이 부드러워졌다. 베키는 빙그레 웃으며 말했다.

"우리 손으로 왕을 세울 수 있는 기회인데 빠지면 섭섭하지."

그녀의 말에 티커가 대뜸 받아쳤다.

"왕이 될 자에게 검을 겨눌 수 있는 기회기도 하고."

맞아. 기사들이 웃음을 터트렸다. 방금 전까지 전투를 앞두고 비장했던 분위기가 언제 그랬냐는 듯 밝아졌다. 데니스와 로렌은 씩 웃으며 서로를 쳐다봤다. 그들을 기다리고 있던 여기사들은 몇 명을 제외하고 거의 대부분이 모인 듯했다.

기사단의 반이 좀 안 되는 숫자다.

"이쪽으로 와."

애쉬의 뒤에 서 있던 기사가 웃으며 소리쳤다. 여기사들이 우르르 일 분단 기사들을 향해 몰려들었다.

"어서 와."

"당연히 우리도 같이 가야지."

여기저기에서 합류를 축하하는 소리가 들렸다. 손바닥을 치고 지나친 여기사들이 일 분단의 뒤에 위치했다.

기사들은 전열을 가다듬었다. 선두에 세이레나와 애쉬가 서고 양옆으로 로렌과 데니스가 위치했다. 로렌은 킬킬거리며 데니스에게 눈빛을 보냈다.

라고말리 기사단에서 가장 강한 일 분단 기사들이라고는 하지만 열세 명 정도다. 숫자로 밀릴 거라 생각했는데 여기사들이 합류하면서 순식간에 수가 불어났다.

라고말리 기사단은 왕이 아니라 나라를 지킨다. 기사단에 들어오기 전부터 기사들은 그 사실을 들어 왔다. 하지만 그것을 직접 실천하는 것과 듣기만 하는 것은 다르다.

나라를 위해 왕위에 맞지 않는 자에게 검을 겨누고 왕위에 어울리는 자를 왕위에 올린다는 자긍심이 기사들 사이에 빠르게 차올랐다.

사람 수가 늘어난 것보다 스스로 나라를 위한 쪽을 판단해서 움직인다는 자부심으로 행진이 좀 더 밝아졌다. 여전히 일 분단 기사들은 말이 적었지만, 여기사들이 합류한 뒤로 훨씬 여유가 생겼다.

로렌은 일 왕자와 싸우러 간다는 것보다 대부분의 여기사들이 합류했다는 사실에 기분이 좋아졌다. 그리고 그녀가 더 기분이 좋아질 일이 일어났다. 세이레나를 찾고 있던 페이지들과 만난 것이다.

페이지인 헤이젤과 다이아나는 에즈라의 부탁을 받아 세이레나를 찾고 있었다. 기사들을 발견한 헤이젤이 에즈라를 불러왔다. 그사이 흩어져서 세이레나를 찾고 있던 페이지들이 한순간에 몰려들었다.

"누나!"

에즈라는 저도 모르게 세이레나를 누나라고 부르며 말을 달려오다가 기사들을 발견하고 움찔했다. 그리고 다시 말했다.

"어, 누님……."

이미 늦었다. 로렌과 데니스를 위시한 기사들은 피식피식 웃고 있었다.

"에즈라? 무슨 일이야?"

세이레나의 질문에 에즈라는 집에 찾아온 소녀들을 이야기했다. 세이레나가 자신의 집에 오면 검을 만질 수 있게 해 주겠다고 약속한 소녀들이었다.

모아나는 헌터 저택에 가는 길에 지금 상황을 에즈라와 집사에게 전달해 달라고 부탁했다. 안대를 한 남자가 세이레나를 속이려 했다는 것과 로렌과 세이레나가 애쉬를 구하러 갔다는 것도.

"그래서 친구들한테 누님을 찾는 걸 도와 달라고 했는데……."

거기까지 말한 에즈라는 세이레나와 애쉬를 보고 상황을 파악했다. 감옥에 있어야 할 애쉬가 세이레나의 곁에 있다. 그리고 그 뒤로 기세등등한 기사들이 도열해 있었다.

"나도 갈래."

"우리가 어디 가는지 알고?"

"일 왕자한테 가는 거 아니에요?"

헤이젤이 끼어들었다. 그녀는 기사들이 모여 있는 이유를 눈치 빠르게 알아차렸다.

애쉬가 잡혀갔다는 이야기를 들었을 때부터 페이지들은 이상하다고 생각하고 있었다. 그들도 대부분 귀족 집안의 아이들이다. 에즈라가 예전에 세이레나에게 이야기했던 대로 이 왕자를 죽인 것은 다들 일 왕자라고 생각하고 있었다.

하지만 범인으로 잡혀간 것은 그레이윈드 공작. 오히려 어려서 단순하게 생각한 덕에 페이지들은 일 왕자가 애쉬에게 누명을 씌우는 거라고 생각했다.

킬킬거리던 기사들이 웃음을 멈췄다. 일 왕자의 궁으로 쳐들어가기 위해서는 사람이 많을수록 좋기는 하다. 하지만 그 사람에 페이지들은 포함되지 않는다.

데니스가 나섰다.

"너흰 안 돼."

"어째서요?"

어째서긴. 어리니까. 데니스는 그렇게 말하려다 멈췄다.

페이지들의 나이는 평균 열네 살. 열네 살짜리들을 전투에 투입시키는 건 말도 안 된다. 하지만 그렇게 말하면 어리다고 무시하지 말라는 대답이 나올 거라는 걸 데니스는 알았다. 그도 그렇게 생각했으니까.

그때 로렌이 나섰다.

"여기서 뭔가를 죽여 본 사람?"

당연히 페이지들은 아무도 대답하지 않았다. 그들은 몬스터와의 전투에도 투입된 적이 없다. 로렌은 그것 보라는 듯 팔짱을 끼고 말했다.

"몬스터를 죽이러 가는 거랑 완전히 달라. 똑같이 살아 있는 상대라 해도 지금 우리가 싸울지도 모르는 상대는 일 왕자의 궁에 살고 있는 사람들이야."

그녀는 그렇게 말하고 모여든 페이지들을 둘러봤다. 라고말리 기사단의 기사들은 대부분이 귀족가의 자제들이다. 그건 페이지도 마찬가지다.

로렌은 팔짱을 풀며 다시 말했다.

"너희가 상대해야 하는 건 일 왕자가 아니야. 궁에서 일하는 사람들이지. 여기서 가족이나 친구의 가족이 궁에서 일하는 사람?"

당연하게도 대부분이 손을 들었다. 로렌은 그것 보라는 듯 말했다.

"이 전투에서 무사히 살아남아 집에 가서, 네 부모에게 말할 수 있겠어? 네 손으로 아버지와 어머니의 친구를 죽였다고 말이야."

순식간에 주변이 조용해졌다. 페이지뿐만이 아니라 기사들까지 전부.

"로렌."

이렇게까지 분위기를 어둡게 만들 필요는 없다. 데니스가 당황해서 로렌을 불렀다. 그때 에즈라가 말했다.

"할 수 있어요."

누나가 한다면 그도 할 수 있다. 에즈라는 결심한 표정이었다.

에즈라의 머릿속에 게일이 저택으로 침입하던 날의 세이레나가 떠올라 있었다. 세이레나는 저택과 동생을 지키기 위해 한밤중에 검을 들고 괴한들과 싸웠다. 그도 할 수 있다. 누나와 함께라면.

하지만 세이레나는 아니었다. 그녀는 동생을 데리고 갈 수 없었다.

"에즈라, 네가 해야 할 일이 있어."

세이레나의 말에 에즈라의 얼굴에 의심이 떠올랐다. 무슨 말을 해도 자신을 떼어 낼 핑계라고 생각하려는 표정에 세이레나는 피식 웃었다.

"모아나가 아주 중요한 일을 하고 있거든."

"일 왕자와 싸우러 가는 것보다 더?"

에즈라의 질문에 세이레나의 표정이 일그러졌다. 그녀는 화를 눌러 참으며 말했다.

"모든 사람은 각자의 일을 하고 있고 그건 전부 다 중요한 일이야. 어떤 일이 더 중요하다는 건 없어."

"하지만……."

"에즈라."

세이레나는 에즈라에게 바짝 다가갔다. 그리고 동생의 귀에 속삭였다.

"모아나는 지금 일 왕자가 왕위를 계승할 자격이 없다는 증거를 찾으러 갔어. 그게 없으면 우리 싸움은 더 힘들어져."

에즈라의 눈이 커졌다. 소년은 뭐라고 말해야 할지 몰라 입을 열었다가 다물었다. 세이레나는 동생이 충격을 흡수할 때까지 기다렸다가 말했다.

"모아나를 도와줘. 모아나가 키를 쥐고 있으니까."

하지만. 에즈라는 쉽게 떠나지 못했다. 세이레나와 애쉬는 일왕자와 싸우러 가는 거다. 마음 같아서는 누나와 함께 가고 싶었다.

"에즈라."

세이레나는 손을 뻗어 에즈라의 손을 잡았다. 그녀는 자신과 함께 가고 싶어 하는 동생의 심정을 이해했다. 일 왕자와 싸우러 가는 거다. 어차피 싸울 거라면 누나와 함께하고 싶은 것이다.

하지만 그녀는 로렌의 말대로 친구나 지인을 자기 손으로 죽여야 할지도 모르는 상황에 아직 열네 살밖에 되지 않은 동생을 데려가고 싶지 않았다.

"모아나를 지켜 줘."

에즈라는 한숨을 내쉬었다. 그렇다면 할 수 없다. 소년은 고개를 끄덕이며 말했다.

"누나, 조심해."

에즈라의 말에 세이레나는 빙그레 웃었다.

"너도."

두 사람은 물러나서 자신의 진형으로 돌아갔다. 에즈라가 돌아오자 페이지들이 그의 어깨를 두드렸다.

"가자."

애쉬는 손을 뻗어 세이레나의 뺨을 한 번 쓸고 말을 돌렸다. 기사들은 일 왕자의 궁으로 말을 달렸다. 에즈라는 그 자리에 서서 세이레나와 애쉬가 기사들을 이끌고 멀어지는 것을 지켜보고 있었다.

에즈라의 머릿속에 모아나가 일 왕자가 왕위를 계승할 자격이 없다는 증거를 찾으러 갔다는 말이 떠올랐다. 그렇다면 다음 왕은 애쉬가 된다는 말이다. 그리고 세이레나는, 자신의 누나는 왕비가 된다.

몇 달 전이라면 말도 안 된다고 생각했을 것이다. 하지만 에즈라는 애쉬와 함께 기사들을 이끌고 떠나던 세이레나를 떠올리고 고개를 끄덕였다.

확실히 세이레나는 작년의 세이레나가 아니었다. 긴 금발을 휘날리며 말을 달리던 세이레나의 모습은 요정 같이 아름다웠지만, 지금의 세이레나는 단호한 어깨를 한 지도자처럼 보였다.

"멈춰라!"

일 왕자의 궁은 이미 닫혀 있었다. 어디선가 애쉬가 감옥에서 빠져나와 기사들을 이끌고 자신에게 오고 있다는 소식을 들은 게 분명했다.

"누가 이야기한 걸까?"

로렌의 말에 데니스는 기사들을 돌아보았다. 여기 있는 자들은 아니다. 데이비드에게 이야기하고 돌아올 시간이 없었다.

"뭐, 기회는 많았으니까."

애쉬는 그렇게 말하고 검을 뽑아 들었다. 어차피 그가 기사들과 함께 여기로 오고 있다는 것을 알린 자도 일 왕자와 함께 있을 것이다.

"이곳은 일 왕자 데이비드 님의 궁이다! 공격하는 자는 반역으로 간주하겠다!"

이어서 궁 안쪽에서 누군가 소리쳤다. 그 말을 들은 티커가 피식 웃으며 기사들에게 말했다.

"반역이라네."

웃음이 터져 나왔다.

보통 때라면 반역에 가까운 행위가 맞다. 왕조차도 왕자의 궁을 공격하면 왕위를 박탈당할 수 있다. 물론 왕자의 궁을 공격했다가 지면 왕위를 박탈당하는 게 아니라 찬탈당하는 거겠지만.

하지만 애쉬에게는 일 왕자를 공격할 명분이 있었다. 그는 검을 들어 올리며 외쳤다.

"일 왕자에게 전해! 감옥에 있는 날 죽이려 한 이유가 뭔지 알고 싶다고 말이야!"

궁 안쪽이 침묵에 잠겼다. 세이레나는 불안한 표정으로 성을 쳐다보다가 퍼뜩 뒤를 돌아보았다.

세이레나와 애쉬의 뒤로 기사들이 부채꼴 모양으로 도열해 있었다. 그녀는 말을 돌리며 소리쳤다.

"흩어져!"

"뭐?"

깜짝 놀란 로렌이 무슨 소리냐는 듯 그녀를 쳐다봤다. 하지만 애쉬는 세이레나가 무슨 말을 하는지 바로 이해했다. 그 역시 말고삐를 잡아당기며 소리쳤다.

"흩어져!"

이유도 모른 채 기사들이 세이레나와 애쉬의 말대로 흩어지기 시작했다. 말이 이리저리 정신없이 움직이기 시작한 순간, 궁 안쪽에서 화살이 쏟아져 나왔다.

"피해!"

"흩어져! 흩어져!"

세이레나가 빠르게 경고했기 때문에 피해는 극히 드물었다. 다행이다. 세이레나는 화살이 닿지 않는 곳까지 물러나서 안도의 한숨을 내쉬었다.

하지만 애쉬는 아니었다. 그는 나직하게 데니스를 불렀다.

"데니스."

문에 고정돼 있던 데니스의 시선이 애쉬를 향했다. 단단히 닫힌 문 위로 화살을 재장전하는 궁수들이 보였다. 이건 애쉬가 쳐들어와도 된다는 신호나 다름이 없다. 물론 그가 쳐들어가는 것을 허락하지 않겠지만.

애쉬는 데니스가 다가오자 목소리를 낮춰 말했다.

"뒷문으로 가 봐."

일 왕자는 애쉬를 반드시 죽이려 할 것이다. 하지만 그 전에 일 왕자는 여기서 살아남아야 한다. 데이비드는 애쉬가 포기하고 물러나기를 기다리지 않을 것이다.

애쉬는 분명 지원을 요청할 사자(使者)가 있을 거라 판단했다.

"피터. 라일."

데니스는 애쉬가 뒷문으로 가 보라고 말한 의미를 바로 알아차리고 일 분단 기사를 불렀다. 화살을 피해 흩어져 있던 피터와 라일이 쳐다보자 데니스가 손짓했다.

세이레나는 세 기사가 화살을 피하려는 것처럼 물러나다가 빠져나가는 것을 쳐다봤다. 그녀의 시선이 다시 일 왕자의 궁을 향했다. 공성전에 대해서 배우긴 했다. 하지만 그건 페이지 때였고 그녀의 시간 감각으로는 거의 십오 년 전의 일이다.

"지원을 막는 걸로는 소용이 없을 텐데?"

로렌이 다가오며 말했다. 사자를 막는 건 지원을 늦출 뿐이다. 일 왕자의 외가나 처가에서 이 사실을 알면 그를 돕기 위해 달려올 것이다.

애쉬는 궁수들이 화살을 재는 것을 처다보고 있었다. 그는 피해를 줄이는 방법을 생각하고 있었다. 긴 공성전은 양쪽 모두에게 큰 손해를 줄 뿐이다. 그를 지지하는 기사들뿐 아니라 일 왕자의 궁에 있는 사람들의 피해도 줄여야 한다.

세이레나는 로렌의 말을 듣고 궁수들을 처다봤다. 그녀는 애쉬와 똑같은 생각을 하고 있었다. 궁수들이 지키고 있는 한 저 문 근처로 다가갈 수는 없다.

세이레나는 궁 안으로 화살을 피해 들어갈 방법을 골똘히 생각했다. 저들이 모든 화살을 다 쓸 때까지 기다릴 수는 없다. 게다가 지원군이 와서 피해가 커지기 전에 일이 끝나야 한다.

"투항하는 자들은 반역죄를 묻지 않겠다!"

세이레나는 한걸음 나가며 소리쳤다. 로렌이 깜짝 놀라서 다가왔다.

애쉬는 재빨리 옆으로 와 세이레나를 보호하려 했지만 그녀는 애쉬의 앞으로 나가며 다시 말했다.

"일 왕자 데이비드가 선왕의 친자가 아니라는 증거를 가지고 있다!"

그 말에 이 왕자의 궁 안쪽은 물론 바깥쪽의 기사들도 놀라서 웅성거리기 시작했다. 여기사들은 깜짝 놀라서 세이레나를 처다보고 있었다.

"일 왕자가 왕의 친자가 아니라고?"

"그게 말이 돼?"

"왕비님이 일 왕자를 낳다가 돌아가셨잖아?"

"잠깐, 잠깐. 그럼 왕비님이 불륜을 저질렀다는 말이야?"

기사들뿐 아니라 궁수들도 놀라서 활을 내려놓았다. 누군가 안쪽에서 소리쳤다.

"거짓말 마라!"

세이레나는 화살이 날아오지 않았다는 사실에 안도의 한숨을 내쉬었다. 최악의 상황에 그녀를 향해 화살이 쏟아질 것도 각오했다. 하지만 그렇지 않다는 건 저들이 흔들리고 있다는 뜻이다.

"증거는 물론 증인도 확보했다!"

로렌이 뒤이어 소리쳤다. 증인이라고? 궁 안쪽이 쥐 죽은 듯 조용해졌다. 그러더니 곧 누군가 소리치는 소리가 들렸다.

"닥쳐! 너희들은 저 반역도들의 말을 믿는 거야?"

궁 안쪽은 싸움이 일어나기 직전이었다. 세이레나의 말에 흔들리는 자들과 일 왕자가 반드시 왕이 되어야 하는 자들 사이의 싸움이었다.

"화살을 쏴! 이 멍청이들아! 저년을 죽이라고!"

일 왕자가 왕이 되면 근위대에 들어가기로 약속받은 빅터가 문 위로 올라가며 소리쳤다. 그는 라고말리 기사단 삼 분단의 기사였다. 단장인 그레이윈드 공작의 감옥행으로 침몰하는 기사단을 버리고 일 왕자로 옮겨 탔는데 이런 일이 일어나서는 안 됐다.

감옥에서 일 분단이 달려오는 것을 보고 일 왕자에게 알린 것도 그였다.

"쏘라고!"

빅터는 가장 가까운 곳에 있던 궁수를 주먹으로 후려치고 그의 활을 빼앗았다. 그리고 화살을 시위에 재고 세이레나를 향해 쏘았다.

"세이!"

로렌이 깜짝 놀라 소리쳤다. 그녀가 화살을 막기 위해 검을 뽑는 것과 동시에 애쉬가 끼어들었다.

"어?"

세이레나는 깜짝 놀라서 눈을 크게 떴다. 그녀의 가슴 앞에서 화살이 멈춰 있었다. 애쉬는 세이레나를 향한 화살을 움켜잡은 채 눈동자만 굴려 빅터를 쳐다봤다.

"헉!"

애쉬가 자신을 쳐다보자 빅터는 깜짝 놀라 뒷걸음질 쳤다. 애쉬의 눈을 피해 허둥지둥 물러난 그의 모습이 사라졌다. 뒤로 물러나다가 넘어진 그의 몸이 그대로 문 위에서 떨어져 "퍽!" 하고 땅바닥에 내리꽂혔다.

문 위에 서 있던 궁수들도 놀라서 한걸음 물러났다. 그때 애쉬가 외쳤다.

"공격!"

화살을 피해 물러나 있던 기사들은 일제히 검을 뽑았다. 서늘한 검 날이 햇빛을 받아 번쩍이기 시작했다. 그리고 함성과 함께 기사들은 일 왕자의 궁을 향해 몰려들었다.

"와아아아!"

"공격!"

일 왕자의 궁을 지키고 있던 병사들은 그 기세에 놀라 물러났다. "쿵! 쿵! 쿵!" 하고 큰 소리를 내며 문이 흔들렸다.

"막아! 막으라고!"

기사단 소속이었던 기사들이 악을 쓰며 병사들을 재촉했지만 감히 문 쪽으로 다가가려는 자들은 없었다. 겁에 질린 병사들 눈 앞에서 닫힌 문이 "쿵! 쿵! 쿵!" 하고 흔들리더니 조용해졌다.

"비켜."

티커는 문 앞에 몰려든 기사들을 헤치고 가장 앞으로 나갔다. 저 자식이 헌터 경을 건드렸다. 머리끝까지 화난 그가 검을 들어 올렸다.

"빅터 모리스!"

빅터가 죽었다는 것을 모르는 티커는 그의 이름을 부르며 있는 힘껏 검을 휘둘렀다. 그 순간 그의 검에서 폭발하듯 푸른색 불꽃이 터져 나왔다.

"펑!" 하고 문이 궁 안쪽으로 터져 나갔다. 크게 뚫린 구멍 앞에서 놀란 기사들과 경악한 병사들의 눈이 마주쳤다.

"어?"

얼빠진 신음 소리가 티커의 입에서 흘러나왔다. 가장 먼저 상황을 파악한 건 로렌이었다.

"이 자식!"

로렌은 마구 달려와 티커의 머리를 헤집었다.

"야, 너! 너, 이 자식!"

이어서 일 분단 기사들이 달려왔다. 그제야 상황을 파악한 여기사들이 환호성을 질렀다. 그리고 궁 안쪽의 병사와 기사들은 겁에 질려 물러나기 시작했다.

"맙소사."

애쉬는 고개를 절레절레 흔들다가 세이레나를 쳐다봤다. 그녀는 빙그레 웃고 있었다.

"알았어?"

티커가 소드 마스터가 될 거라는 걸 알았냐는 질문이었다. 세이레나의 미소가 짙어졌다.

"이렇게 빠를 줄은 몰랐어요."

다섯 번째 소드 마스터의 등장에 승기는 애쉬 쪽으로 기울어졌다. 일 왕자의 궁을 지키던 병사들은 달아나기 바빴고 기사단을 배신한 기사들은 일 분단 기사들의 눈치를 살폈다.

일 분단 기사들의 실력은 누구보다 기사단이 더 잘 알고 있다. 심지어 소드 마스터라면 같은 일 분단 기사들조차도 제대로 상대하지 못한다.

"공격!"

"와아아아!"

애쉬가 검을 들고 소리치자 함성과 함께 기사들이 데이비드의 궁으로 몰려갔다. 세이레나는 애쉬와 함께 달려가며 티커에게 손을 흔들었다.

얼떨떨한 표정으로 자신의 검을 쳐다보던 티커는 세이레나를 보고 눈을 깜빡였다. 이상한 기분이 들었다. 티커는 문득 그녀가 예전에 그에게 말했던 것을 떠올렸다. 다음 소드 마스터는 그가 될 거라고 했다.

"설마."

헌터 경이 미래를 예지한 건 아닐 거다. 그만큼 그의 실력을 알아봤다는 뜻이겠지. 기분이 좋아진 티커의 얼굴에 미소가 떠올랐다.

"전하!"

전투가 시작되자 스펜서는 정신없이 데이비드를 찾았다. 일 왕자는 자신의 침실에서 얼굴을 일그러트린 채 창밖으로 전투를 지켜보고 있었다.

"피하시는 게 좋겠습니다."

"내가 왜?"

그는 벌컥 화를 냈다가 입을 다물었다. 그가 보기에도 이 전투는 애쉬에게 유리했다. 일 왕자의 궁을 지키던 병사들은 달아났고 그의 편으로 왔던 기사들은 우왕좌왕하고 있었다.

"기다려. 분명 크로우드 백작이 지원군을 끌고 올 테니까."

"지원군을 요청하러 간 사자는 이미 잡혔습니다."

스펜서의 말에 데이비드의 얼굴이 일그러졌다. 이미 데니스가 뒷문으로 빠져나가던 사자를 붙잡았다. 스펜서는 그걸 보고 오는 참이었다.

"전하, 피하셔야 합니다."

창틀을 움켜쥔 데이비드의 손에 힘이 들어갔다. 그럴 수 없다. 여기서 피하면 꼴 보기 싫은 애쉬가 왕이 되는 것을 봐야 한다. 그걸 보느니 죽는 게 낫다.

"사자가 잡혀도 상관없어. 소식을 들으면 지원군을 보내 줄 거다. 그리고 홀트 후작도."

홀트 후작이라는 말에 스펜서의 머릿속에 일 왕자비가 떠올랐다. 다행히 그녀는 지금 친정인 후작가에 가 있다. 말이 없고 조용한 성격인 일 왕자비가 이 상황을 알면 어떤 반응을 보일까.

스펜서의 얼굴이 일그러졌다.

"애쉬!"

지원군을 요청하려는 사자를 막으러 간 데니스가 돌아왔다. 그의 뒤에 팔다리가 묶인 남자가 매달려 있었다. 뒷문으로 몰래 빠져나가던 자다.

데니스라면 당연히 사자가 크로우드 백작에게 가기 전에 잡을 거라고 생각했기 때문에 애쉬는 놀라지 않았다. 그는 용감하게도 그를 향해 검을 찔러 오는 익숙한 얼굴의 기사를 발로 걸어 찬 뒤 데니스를 돌아보았다.

"홀트 후작이야!"

데니스는 그렇게 말하며 뒤에 매단 남자를 떨어트렸다.

"악!"

비명과 함께 팔다리가 묶인 남자가 데굴데굴 굴러갔다. 하지만 애쉬와 세이레나의 관심은 데니스가 말한 이름에 있었다.

"홀트 후작이라고?"

"왕자비의 아버지가 지원군을 보낸 모양이네요."

세이레나의 말에 애쉬는 그대로 다시 말에 올라탔다. 그리고 궁 밖으로 뛰어나갔다. 그 뒤를 세이레나와 데니스가 따랐다. 데니스가 말한 대로 말을 탄 사람들이 달려오고 있었다.

홀트 후작은 없었다. 하지만 맨 앞에서 말을 달리는 건 홀트 후작의 아들이었다.

"그레이윈드 공작!"

젊은 홀트 경은 애쉬를 발견하자마자 말을 멈췄다. 그의 뒤로 홀트 가의 사람들이 도열했다. 전부 검을 지니고 있었다.

"이게 무슨 짓입니까! 반역이라도 저지르겠다는 겁니까!"

데니스는 머리를 쓸어 올리고 욕을 내뱉었다. 아, 진짜. 애쉬와 세이레나에게만 들릴 정도의 소리였다.

"무죄를 증명하자마자 사람을 죽이려 한 건 일 왕자 쪽입니다만."

세이레나가 나서서 말했다. 그녀는 애쉬의 옆에서 말을 타고 있었다. 그때까지 그녀를 모른 척하고 있던 홀트 경의 시선이 세이레나를 향했다.

"헌터 경."

마치 세이레나를 이제야 발견했다는 태도로 홀트 경이 아는 척했다. 데니스와 애쉬는 그가 일부러 세이레나를 무시하고 있었다고 생각했다.

세이레나 정도의 미인은 저 멀리서도 한눈에 들어온다. 이제야 그녀가 있는 걸 알았다는 건 말도 안 된다.

"나는 홀트가의 대표로 온 겁니다. 왕자비인 내 누이를 대신해서이기도 하고요. 헌터 경이 이 자리에 끼는 건 너무 주제넘다고 생각하지 않습니까?"

홀트 경의 말에 데니스의 입이 딱 벌어졌다. 이 멍청이가? 애쉬 역시 그의 무례한 태도에 얼굴이 굳었다. 하지만 세이레나는 홀트 경의 무시에도 아랑곳하지 않았다.

"검 앞에서 주제 운운할 수 있다니 놀라운데요."

세이레나의 비아냥에 홀트 경의 얼굴이 붉어졌다. 전투에서 상대의 지위 고하에 따라 검을 휘두르는 사람은 없다. 그녀의 말에 애쉬는 피식 웃었다.

때마침 일 왕자의 궁을 정리한 일 분단 기사들이 애쉬의 뒤를 따라 나왔다. 일 분단 기사의 수는 열 명이 조금 넘을 뿐이다. 홀트 경은 애쉬와 세이레나 뒤에 서는 기사들을 보고 말했다.

"이쯤에서 그만하시죠. 라고말리 기사단의 일 분단 기사들이 어떤지는 들었습니다. 하지만 수는 저희가 훨씬 많아요."

홀트 경이 데려온 사람들은 삼, 사십 명 정도였다. 아무리 실력이 뛰어나다 해도 세 배가 넘는 상대로 이기기는 어려울 거라는 말에 데니스는 피식 웃었다.

"그건 우리가 할 말인데."

애쉬가 그렇게 말하자마자 궁 안에 흩어져 있던 여기사들이 모여들기 시작했다. 기사단의 반에 해당하는 수에 홀트 경의 얼굴이 굳었다. 누가 봐도 숫자도 애쉬 쪽이 더 많았다. 홀트 경은 굳은 표정으로 세이레나와 여기사들을 쳐다봤다. 이 정도라면 그가 데려온 사람으로는 턱없이 부족하다.

홀트 경의 머리가 빠르게 돌았다. 그가 선택할 수 있는 건 두 가지다. 이대로 떠나서 누이에게 과부가 됐음을 알리거나, 크로우드 백작이 사람을 보낼 때까지 시간을 버는 것. 어느 쪽을 선택하는 게 홀트가에 손해가 덜 갈까.

설마 일 왕자가 왕의 친자가 아닐 거라고는 꿈에도 생각하지 못하는 그는 그의 누이가 왕비가 되어야 한다고 판단했다. 그리고 크로우드 백작이 소식을 들었기를 바라며 말했다.

"이 많은 기사들이 반역에 가담할 줄이야. 라고말리 기사단의 명예는 다 어디로 버린 겁니까."

홀트 경은 반역이라는 말에 애쉬의 뒤에 선 기사들이 동요하기를 바랐다. 하지만 일 분단 기사와 여기사들은 처음부터 각오하고 달려왔다. 그들은 홀트 경이 자신들을 동요시키려고 하는 말인 것을 깨닫고 피식피식 웃기 시작했다. 그때, 홀트 경의 뒤쪽에서 기사들이 몰려왔다.

"세이레나!"

선두에 선 것은 모아나였다. 그녀의 주위로 페이지들이 마치 모아나를 보호하듯 둘러싸고 달리고 있었다. 애쉬의 눈에 모아나의 등 뒤에 앉은 남자가 보였다.

"맙소사."

애쉬는 저도 모르게 신음을 내뱉었다. 모아나의 뒤에 탄 남자는 데이비드와 똑같이 생겼다. 다른 점이라고는 일 왕자보다 스무 살 정도 더 먹었다는 점뿐이었다.

"레나."

그는 손을 뻗어 세이레나의 손을 잡으며 그녀를 쳐다봤다. 그제야 그녀의 눈에도 모아나의 뒤에 탄 남자가 보였다.

"세상에."

보는 순간 누구라도 그가 일 왕자의 아버지라는 것을 알 정도였다. 세이레나는 저 남자가 일 왕자의 친부가 아니라면 그게 더 이상할 거라고 생각했다.

"저렇게 닮았는데 어떻게 말이 안 나올 수가 있지?"

데니스가 어이가 없어서 말했다.

"드럼란리그로 빼돌렸다더군요."

세이레나의 말에 데니스는 입을 딱 벌렸다. 그럼 볼 것도 없다. 저 남자는 일 왕자의 친부가 맞고 왕비는 자신의 부정을 숨기기 위해 일 왕자의 아버지를 드럼란리그로 보낸 거다.

기사들도 놀라서 웅성거리기 시작했다.

"일 왕자랑 똑같이 생겼어."

"세상에."

"이건 마법사한테 갈 필요도 없을 정돈데?"

세이레나는 굳은 표정으로 모아나가 남자를 데리고 다가오는 것을 보고 있었다. 그 주위를 페이지들이 지키고 있었다.

"반역이라고 했죠."

남자를 태운 모아나의 말이 세이레나 옆에 도착했다. 세이레나는 홀트 경을 쳐다보며 말했다. 남자의 얼굴을 본 홀트 경의 얼굴이 굳었다.

"어디서 닮은 사람을 찾아온 거겠지!"

그는 곧 부인하며 소리쳤다. 그럴 리 없다. 그는 애쉬에게 손가락질하며 말했다.

"이렇게까지 준비하다니, 어디까지 왕족을 모욕할 셈이지?"

"화낼 상대가 틀린 거 같은데."

데니스가 말했지만 홀트 경에게는 들리지 않았다. 그는 뒤를 돌아보며 소리쳤다.

"반역도들이다! 공격!"

허. 로렌은 어이가 없다는 듯 신음했다. 여기 있는 기사들은 페이지를 제외해도 홀트 경이 데려온 사람들의 두 배가 넘는다.

심지어 이들은 전부 현역 기사에 일 분단 기사들까지 포함돼 있다.

"어서 공격해! 반역도들에게서 전하를 구하라고!"

홀트 경은 크로우드 백작이 지원군을 보낼 때까지 시간을 끌려는 거였지만 홀트 경이 데려온 자들에게 이건 그냥 개죽음이었다.

세이레나는 악을 쓰는 홀트 경을 보며 얼굴을 일그러트렸다. 그의 재촉에 몇몇 남자들이 검을 들어 올렸다.

"공격!"

홀트 경의 고함에 몇몇 남자들이 말을 탄 채로 검을 들고 달려나왔다. 애쉬는 홀트 경의 행동에 한쪽 눈썹을 들어 올렸다.

"무책임하군."

애쉬는 그렇게 중얼거리며 자신의 검을 들어 올렸다. 자신이 데려온 사람들의 목숨은 자신이 책임져야 하는 법이다. 비단 그가 기사단장이기 때문에 그렇게 생각하는 게 아니다. 홀트 경은 홀트 후작가의 후계자다. 그는 현 후작의 뒤를 이어 집안사람들을 지켜야 할 의무가 있다.

그런 자가 자기 가솔을 개죽음으로 몰아넣는다는 건 말도 안 되는 짓이다.

"홀트 경."

애쉬는 자신의 검에 검기를 불어 넣으며 말했다.

"지금 나오는 사람들의 죽음은 자네가 책임을 져야 한다는 건, 알고 있겠지?"

애쉬의 검이 검게 빛나기 시작했다. 검을 들고 달려 나오던 자들이 움찔하고 홀트 경은 입술을 깨물었다. 하지만 그는 곧 다시 뒤를 돌아보며 소리쳤다.

"공격해! 곧 크로우드 백작의 지원군이 올 거다!"

그 말에 홀트 경이 데려온 사람들이 말고삐를 잡아당겼다. 그 순간 세이레나가 소리쳤다.

"그만두세요!"

그녀는 애쉬만큼이나 홀트 경의 무책임한 행동이 믿을 수 없었다. 그녀 역시 헌터 백작가의 가주로 가솔들을 지키려 노력했다.

비록 그녀를 이용하고 집안을 집어삼키려 한 게일과 아드리아나지만 세이레나가 두 사람을 참은 것은 그녀가 한 가문의 가주라는 책임감이 있었기 때문이었다.

하지만 지금 눈앞의 홀트 경은 그런 책임감 따위는 없다는 듯 행동하고 있었다. 세이레나는 애쉬보다 한 발짝 앞으로 나서며 홀트 경이 데려온 자들에게 말했다.

"후회할 짓은 하지 마세요."

"헛소리!"

세이레나의 시선이 홀트 경을 향했다. 그때까지도 그는 검을 뽑지도 않았다. 전투는 그가 데려온 사람들에게만 시키겠다는 태도에 세이레나는 그가 역겨워졌다.

"일 왕자 데이비드는 왕의 혈통이 아니에요!"

순간 주변이 조용해졌다. 홀트 경의 가솔뿐 아니라 기사단에도 그 사실을 아직 모르는 사람들이 있었다. 하지만 그들도 지금 세이레나의 말을 들었다.

모아나가 데려온 사람이 일 왕자와 똑같이 생겼다는 말이 일 왕자 궁에까지 전해지자 경악으로 일 왕자의 궁이 침묵으로 물들었다.

홀트 경은 다시 헛소리라고 소리치려 했다. 하지만 그보다 먼저 이변이 일어났다.

"어?"

먼저 이상함을 깨달은 것은 로렌이었다. 그녀는 말이 흥분하기 시작하는 것을 깨달았다. 곧바로 말들이 일제히 겁에 질려 날뛰기 시작했다.

"뭐야? 왜 이래?"

"진정해!"

말에 탄 사람들은 모두 자신의 말을 달래기 시작했다. 그리고 다음 순간, 쿠르릉 하고 이상한 소리가 들렸다.

"레나!"

애쉬는 두 다리로 말을 바짝 조이며 세이레나에게 손을 뻗었다. 땅이 흔들리기 시작했다.

"지진이다!"

누군가 소리쳤다. 세이레나는 반사적으로 곁에 있는 애쉬의 팔을 잡았다. 하지만 곧 말고삐를 움켜잡아야 했다.

"진정해."

기사들은 재빨리 말을 다독였다. 하지만 겁을 먹은 건 말뿐만이 아니었다. 사람들 역시 겁을 먹고 우왕좌왕하기 시작했다. 땅이 흔들리면서 건물도 같이 흔들렸다. 여기저기에서 뭔가가 떨어지면서 와장창하고 부서지는 소리가 요란하게 울려 퍼졌다.

"아악!"

"피해!"

한차례 지진이 다시 몰려왔다. 여기저기에서 비명과 도망치라는 소리가 들렸지만 다들 어디로 도망쳐야 할지 몰랐다. 일 왕자와 애쉬, 둘의 싸움을 구경하려던 사람들도 지진에 가구 밑으로, 방 안으로 도망쳐 들어갔다.

젠장. 세이레나는 말에서 내려 말을 꽉 끌어안았다. 이번 지진은 처음보다 더 컸다. 쩌적 하고 큰 소리를 내며 건물에 금이 가기 시작했다.

"세상에!"

아래에서 시작한 금이 거대한 뱀처럼 건물을 타고 올라갔다. 건물이 반으로 쪼개질 것 같은 공포감에 세이레나는 거기서 눈을 뗄 수가 없었다.

"나와요! 거기서 나와요!"

다행히 건물이 바로 무너지지 않아서 세이레나는 건물 안의 사람들을 향해 소리쳤다. 진동이 가라앉은 지금 나와야 한다.

그때.

쿠르릉 하는 웅장한 소리와 함께 뭔가가 무너지는 소리가 들렸다.

"맙소사!"

소리를 따라 고개를 돌린 세이레나는 저도 모르게 신음을 내뱉었다. 일 왕자의 궁에서 그리 멀지 않은 곳에서 먼지가 피어오르고 있었다.

익숙한 곳이다. 그녀가 아주 잘 아는 곳.

"또 온다!"

말이 또 흥분하자 티커가 소리쳤다. 그가 말하는 것과 동시에 또다시 땅이 흔들렸다. 이번 지진은 아까보다는 약했다. 하지만 세이레나는 말고삐를 움켜잡은 채 건물이 무너진 곳을 뚫어져라 쳐다보고 있었다.

"다들 괜찮나?"

애쉬는 말고삐를 잡아당기며 물었다. 여기 있는 기사와 페이지 중에 다행히 다친 사람은 없어 보였다. 하지만 다들 처음 겪는 지진에 놀라서 당황하고 있었다.

"말도 안 돼!"

"지진이라고?"

기사들은 믿을 수 없는 상황에 놀라 소리쳤다. 그들은 살면서 한 번도 지진을 겪어 본 적이 없다.

지진이라는 건 근처에 화산이 있는 땅에서나 벌어지는 현상이다. 그리고 화산은 드래곤이 사는 곳이다. 다섯 용사가 드래곤을 봉인한 뒤 지진은 일어난 적이 없었다.

옛 문헌에서나 나오는 지진에 사람들은 혼비백산했다.

"이리 나와!"

지진이 가라앉자 기사들은 건물 안의 사람들에게 소리쳤다. 건물 안은 위험하다.

자연스럽게 일 왕자 궁과 기사단의 전투는 종료되었다. 기사들에게 공격받을까 두려워하던 사람들은 이제는 반대로 기사들의 보호를 요청하고 있었다.

기사들이 우왕좌왕하는 사람들을 대피시키는 사이 애쉬는 피해를 확인했다. 일 왕자의 궁도 위험해 보인다. 금이 갔고 일부 건물이 무너졌다.

"애쉬."

그때 세이레나가 그에게 달려왔다. 왜 그러냐고 물어보려던 애쉬는 심각한 세이레나의 표정에 입을 다물었다. 그녀는 깜짝 놀랄 정도로 창백한 얼굴로 심각한 표정을 짓고 있었다.

"무슨 일이야? 어디 다쳤어?"

다치지 않았다. 세이레나는 잊고 있던 사실을 하나 깨달았을 뿐이다. 그녀는 애쉬의 소매를 잡았다. 손이 부들부들 떨렸다.

무슨 일이지? 애쉬는 고개를 기울이며 얼음장처럼 차가운 세이레나의 손을 잡았다.

"지진은 화산 때문이죠."

세이레나의 말에 처음에 애쉬는 그게 무슨 소리냐는 표정을 지었다. 그의 머릿속에 대륙 지도가 그려졌다. 타인머스와 그 주변에는 활화산이 없다.

다음 순간 애쉬의 눈이 가늘어졌다. 그는 세이레나를 뚫어져라 쳐다보며 신음처럼 말했다.

"화산은 드래곤 때문이고."

"타인머스는 다섯 용사가 드래곤을 물리치고 그 위에 세운 나라죠."

젠장. 애쉬의 시선이 요란한 소리를 내며 무너진 곳을 향했다. 왕궁 아래에 드래곤이 있다. 세이레나와 현자의 탑 마법사들 말이 맞다면.

애쉬는 기사들을 돌아보았다. 다들 말을 다독이고 우왕좌왕하는 사람들을 살피고 있었다.

"기사단!"

애쉬의 부름에 기사들이 고개를 들었다. 그는 손을 들어 올렸다.

"본궁으로 간다!"

본궁? 기사들의 시선이 그리 멀지 않은 본궁을 향했다. 왕이 생활하고 업무를 보는 곳이다. 그들은 곧 무너진 건물이 본궁 건물 중 하나라는 것을 깨달았다.

"모아나, 그 남자를 부탁해."

세이레나는 재빨리 모아나에게 소리쳤다. 모아나가 확보한 남자를 보호해야 한다. 그녀의 부탁에 모아나는 고개를 끄덕였다.

"누나!"

에즈라는 본궁으로 간다는 애쉬의 말에 놀라 세이레나에게 달려왔다. 그는 지진 때문에 말에서 내린 상태였다. 세이레나는 에즈라를 내려다보며 말했다.

"에즈라, 넌 여기서 사람들을 도와줘."

"나도 갈래."

일 왕자의 궁으로 향할 때와 같은 일이 벌어졌다. 이번에는 일 왕자에게 대항하는 것과는 전혀 다른 일이다. 지진으로 피해를 확인하고 본궁 아래에 정말 드래곤이 있는지 확인해야 한다.

만약 방금의 지진이 드래곤이 깨어난 증거라면.

세이레나는 이를 악물었다. 에즈라를 거기로 데려갈 수는 없다. 너무 위험했다. 그녀가 위험을 무릅쓰고 본궁으로 가는 데는 드래곤을 깨웠다는 죄책감이나 책임감뿐 아니라 에즈라가 무사히 살아남길 바라는 마음도 있었다.

어떻게든 드래곤을 설득하거나 물리쳐서 에즈라가 이번 생에는 무사히 살기를 바랐다.

"넌 여기 있어."

"싫어."

에즈라는 세이레나의 말고삐를 붙잡고 매달렸다. 싫다. 아무리 누나가 단장님과 함께 간다고 해도 소년은 모아나를 도우러 가면서 마음을 졸였다.

그리고 모아나와 함께 이곳으로 달려오면서 내내 기도했다.
누나가 무사하기를.

"에즈라."

세이레나는 말에서 내려 에즈라의 손을 말고삐에서 떼어 냈
다. 그녀는 자신과 함께 있고 싶어 하는 에즈라의 심정을 이해했
다. 이제 세상에 남은 단 하나뿐인 가족이다. 위험한 상황에서
떨어지고 싶지 않은 게 당연했다. 하지만 본궁으로 에즈라를 데
려갈 수는 없다.

"알아. 나도 너와 함께 있고 싶어."

하지만 그럴 수 없다. 거기서 맞닥트릴 게 드래곤이라면 그녀
의 목숨조차 보장할 수 없다. 만약 그렇다면 세이레나는 에즈라
가 재빨리 멀리 도망쳐서 살아남길 바랐다.

이걸 어떻게 설명해야 좋을까.

세이레나는 입술을 깨물었다. 그녀에게는 의무가 있다. 귀족
으로, 기사로. 그건 동생인 에즈라도 마찬가지겠지만 에즈라는
아직 열네 살이다. 그리고 그녀가 있다.

세이레나는 에즈라는 아직 그 나이 귀족 소년들처럼 살기를
바랐다. 그녀가 부모님이 돌아가시기 전에 그랬던 것처럼.

"하지만 우리에게는 의무가 있지."

세이레나는 그렇게 말하고 한숨을 내쉬었다. 동생의 눈에서
반항의 빛이 떠올랐다. 그딴 의무가 다 뭐냐고 소리치려는 게 보

여서 그녀는 재빨리 다시 입을 열었다.

"그리고 나는 네가 최대한 안전했으면 좋겠어."

"난 안전하고 싶지 않아."

젠장. 그녀는 그 순간 애쉬의 심정을 이해했다. 그도 이랬던 거다. 그녀가 강하고 약하고를 떠나서 안전하기를 바랐던 거다.

"우리 집안에 남은 건 이제 나랑 너뿐이야. 내가……."

죽으면. 세이레나는 그 단어 앞에서 망설였다. 죽고 싶지 않다. 결국, 그녀는 그 단어를 삼켰다.

"내게 무슨 일이 생기면 네가 헌터가의 가주가 되는 거야."

그런 일이 벌어지지 않았으면 좋겠다. 최소한 에즈라가 스물한 살이 될 때까지는. 세이레나는 팔을 벌려 에즈라를 끌어안았다.

"내가 어디에서 뭘 하고 있든 나는 네 누나고 우린 가족이야. 알지?"

누나의 말에 에즈라는 입술을 깨물었다. 젠장. 소년은 누나를 꼭 끌어안았다.

에즈라는 가지 말라고 누나를 붙잡고 응석을 부리고 싶은 마음을 애써 떨쳐 냈다. 작년이었다면 그랬을지도 모른다. 하지만 기사단에서 페이지로 생활하면서 그도 성장했다. 언제까지나 누나가 도와주기를 기다리며 침실에 숨어 울고 있을 수만은 없다.

"다녀올게!"

이별을 하는 건 세이레나와 에즈라만이 아니었다. 페이지를 동생으로, 사촌으로 둔 기사들이 다녀오겠다는 인사를 나눴다.

곧이어 기사단은 본궁을 향해 출발했다. 페이지들은 애쉬의 명령대로 남아서 일 왕자가 도망치지 못하게 감시하고 모아나와 일 왕자의 친부를 지키며 왕궁 주변을 살폈다.

"멈춘 건가?"

본궁으로 말을 달리면서 데니스가 말했다. 로렌은 어깨를 으쓱했고 세이레나는 불안한 표정으로 주변을 둘러봤다. 지진은 멈춘 것처럼 보였다. 더 이상 땅이 흔들리거나 말이 흥분하지는 않았다. 하지만 언제 또 시작할지 모른다.

본궁 쪽에서 겁에 질려 도망쳐 나오는 사람들이 늘기 시작했다. 그중에는 떨어지는 물건에 맞아 피를 흘리거나 절뚝이는 사람도 있었다.

"맙소사."

로렌은 무너진 건물을 보고 신음을 내뱉었다. 그건 로렌뿐만이 아니었다. 가족이 본궁에 일하는 기사는 많다. 가족의 안전을 기원하며 달려온 기사들은 금이 가거나 무너진 건물로 뛰어들었다.

"멈춰!"

애쉬는 소리 높여 기사들을 막았다. 그의 명령에 건물 안으로 들어가려던 기사들이 움찔하고 멈췄다. 한번 크게 흔들린 건물이다. 애쉬의 시선이 본궁 건물을 훑었다. 놀랍게도 가장 오래된 건물은 멀쩡했다. 금이 가거나 무너진 건물은 비교적 최근에 지은 건물들이었다.

"저 건물은 초대 왕이 지은 거죠?"

그의 곁에서 세이레나가 속삭였다. 말없이 애쉬의 고개가 위아래로 움직였다. 저건 초대 왕이 지진을 걱정했다는 증거다.

"이 정도면 확실하군."

애쉬의 말에 세이레나의 표정이 어두워졌다. 왕궁, 그것도 본궁 아래에 드래곤이 있다. 어쩌면 깨어난 드래곤과 싸워야 할 수도 있다.

"단장!"

티커가 못 견디겠다는 듯 애쉬를 불렀다. 그와 다른 기사들은 어서 빨리 안으로 들어가고 싶어 어쩔 줄 몰라 하고 있었다. 자기 가족이, 친구가 다쳤을지도 모른다. 그 모습을 보며 세이레나와 애쉬는 신음을 내뱉었다.

"지하도 확인해 봐야겠지."

애쉬의 말에 세이레나는 어두운 표정으로 말했다.

"하지만 도움이 필요한 사람들이 있어요."

드래곤보다 당장 눈앞에 있는 다친 사람들이 먼저다. 애쉬는 기사들을 향해 소리쳤다.

"머리를 보호하고 건물이 흔들리면 바로 뛰어나와라! 너희가 있어야 다른 사람도 구할 수 있다!"

그의 말이 끝나기가 무섭게 기사들이 건물 안으로 달려 들어

갔다. 세이레나와 애쉬도 기사들과 함께 사람들을 구하기 시작
했다.

본궁은 네 개의 탑을 가진 건물을 상대적으로 더 작은 네 개의
건물이 둘러싼 형태였다. 다섯 용사 중 한 명이 왕이 되면서 가장
먼저 세운 건물이 네 개의 탑을 가진 건물이었다. 그리고 그 건물
을 둘러싼 네 개의 건물은 비교적 최근에 지어진 건물이었다.

그 네 개의 건물 중 반이 무너져 있었다. 가장 최근에 지은 두
개의 건물은 완전히 무너졌고 비교적 예전에 지은 두 개의 건물
은 금이 가거나 기울어져 있었다.

무너진 건물의 잔해에서 기사들은 사람들을 빼냈다.

"여기, 누가 좀 도와줘!"

데니스는 기둥 아래 깔린 사람을 구하기 위해 소리쳤다. 기둥
을 들어 올리기 위해 최소한 두 명의 사람이 필요하다. 그리고
깔린 사람을 잡아당길 세 번째 사람도 필요했다.

"하나, 둘, 셋 하면 드세요."

그때, 익숙한 사람이 다가왔다. 데니스의 눈이 커졌다. 일 왕
자의 궁에서 기사단과 대치했던 홀트 경이 다가와 기둥을 잡고
있었다.

나쁜 사람은 아니었던 모양이라고 생각하며 데니스는 씩 웃
었다. 두 사람이 힘을 합쳐 기둥을 들어 올리자 달려온 여기사가
깔려 있던 사람을 끌어당겼다.

다음이 아니라 지금

지진이 일어나자마자 기사단이 출동한 덕분에 추가 피해는 적었다. 게다가 기사단이 본궁에 도착한 후로 더 이상 지진은 일어나지 않았다.

본궁 근처로 간이 치료소가 마련되고 기사단이 건물 잔해에 묻힌 사람들을 빼내자마자 치료소로 데려갔다. 한참 바쁠 때는 너무 바빠서 감옥에 가둬 놓고 온 기사들이 아쉬울 정도였다.

온종일 남은 모든 기사단이 지진 현장에서 움직였다. 그렇게 며칠이 지났다.

"나 지금 잠들었는지 봐 줘."

로렌은 이 교대로 근무하고 퇴근하는 길이었다. 첫 이틀은 잠자는 시간도 줄여 가며 모든 기사들은 지진 현장에 매달렸다. 하지만 삼 일째부터는 애쉬가 이 교대로 팀을 나눈 덕분에 먹고 자고 씻는 시간은 확보할 수 있었다.

"나부터 깨고."

데니스는 그렇게 말하며 얼굴을 문질렀다. 피곤하다. 방금 그는 감옥에 갇힌 기사들을 보고 오는 길이었다. 애쉬를 공격하려 한 자들은 모두 세이레나와 애쉬가 떠날 때 그대로 그 감옥에 갇혀 있었다.

감옥 방에 가둔 게 아니라 감옥 자체에 가둬 버리고 문을 닫은 거라 그 안에서는 자유롭게 움직일 수 있었다. 덕분에 감옥에 갇힌 기사들 사이에 불화가 일어난 모양이었다. 자기들끼리 싸운 끝에 다친 사람뿐 아니라 죽은 사람까지 있었다.

데니스는 떨떠름한 표정을 지었지만, 딱히 죽은 기사가 불쌍하다는 생각은 들지 않았다. 남을 죽일 생각을 했다면 역으로 자신이 죽을 각오도 했어야 한다. 물론 죽은 기사는 그렇게 죽을 줄은 몰랐겠지만.

"애쉬는?"

문득 생각났다는 듯 데니스가 물었다. 로렌은 피곤한 표정으로 하품을 하다가 말했다.

"일 왕자한테."

"일 왕자한테 갔어? 아, 나도 데려가라니까."

"가서 뭐하게?"

"뭐하긴, 비웃어 줘야지."

어이구. 데니스의 말에 로렌은 어이없다는 표정을 지었다. 하지만 곧 그녀도 킬킬대기 시작했다. 지금 일 왕자가 무슨 표정을 짓고 있을지 궁금하긴 하다.

일 왕자는 감금되었다. 그것도 애쉬가 감금되었던 귀족용 감옥이 아니라 일반 감옥에.

일부러 일반 감옥에 가둔 건 아니다. 지진 때문에 귀족 감옥의 시설 일부가 망가졌다. 원래대로라면 거기 갇힌 기사들을 빼서 벌을 주고 일 왕자를 가둬야 하지만 지금 애쉬에게는 기사들을 신경 쓸 겨를이 없었다.

결국 지진 피해가 어느 정도 복구될 때까지 감옥에 갇힌 기사들은 식사만 주는 것으로 방치. 덩달아 일 왕자는 일반 감옥에 수감되었다.

*　　*　　*

"이게 무슨 짓인가!"

일반 감옥에 수감된 일 왕자는 데니스의 생각대로 화가 나서 어쩔 줄 몰라 하고 있었다. 왕자인 그를 감히 이런 누추한 곳에 가두다니.

책상과 의자, 옷장에 침대까지 주어지는 귀족용 감옥과 달리 일반 감옥은 차가운 돌바닥에 짚만 깔아 둔다. 하지만 데이비드의 감옥은 왕자를 위한 최소한의 배려로 간이 침대를 놓아둔 상태였다.

"앉으시죠."

애쉬는 흥분해서 감옥 안을 서성이는 데이비드를 향해 말했다. 그의 곁에 세이레나가 있었다. 그녀는 감옥이 불편했지만 티내지 않으려 애를 쓰고 있었다.

"내가 지금 앉게 생겼어?"

데이비드는 상황을 파악하지 못하고 화를 내고 있었다. 애쉬의 시선이 세이레나를 향했다. 그는 세이레나가 감옥에 갇혔었던 것을 안다. 그렇기 때문에 지금 이곳이 그녀에게 특별히 더 불편하다는 것을 알았다.

"그럼 이대로 이야기하죠."

최대한 빨리 이야기를 하고 세이레나를 내보내고 싶은 마음에 애쉬의 목소리가 딱딱하게 흘러나왔다. 그의 행동에 데이비드가 놀라 멈췄다.

"절 죽이려 한 것만 자백하시면 왕자로서 일생을 마치도록 해드리겠습니다."

"뭐라고?"

애쉬의 말에 데이비드는 믿을 수 없다는 듯 벌컥 화를 냈다. 진심으로 화가 난 것처럼 보여서 세이레나조차 놀랐을 정도였다. 그는 분노한 탓에 새빨갛게 달아오른 얼굴로 애쉬에게 고함을 쳐댔다.

"이, 이 건방진 자식! 다시 말해 봐! 이 건방진 놈!"

급기야 주먹까지 휘두르는 일 왕자의 행동에도 애쉬는 눈썹 하나 까딱하지 않았다. 그는 슬쩍 팔을 뻗어 세이레나의 몸을 감싸며 덤덤하게 말했다.

"나쁜 이야기는 아닐 텐데요. 자백하시고 왕위를 포기하신다면 왕자로서 살 수 있습니다. 그게 싫다면."

애쉬의 눈동자가 감옥을 훑었다. 평생 이 감옥에서 살 거라는 무언의 태도에 데이비드는 몸을 부들부들 떨었다. 그는 살면서 이렇게 모멸적인 대우를 받는 건 처음이다.

감옥은커녕, 혼자 옷을 입어 본 적도 없는 남자다. 데이비드는 누군가가 자신에게 이렇게 무례한 짓을 한다는 사실에 순간 정신이 아득해졌다.

"건방진 자식! 네가 감히 나에게 협박을 해? 나쁜 이야기? 이, 이 빌어먹을 자식이!"

애쉬는 슬쩍 고개를 틀어 데이비드가 휘두르는 주먹을 피했다. 하지만 일 왕자의 주먹이 세이레나를 향하자 피하는 걸로 멈추지 않았다.

"아직 왕자 취급을 할 때 받아들이시죠."

애쉬는 세이레나를 향한 데이비드의 손을 잡으며 나직하게 말했다. 그의 목소리는 거대한 짐승이 목을 울리는 것처럼 들렸다.

데이비드의 주먹을 피하던 세이레나는 애쉬의 행동에 눈을 동그랗게 떴다. 그는 잡은 데이비드의 손을 자기 쪽으로 끌어당기며 위협적으로 말했다.

"한 번만 더 이딴 짓을 하면 손으로 걸어 다녀야 할 겁니다."

다리를 자르겠다는 협박에 데이비드의 눈이 커졌다. 곧이어 애쉬가 그의 손을 집어 던지듯 놓자 일 왕자는 풀려난 자기 손을 감싸 안고 비틀비틀 뒤로 물러났다.

그것을 보며 애쉬는 언제 협박했냐는 듯 덤덤한 말투로 다시 입을 열었다.

"우리에게는 당신의 친부가 있습니다. 자백하고 싶지 않다면 그것도 괜찮습니다. 마법사에게 우리가 데리고 있는 남자와 당신의 혈연 관계를 확인하라고 하면 되니까요."

데이비드의 얼굴이 굳었다. 애쉬가 데리고 있는 남자와 데이비드가 친부자 관계라는 게 확인된다면 데이비드는 왕자 자리에서 쫓겨나게 된다. 당연히 모든 것을 빼앗기고 쫓겨날 것이다.

애쉬가 마음을 모질게 먹는다면 데이비드와 그의 친부를 왕족을 능멸한 죄로 벌을 줄 수도 있다. 하지만 그가 굳이 데이비드를 쫓아내지 않고 왕위를 포기하게 하려는 건 다른 이유였다. 데이비드가 왕자로 자라는데 얽인 모든 가문이 벌을 받게 된다.

데이비드의 외가인 크로우드 백작가뿐 아니라 왕비와 친했던 가문, 그리고 데이비드의 부인인 캐서린과 홀트 후작가까지.

"해 봐! 해 보라고! 난 돌아가신 선왕의 아들이야!"

데이비드가 펄펄 뛰기 시작했다. 애쉬는 한숨을 내쉬었다. 솔직히 말하면 그는 이미 왕궁 마법사에게 의뢰를 해 둔 상태였다.

곧 결과가 나온다.

애쉬는 그 전에 차라리 데이비드의 자백과 왕위 포기 선언을 받고 조용하게 끝내고 싶었다.

"이게 마지막 기회예요."

세이레나는 화가 나서 펄펄 뛰는 데이비드를 보며 조용히 말했다. 애쉬에게 한 번 혼이 난 탓인지 데이비드는 주먹을 흔들고 있었지만, 그 주먹이 세이레나 근처로 오는 일은 없었다.

"기회?"

그녀의 말을 들은 데이비드가 고개를 휙 돌려 세이레나를 쳐다봤다. 애쉬가 그녀를 보호하려는 듯 자기 몸으로 가렸지만 세이레나는 억지로 그의 몸 앞으로 나오며 말했다.

"당신과 당신 가족을 구할 수 있는 기회예요. 잡아요."

"웃기지 마! 이 망할 년!"

데이비드는 세이레나에게 고함을 지르더니 애쉬를 보며 소리쳤다.

"난 아무 문제도, 잘못도 없어! 다 스펜서가 한 짓이라고!"

애쉬의 한쪽 눈썹이 올라갔다. 그는 못마땅한 표정으로 말했다.

"당신이 명령한 거겠지."

"당신? 당신? 건방진 자식! 어디 감히 내게! 스펜서 자식이 자기 멋대로 한 짓을 왜 내게 물어? 너희 둘 다 가만두지 않겠어!"

맙소사. 세이레나는 어이가 없어서 미간을 찡그렸다. 일 왕자가 이런 사람이라니. 그는 모든 죄를 스펜서에게 뒤집어씌우고 있었다. 애쉬는 데이비드에게 한마디 하려는 세이레나의 어깨를 잡았다. 소용없다. 이자는 절대 자백하려 하지 않을 것이다.

"가지."

그는 세이레나에게 그렇게 말하고 그녀의 어깨를 감싼 채 감옥 문을 두드렸다. 문을 열라는 신호에 간수가 문을 열자 데이비드가 두 사람의 등 뒤에서 소리쳤다.

"어디 가? 이리 안 와? 이 건방진 것들! 날 내보내! 어서 날 내보내란 말이야!"

문이 닫힌 뒤에도 데이비드가 고함치는 게 복도까지 울려 퍼졌다. 맙소사. 세이레나는 한숨을 내쉬었고 애쉬는 간수에게 말했다.

"잘 살피게."

왕자가 왕의 친자가 아닐 수도 있다는 소문은 느리게 퍼지고 있었다. 애쉬는 기사단의 입을 단속했지만 기사단 외에도 일 왕자의 궁에 있던 사람들은 다 들었기 때문이다.

소문이 완전히 퍼지기 전에 일 왕자가 왕위를 포기하는 게 그를 지지하는 사람들을 위한 방법이다.

"할 생각이 없어 보이네요."

세이레나는 애쉬와 함께 감옥 복도를 걸으며 말했다. 생각이 짧은 걸까, 이기적인 걸까. 그녀는 데이비드가 자신이 왕위를 포기하지 않으면 홀트가와 크로우드가에 피해가 간다는 것을 모를 리 없다고 생각했다.

그렇다면 이건 이기적인 거겠지.

애쉬는 말없이 고개를 끄덕였다. 문득 그의 발걸음이 멈췄다. 애쉬와 나란히 걷고 있던 세이레나는 그가 뒤처진 것을 깨닫고 뒤를 돌아 보았다.

"애쉬?"

애쉬가 멈추자 간수가 돌아왔다. 그는 세이레나와 애쉬를 번갈아 보며 물었다.

"스펜서 하디 경도 만나시겠습니까?"

여기가 스펜서가 갇혀 있는 방이라는 말이다. 세이레나의 표정이 어두워졌다. 애쉬 역시 어두운 표정으로 잠시 생각하다가 말했다.

"됐네. 나가지."

괜히 지금 스펜서를 만나 봤자 그를 약 올리는 것밖에 되지 않는다. 심지어 일 왕자가 모든 죄를 스펜서에게 뒤집어씌우는 지금은 더 그렇다.

"하디 경은 어떻게 돼요?"

감옥을 나와 집으로 돌아가는 마차에 올라타서 세이레나가 물었다. 애쉬는 그런 그녀의 얼굴을 물끄러미 쳐다보다가 음울하게 말했다.

"운이 좋으면 귀양."

운이 좋아야 귀양이라는 말에 세이레나의 얼굴이 어두워졌다. 사람을 죽였으니 벌을 받을 수밖에 없지만 스펜서는 심지어 이 왕자를 죽였다는 의혹을 받고 있다.

왕족을 죽였다. 보통은 사형이다. 세이레나는 울적한 표정으로 창밖을 쳐다봤다. 며칠 전 일어난 지진으로 본궁에서 가까운 거리는 엉망이었다. 무너진 건물의 복구 작업이 한창이었다.

엉망이 된 거리만큼 세이레나의 마음도 엉망인 것처럼 느껴졌다. 이기적이던 일 왕자와 아무 말 없이 감옥에 갇힌 스펜서가 대비돼 그가 불쌍하게 여겨졌다.

스펜서는 데이비드의 명령이 없었다면 그들을 죽이지 않았을 것이다. 그러니 그가 사형을 당하는 것이 안타깝게 생각됐다. 하지만 일 왕자의 명령하에 죄 없이 죽어 간 이 왕자 궁의 사람들을 떠올리면 안타깝게 생각하는 자신이 이기적으로 느껴졌다.

"나쁜 건 일 왕자죠."

세이레나의 말에 그녀의 표정이 변하는 것을 지켜보고 있던 애쉬가 고개를 끄덕였다. 나쁜 건 일 왕자다. 그가 명령하지 않았다면 이 왕자 궁의 사람들은 지금쯤 살아 있을 것이다.

"하지만 명령을 따르기로 한 건 하디 경이지."

애쉬의 말에 세이레나는 한숨을 내쉬었다. 그의 말이 맞다. 스펜서가 선택한 일이다. 할 수 없다. 세이레나는 한숨을 내쉬며 일어났다. 그보다 먼저 애쉬가 마차에서 내려 세이레나를 향해 손을 내밀었다.

이미 그레이윈드 저택의 집사가 나와 있었다. 그는 세이레나가 마차에서 내리는 것을 돕는 애쉬에게 왕궁에서 마법사가 왔음을 알렸다.

애쉬는 공평성을 기하기 위해 일 왕자와 알빈이 찾아낸 남자의 관계를 알아내는 것을 왕궁 마법사에게 요청했다. 물론 현자의 탑보다 왕궁 마법사의 의견을 귀족들이 더 편안하게 받아들인다는 이유도 한몫했다.

"부자 관계입니다."

왕궁 마법사는 비통한 표정으로 말했다. 하지만 그럴 줄 알았던 애쉬와 세이레나의 표정 변화는 없었다. 두 사람은 무표정으로 고개를 끄덕였다.

"아, 알고 계셨습니까?"

왕궁 마법사의 말에 세이레나는 아무 말도 하지 않았다. 그건 애쉬도 마찬가지였다. 두 사람의 아버지뻘인 마법사는 두 손에 얼굴을 묻었다.

맙소사. 그는 결과를 확인하고 지금까지 참았던 감정을 토해 냈다. 어떻게 이런 일이. 마법사의 몸이 가늘게 떨렸다. 그것을 본 애쉬는 한숨을 내쉬었다. 왕궁뿐 아니다. 귀족 사회는 한바탕 뒤집어질 것이다. 타인머스를 뒤흔들 엄청난 스캔들에 마법사는 정신을 차릴 수가 없었다.

"이 건은 일단은 함구하죠."

애쉬의 말에 마법사의 표정이 굳었다. 그의 말이 맞다. 설령 이야기를 한다 해도 왕이 죽고 유일한 왕자가 감옥에 갇힌 지금은 나와서는 안 된다.

"필요한 게 있다면 뭐든 말씀하십시오."

애쉬는 그렇게 말하고 일어났다. 계속 왕궁 마법사와 함께 있을 수는 없다. 왕궁의 반이 무너졌고 유일하게 남은 일 왕자는 감옥에 갇혔다.

자연스럽게 다음 왕위 계승자가 된 애쉬의 앞에 처리해야 할 일이 물밀 듯이 밀려들어 왔다. 덕분에 그레이윈드 저택은 늘 손님으로 넘쳐 났다.

애쉬는 기사단과 왕궁의 일은 분리되어야 한다고 주장했고 왕궁의 일은 그레이윈드 저택에서 처리했다.

"다음."

애쉬의 말에 집사는 말없이 다른 손님이 기다리고 있는 응접실로 그와 세이레나를 안내했다.

과연 그레이윈드가의 집사. 세이레나는 집사의 안내로 복도를 걸으며 가볍게 감탄했다. 지진의 피해는 그레이윈드 저택도 피해 가지 못했다.

겉으로 보기에 그레이윈드 저택은 멀쩡해 보이지만 삼분의 일 이상이 망가졌다. 하지만 집사는 망가진 방을 재빨리 폐쇄하고 손님을 망가진 곳이 보이지 않는 루트로 안내했다.

"오래 기다리게 해서 죄송합니다."

두 번째 응접실에는 현자의 탑에서 나온 마법사들이 앉아 있었다. 이사나와 세이레나의 눈이 마주쳤다. 세이레나는 반가운 마음에 빙그레 웃으며 인사를 건넸다.

"오랜만이에요, 이사나."

공작 저에서 내준 차와 케이크를 먹고 있던 이사나는 세이레나의 등장에 고개를 들었다가 그대로 굳었다. 평소에도 예쁘다고 생각한 사람이었지만 지금은 심장이 두근거릴 정도로 예뻤다.

세이레나의 모습이 평소보다 달랐다거나 하는 건 아니었다. 하지만 약간 수심에 찬 것 같은 표정이 이사나를 보는 순간 확 밝아지면서 보라색 눈동자가 반짝이더니 부드럽게 휘었다.

이사나는 그녀와 같이 온 마법사들도 세이레나를 보고 굳은 것을 보고 그녀의 미모에 반한 사람이 자신만이 아니라는 것을 깨달았다.

"오랜만이네요."

그녀는 세이레나의 호의가 자신을 향한 것에 약간 우월감을 느끼며 인사를 받았다. 애쉬는 세이레나와 함께 마법사들의 맞은편에 앉아서 말했다.

"본궁만은 멀쩡한 것을 보셨습니까?"

왕궁의 반이 무너져 내렸다. 멀쩡한 곳 대부분은 본궁이었다. 애쉬의 말에 마법사들은 고개를 끄덕이며 물었다.

"지진은 본궁에서 시작됐다지요?"

지진 피해는 왕궁을 중심으로 둥글게 퍼져 있었다. 왕궁에 가까운 건물일수록 피해가 컸고 멀어질수록 피해가 적었다. 덕분에 수도를 둘러싼 벽과 문은 멀쩡했다.

그것만은 다행이라고 생각하며 세이레나는 한숨을 내쉬었다. 만약 수도를 둘러싼 벽과 문까지 무너졌다면 외부에서 습격하는 몬스터와 적군의 공격을 막아 내기가 힘들었을 것이다.

"저는 드래곤이 궁 아래에 있다면 본궁 아래일 거라고 생각합니다."

애쉬의 말에 마법사들은 이번에도 고개를 끄덕였다.

"본궁이 가장 처음 세운 건물이니까요."

"초대 왕이 '그것'을 가두고 그 위에 왕궁을 세웠을 수도 있겠군요."

하지만. 세이레나는 문득 떠오른 생각에 입을 벌렸다.

"왜 그런 위험한 짓을 했을까요?"

그녀의 질문에 마법사들의 시선이 세이레나를 향했다. 세이레나는 가볍게 얼굴을 붉히며 계속해서 말했다.

"그렇잖아요? 언젠가 깨어날지도 모를 거대한 존재를 초대 왕은 왜 하필 자신이 사는 곳 아래에 묻은 걸까요?"

만약 세이레나라면 드래곤을 절대 자신이 사는 곳 아래에 묻지 않았을 것이다. 아주 먼 곳에 묻어 버렸겠지.

그녀의 질문에 마법사들의 시선이 부딪쳤다.

"최근 수도를 습격하는 몬스터의 종류가 더 강해졌잖아요?"

시선이 부딪친 끝에 입을 연 것은 이사나였다. 그녀는 세이레나를 향해 천천히 말했다.

"우리는 그게 '그것'을 깨우기 위해 수도를 습격한다고 생각했고요. 거기서 우리는 '그것'이 완전히 깨어난 게 아닌 것 같다고 말했잖아요?"

그렇게 들었다. 세이레나가 고개를 끄덕이자 이사나는 애쉬의 눈치를 한 번 보고 다시 말했다.

"어쩌면 본궁이 '그것'을 봉인하고 있었던 게 아닐까 해요."

"봉인이라고?"

애쉬의 질문에 이사나의 옆에 있던 남자가 나섰다. 그는 이사나보다 열 살은 더 먹은 것처럼 보였다. 이사나도 엄청난 재원이었구나. 세이레나는 그렇게 생각했다.

"거대한 것을 봉인할 때 그 위에 산이나 나무, 바위 같은 것으로 누르기도 합니다. '그것'은 아주 크니까요. 산을 옮길 수는 없으니 그 위에 궁을 세운 거라고 추측하고 있습니다."

그렇구나. 세이레나와 애쉬는 이해했다는 듯 고개를 끄덕였다. 그러다가 이상한 사실을 깨달은 세이레나가 입을 열었다.

"그런데 왜 드래곤을 '그것'이라고 부르시는 거죠?"

마법사들이 곤란한 표정으로 서로를 쳐다봤다. 뭐지? 세이레나와 애쉬는 어리둥절한 표정을 지었다.

"며칠 전 지진으로 그것이 깨어났을 가능성이 높아졌거든요."

이번에는 가장 끝에 앉아 있던 마법사였다. 마찬가지로 이사나보다 열 살쯤 많아 보이는 여성은 애쉬를 힐끔거리며 세이레나에게 말했다.

"우리는 마법사고, 본질적으로 마법은 '그것'의 것이라서요."

그와 비슷한 이야기를 이사나에게 들었다. 드래곤이 사라진 곳은 마법을 사용할 수 없게 된다고. 그래서 다섯 용사도 드래곤을 죽이지 못했을 거라는 이야기를 세이레나는 이사나에게 들었다.

"마법사인 우리가 '그것'에 대해 이야기하면 '그것'이 우리의 존재를 알아차릴 수 있어요."

하지만 이건 무슨 소린지 모르겠다. 이해하지 못하는 세이레나와 애쉬에게 이사나가 부연 설명했다.

"잠에서 깰 때 말이에요. 모르는 목소리보다 아는 목소리가 더 잘 들리잖아요? 그런 거라고 생각하면 돼요."

무슨 말인지 알겠다. 이번에는 애쉬와 세이레나의 시선이 부딪쳤다.

"우리는 조만간 왕궁 아래의 '그것'을 확인하러 갈 생각이었거든요."

먼저 입을 연 건 세이레나였다. 그녀는 이사나와 다른 두 마법사의 얼굴을 천천히 돌아보며 말을 이었다.

"그때, 함께 가시는 게 어떨지 여쭤보려고 초대한 거예요."

"며칠 전이었다면 쌍수를 들고 환영했을 겁니다."

남자 마법사가 대뜸 말했다. 그리고 진심으로 안타깝다는 표정으로 말을 이었다.

"하지만 '그것'이 깨어났을 가능성이 있는 지금, 우리는 거기에 접근하지 않는 게 좋아요."

"그렇습니까?"

애쉬의 질문에 이번에는 여자 마법사가 대답했다.

"'그것'이 우리에게 반응할 테니까요."

"마법사에게 반응한다면 우리에게는 반응하지 않을까요? 검기라는 건 마법과 비슷하다고 들었는데요."

"소드 마스터와 마법사는 비슷하면서 달라요. 쉽게 말하면 마법사는 자신을 그릇으로 해서 드래곤의 힘을 빌어 마법을 쓰는 거거든요. 하지만 소드 마스터의 검기는 본인의 힘이죠."

그렇구나. 세이레나는 고개를 끄덕였다. 마법사들의 말대로라면 세이레나와 애쉬가 드래곤을 확인하러 갈 때 마법사를 데려갈 수 없다.

"하지만 여러분의 말대로 '그것'이 깨어났다면 선택지가 줄어듭니다."

애쉬가 말했다. 그동안 현자의 탑 마법사들과 두 사람은 드래곤이 잠들어 있을 거라는 가정하에 이야기를 해 왔다. 계속 드래곤을 봉인하거나, 드래곤을 죽이거나.

마법사들은 드래곤을 죽이고 싶어 하지 않았다. 그랬다간 그 순간 직업을 잃을 테니 당연하다. 하지만 그것보다도 이 대륙에 마법으로 유지되는 것이 많기 때문에 그들은 가능한 드래곤을 계속 잠재우고 싶어 했다.

"우리는 '그것'을 죽이는 수밖에 없죠."

애쉬의 말에 마법사들은 말을 잃었다. 이미 깨어난 드래곤을 잠재울 수 있을까. 아무도 알 수 없다. 왕궁 건물로 드래곤을 봉인한 거라면 본궁만 남은 지금도 그게 가능할까.

그때 세이레나가 말했다.

"드래곤을 풀어 주는 방법도 있지 않을까요."

마법사들의 믿을 수 없다는 시선이 세이레나를 향했다. 그중 이사나가 눈동자를 굴리며 말했다.

"자기를 오랜 시간 가뒀는데 풀어 주면 복수하려 하지 않을까요?"

그럴지도 모른다. 세이레나는 한숨을 내쉬었다. 그건 이야기해 보기 전에는 모른다고 말할 정도로 그녀는 순진하지 않았다.

"뭔가 보상을 해 준다거나……."

"보상이요? '그것'에게 할 수 있는 보상이 있을까요?"

드래곤에게 인간이 보상을 하기란 어렵다. 인간의 명예나 돈은 의미가 없으니까. 기껏 해 봐야 보석일 테지만 드래곤이 원하는 만큼 주려면 나라가 거덜 난다.

어렵다. 세이레나는 한숨을 내쉬었다. 초대 왕 때부터 드래곤이 봉인되어 있는 거라면 그는 어마어마한 시간을 잠들어 있었다는 말이 된다.

어쩔 수 없는 일이었다는 것도 알고 그녀가 한 짓도 아니지만 어쩐지 드래곤이 불쌍하게 생각됐다.

"피곤하지 않아요?"

집으로 돌아가면서 세이레나는 마차의 맞은편에 앉은 애쉬에게 물었다. 마법사들과 이야기를 마치고 나자 애쉬는 고집 세계도 세이레나를 데려다주겠다고 우겼다.

그 시간에 그가 눈을 붙이는 게 좋겠다고 세이레나가 우겼지만 소용없었다.

"기껏 결혼 확인서까지 제출했는데 이래서야 보람이 없잖아."

애쉬는 마차 안에 느긋하게 기대며 한숨을 내쉬었다. 마음 같아서는 세이레나를 집으로 돌려보내고 싶지 않다.

"부부가 따로 사는 건 좀 이상하긴 하죠."

세이레나의 말에 애쉬는 빙그레 웃었다. 그는 바로 앉으며 세이레나를 끌어안았다. 덕분에 두 사람의 자세가 힘들어졌다.

애쉬는 그대로 세이레나의 몸을 들어 올려 자신의 무릎 위에 앉혔다. 세이레나의 얼굴이 가볍게 달아올랐다.

"무거워요."

"내 심장이?"

이게 무슨 소리야. 세이레나는 어리둥절한 표정을 지었다. 그 표정에 애쉬는 나직하게 웃으며 그녀의 몸을 꽉 끌어안았다. 그리고 곧 세이레나의 목에 자신의 얼굴을 묻으며 한숨을 내쉬었다. 큰일 났다. 정말로 돌려보내고 싶지 않아졌다.

"애쉬?"

세이레나는 애쉬의 한숨 소리를 듣고 무슨 일인가 하고 그를 불렀다. 애쉬는 자세를 바로 하며 물었다.

"키스해도 돼?"

그의 질문에 세이레나의 얼굴이 달아올랐다. 아주 잠깐, 애쉬는 그녀가 싫다고 할지도 모른다고 생각했다. 곧 헌터 저택에 도착하니까 안 된다고.

하지만 세이레나는 전혀 다른 말을 꺼냈다.

"나도 그렇게 물어봐야 해요?"

"뭘?"

"나도 당신한테 키스하고 싶을 때요. 당신처럼 매번 물어봐야 해요?"

애쉬는 고개를 기울이며 씩 웃었다.

"너는 아니지. 원하면 언제든지."

세이레나의 얼굴에도 미소가 떠올랐다. 그녀를 허리를 세우며 속삭였다.

"그럼 당신도 그렇게 해요."

너와 나는 다르다고, 애쉬가 말하기 전에 입술이 부딪쳤다. 조심스럽게 닿은 입술에 기분이 좋아서 그는 잠시 가만히 있었다.

세이레나가 먼저 애정을 드러낼 때면 애쉬는 감정이 벅차올라서 어찌할 바를 모르게 되곤 했다. 그는 세이레나를 끌어안은 손을 쫙 폈다가 주먹을 쥐었다.

그녀는 애쉬의 입술에 자신의 입술을 문질렀다. 세이레나의 손이 그의 목을 감쌌다가 서투르게 그의 머리카락 사이로 들어

왔다.

거기서 애쉬의 이성이 뚝 끊겼다. 그의 손이 세이레나의 머리카락 안으로 파고들었다. 애쉬는 한 손으로는 세이레나의 목과 머리를 받치고 다른 손으로는 그녀의 허리가 꺾이지 않도록 지지한 채 마치 그녀를 잡아먹을 듯 덤벼들었다.

헉 하고 세이레나의 입에서 숨 가쁜 신음이 흘러나왔다. 애쉬는 정신없이 세이레나의 입술을 빨고 가볍게 물었다가 놓았다. 그리고 그녀의 허리를 잡고 번쩍 들어 올리더니 자세를 고쳐 다시 키스하기 시작했다.

머릿속이 새하얗게 비어서 아무 생각도 들지 않았다. 세이레나는 애쉬의 어깨를 끌어안은 채 매달려 있는 게 고작이었다. 마차가 울퉁불퉁한 길을 지나가면서 요란하게 흔들렸지만 애쉬의 품에 감싸인 그녀에게는 그것조차 느껴지지 않았다.

정신없이 애쉬의 어깨와 목을 끌어안던 세이레나의 손톱이 그의 피부를 긁었다. 깜짝 놀란 그녀가 움찔했다. 그러자 애쉬의 행동도 딱 멈췄다.

"어……."

세이레나는 멍한 눈으로 애쉬를 쳐다봤다. 새까만 그의 눈동자가 오싹할 정도로 짙은 감정을 품고 있었다.

"아, 미안."

애쉬의 입에서 약간 탁한 목소리가 흘러나왔다. 그는 세이레나의 셔츠 속으로 들어갔던 손을 슬쩍 빼냈다. 그제야 세이레나는 애쉬가 자신의 행동 때문에 멈췄다는 것을 깨달았다.

"아니, 아니에요."

세이레나는 깜짝 놀라서 애쉬의 손을 잡았다. 방금 전의 태도가 거짓말처럼 애쉬는 순한 양치기 개처럼 세이레나가 잡는 대로 가만히 잡혔다.

"싫어서가 아니라, 내가 당신을 긁어서……."

세이레나의 손이 그녀가 긁은 애쉬의 어깨를 향했다. 그는 그녀의 손을 따라 자기 어깨를 만져 보고 고개를 기울였다. 뭘 어쨌는지도 모르겠다. 솔직히 말하면 그는 세이레나가 말하기 전까지 긁힌 줄도 몰랐다. 하지만 애쉬는 씩 웃으며 말했다.

"잘했어."

"잘했다고요?"

"안 그랬으면 멈추지 못했을 거 같거든."

아무렇지 않은 애쉬의 말에 세이레나의 얼굴이 달아올랐다. 그녀의 머릿속에 방금 전 애쉬의 눈동자가 떠올랐다. 새까만 눈동자에 짙은 감정이 고여 있었다.

그걸 떠올리자 어쩐지 안절부절못한 기분이 들어서 세이레나는 저도 모르게 입술을 깨물었다.

어차피 두 사람은 부부니까 그녀가 그레이윈드 저택에 들어가 살아도 된다. 하지만 선뜻 그렇게 하겠다고 할 수가 없는 건 애쉬가 너무 바빴기 때문이었다.

이 왕자를 죽인 게 애쉬가 아니라는 소문이 퍼지고 남은 왕족이 그 하나만 남게 되자 왕궁의 모든 일은 애쉬의 앞으로 돌아왔다. 그레이윈드 저택은 무너진 왕궁 대신 왕궁의 일을 처리하는 장소가 되어 버렸다.

이렇게 바쁜 그에게 부부니까 그녀가 거기 들어가서 살겠다고 하는 건 어쩐지 미안하게 느껴졌다.

"들어가."

애쉬는 마차가 헌터 저택 앞에 멈추자 세이레나를 위해 문을 열며 말했다. 세이레나는 그의 손을 잡고 마차에서 내리다가 불쑥 말했다.

"애쉬, 들어갔다가 갈래요?"

그러고 싶은 마음이 굴뚝같다. 하지만 들어가면 안 될 것 같다. 지금은. 애쉬는 쓰게 웃으며 말했다.

"다음에."

세이레나는 고개를 들어 그를 물끄러미 쳐다봤다. 새하얀 얼굴 위로 보라색 눈동자가 도드라졌다. 끝으로 갈수록 자주색으로 변하는 눈동자가 결심한 것처럼 단호해졌다.

"다음에."

세이레나가 도착한 것을 알고 기다리고 있던 집사가 문을 열었다. 그녀가 안으로 들어가자 애쉬는 약간 얼떨떨한 기분으로 헌터 저택을 쳐다보다가 마차에 올라탔다.

"손님이 와 계십니다."

거드윈은 문을 닫자마자 세이레나에게 말했다. 애쉬가 떠나
자 저도 모르게 한숨을 내쉬던 그녀는 손님이라는 말에 자신의
집사를 쳐다봤다.

"손님이라고요?"

"자신을 캐서린 홀트라고 말씀하시더군요."

어? 낯익은 이름에 세이레나가 멈칫했다.

"안내해 주세요."

옷도 갈아입지 않고 만나겠다는 말에 집사는 고개를 꾸벅하
고 재빨리 손님이 기다리고 있는 응접실로 그녀를 안내했다.

"기다리게 해서 죄송해요."

방 안을 서성이고 있던 캐서린은 세이레나가 들어오자 그 자
리에 멈췄다. 세이레나의 눈에 많이 지친 듯한 캐서린의 얼굴이
들어왔다. 제대로 된 대화도 해 본 적 없는 관계다. 하지만 둘 다
서로에 대해서 알고 있었다.

세이레나는 캐서린에게 앉으라고 자리를 권하며 물었다.

"차는 드셨나요? 손님이 오시면 뭐든 내드리라고 했는데 부족
하지는 않았는지 모르겠네요."

생각하지 못한 다정한 말에 캐서린의 표정이 어두워졌다. 그
리고 눈물을 뚝뚝 흘리기 시작했다.

"왕자비님?"

세이레나는 깜짝 놀라서 캐서린에게 다가갔다. 하지만 캐서
린은 쥐고 있던 손수건을 자신의 눈에 대며 말했다.

"그, 그냥 캐서린이라고 불러 줘요."

어떻게 왕자비를 캐서린이라고 부르냐고 반문하려던 세이레나는 멈칫했다. 왜 그녀를 찾아온 걸까.

머릿속이 복잡했다. 상식적으로 생각하면 일 왕자를 봐 달라고 부탁하거나 홀트가만은 손대지 말아 달라고 부탁하려는 걸 수도 있다.

하지만 어느 쪽도 그녀가 할 수 있는 일은 없었다. 일 왕자도, 홀트가도 세이레나의 능력 밖의 일이다.

"일단, 앉으세요."

세이레나는 캐서린을 소파로 안내해 앉혔다. 그리고 테이블 너머 맞은편이 아닌, 캐서린의 옆에 앉았다.

캐서린은 몇 번 더 훌쩍이다가 고개를 들었다. 눈과 코가 붉었지만 조금 운 덕분에 냉정해졌는지 그녀는 세이레나를 향해 말했다.

"부끄러운 모습을 보였네요."

"우는 건 좋은 거래요."

그래? 캐서린이 어리둥절한 표정을 지었다. 집사가 세이레나와 캐서린을 위해 새 차를 가지고 들어왔다.

세이레나는 집사를 내보내고 캐서린을 위해 차를 따르며 말했다.

"감정을 토해 내는 게 정신 건강에 좋다고 하더라고요. 저도 가끔 속상한 일이 있으면 울어요."

"그런가요……."

세이레나의 말에 기분이 조금 나아진 캐서린이 찻잔을 받아 들며 웃었다.

"이 시간까지 절 기다리신 이유가 있으시겠지요?"

캐서린의 기분이 조금 더 나아질 때까지 기다렸다가 세이레나가 물었다. 이미 저녁 식사 시간도 지난 지 한참이다. 문득 그녀는 홀트가에서 캐서린이 이 시간까지 밖에 있는 것을 걱정하지 않는지 궁금해졌다.

세이레나의 질문에 캐서린의 표정이 어두워졌다. 그녀는 찻잔을 내려놓고 세이레나를 쳐다봤다.

"부탁을 하고 싶어요."

왔다. 각오한 말에 세이레나의 표정도 굳었다. 일 왕자를 풀어 달라는 말이라면 들어줄 수 없다. 하지만 세이레나는 그렇게 말하지 않았다.

"무슨 부탁이요?"

"그레이윈드 공작이 왕이 된다고 들었어요."

왕비가 될 예정이었던 왕자비의 입에서 나왔다고 생각하면 이상한 말이다. 거기에 대고 뭐라고 말해야 할지 몰라서 세이레나는 아무 말도 하지 않았다.

다행히 캐서린은 세이레나의 대답을 기다리지 않았다. 그녀의 대답과는 상관없다. 이미 왕위는 애쉬의 손 위에 떨어진 것이나 다름없다.

캐서린은 허리를 세우고 말했다.

"하디 경을 살려 주세요."

"그럴 순…… 네?"

당연히 캐서린이 살려 달라고 한 게 일 왕자일 거라 생각한 세이레나는 당황해서 눈을 깜빡였다. 하디 경이라고?

당황한 그녀에게 캐서린이 계속해서 말했다.

"알아요, 저도. 하디 경이 용서받을 수 없다는 거. 데이비드의 명령이라고 해도 많은 사람을 죽였죠. 전례를 찾아보니 사형당한 사람도 있고 감옥에 가거나 귀양 간 사람도 있더군요."

애쉬도 그렇게 말했다. 세이레나는 굳은 표정으로 캐서린을 쳐다보고 있었지만, 머릿속에 여러 가지 생각이 떠올랐다.

다른 사람도 아니고 하디 경이라고? 스펜서는 늘 일 왕자 곁에 있었다. 왕자비인 캐서린과 부적절한 관계를 가질 가능성이 가장 높은 사람을 고르라면 분명 스펜서가 제일 먼저 뽑힐 것이다.

하지만 과연 그럴까. 세이레나는 그녀가 왕비였을 때 알았던 캐서린과 스펜서를 떠올렸다. 둘 다 그리 자주 만난 것도, 친한 것도 아니었지만 불륜을 저지를 만한 사람으로 보이진 않았다.

캐서린은 조용하고 소극적인 여자였고 스펜서는 데이비드를 향한 충성심이 깊었으니까.

"감옥에 가둬도 좋고, 귀양을 보내도 좋아요. 살려만 주세요."

세이레나는 아무 말도 하지 않았다. 스펜서의 벌은 애쉬와 고위 귀족들의 회의에서 결정된다. 그녀가 애쉬에게 부탁한다면 가능할 수도 있지만 세이레나는 자신을 향한 애쉬의 애정을 이용한다는 게 불편했다.

"무작정 도와 달라는 게 아니에요. 데이비드가 하디 경에게 명령했다고 증언할게요."

세이레나라면 스펜서를 살릴 수 있다는 것을 캐서린은 알고 있었다. 그레이윈드 공작이 헌터 경에게 푹 빠져 있다는 것은 이미 사교계에 널리 퍼져 있다.

늘 공과 사가 철저한 그레이윈드 공작이 전투 중에 위험하다는 이유만으로 헌터 경을 빼려고 했다는 이야기도 들었다. 그것만으로도 사교계는 한바탕 소동이 일어났었다.

그 정도로 사랑하는 사람이라면, 그런 사람이 부탁하는 거라면 들어줄 거라고 캐서린은 생각했다. 게다가 벌을 주지 말라는 게 아니다. 목숨만 살려 달라는 거다.

세이레나는 증언할 필요 없다고 말하려다 입을 다물었다. 아직 데이비드가 왕의 친자가 아니라는 것은 세간에 밝혀지지 않았다. 만약 데이비드가 그대로 왕자의 신분으로 벌을 받는다면 캐서린의 걱정대로 스펜서가 모든 죄를 뒤집어쓸 것이다.

"하나만 물어봐도 돼요?"

나직한 목소리가 세이레나의 입에서 흘러나왔다. 필요하다면 무릎도 꿇을 수 있다. 그렇게 각오하고 있던 캐서린이 고개를 들었다.

"하디 경을 그렇게까지 구하려고 하는 이유가 뭐예요?"

혹시 두 사람이 부정한 관계가 아니냐는 완곡한 질문이었다. 캐서린 역시 세이레나의 질문이 품은 의미를 알아들었다.

"우리 사이를 의심하는 거라면, 아니요. 하디 경과 나는 그런 관계가 아니에요. 그에게 나는 왕자비일 뿐이죠."

"그렇다면 어째서 이렇게까지 하는 거예요?"

어쨌거나 캐서린은 데이비드의 부인이다. 부인이 남편의 죄를 증언한다는 건 쉬운 일이 아니다. 어쩌면 캐서린이 증언함으로써 홀트가와 데이비드의 관계를 잘라 내려 하는 걸 수도 있다.

하지만 그렇다면 캐서린은 스펜서가 아니라 홀트가를 눈감아 달라고 부탁했어야 한다.

세이레나의 질문에 캐서린의 얼굴에 미소가 떠올랐다. 어딘지 모르게 상처받은, 처연한 미소였다. 그리고 세이레나에게 아주 익숙한 미소였다.

"내가 해 줄 수 있는 게 이것뿐이니까요."

*　　*　　*

이튿날도 세이레나와 애쉬는 바빴다. 그건 할렉에 사는 사람이라면 누구나 마찬가지겠지만.

"왕궁에서 가까운 건물만 피해가 있어서 다행이네."

모아나는 기사단 건물을 돌아보며 말했다. 그녀는 점심을 먹고 다시 기사단으로 돌아와야 하는 세이레나와 로렌을 따라 들어왔다.

"다행이라고?"

로렌이 어이없다는 듯 물었다. 모아나는 심드렁하게 어깨를 으쓱해 보이며 말했다.

"왕궁에서 먼 건물은 피해가 적잖아. 거기는 피해가 적어서 다행이지."

그건 그렇다. 세이레나는 쓰게 웃었다. 왕궁에서 멀어질수록 가난한 사람들이 산다. 그런 사람들이 집이 무너지면 생활에 타격을 입기 마련이다.

하지만 부유한 귀족이나 기사단 같은 관공서는 돈이 있으니까 건물을 다시 세우는 게 가난한 사람들보다 쉽다.

"너는 어때?"

로렌의 질문에 모아나는 "음……" 하고 잠시 생각하다가 말했다.

"우리 집은 괜찮아. 문제는 클럽이거든."

세이레나와 로렌의 머릿속에 모아나의 집보다 클럽이 왕궁에 가깝다는 것이 떠올랐다. 자작 클럽도, 여기사 클럽도 왕궁에서 꽤 가깝다.

"아, 맞다. 그러고 보니 바빠서 한동안 클럽도 못 갔네."

미안한 듯한 로렌의 말에 모아나는 손을 흔들었다.

"상황이 이런데 뭐……. 게다가 와 봤자 지금은 이용 못 해."

"이용 못 해?"

"음, 일 층은 괜찮은데."

이 층과 삼 층이 문제다. 무너지거나 금이 간 건 아니었지만 가구나 장식 액자 같은 게 흔들리면서 떨어졌다. 하지만 금이 가지 않았다는 건 겉보기에 그런 것뿐일 수 있어서 안전을 위해 잠시 휴업 중이다.

"너희들은 어때?"

모아나의 질문에 세이레나와 로렌은 각자의 상황을 이야기했다. 로렌은 훨씬 나았다. 그녀의 집이 단층이라는 이유도 있었다.

"좀 더 확인해 봐야 하지만, 다들 너무 바빠서 이번 주는 못 온다고 하더라고."

측량사가 바쁘다는 말이다. 하기야 지진 피해를 입은 집이 한두 채가 아니니 측량사가 바쁜 건 당연하다.

상황은 세이레나가 조금 더 나빴다. 헌터 저택은 두 사람의 집보다 왕궁에서 조금 더 가깝다.

"그럭저럭. 나도 일 층은 괜찮아. 이 층이 좀 문제인데."

헌터 저택에 사는 사람이 세이레나와 에즈라뿐이라 처리가 빨랐다. 집사는 두 사람이 쓰는 방을 피해에서 가장 먼 방으로 바꾸고 방을 폐쇄했다.

로렌처럼 세이레나도 측량사와 건축사를 불러 고칠 수 있는지 확인해 봐야 한다.

"애쉬에 비하면 난 양호한 거니까."

세이레나의 말에 로렌과 모아나는 입을 다물었다. 그레이윈
드 저택은 왕궁에서 가까운 데다가 규모가 크다. 게다가 가장
오래된 건물이라 피해가 큰 저택 중 하나였다.

"공작님은 뭐래?"

모아나의 질문에 세이레나의 시선이 기사단 건물을 훑었다.
뭐라고 했는지 알 것 같다. 모아나 역시 기사단 건물을 쳐다봤
다. 기사단 건물보다는 낫다고 했겠지.

할렉에서 왕궁 다음으로 피해가 큰 건 기사단 건물이었다. 건
물의 반 이상이 무너졌다. 로렌은 허리에 손을 얹으며 말했다.

"그나저나 이거 언제 다시 지을 수 있을까?"

"지하 탐사가 끝난 뒤겠지."

모아나의 말에 세이레나의 표정이 어두워졌다. 애쉬는 본궁
지하를 탐사하는데 자신도 반드시 가겠다고 주장했다. 왕궁 아
래에 정말 드래곤이 있다면 보낼 수 있는 사람은 한정된다.

"위험할 텐데 당신은 가지 않는 게 어떨까요?"

그날 저녁, 세이레나는 그레이윈드 저택에서 애쉬에게 물었
다. 본궁 아래에 무언가가 있고 그것이 지진을 일으켰으리라는
이야기는 이미 기사들 사이에 퍼지고 있었다.

그 '무언가'가 드래곤일 수도 있다는 것 역시.

생각보다 훨씬 많은 수가 왕궁 지하를 탐사하는데 자원했다.

애쉬와 자원한 사람들을 추려 낸 일 분단 기사들은 모두 집으로 돌아갔다. 남은 건 세이레나뿐이었다. 그는 걱정스러운 표정의 세이레나를 향해 한쪽 눈썹을 들어 올렸다.

"기사단과 너만 보내고 나는 뒤에 남아 있으라고?"

"당신은 왕이 될 사람이잖아요. 당신에게 무슨 일이 생기면 어떻게 해요."

"레나."

애쉬의 표정이 심각해졌다. 그는 세이레나를 향해 완전히 몸을 돌려서 그녀를 마주 봤다.

굳은 표정. 세이레나는 그가 화가 났다는 것을 깨달았다. 하지만 왜 화를 내는지 알 수가 없어서 눈을 크게 떴다.

"그럼 너는?"

"네?"

"네게 무슨 일이 생기면? 나는 어떻게 하지?"

전혀 생각지도 못한 질문에 세이레나의 입이 닫혔다. 생각도 안 해 봤다. 애쉬는 왕이 될 사람이고, 그에게 무슨 일이 생기면 타인머스가 흔들린다.

하지만 그녀는?

"너만 보내고 여기서 널 기다려야 해? 네가 없는 이 나라가 의미가 있을까?"

엄청난 발언에 세이레나는 입을 딱 벌렸다. 지금 이 남자가 뭐라고 했지? 그녀가 없는 타인머스가 의미가 없다고?

믿을 수 없는 발언이었지만 애쉬는 진지했다. 그는 세이레나가 왜 충격받는지도 이해하고 있었다. 그는 자신의 일에 철저하고 성실한 사람이다. 그런 성격이기에 그를 눈엣가시로 여기는 왕과 왕자들이 있음에도 기사단 단장으로, 공작으로 일해 왔다.

하지만 세이레나와 사랑에 빠지면서 그의 세상이 완전히 변해 버렸다. 그동안 그가 살았던 세상은 무채색이라고 해도 무리가 없을 정도로 세이레나를 만난 뒤부터 총천연색으로 빛나기 시작했다.

애쉬는 한숨을 내쉬고 손을 뻗어 세이레나의 뺨을 감쌌다. 차라리 몰랐다면 더 쉬웠을지도 모른다. 세이레나와 함께한다는 것을.

평온하고 큰 굴곡이 없던 그의 인생에 세이레나라는 존재가 끼어들면서 격변했다. 세이레나의 실력이 빠르게 치고 올라오는 것을 보는 게 즐거웠고 그녀가 그에게 반응하는 것도 기뻤다.

대화를 하고, 함께 걷고, 함께 적을 쓰러트리는 순간순간이 좋았다. 아무 변화 없이 평온했던 세상이 말 그대로 화려하게 색이 더해졌다.

"난 너와 함께 갈 거야."

단호한 애쉬의 말에 세이레나의 얼굴이 일그러졌다. 그녀는 지난 밤, 그녀를 찾아온 캐서린과의 대화를 떠올렸다.

"어제, 왕자비님이 찾아왔어요."

어제? 애쉬의 한쪽 눈썹이 올라갔다. 세이레나는 그녀의 뺨을 감싼 애쉬의 손 위에 자신의 손을 덮으며 나직하게 말했다.

"스펜서 하디 경을 살려 달라고 하더군요."

그러기 위해 일 왕자가 저지른 죄를 증언하겠다는 말에 애쉬의 미간이 일그러졌다. 그는 믿을 수 없다는 듯 말했다.

"설마, 두 사람……."

스펜서와 캐서린이 부정한 관계가 아니었냐는 말에 세이레나는 고개를 저었다. 애쉬조차 의심할 정도로 이상한 부탁이었다는 말이다.

"물어봤는데 아니래요. 두 사람은 깨끗한 관계고 하디 경은 왕자비님을 왕자비로만 여긴다고 했어요."

"그렇다면 어째서 그런 일을 하는 거지?"

"자신이 할 수 있는 게 그것밖에 없다고 하더군요."

그게 무슨 의미지. 이해하지 못하겠다는 애쉬를 보고 세이레나는 쓰게 웃었다. 그녀는 어쩐지 알 것 같았다.

"나 말이에요. 왕비였을 때 당신과 함께한 기억이 없거든요."

주제가 휙 바뀌자 애쉬는 저도 모르게 긴장했다. 왕비였을 때? 그는 떨떠름하게 물었다.

"그때 나는 여전히 기사단 단장이었겠지?"

"그리고 독신이었죠."

"그래?"

그랬던 것 같다. 그녀는 애쉬의 어머니인 카시아 그레이윈드가 수도에 올라왔다가 내려갔다는 이야기를 들었던 것을 떠올렸다.

그레이윈드 공작이 결혼했다면 아무리 그에 대한 기억이 없어도 결혼 사실 자체는 기억할 것이다. 애쉬는 이상하다는 듯 고개를 기울였다.

"그때까지 내가 독신이었단 말이지."

"그래서 이런 생각을 하는 건 아닌데요."

세이레나의 얼굴이 달아올랐다. 애쉬가 그때까지 독신이었던 게 그녀 때문이라고 생각하지는 않는다. 그건 너무 건방지고 위험한 생각 같았다.

"내가 다시 돌아온 거 말이에요. 그 대가가 뭐였을지 지금까지 생각해 봤는데, 그때는 있었지만, 지금은 없는 게 그거 하나뿐이거든요."

"나와의 기억?"

네. 세이레나는 고개를 끄덕였다. 애쉬는 기사단장이었고 왕의 조카였으니 왕비인 세이레나와 인사라도 했을 것이다. 가벼운 대화. 혹은 목례라도.

하지만 그런 게 하나도 기억나지 않는다. 애쉬처럼 잘생긴 남자와 인사를 나눴다면 한두 번은 기억이 날 텐데 지금의 세이레나에게는 그게 하나도 없었다.

"대가로 당신과의 기억을 가져간 게 아닐까. 그런 생각도 들어요."

세이레나의 말에 애쉬는 이상하다는 듯 고개를 갸웃했다. 그리고 솔직하게 물었다.

"대가라고 하기엔 너무 가벼운 거 아니야?"

그럴지도 모른다. 하지만 세이레나는 그렇게 생각할 수가 없었다. 그녀의 머릿속에 캐서린의 간절한 표정이 떠올랐다. 그리고 어딘지 모르게 상처받은 서글픈 미소도.

"어제 왕자비님을 보니까 그런 생각이 들더라고요. 감옥에 가도, 어딘가 추방당해도 좋으니 살아만 있게 해 달라고 했거든요."

풀어 달라는 게 아니었다. 죄를 눈감아 달라는 게 아니었다. 살려만 달라고 했다. 캐서린은 스펜서가 벌을 받을 만한 짓을 했다는 것을 잘 알고 있었다.

세이레나는 자신에게도 그런 게 아니었을까 하고 생각했다. 애쉬와의 기억이 그랬던 게 아닐까. 그렇게 간절한 것.

"나한테 남은 유일하게 소중한 것이 당신과의 기억이 아니었을까요."

가족은 모두 죽었고 그녀의 명예는 추락했다. 아무것도 가진 게 없었다. 그녀가 그때까지 자진하지 않았던 이유는 대부분 추억 때문이었다. 돌아오기 전 세이레나에게 가장 소중한 것.

애쉬의 얼굴이 굳었다. 그는 세이레나의 보라색 눈동자가 눈물에 젖어 가는 것을 멍하니 쳐다보고 있었다.

"당신 성격을 생각하면, 우리는 어떤 관계도 아니었을 거예요. 하디 경과 왕자비님처럼요. 하지만."

하지만. 애쉬는 거기서 세이레나가 무엇을 말하려 하는지 알아차렸다.

아무 관계도 아니었을 것이다. 말 한 마디 제대로 나눠 본 적 없는 그런 관계였을지도 모른다. 하지만 그렇다고 해서 소중해지지 않는 게 아니다.

"나는 너를 사랑했을 거야."

세이레나의 눈에서 눈물이 넘쳐흘렀다. 애쉬는 그녀의 눈물을 입술로 훔치며 속삭였다.

"지금처럼 그때도."

그도 그때의 그녀를 사랑하고 있었을 거라는 말에 세이레나는 눈을 감았다. 죄책감과 함께 안도감이 그녀의 가슴에 빠르게 퍼져 나갔다.

애쉬는 천천히 세이레나의 입술에 다가갔다. 그와의 기억이 대가가 될 정도로 그녀에게 소중했을지도 모른다는 말이 가슴이 아팠다.

돌아오기 전 세이레나에게 가장 소중한 게 고작 기억이라는 게 슬펐다.

"너는 더 좋은 걸 가져야 해."

애쉬는 입술을 떼고 세이레나의 이마에 자신의 이마를 댄 채 나직하게 말했다. 고작 인사. 판에 박힌 표정과 따분한 이야기가 아니라 더 행복하고 더 즐거운 것을 가질 자격이 있다.

"나는 이미 가졌어요."

세이레나는 팔을 뻗어 애쉬의 목을 끌어안았다. 동생이 살아 있고 슈발리에가 되었다. 그리고 무엇보다 애쉬가 있다.

"당신만 있으면 돼요."

애쉬의 눈동자가 깊어졌다. 거기에 천천히 욕망이 차올랐다. 세이레나는 빙그레 웃으며 말했다.

"지금 당장."

다음이 아니라 지금.

애쉬는 고개를 숙여 세이레나의 입술을 빨았다. 그는 그대로 그녀의 허리를 잡고 들어 올렸다. 애쉬의 목을 감고 있던 세이레나의 팔이 그의 어깨로 옮겨 갔다.

42

기회

"잠깐, 잠깐만요!"

본궁을 관리하는 집사 커티스 경은 애쉬의 말에 깜짝 놀라 그의 뒤를 따라왔다. 평생 본궁에서 뛰어 본 적 없었는데 기사들의 걸음이 얼마나 빠른지 뛸 수밖에 없었다.

"어, 어딜 가신다고요?"

이미 기사들이 본궁 여기저기를 살피기 시작했다. 애쉬는 커티스 경을 힐끔 쳐다보고 말했다.

"지하로 내려가는 길이 있는지 물었다."

"지, 지하라니. 본궁에는 지하가 없습니다."

"자네가 모른다면 할 수 없지."

깨끗한 무시에 커티스 경의 얼굴이 달아올랐다. 그는 기사들을 둘러보고 애쉬에게 좀 더 다가갔다. 평균 남성보다 훨씬 큰 애쉬와 평균 남성보다 약간 작은 두 사람의 키 차이 때문에 애쉬가 커티스 경을 향해 고개를 숙일 수밖에 없었다.

"있지만 그건 오직 국왕 폐하 한 분만 들어가실 수 있습니다."

이건 대대로 왕과 본궁 집사에게만 전해지는 비밀이다. 왕자일 때도 알려 주지 않는다. 왕위를 계승한 그 날 밤, 본궁 집사가 오직 왕에게만 알려 주도록 되어 있다. 그러니 현재 이 비밀을 알고 있는 것은 커티스 경. 단 한 명뿐이다.

하지만 어차피 다음 왕은 애쉬가 될 것이다. 선왕과 두 왕자 중 이 왕자는 사망. 살아남은 일 왕자는 감옥에 갇혔다. 지진 피해를 정리하는 대로 애쉬가 국왕에 오르는 예식을 치러야 하지 않냐는 이야기가 나오고 있었다.

"애쉬."

그때 세이레나가 그를 불렀다. 그녀는 안쪽의 벽 앞에 서 있었다. 그것을 본 커티스 경의 눈이 커졌다.

애쉬는 커티스 경의 얼굴을 보고 세이레나를 향해 다가갔다.

"커티스 경. 왜 왕만 들어갈 수 있는지 아나?"

애쉬의 질문에 커티스 경의 얼굴이 굳었다. 그도 모른다. 그는 선대 본궁 집사에게 오직 왕만이 들어갈 수 있으며 그가 할 일은 열쇠를 관리하는 것뿐이라고 들었다.

무엇이 있는지, 왕이 무슨 일을 하는 건지는 궁금해해서는 안 된다. 만일 감히 그가 관심을 갖는다면 바로 죽음을 맞이할 것이라고 교육받았다.

"들어가 보면 알게 되겠지."

애쉬의 말이 끝나기가 무섭게 기사들이 커티스 경을 붙잡았다. 그들이 열쇠를 찾는 사이 애쉬는 세이레나 곁으로 다가가서 물었다.

"어떻게 알았어?"

"예전부터 이상하다고 생각했었거든요."

그녀가 왕비였을 때 이상하다고 생각했다는 말이다. 벽인데 다른 벽보다 훨씬 두꺼웠다. 그때는 단순히 기둥을 묻은 거라고 생각했다. 하지만 자세히 보니까 눈에 띄는 게 하나 있었다.

"이거 말이에요."

세이레나는 벽에 달린 장식을 가리켰다. 타인머스 국왕의 표식이다. 한가운데에 작은 구멍이 있었다.

"과연."

곧이어 기사들이 커티스 경의 방으로 몰려가 그가 관리하고 있던 열쇠를 가져왔다. 애쉬는 열쇠를 구멍에 넣고 돌렸다. 그러자 드르륵하고 뭔가 거대한 태엽 같은 것이 돌아가는 소리가 들렸다. 그리고 벽처럼 보였던 것이 옆으로 밀려나면서 어두운 공간이 드러났다.

"허."

데니스는 저도 모르게 신음을 내뱉었다. 이런 게 있을 거라고는 꿈에도 생각하지 못했다. 그는 한걸음 내디뎠다.

"안 됩니다!"

커티스 경이 소리쳤다. 하지만 애쉬는 신경 쓰지 않았다. 그 뒤를 세이레나가 따랐다.

어두운 공간에 애쉬가 들어서자 팍 하고 불이 켜졌다. 마치 어디선가 빛이 솟아오른 것 같은 감각에 세이레나는 깜짝 놀라서 고개를 들었다.

"어디서 빛이 나는 거지?"

세이레나의 뒤를 따라 들어온 데니스가 중얼거렸다. 분명 램프나 등잔 같은 게 없는 데도 밝아졌다.

"마법인가."

애쉬는 그렇게 말하고 세이레나를 돌아보았다. 두 사람의 시선이 부딪쳤다. 이곳으로 오기 전에 마법사들이 보호 마법을 걸어 주었다. 드래곤이 상대라면 효과는 장담할 수 없지만 가는 길에 있을 수 있는 공격으로부터 기사들을 보호해 준다는 게 목적이었다.

그리고.

세이레나는 주머니에 손을 넣어 납작한 돌을 한 번 만졌다. 어젯밤에 이사나가 찾아와서 주고 갔다.

"드래곤의 공격을 막아 낼 수 있을지 모르겠지만요."

소지자를 보호해 주는 마법이 걸려 있는 마력석이라는 말에 세이레나는 숨을 들이켰다. 마력석만으로도 비싼데 마법이 걸려 있다면 어마어마한 가격일 것이다.

하지만 그녀는 이게 얼마쯤 하는지 묻지 않았다. 그저 자신을 생각해 준 이사나의 마음에 감사했다.

"출발하기 전에 칼리스타를 만날 수 있었다면 좋았을 텐데."

이사나가 다시 연락을 취해 봤지만 닿지 않았다고 했다. 어쩌면 다시 드림란리그로 떠난 건지도 모르고, 다른 의뢰를 받은 건지도 모른다.

그녀를 만났다면 좋았을 텐데. 세이레나는 그게 못내 아쉬웠다. 그녀를 만나서 드래곤과 그녀를 회귀시킨 마법에 대해 이야기를 하고 싶었다.

"엄청 내려가네."

가장 뒤에서 로렌이 말했다. 선두는 애쉬와 세이레나가, 중간에 다른 기사들과 티커가 가고 데니스와 로렌은 맨 뒤를 맡았다.

소드 마스터만 다섯이다. 전설로 내려오는 다섯 용사보다 더 많은 수라는 점이 기사들의 용기를 북돋웠다.

한참을 내려가자 또 문이 나왔다. 이번에는 열쇠도 없는데? 세이레나가 손잡이를 잡으려 하자 애쉬가 재빨리 손을 내밀어 먼저 손잡이를 잡았다.

"왜요?"

"뭐가?"

분명 세이레나가 손잡이를 잡으려 하자 애쉬가 그녀를 슬쩍 밀면서 자신이 손잡이를 잡았다. 뭐지. 세이레나의 눈초리가 날카로워졌지만 애쉬는 모르는 척하고 문을 열었다.

이번에도 어두운 공간과 계단이 나타났다. 그리고 애쉬가 들어서자 갑자기 밝아졌다. 그렇게 모두 네 개의 문을 통과했다. 그때마다 애쉬는 세이레나보다 먼저 문손잡이를 잡고 들어갔다. 그녀는 앞을 완전히 가려 버리는 애쉬의 등에 대고 투덜거렸다.

"당신이 아무리 그래 봤자 아무 차이 없다는 거 알죠?"

애쉬 바로 뒤에 세이레나가 있다. 하지만 그는 어깨를 으쓱해 보이며 말했다.

"내 마음이 조금이나마 위안이 된다는 차이가 있지."

만약 문을 열자마자 어떤 공격이 있다면 그의 뒤에 있는 세이레나는 도망칠 시간이 생긴다. 애쉬의 말에 세이레나의 얼굴이 일그러졌다.

"역시 일부러 그런 거였어!"

애쉬와 세이레나의 투닥거림에 뒤따르던 기사들의 분위기가 밝아졌다. 아이고. 중간에 있던 티커가 고개를 절레절레 흔들며 말했다.

"내가 먼저 갔어야 저 꼴을 안 보는 건데."

그의 말에 기사들 사이에 웃음이 터져 나왔다. 그사이에도 그들은 착실히 걸었다. 통로는 이제 계단이 아니라 평지였다. 한참을 내려온 끝에 바닥에 닿은 모양이었다.

세이레나는 그녀가 내려온 높이만큼이 드래곤의 높이인지 궁금해졌다. 만약 그렇다면 드래곤은 상당한 크기가 아닐 수 없다. 그때, 애쉬의 앞에 다섯 번째 문이 나타났다.

문을 발견한 애쉬는 왼손을 뒤로 빼서 세이레나가 그의 어깨에 부딪히지 않도록 잡았다. 그리고 오른손으로 문손잡이를 잡았다.

다들 느끼고 있었다. 이 정도 내려왔으면 목적지에 도착했다는 것을. 밝았던 분위기가 순식간에 추락했다. 서로 눈짓한 기사들이 검 손잡이를 잡았다. 그리고 애쉬가 문을 열었다.

이번에도 마찬가지로 어두운 공간이 나타났다. 애쉬는 조심스럽게 발을 내디뎠다. 그는 세이레나를 최대한 멀리 떨어뜨리려 했지만 소용없었다.

애쉬가 문을 통과하는 순간 이번에도 마찬가지로 밝아졌다. 또 계단이 나오는 건 아니겠지. 그렇게 생각한 애쉬의 눈앞에 보인 것은 반대쪽으로 이어지는 통로가 아니라 방이었다.

방은 지금까지 지나온 통로에 비하면 훨씬 컸다. 오각형으로 된 방은 사람 백 명 정도가 들어오면 가득 찰 정도의 크기였다. 그리고 한가운데에 가늘고 긴 테이블이 놓여 있었다.

저게 뭐지? 세이레나와 애쉬가 테이블에 관심을 돌렸을 때였다.

"역시 왕의 혈통."

그 순간, 누군가 감탄하듯 말했다. 기사들은 모두 검을 뽑아

들었고 그건 애쉬도 마찬가지였다.

여자 한 명이 방 한쪽 끝에 서 있었다. 테이블을 중간에 놓고 세이레나와 애쉬가 들어온 문을 마주 보는 곳이라 사람들의 눈에 그녀가 바로 들어왔다.

후드를 뒤집어쓴 여자였다. 손에 든 것은 마법사의 지팡이. 목소리의 주인공을 본 기사들은 전투태세를 갖췄다. 그들의 머릿속에 드래곤이 마법사로 분한 걸 수도 있다는 생각이 떠올랐다.

그때 여자의 목소리를 알아차린 세이레나가 말했다.

"칼리스타 씨?"

세이레나의 말에 여자가 뒤집어쓴 후드를 벗었다. 붉은 머리카락을 가진 여자의 얼굴이 드러났다. 애쉬는 그제야 칼리스타가 누군지 떠올렸다. 드럼란리그에서 만났던 사람이다.

세이레나를 회귀시켜 준 마법사이자 두 사람이 만나고 싶어 했던 여자.

동시에 칼리스타를 제외한 모든 사람들의 머릿속에 한 가지 의문이 떠올랐다.

"여기서 뭘 하는 거지?"

애쉬의 질문에 칼리스타의 입술이 둥글게 호를 그렸다. 이미 기사들은 여차하면 공격할 수 있도록 흩어지고 있었다.

"당신을 기다리고 있었죠. 그레이윈드 공작."

"나를?"

애쉬는 믿을 수 없다는 듯 물으며 세이레나를 쳐다봤다. 세이레나를 기다린 게 아니라 그를 기다렸다고? 어째서?

이해하지 못하는 애쉬에게 칼리스타가 꼼짝도 하지 않고 말했다.

"공작님이 들어올 때 밝아졌잖아요?"

그랬다. 세이레나와 애쉬는 저도 모르게 벽을 쳐다보고 재빨리 칼리스타에게로 시선을 돌렸다. 램프도, 등잔도 없었지만 밝았다.

"여긴 초대 왕의 혈통에게만 반응하거든요."

칼리스타의 말에 애쉬의 한쪽 눈썹이 올라갔다. 지금까지 갑자기 밝아졌던 건 애쉬가 들어왔기 때문이라는 말이다.

"그리고 이 문도."

그렇게 말하며 칼리스타는 옆으로 몇 발짝 움직였다. 그 행동에 기사들이 움찔하자 그녀의 얼굴에 가벼운 비웃음이 떠올랐다.

칼리스타의 뒤에 있던 것은 벽이 아니었다. 거대한 타인머스의 문장이 그려진 문이었다.

"당신이 아니면 이제 이 문을 열 수 있는 사람이 없거든요."

지난 날의 헛고생을 떠올리며 칼리스타는 쓰게 웃었다. 일 왕자와 이 왕자 둘 다 왕의 친자가 아니었다니. 썩은 줄을 잡았었다. 재빨리 놓긴 했지만.

그때 세이레나가 물었다.

"당신은 여기에 왜 온 거예요, 칼리스타?"

그제야 칼리스타의 시선이 세이레나를 향했다. 그때까지 그녀는 저 미인 기사는 안중에도 없었다. 당장 칼리스타에게 중요한 건 초대 왕의 가장 진한 혈통을 이어받은 그레이윈드 공작이었으니까.

"당신들과 같은 이유죠."

칼리스타는 그렇게 말하며 미소 지었다. 같은 이유라고? 긴장한 기사들의 표정이 약간 풀렸다.

하지만 세이레나와 애쉬는 아니었다. 두 사람은 세이레나가 왕비였던 삶에서 칼리스타가 세이레나를 돌려보내 줬다는 것을 안다. 그건 아주 강력한 마법이었고 드래곤을 깨우기에 충분했다.

두 사람은 긴장은 풀지 않은 채 칼리스타를 쳐다봤다. 드래곤을 다시 봉인할 수 있는 방법을 마법사가 알고 있는 걸까.

"'그것'을 봉인하러 왔다고요?"

세이레나의 미심쩍은 듯한 질문에 칼리스타는 고개를 끄덕였다. 그녀도 드래곤을 봉인하러 왔다는 행동에 세이레나와 애쉬는 약간 긴장을 풀었다.

그 순간, 칼리스타가 쥐고 있던 지팡이를 재빨리 들어 바닥을 내리쳤다.

"심장을 먹은 다음에 말이에요."

"펑!" 하고 파열음이 울려 퍼졌다. 그와 동시에 칼리스타 주변에 포진한 기사들의 몸이 뒤로 튕겨져 나갔다.

"악!"

"아악!"

기사들은 갑자기 터져 나온 번개를 맞고 바닥을 뒹굴었다. 하지만 번개를 맞기 직전에 기사들의 몸이 번쩍 빛났다. 이곳에 오기 전, 마법사들이 그들에게 걸어 준 보호 마법이다. 그것을 본 칼리스타의 눈이 놀라움에 커졌다가 다시 웃음을 담았다.

"드래곤이라도 상대할 생각이었나 보지?"

그녀는 그렇게 말하며 이번에는 반대쪽 바닥을 지팡이로 내리쳤다. 상당히 강력한 보호 마법이었다. 이 정도 수의 기사에게 저 정도로 강력한 보호 마법을 걸어 줬으니 그 마법사들은 한동안 마력을 회복하는 데 모든 노력을 다해야 할 것이다.

아무것도 없던 바닥에 두 번째로 마법진이 반짝 빛났다. 세이레나와 기사들이 오기 전에 미리 그려 놨던 마법진이다.

"쾅!" 하는 폭발음과 함께 불덩어리가 기사들을 때렸다. 번개를 맞고도 몸을 일으켰던 기사들이 그대로 쓰러졌다.

"아까워라. 죽일 수 있을 줄 알았는데."

보호 마법만 없었다면 첫 번째 공격만으로 기사들을 죽일 수 있었을 거다. 칼리스타는 그 공격만으로 기사들의 몸을 갈가리 찢어 버릴 생각이었다. 다만 이 정도로 강력한 보호 마법을 걸었을 줄 몰랐다.

그녀는 쓰러진 기사들을 돌아봤다. 안타깝게도 죽은 사람은 없다. 마음 같아서는 전부 죽이고 싶지만, 그녀도 드래곤을 상대할 때를 대비해서 마력을 아껴 놔야 한다.

"그레이윈드 공작."

칼리스타의 지팡이가 쓰러진 애쉬를 가리켰다. 그러자 애쉬의 늘어진 몸이 공중에 떠올랐다.

초대 왕은 이곳에 재미있는 마법을 걸어 놨다. 여기까지는 조금 힘들지만 누구나 들어올 수 있다. 물론 열쇠가 필요하고 저 긴 계단을 새까만 어둠 속에서 내려오다 보면 발을 헛디뎌 목이 부러질 수도 있겠지만. 어둠 속에서 조심조심 계단을 내려오는 건 어려웠지만 할 만했다. 그녀의 꿈이 눈앞에 있으니까.

하지만 칼리스타는 이 방에 도착해서야 가장 큰 관문이 그녀를 기다리고 있다는 것을 깨달았다.

"솔직히 말하면 당신이 내 백마 탄 왕자님이 될 줄은 몰랐어요."

칼리스타는 그렇게 말하며 품에서 단검을 꺼냈다. 그리고 애쉬의 뺨을 그었다.

"윽."

가벼운 고통에 애쉬가 정신을 차렸다. 그리고 눈앞에 칼리스타가 있는 것을 보고 눈을 크게 떴다.

움직이려 했지만 움직여지지 않았다. 젠장. 애쉬는 고개를 돌려 세이레나가 무사한지 확인하려 했지만, 그것조차 여의치 않았다.

"무슨 짓이지?"

애쉬의 입에서 차가운 목소리가 흘러나왔다. 분노를 참는 목소리에 칼리스타는 하마터면 웃음을 터트렸다. 그녀는 킬킬거리며 말했다.

"걱정 마시죠, 공작님. 아직 당신을 죽일 생각은 없거든요."

"거짓말."

이미 칼리스타는 애쉬와 기사들을 공격했다. 그 공격으로 애쉬와 기사들이 죽지 않은 건 들어오기 전 마법사가 걸어 준 보호 마법 덕분이었다. 그의 말에 칼리스타가 덤덤하게 말했다.

"더 좋은 생각이 떠올랐거든요. 드래곤이 깨어났을 때 나와 당신이 있으면 당신 쪽을 공격하겠죠?"

애쉬 그레이윈드 공작. 그에게는 드래곤을 물리친 용사의 피가 흐른다.

드래곤이 가장 먼저 적의를 내보일 상대는 처음 보는 마법사가 아니라 애쉬일 거라는 판단이었다. 그 사이에 칼리스타는 드래곤을 심장을 노릴 거다. 애쉬는 자신을 미끼로 사용하겠다는 말에도 눈썹 하나 까딱하지 않았다.

칼리스타는 애쉬의 뺨에 흐르는 피에 자신의 손가락을 대고 문질렀다. 그리고 방 한가운데에 있는 가늘고 긴 탁자를 향해 걸어갔다.

그녀가 애쉬를 찌른 단검은 이 탁자 위에 있었다. 손잡이에 드래곤이 조각돼 있어 칼리스타는 잠시 이걸로 드래곤을 죽이려는 건가 하고 고민했다.

하지만 아니었다. 애쉬가 들어오자 밝아진 방과 방 한가운데 놓인 탁자, 그 위의 단검.

칼리스타는 단검을 테이블에 내려놓고 다시 몸을 돌렸다. 그녀의 시선이 다시 처음 애쉬와 세이레나가 칼리스타를 발견했을 때 그녀가 서 있던 벽을 향했다.

그때 애쉬는 뭔가가 반짝이는 것을 발견했다. 세이레나의 화려한 금발이 움직이고 있었다. 그는 잠시 자신의 눈이 착시를 일으킨다고 생각했지만 아니었다.

세이레나는 다른 기사들과 달리 정신을 잃지 않았다. 그녀는 기절한 척 쓰러져서 눈동자만으로 칼리스타의 움직임을 좇고 있었다.

칼리스타가 애쉬의 뺨을 단검으로 그을 때는 거의 비명을 지를 뻔했다. 하지만 가까스로 참아 냈다. 그녀는 칼리스타가 벽을 향해 몸을 돌린 순간 벌떡 일어났다.

불덩어리를 맞아 뒤로 튕겨져 나갈 때조차도 세이레나는 검을 손에서 떨어트리지 않고 있었다. 그녀는 검을 쥔 채 칼리스타를 향해 뛰어들었다.

"……!"

세이레나가 뛰어오는 소리에 몸을 돌린 칼리스타는 깜짝 놀라서 지팡이로 바닥을 강하게 내리쳤다. "탕!" 하는 소리와 함께 이번에도 마법진이 번쩍 빛났다.

"레나!"

거센 바람이 세이레나의 작은 몸을 후려쳤다. 그녀는 검을 들어 바람을 가르려 했지만 소용없었다. 세이레나의 몸이 다시 튕겨져 나갔다. 그와 동시에 애쉬의 몸이 자유로워졌다. 그는 가지고 있던 검을 칼리스타를 향해 휘둘렀다.

"젠장!"

연이은 공격에 칼리스타는 허겁지겁 지팡이로 바닥을 내리쳤다. 또다시 지팡이로 바닥을 내리치는 소리와 함께 다시 한 번 바닥의 마법진이 번쩍 빛났다.

거대한 불덩어리가 화르륵 타올랐다. 그것이 그대로 애쉬를 향해 날아가자 애쉬는 반사적으로 두 팔로 자신의 머리를 보호했다.

하지만 그와 동시에 "펑!" 하는 소리와 함께 불덩어리가 그의 몸에 부딪혀 터졌다.

"멍청한 것들."

칼리스타는 얼굴을 일그러트리며 투덜거렸다. 멍청한 기사들 같으니. 얌전히 있을 것이지 왜 이 난리인지 모르겠다. 그녀는 애쉬가 쓰러진 것을 확인하고 문을 향해 돌아섰다. 벽에 조각된 문양은 깨끗했다.

기사단보다 먼저 이 방에 도착한 칼리스타는 두 개의 문양을 발견했다. 벽에 있는 문양과 테이블 위의 문양.

겉보기에는 그냥 타임머스임을 알리는 것처럼 보인다. 하지만 그녀는 테이블 위의 문양이 더러운 것을 발견했다. 테이블 위의 문양은 검게 변색된 피 같은 것이 묻어 있었다.

단검은 역대 왕이 피를 내기 위해 놓아둔 것일 게 분명했다.

"어디 여기에 피가 묻으면 어떻게 되는지 볼까?"

칼리스타는 애쉬의 피가 묻은 손을 들며 말했다. 그녀의 얼굴에 호기심이 떠올랐다. 테이블에 놓인 단검과 타인머스의 문양. 그리고 문양에 묻은 바랜 핏자국.

이것만으로 그녀의 머릿속에 한 가지 가설이 떠올랐다. 그동안 매년 왕만 해 왔다는 의식. 남녀에 상관없이 반드시 첫아이가 뒤를 이어야 한다는 타인머스의 법.

이미 벽에 있는 문양에 그녀의 피를 묻혀 봤지만 아무 일도 일어나지 않았다. 하지만 이건 왕의 조카인 그레이윈드 공작의 피다.

칼리스타가 손을 문양에 갖다 대려 했을 때였다. 그녀의 얼굴에 경악이 떠올랐다. 날카로운 것이 그녀의 몸을 파고든 감각에 칼리스타의 몸이 굳었다.

"너, 이……."

비틀거리며 몸을 돌린 칼리스타의 눈에 검을 쥔 세이레나의 얼굴이 들어왔다. 세이레나는 이를 악물고 있었다. 천천히 칼리스타의 눈이 세이레나가 쥔 검으로 내려갔다.

평소 그녀가 쓰는 검이 아니었다. 방금 전에 칼리스타가 내려놓은 단검이었다. 새하얗게 질린 세이레나의 손가락 사이로 양각된 드래곤의 눈이 보였다.

"감히······."

칼리스타는 이를 악물고 지팡이로 마법진을 활성화하려 했다. 하지만 손에 힘이 들어가지 않았다. 그녀의 몸이 비틀거리자 세이레나의 보라색 눈동자에 형언할 수 없는 감정이 떠올랐다.

칼리스타는 욕을 내뱉으려다 멈췄다. 세이레나의 표정을 보니 기분이 이상했다. 그녀는 세이레나를 드럼란리그에서 잠깐, 아주 잠깐 만났을 뿐이다. 하지만 세이레나는 마치 그녀가 오랜 인연인 것처럼 바라보고 있었다.

칼리스타는 비틀거리며 세이레나가 쥔 검을 잡았다. 그것을 뽑으려 하자 피가 흘러내렸다.

"하지 마요."

세이레나가 칼리스타의 손을 막으며 속삭였다. 검을 뽑으면 피가 빨리 나온다. 상처보다는 과다출혈로 죽을 것이다. 그녀는 전투 중에 그렇게 죽는 몬스터를 몇 번이나 봤다. 상처보다 피가 부족해 위험한 상황에 처했던 동료도 봤다.

마치 자신이 죽지 않기를 바라는 태도에 칼리스타는 한쪽 입꼬리만 올려 비꼬듯 웃었다.

"내가, 죽길 바란 거 아니었어요?"

그건 아니었다. 세이레나의 얼굴이 일그러졌다. 칼리스타는 그녀에게 두 번째 기회를 주었다. 은인이나 마찬가지다.

세이레나는 칼리스타를 죽이고 싶은 게 아니었다. 막고 싶었던 거다. 칼에 찔려도 급소를 피하고 칼을 뽑지 않은 채 치료를 받으면 살 수 있다. 하지만 그렇게 하면 칼리스타의 꿈은 영영 날아갈 것이다. 그녀는 범죄자로 감옥에 갇히겠지. 칼리스타는 그것을 원하지 않았다.

세이레나는 다시 칼을 뽑으려는 칼리스타를 막았다.

"칼리스타, 그럼 죽어요."

칼리스타의 얼굴에 희미한 미소가 떠올랐다. 죽더라도 그 잘난 드래곤의 얼굴은 보고 싶다. 그녀는 세이레나의 손을 잡으며 물었다.

"죽음 앞에, 선 적 있어요?"

놀랍게도 세이레나의 표정이 단호해졌다. 그녀는 고개를 끄덕였다.

"네. 난 가 봤어요. 그때 날 구해 준 게 당신이었어요. 그러니까, 이번에는 내가 당신한테 두 번째 기회를 주고 싶어요."

칼리스타의 입이 벌어졌다. 그녀의 기억에는 없는 일이다. 세이레나를 만난 건 이번이 두 번째다.

하지만 곧 칼리스타의 머릿속에 그녀가 세웠던 몇 가지 가설이 떠올랐다.

시간과 공간을 이동하는 마법을 사용하면 드래곤이 깨어날지도 모른다는 예상은 그녀도 했다. 하지만 공간을 이동하는 마법은 현자의 탑에서 철저하게 계산해서 사용하고 있다.

그다음으로 생각한 게 시간을 되돌리는 마법이었다. 아직 칼리스타조차도 연구 중인 마법이다.

칼리스타의 눈동자가 세이레나를 향했다. 하얗게 질린 세이레나의 얼굴은 고통과 후회가 담겨 있었다. 검에 찔린 그녀보다 세이레나가 검에 찔린 사람처럼 보인다.

"나는, 성공했던 거네."

칼리스타의 얼굴에 미소가 번졌다. 시간을 돌리는 마법을 성공했다. 그 순간 원통함이 들었다. 그렇다면 그녀는 바로 눈앞에서 일이 어그러졌다는 뜻이다. 그녀는 이를 악물고 억지로 팔을 움직였다. 그녀의 옆구리에 꽂혀 있던 칼이 뽑히며 피가 튀었다.

"칼리스타!"

세이레나가 비명처럼 칼리스타를 불렀다. 하지만 그녀는 신경 쓰지 않았다.

칼리스타가 지팡이로 바닥을 그었다. 마법진이 반짝하고 빛나더니 그녀의 손에 묻어 있던 마른 애쉬의 피가 다시 수분기를 머금었다. 동시에 칼리스타의 옆구리에서는 피가 분출했다. 그럼에도 그녀는 행동을 멈추지 않았다.

곧 그녀의 손이 타인머스의 문양을 짚었다. 그러자 문양이 천천히 빛을 내뿜었다. 확 하고 갑자기 밝아진 빛에 세이레나가 눈을 찡그리는 것과 동시에 건물이 무너지는 듯한 우르릉거리는 소리가 들렸다.

벽이 움직이기 시작했다.

"레나!"

공격을 받고 미끄러졌던 애쉬가 뛰어왔다. 그는 세이레나를 끌어안고 움직이는 벽 앞에서 그녀를 끌어냈다. 천천히 벽이 옆으로 움직이면서 먼지와 함께 돌가루가 부스스 떨어져 내렸다.

애쉬는 혹시 모를 충격에서 세이레나를 보호하기 위해 그녀의 머리 위로 자신의 몸을 덮었다.

"애쉬."

우르릉거리던 소리가 멈추자 세이레나는 애쉬의 손을 잡으며 그를 불렀다. 그제야 고개를 든 그는 벽이 완전히 옆으로 이동해 거대한 공간을 드러내고 있는 것을 보고 한쪽 눈썹을 들어 올렸다.

그건 세이레나 역시 마찬가지였다. 그녀는 애쉬의 손을 잡은 채 칼리스타가 연 곳을 멍하니 쳐다봤다.

벽 하나가 온전히 문이었다. 문 안쪽은 새까만 어둠이 도사리고 있었다.

"어떻게 할까?"

침묵을 깨고 애쉬가 물었다. 지금까지는 누군가 안으로 들어가야 밝아졌다. 이번에도 마찬가지일지도 모른다.

세이레나의 시선이 칼리스타를 향했다. 그녀는 쓰러진 채 눈을 감고 있었다. 죽은 걸까. 죽지 않았더라도 최소한 죽어 가고 있을 것이다. 여러 가지 감정이 그녀의 몸 안에서 휘몰아쳤다. 기사들을, 애쉬를 공격한 마법사다. 당연히 좋은 감정이 생길 리 없다.

하지만 칼리스타 덕분에 그녀가 돌아올 수 있었다. 새로운 인생을 찾을 수 있었다. 세이레나에게 있어서 그녀는 은인이었다. 피를 흘린 탓에 새하얗게 질린 칼리스타의 얼굴에 세이레나는 이를 악물었다. 드래곤을 만나기 위해 그녀를 돌려보내 준걸까.

세이레나를 돌려보내는 마법을 사용하면 드래곤이 반응해서 깨어날 것이라는 것을 칼리스타는 알고 있었던 거다.

드래곤을 깨우기 위해 이용당했다는 생각이 제일 먼저 세이레나의 머릿속에 떠올랐다. 하지만 칼리스타를 향한 미움 같은 건 생기지 않았다. 이건 그녀가 바란 거다. 칼리스타 덕분에 세이레나는 새로운 인생을 살 기회를 잡을 수 있었다.

그러니까 드래곤이 깨어난 건 세이레나, 그녀 때문이다.

"들어가 봐요."

세이레나는 자리에서 일어나며 말했다. 그녀의 몸을 끌어안고 있던 애쉬는 재빨리 일어나서 세이레나가 일어나는 것을 도왔다.

"아니면 당신은 여기 있어요. 당신은……."

왕이 돼야 할 사람이니까. 세이레나의 말이 끝나기 전에 애쉬는 그녀의 입을 막았다. 느닷없는 행동에 세이레나의 눈이 커졌다.

"의미가 없다고 했잖아."

그렇게 말했다. 세이레나는 쓰게 웃었다. 그리고 거대한 어둠을 향해 몸을 돌렸다.

안에서는 아무 소리도 들리지 않았다. 세이레나가 어릴 적 들었던 이야기 속 드래곤의 거친 숨소리 같은 것도 들리지 않았다. 두 사람은 손을 잡고 천천히 거대한 문을 향해 다가갔다. 문 바로 앞에서 잠시 발을 멈췄지만 세이레나와 애쉬는 그대로 어둠 속으로 발을 내디뎠다.

순간 그 안에서 낮은 목소리가 들려왔다.

"동료를 잔뜩 끌고 왔으면 가만두지 않으려 했는데."

세이레나와 애쉬의 움직임이 멈칫했다. 하지만 이미 두 사람이 들어온 뒤였다. 애쉬가 들어오자 그의 존재에 반응한 공간에 빛이 나타났다.

"팟!" 하고 밝아진 주변에 반사적으로 경계한 애쉬는 세이레나를 자신의 뒤로 보내려 했다. 그러자 아까와 똑같은 목소리가 웃음을 터트렸다.

"바보 같은 짓을 하는군."

명백한 비웃음에 애쉬의 한쪽 눈썹이 올라갔다. 세이레나는 자신을 잡아당기는 애쉬의 힘에 저항하면서 주변을 둘러봤다.

안은 생각보다 작았다. 폭은 방금 전의 방과 비슷했는데 깊이가 훨씬 짧았다.

"이게 뭘까요?"

세이레나는 눈앞의 새하얀 벽으로 다가가며 애쉬에게 물었다. 마치 거대한 수정처럼 생긴 벽이었다. 그 순간 벽 반대쪽에서 검은 그림자가 다가왔다.

"헉!"

세이레나는 깜짝 놀라 뒤로 물러났고 애쉬는 재빨리 그녀를 끌어안았다. 벽 반대쪽에서 나타난 검은 그림자가 점점 더 가까워졌다. 그제야 두 사람은 그게 뭔지 알아차렸다.

"드래곤?"

애쉬의 말에 세이레나는 어두웠던 벽이 점점 밝아지는 것을 쳐다봤다. 검은 그림자가 드리웠던 벽이 드래곤이 다가오자 드래곤의 비늘 때문에 밝아졌다.

노란색. 아니, 황금색으로 보인다. 황금색 비늘을 가진 거대한 것이 다가왔다.

세이레나는 저도 모르게 말했다.

"타임머스?"

그 순간 반투명한 벽 너머로 보라색 원이 나타났다. 세이레나는 깜짝 놀라서 애쉬를 끌어안았다가 다시 그것을 쳐다봤다.

엄청난 크기다. 보라색 원 하나가 그녀의 상반신보다 더 컸다. 잠시 후 그녀는 그것이 드래곤의 눈동자라는 것을 깨달았다.

"흠. 남은 세 명은 도망쳤나?"

뭐? 드래곤의 질문에 세이레나와 애쉬는 무슨 소린가 하고 멍하니 벽 너머의 드래곤을 쳐다봤다. 벽이 있음에도 드래곤의 목소리는 두 사람에게 잘 들렸다.

벽 때문에 보이는 건 오직 드래곤의 눈동자 하나뿐이었다. 세이레나는 드래곤을 가둔 거대한 수정을 한번 훑었다. 대체 얼마나 큰 걸까. 이 방의 한쪽 면이 완전히 수정으로만 되어 있다.

"잠깐."

그때 드래곤의 목소리가 다시 들렸다. 여전히 드래곤의 눈동자는 움직이지도, 깜빡이지도 않고 있었다. 어쩐지 으스스한 기분에 세이레나는 애쉬의 손을 잡았다.

"다른 인간이잖아?"

마치 엄청난 사실을 발견한 것처럼 드래곤의 눈이 벽에 가까워졌다. 세이레나는 멍하니 드래곤의 눈동자를 쳐다보고 있었다. 가장 가운데의 동공은 황금색이었다. 그 주변을 감싼 홍채는 보라색이었는데 끝으로 갈수록 자주색을 띠고 있었다.

애쉬는 반사적으로 세이레나를 바라봤다. 그녀도 보라색 눈이다. 하지만 가운데가 진하고 끝으로 갈수록 밝아지는 세이레나와 전혀 다른 눈동자였다. 같은 보라색 눈동자인데 전혀 달랐다.

"처음 뵙겠습니다."

가까스로 정신을 차린 세이레나가 입을 열었다. 그녀는 자신을 끌어당기는 애쉬의 품에서 빠져나왔다. 하지만 여전히 그의 손을 잡고 있었다.

"흠. 그렇군. 처음 보는 인간이야."

"세이레나 헌터라고 합니다. 이쪽은……."

"애쉬 그레이윈드입니다."

세이레나가 이름을 밝히자 애쉬도 재빨리 자신의 이름을 밝혔다. 그러자 드래곤의 눈동자가 가늘어졌다.

"그 인간 여자의 이름이군."

그 인간 여자가 누구를 말하는 걸까. 잠깐 의문이 떠올랐던 세이레나의 머릿속에 곧바로 다섯 용사 중 한 명이었던 여기사가 떠올랐다.

드래곤은 애쉬를 자세히 보더니 다시 말했다.

"그리고 멍청이의 후손이군. 그 멍청이가 결국 나라를 포기하고 인간 여자를 선택한 모양이지?"

무슨 소린지 모르겠다. 세이레나와 애쉬는 멍하니 드래곤의 눈동자를 쳐다보고 있었다.

드래곤의 눈동자는 애쉬를 보더니 이번에는 세이레나를 향해 움직였다.

"얼씨구. 멍청한 인간 놈들. 그 부모에 그 자식이라더니, 똑같은 짓을 한 건가?"

드래곤은 점점 더 모를 소리를 하고 있었다. 결국, 먼저 입을 연 건 세이레나였다.

"죄송해요. 우린 당신이 무슨 말을 하는지 모르겠어요. 당신을 여기에 음, 그러니까……."

가뒀다고 해야 하나? 아니면 봉인했다고? 망설이는 세이레나를 대신해서 드래곤이 말했다.

"잠재웠지. 네 녀석들의 부모가."

그 순간 "쿵!" 하고 방 안이 흔들렸다.

"헉."

세이레나는 반사적으로 애쉬를 잡았다. 두 사람은 드래곤이 화가 난 것을 직감했다. 몇 번 더 쿵쿵쿵 하고 울리며 방이 흔들렸다. 하지만 그것뿐이었다.

휙 하고 벽 뒤로 드래곤의 꼬리인 듯한 검은 그림자가 지나갔다. 세이레나는 검은 그림자가 어지럽게 지나가는 것을 보며 애쉬에게 속삭였다.

"저 벽이 충격을 흡수하는 거 같아요."

드래곤의 움직임은 그림자가 지나가는 것으로만 유추할 수 있었다. 하지만 눈동자의 크기로 봤을 때 드래곤의 크기는 엄청났을 것이다.

애쉬는 그가 기사들과 내려온 계단의 높이와 본궁의 크기를 떠올리며 고개를 끄덕였다. 그 정도 크기의 생명체가 저렇게 화를 내는데 여기는 고작 진동이 느껴지는 정도다.

방은 흔들리기는 하지만 벽에 금이 가거나 무너질 징조는 보이지 않았다. 세이레나의 말대로 두 사람과 드래곤 사이를 가르고 있는 수정 벽이 드래곤이 만들어 내는 충격을 흡수하는 모양이었다.

"이게 봉인인 모양이군."

애쉬의 말에 세이레나는 고개를 끄덕였다. 그녀는 어두운 표정으로 마지막으로 "쿵!" 하고 크게 방이 흔들린 뒤 드래곤의 눈동자가 다가오는 것을 쳐다봤다.

"날 이 꼴로 만든 보람이 있겠어. 네 녀석의 부모는."

드래곤의 목소리는 꽤 침착했다. 화가 가라앉은 모양이라고 생각하며 애쉬가 물었다.

"설마 윌리엄을 말씀하시는 겁니까?"

"그래, 멍청이 윌리엄. 여자 하나는 살리겠다고 금단의 마법에 손을 댄 멍청이."

세이레나와 애쉬의 눈동자가 부딪쳤다. 초대 왕이 금단의 마법에 손을 댔다고? 그건 처음 들었다.

애쉬는 벽을 향해 한 발짝 다가가며 물었다.

"전 그분의 아들이 아닙니다. 아주 먼 후손이죠."

드래곤의 눈동자가 가늘어졌다. 타임머스는 뚫어져라 애쉬를 쳐다보더니 이번에는 세이레나를 쳐다봤다.

그리고 물었다.

"내가 잠든 지 얼마나 지났지?"

얼마나 지났더라? 최소 오백 년이 훨씬 지났다. 세이레나의 말에 드래곤이 다시 물었다.

"너희 인간은 그렇게 오래 못 살 텐데?"

"그래서 아주 먼 후손이라고 했는데요."

"아, 그렇군."

드래곤의 눈동자가 사라졌다. 아니, 감겼다. 잠시 후 다시 나타난 보라색 눈동자를 보고 세이레나는 신기하다고 생각했다.

"그러니까 그 멍청한 놈들은 뒈졌고 너희는 그 후손이라는 말이지."

약간의 경멸 외에는 드래곤의 차분한 말을 가득 채운 건 분노였다. 세이레나는 솔직하게 말했다.

"죄송합니다."

"그 멍청이들이 뒈져서?"

"당신을 가둬, 아니, 잠재워서요."

"흠."

드래곤의 자세가 바뀌었다. 그건 드래곤의 눈동자가 낮아졌기 때문에 알 수 있었다. 타임머스는 세이레나를 물끄러미 쳐다보며 중얼거렸다.

"사과 따위는 못 받을 줄 알았는데. 그 멍청이들이 사과하라고 유언이라도 남겼나?"

"그건 아니에요."

"몇백 년 전이면 넌 그 멍청이들이 왜 이런 짓을 했는지 모를 텐데."

그렇게 말하며 드래곤은 앞발을 들어 수정 벽을 톡톡 쳤다. 그 행동에 애쉬가 반사적으로 세이레나를 끌어안았다.

드래곤은 두 사람의 태도를 쳐다보며 말했다.

"어쩐지, 그 멍청이가 나라를 포기했을 리 없는데 이상하다 했지."

"윌리엄 전하를 말씀하시는 거죠?"

세이레나의 말에 드래곤의 눈동자가 움직였다. 타임머스는 어이없다는 듯 픽 비웃음을 흘리며 말했다.

"그래. 그 멍청이가 너희와 똑같은 짓을 했다."

"똑같은 짓을 했다는 건?"

애쉬의 질문에 드래곤이 다시 앞발을 들었다. 앞발의 발톱이 톡 하고 세이레나 쪽의 수정 벽을 짚었다.

"암컷를 살리기 위해."

수정 벽에서 떨어진 드래곤의 앞발이 이번에는 애쉬 쪽의 수정 벽을 짚었다.

"수컷이 금단의 마법에 손을 댔다고."

암컷이니 수컷이니 하는 소리에도 세이레나는 기분이 나쁘지 않았다. 그런 것을 떠올릴 겨를이 없었다. 그녀는 깜짝 놀라서 소리쳤다.

"자, 잠깐만요. 윌리엄 전하가 누굴 구하기 위해 마법에 손을 댄 거죠?"

"당연히 저 남자에게 이름을 물려준 여자지."

"그레이윈드?"

최초의 여자 소드 마스터. 다섯 용사 중 하나. 드래곤의 말에 애쉬와 세이레나의 시선이 부딪쳤다. 두 사람은 똑같은 의문을 품고 있었다.

초대 왕이 그레이윈드를 사랑했어?

애쉬가 물었다.

"하지만 그레이윈드는 다른 사람과 결혼했는데요."

그의 질문에 드래곤은 한숨을 내쉬었다. 그래서 처음에 애쉬가 세이레나를 보호하는 것을 보고 착각했던 거다. 나라를 포기한 거라고.

드래곤은 어두운 목소리로 입을 열었다.

"마법에는 대가가 필요하지. 특히나 시간을 돌리는 마법은 말이야."

무슨 소린지 알겠다. 세이레나는 고개를 끄덕이며 물었다.

"윌리엄 전하가 그레이윈드 경을 구하기 위해 시간을 돌리는 대신 자신의 사랑을 포기했다는 말이군요."

그녀는 어쩐지 보이지 않는 드래곤의 얼굴이 웃는 것 같다는 느낌이 들었다. 약간의 시간이 지나고 나서야 드래곤이 다시 말했다.

"그래. 피는 못 속인다더니. 윌리엄의 자손이 윌리엄과 똑같은 짓을 했군."

드래곤의 말에 세이레나의 눈이 커졌다. 그녀는 수정 벽을 향해 한 발짝 다가가며 말했다.

"하지만 마법에 손을 댄 건, 전데요?"

"뭐?"

드래곤의 눈이 커졌다. 타임머스는 애쉬와 세이레나를 번갈아 살펴보더니 다시 말했다.

"너무 오래 자서 감이 떨어졌나 했네. 마법에 손을 댄 건 저 멍청이의 후손이야."

애쉬라고? 세이레나는 저도 모르게 애쉬를 돌아보았다. 그녀를 회귀시킨 게 애쉬였단 말이야? 하지만 그는 그런 엄청난 마법을 사용할 능력이 없다. 검을 휘두르는 거라면 그를 이길 자가 없지만 마법이라고?

그때 애쉬가 말했다.

"저는 마법을 쓸 줄 모릅니다만."

"하지만 대가를 지불한 건 너야."

세이레나의 눈이 커졌다. 그동안 그녀는 자신이 대가를 지불한 줄 알았다. 하지만 대가를 지불한 게 애쉬라고?

그녀는 반사적으로 애쉬를 쳐다봤다. 그동안 당연히 그녀가 대가를 지불했다고 생각했다. 그게 애쉬에 대한 기억이 아닐까 하고 추측하기도 했다.

그렇다면 애쉬가 지불한 대가는 뭐지? 세이레나가 그렇게 물어보려 했을 때였다. 타임머스가 심드렁한 목소리로 말했다.

"소원을 빈 녀석과 소원을 들어준 녀석과 대가를 치른 녀석이 제각각이라니, 인간은 역시 이상한 존재로군."

세이레나의 고개가 드래곤을 향했다. 그녀는 떨리는 목소리로 물었다.

"그럼, 당신이 깨어난 건 역시 저 때문인가요?"

"굳이 따지면 인간 셋의 작당 때문이지."

작당이라고 하는 건 어폐가 있다. 세이레나는 얼굴을 붉히며 변명했다.

"전 당신이 깨어날 줄 몰랐어요."

"이 땅에서 시간을 되돌리는 마법을 썼으면서 내가 깨어날 줄 몰랐다고?"

타임머스의 어이없다는 듯한 말투에 세이레나는 방 바깥쪽을 쳐다봤다.

이제는 확실하게 알겠다. 칼리스타는 세이레나를 되돌려보내 주면 드래곤이 깨어날 거라는 것을 알고 있었다. 그녀를 이용해서 드래곤의 위치를 알아내려 했던 거다.

하지만 문득 세이레나는 한 가지 이상한 점을 깨달았다.

칼리스타는 도대체 드래곤의 심장을 어떻게 빼낼 생각이었던 걸까. 드래곤이 깨어났다면 자신의 심장을 빼내는 것을 쉽게 용납할 리가 없다.

세이레나는 다시 드래곤을 향해 고개를 돌렸다. 두 사람과 드래곤 사이를 가르는 반투명한 벽은 드래곤을 가두고 있었다.

"타임머스."

세이레나는 수정 벽을 향해 다가가며 드래곤을 불렀다. 그녀의 뒤로 애쉬가 따라왔다. 그는 그녀를 보호하려는 것처럼 재빨리 세이레나의 몸을 끌어안았다.

자주색의 눈동자가 세이레나의 움직임을 따라 움직이고 있었다.

"다섯 용, 아니 기사가 당신과 싸운 건 당신이 사람들을 공격했기 때문이라고 하던데요."

세이레나의 질문에 드래곤이 "흥!" 하고 코웃음 쳤다. 그녀는 재빨리 말을 이었다.

"그리고 당신이 사람들을 공격한 건 초대 국왕이 금단의 마법에 손을 댔기 때문이고요."

경멸이 담긴 드래곤의 자주색 눈동자가 가늘어졌다. 동시에 눈동자의 색이 천천히 진해지더니 다시 보라색으로 돌아왔다.

"그래."

드래곤은 회한이 어린 목소리로 대답했다. 윌리엄, 그 멍청이가 금단의 마법에 손을 댔다. 그는 죽은 루실을 살리기 위해 마법사에게 소원을 빌었다.

그리고 모든 것이 바뀌어 버렸다.

"세상에는 준비된 것이 있지. 고작 백 년도 못 사는 너희 인간은 이해할 수 없겠지만. 뭔가가 바뀌면 그 영향력하에 있는 것들의 미래가 전부 바뀌어 버려."

거기까지 말한 드래곤은 한숨을 내쉬며 다시 세이레나를 쳐다봤다. 드래곤의 눈에 미래가 바뀌어 버린 인간 여자가 들어왔다. 그녀 때문에 나라의 미래가 바뀌어 버렸다.

아니, 정확하게는 애쉬 때문이다. 저 인간 남자 때문에 이 나라의 미래가 바뀌어 버렸다. 그가 대가를 치르지 않았다면 타인머스는 몇십 년 안에 멸망했을 것이다.

"만약에 말이에요. 만약, 저희가 당신을 풀어 준다면. 그러면 당신은 이 나라를 공격할까요?"

세이레나의 질문에 애쉬를 향했던 드래곤의 눈동자가 다시 그녀를 향했다. 드래곤의 보라색 눈동자가 가벼운 분노로 자줏빛을 띄기 시작했다.

"멍청한 인간. 저희가 당신을 풀어 준다면? 너흰 이미 날 막을 수 없어."

나직한 목소리에 담긴 분노에도 세이레나는 굴하지 않았다. 그녀 역시 필사적이었다. 세이레나는 자신의 손을 맞잡고 쥐어짜며 입을 열었다.

"하지만 당신이 말했잖아요. 뭔가가 바뀌면 영향력하에 있는 것의 미래는 전부 바뀐다고요. 당신이 이 나라를 공격하면, 그래서 사람들이 죽거나 다치면. 그걸로 바뀌는 미래는요?"

틀린 말은 아니다. 세이레나로 인해 바뀐 것을 돌리기엔 너무 늦어 버렸다. 드래곤은 자신이 윌리엄이 마법을 쓴 것을 깨달은 게 언제였는지 떠올렸다. 바로 일주일 뒤였다.

하지만 지금은 어떻지? 세이레나가 돌아오고, 드래곤이 정신을 차린 지 거의 일 년이 다 되어 간다. 이미 세상은 세이레나가 되돌아온 후로부터 미래가 아예 바뀌어 버렸다.

드래곤이 아무 말도 하지 않자 세이레나는 계속해서 말했다.

"원하는 게 있다면, 제가 할 수 있는 거라면 뭐든지 할게요."

그러니 사람들을 공격하지 말아 달라는 말이다. 드래곤은 물끄러미 세이레나를 쳐다보다가 물었다.

"네 목숨을 달라고 해도?"

세이레나는 잠시 망설였다. 그녀의 시선이 애쉬를 향했다. 애쉬와 함께하고 싶다. 하지만 그녀가 드래곤에게 목숨을 줘서 사람들을, 에즈라를, 친구들을 지킬 수 있다면.

애쉬가 무사할 수 있다면.

"네."

"레나!"

세이레나의 대답에 애쉬는 저도 모르게 벌컥 소리쳤다. 그는 그녀를 끌어안고 수정 벽에서 물러났다.

"절대로 안 돼!"

절대 안 된다. 애쉬는 분노를 누르기 위해 이를 악물었다. 그게 누구를 향한 분노인지 그도 몰랐다. 세이레나의 목숨을 달라한 드래곤인지, 주겠다고 한 세이레나인지. 그는 세이레나를 꽉 끌어안고 거칠게 말했다.

"한 번만 더 그래 봐. 진짜로 화낼 거야."

애쉬는 세이레나를 놓을 생각이 없었다. 그는 드래곤의 눈동자를 노려보며 말했다.

"해 봐. 목숨을 내놓는 것은 레나가 아니라 네가 될 테니까."

"네 멍청한 선조조차도 날 죽이는 건 포기했는데?"

드래곤이 비웃듯 말했다. 애쉬의 표정이 딱딱하게 굳었다. 그는 드래곤을 향해 한쪽 눈썹을 올리며 대꾸했다.

"궁금하면 확인해 봐. 내게 이 나라와 레나 중에 뭐가 더 중요한지."

드래곤의 눈동자가 가늘어졌다.

"둘 다 죽이는 방법도 있지."

이 나라와 세이레나. 둘 다 죽이면 된다. 그런 말에 세이레나는 고개를 저었다.

"안 될걸요."

거대한 눈동자가 다시 세이레나를 향했다. 그녀는 드래곤을 향해 애쉬에게 안긴 채 말했다.

"당신을 풀어 줄 수 있는 건 윌리엄의 후손뿐이겠죠. 그렇지 않나요?"

"뭐?"

놀란 것은 애쉬였다. 그는 끌어안은 세이레나를 내려다보았다. 세이레나가 그를 올려다봤다가 두 사람이 들어온 벽이었던 곳을 가리키며 말했다.

"저걸 연 건 애쉬의 피였어요. 역대 왕들은 모두 매년 이곳에 내려와서 어떤 의식을 치렀고요. 그건 아마도 드래곤의 봉인을 이어 가는 의식이었겠죠."

타인머스의 왕은 드래곤을 계속 봉인할 수도, 풀어 줄 수도 있다는 말이다. 세이레나는 눈을 질끈 감았다가 떴다.

이상하다고 생각했다. 고작 애쉬의 피를 묻힌 것만으로 벽을 연다는 게. 그 정도라면 윌리엄의 피를 이은 누구라도 벽을 열 수 있다.

아니면 윌리엄의 피를 이은 자를 죽여 그 피로 문을 열 수 있다.

하지만 저건 드래곤이 살아 있다는 것을 확인하기 위한 문이었을 뿐이다. 진짜 드래곤을 봉인하는 건 이 수정 벽이다. 그리고 거기에 반드시 필요한 건 왕위에 오르거나 왕위를 이을 살아 있는 윌리엄의 후손.

다른 나라와 달리 타인머스는 여자도 작위를 이어받을 수 있다. 왕위가 그렇기 때문이다.

성별에 상관없이 첫째 아이가 무조건 타인머스의 왕이 된다. 그건 다섯 용사 중 한 명이 여기사였기 때문이기도 했지만 드래곤을 봉인하기 위해서이기도 한 것이었다.

"당신을 봉인하는 건 이 본궁 건물이 아니었어요."

세이레나는 천장을 한 번 쳐다보고 애쉬를 쳐다봤다. 기사들이 들어가면 불이 켜지던 통로와 방. 그건 사람에게 반응한 게 아니었다.

초대 왕인 윌리엄의 피가 흐르는 애쉬에게 반응한 것이다.

"당신을 봉인한 윌리엄의 피였죠. 이 나라는 드래곤을 계속 잠재우기 위해 반드시 초대 왕의 혈통이 왕위를 물려받아야 할 필요가 있었던 거예요."

그렇기 때문에 성별에 구분을 두지 않은 것이다. 만일 왕위를 남자만 이을 수 있을 경우 태어난 아이가 모두 공주라면 왕은 초대 왕의 혈통을 잇지 않은 자가 되게 되니까.

드래곤은 못마땅한 표정으로 세이레나를 쳐다보고 있었다.

애쉬의 피로 이 방의 문은 열었지만, 여전히 수정 벽은 무너지지 않았다. 뿐만 아니라 이 수정 벽은 여전히 드래곤이 만들어 내는 모든 소음과 충격을 흡수하고 있었다.

"애쉬가 왕이 된다면, 당신은 이대로 여기에 갇히는 거예요."

그 순간, 수정 벽 맞은편에 뭔가가 부딪쳤다. "쿵!" 하고 큰 소리가 나며 방이 거세게 흔들리자 애쉬는 세이레나를 더 꽉 끌어안았다.

분노에 찬 드래곤의 눈동자가 세이레나를 향했다. 이번에는 눈동자만이 아니었다. 드래곤의 머리 전체가 수정 벽 앞에 바짝 붙어 있었다.

"날 협박하는 거냐? 감히 인간 따위가?"

나직하게 으르렁거리는 듯한 소리에도 세이레나는 입을 다물지 않았다. 그녀는 드래곤을 두려워하면서도 침착하게 말했다.

"협박하는 게 아니에요. 부탁하는 거예요. 다른 사람들을 건들지 말아 달라고요."

침착한 세이레나의 말에 드래곤의 감정도 빠르게 가라앉았다. 타임머스는 물끄러미 세이레나를 쳐다봤다.

드래곤도 저런 때가 있었다. 모든 생명체를 아꼈고 안타까워했다.

고작해야 백 년. 인간은 그 백 년조차 제대로 모두 채우지 못한다. 그 짧은 시간 동안 필사적으로 살아가는 인간이 안타까우면서 사랑스러웠다.

불멸자인 드래곤은 알 수 없는 필멸자의 생은 마치 눈이 녹아들 듯 지나가 있곤 했다. 어제까지 치열하게 싸웠던 윌리엄이 죽은 지 한참 됐고 까마득한 후손이 찾아온 지금처럼.

어쩐지 허탈해져서 타임머스는 그대로 바닥에 주저앉았다.

아쉬웠다. 드래곤이 알고 지낸 모든 인간은 이미 다 역사의 뒤안길로 사라졌고 세상은 모든 것이 바뀌어 버렸다.

드넓은 평야에 도시가 세워지고 높은 건물이 들어선다. 시시각각 변하는 세상에 뒤처져 있는 느낌이 싫어서 드래곤은 사람들과 어울려 다니곤 했다. 마지막으로 어울린 인간 윌리엄과 싸우고 봉인된 지 몇백 년이나 지났다.

잠에서 깨어난 지 몇 달 만에 드래곤은 평생 자신을 따라다닌 깊은 고독을 느꼈다.

"내가 여길 나가서 너희에게 복수하지 않는다면, 너는 내게 무엇을 줄 수 있지?"

한풀 꺾인 드래곤의 목소리가 들렸다. 세이레나와 애쉬의 시선이 부딪쳤다. 무엇을 줄 수 있지? 상대는 드래곤이다.

애쉬는 조심스럽게 말했다.

"원하는 게 뭡니까?"

드래곤의 시선이 세이레나를 향했다. 정확히는 애쉬가 끌어안은 세이레나의 복부를 향했다.

"너희들의 첫 번째 아이를 줘."

"안 돼요."

"안 됩니다."

세이레나와 애쉬의 대답이 동시에 터져 나왔다. 뭐야. 드래곤은 못마땅하다는 어조로 물었다.

"왜? 안 잡아먹어."

"그래서가 아니에요."

세이레나는 저도 모르게 자신의 배에 손을 가져갔다. 거기에는 이미 애쉬의 손이 있었다. 그녀의 손이 애쉬의 손 위에 겹쳐졌다. 그녀가 아이를 낳을 수 있는지 없는지는 아직 알 수 없다. 하지만 문제는 그게 아니다.

"아이의 인생은 그 아이의 것이니까요. 제가 약속하고 말고 할 문제가 아니에요."

맞는 말이다. 드래곤은 못마땅한 표정으로 세이레나의 복부를 쳐다봤다. 그 시선을 느낀 애쉬가 슬쩍 세이레나의 몸을 자신의 몸으로 가렸다.

"그렇다면 네 이름을 줘."

톡 하고 드래곤의 발톱이 수정 벽을 짚었다. 그 발톱이 가리킨 것은 애쉬였다.

"제, 이름 말입니까?"

당황한 애쉬에게 드래곤이 심드렁하게 대답했다.

"그래. 그 여자의 이름."

그레이윈드를 말하는 거다. 그걸 왜 달라고 하는 거지? 세이레나와 애쉬의 시선이 부딪쳤다. 애쉬가 물었다.

"인간 신분을 갖고 싶은 겁니까?"

"그래. 너희는 가문이라는 걸 중요시 하더군."

드래곤은 봉인되기 전에 그가 돌아다녔던 대륙을 떠올리며 말했다. 인간 사회는 직업을 구하고 거래를 하는데 가문이라는 게 중요했다. 물론 그건 대부분의 종족이 마찬가지였다.

하지만 드래곤과 인간 사이의 생각은 아주 큰 차이가 있었다. 타임머스가 말한 건 말 그대로 성(姓)뿐이었지만 애쉬는 다르게 받아들였다.

어차피 그레이윈드 공작가는 왕의 둘째 자식에게 주어지는 가문이다. 왕에게 자식이 하나뿐이라면 몇십 년 동안 공석이 된다.

실제로 백 년 넘게 공석이었던 역사도 있다.

애쉬는 고개를 끄덕였다. 신분이 필요한 거라면 얼마든지 줄 수 있다.

"확실한 신분을 드리죠."

애쉬의 말에 타임머스가 빙그레 웃었다. 드래곤은 고개를 기울이며 말했다.

"이리 와. 날 이 답답한 곳에서 풀어 달라고."

"그전에."

호락호락하게 드래곤을 풀어줄 애쉬가 아니다. 그는 수정 벽으로 다가가며 말을 이었다.

"정말로 아무도 건드리지 않는 겁니까? 레나도요."

드래곤의 눈동자가 세이레나를 향했다.

"그래."

"그리고 당신의 부하들도 말이죠?"

애쉬의 말에 드래곤은 씩 웃었다.

타임머스의 부름에 이끌려 수도를 습격하는 몬스터들을 말하는 거다. 그들이 더 이상 수도를 습격하지 않겠냐는 질문이었다.

드래곤조차 잊고 있었다. 제법이라는 듯한 시선에 애쉬는 뒷목을 쓸었다.

"그 녀석들은 내게 반응하는 거니까 내가 여기서 나간다면 흩어져."

"당신이 수도를 자유롭게 활보해도 말입니까?"

어떻게 그럴 수 있지? 어리둥절해 하는 세이레나와 애쉬를 위해 드래곤은 발톱으로 수정 벽을 톡 쳤다.

"이게 신호를 전부 차단하고 있거든."

원래라면 드래곤은 몬스터를 불러들이는 것도, 내보내는 것도 가능하다. 애쉬는 몬스터가 드래곤의 부하라고 말했지만 드래곤과 몬스터의 관계는 단순한 부하라고 말하기는 복잡하다.

"그렇다면 당신이 나가면 몬스터들은 더 이상 수도를 습격하지 않겠군요."

그래. 그렇게 말하려던 타임머스는 멈칫했다. 그는 애쉬가 무슨 짓을 하려는지 알았다. 여기서 드래곤이 그렇다고 하면 앞으로 몬스터의 모든 습격은 드래곤의 탓이 된다.

"영악하긴."

타임머스는 그렇게 말하며 이를 드러내고 호전적으로 웃었다. 그리고 세이레나를 쳐다봤다.

저 여자가 아니었다면 타임머스도 애쉬를 적당히 속이고 이곳을 빠져나갔을 것이다. 하지만 드래곤은 세이레나가 마음에 들었다.

"먹을 것을 구하러 오는 녀석들은 있겠지. 내가 굶어 죽으라고 명령할 수는 없으니까 말이야."

그 정도면 됐다. 애쉬는 쓰게 웃으며 물었다.

"뭘 하면 됩니까?"

"검이 있나?"

있다. 애쉬는 자신의 검을 들어 보였다. 드래곤은 고개를 끄덕이고 말했다.

"손가락을 찔러서 피를 내."

애쉬는 드래곤이 시키는 대로 손가락을 검으로 가볍게 그어서 상처를 냈다. 엄지에 붉은 피가 송골송골 맺혔다.

드래곤이 발톱을 수정 벽에 대며 말했다.

"여기서 손가락을 대고 내가 시키는 대로 말해."

원래대로라면 드래곤을 봉인한 마법사가 알려 줬어야 할 방법이다. 하지만 마법사는 죽었고 드래곤을 봉인했다는 사실만이 남았다.

애쉬는 수정 벽에 손가락을 대기 전에 세이레나를 쳐다봤다.

"이리 와."

그 혼자 할 일이 아니다. 이건 세이레나의 업적이다. 전투 없이 드래곤을 설득했고 평화로운 결말을 얻어 냈으니까.

애쉬는 손을 뻗어 세이레나의 손을 잡았다. 그리고 드래곤이 발톱을 댄 벽 맞은편에 피가 맺힌 손가락을 갖다 댔다.

그 순간 고작 몇 방울의 피가 수정 벽으로 확 하고 번졌다. 반투명한 수정 벽이 분홍색으로 물들더니 불투명해졌다.

순간 드래곤의 모습이 수정 벽에 가려졌다.

애쉬는 자신의 몸에 흐르는 피가 수정 벽을 구축하고 있었다는 것을 본능적으로 느꼈다. 윌리엄의 혈통은 드래곤을 구속하고 있었다.

곧이어 수정 벽이 빛을 뿜어내기 시작했다. 눈앞이 새하얗게 되는 감각에 세이레나는 고개를 돌렸고 애쉬는 그런 그녀를 끌어안았다.

쩌적. 쩍.

애쉬의 피가 묻은 곳부터 벽에 금이 가기 시작했다. 작게 시작한 금은 점점 더 깊어지더니 순식간에 쩌저적 하고 위로 빠르게 타고 올라갔다.

"펑!" 하고 수정 벽이 터져 나갔다. 애쉬는 세이레나를 끌어안은 채 파편을 피하기 위해 몸을 웅크렸다. 하지만 파편이 그의 등에 쏟아지는 느낌은 없었다.

주변으로 터져 나간 수정 파편은 주변에 후두둑 떨어졌다. 하지만 마치 애쉬의 주변에만 동그란 방어막이 설치된 것처럼 아무 피해도 없었다.

윌리엄의 혈통으로 봉인되었던 것이다. 그 후손인 애쉬를 다치게 할 리가 없다.

애쉬는 그것을 깨닫고 빙그레 웃었다. 주변에 흩어진 수정 파편은 천천히 녹아들더니 금세 깨끗하게 사라졌다.

드래곤 역시 아무 소리도 내지 않았다. 애쉬는 고개를 돌려 드래곤을 쳐다봤다.

당장이라도 자유를 만끽하며 크게 울부짖을 것 같던 타임머스는 천천히 몸을 일으키고 있었다.

애쉬의 어깨 밑으로 세이레나도 고개를 내밀었다. 드래곤 타임머스는 마치 황금이 어마어마하게 쌓여 있는 것처럼 보였다. 금세라도 자르륵 쏟아질 것처럼, 거대한 산처럼 쌓인 금화처럼 보인 것은 드래곤의 몸이었다.

그리고 다음 순간 드래곤이 몸을 일으켰다. "쿵!" 하고 드래곤이 앞발을 내딛는 순간 방 안이 흔들렸다.

잠시 앞발을 쭉 내밀고 기지개를 편 드래곤이 고개를 돌렸다. 거대한 머리가 휙 하고 순식간에 세이레나와 애쉬 앞에 다가왔다. 그 순간만큼은 두 사람 다 바짝 긴장했다. 드래곤이 금세라도 입을 벌려 뭔가를 쏘아 낼 것 같았기 때문이다.

하지만 황금색 드래곤은 보라색 눈동자를 가진 눈을 부드럽게 휘더니 말했다.

"그래서, 그 멍청이가 세운 이 나라 이름이 뭐야?"

세이레나와 애쉬의 얼굴이 다른 의미로 굳었다. 그러고 보니 아직 이 나라의 이름조차 타임머스에게 알려 주지 않았다.

두 사람이 머뭇거리자 타임머스가 다시 물었다.

"왜? 너희는 뭐든 이름을 붙이잖아. 나라에도 이름이 있을 거 아니야?"

"어, 그게. 그러니까요."

뭔데? 어리둥절한 타임머스가 애쉬와 세이레나를 번갈아 쳐다봤다. 두 사람은 망설이다가 말했다.

"타인머스요."

"응?"

"타인머스입니다. 이 나라 이름."

"허."

드래곤은 허 하고 신음하고 거짓말하는 게 아닌지 두 사람의 얼굴을 빤히 쳐다봤다. 그리고 거짓말이 아닌 것을 알자 꼬리를 천천히 흔들며 물었다.

"누가 지은 거야?"

"윌리엄 전하요."

허. 드래곤은 두 번째 신음을 내뱉었다. 그리고 곧 웃음을 터트렸다.

멍청한 윌리엄. 그가 떠올랐다. 괜찮은 인간이었다. 드래곤이 만난 인간 중 가장 멍청하고 가장 좋은 인간이었다.

문득 타임머스는 윌리엄이 보고 싶어졌다.

"인간은 참 이상하단 말이야."

드래곤은 애쉬의 얼굴을 물끄러미 쳐다보며 말했다. 드래곤으로 보는 인간의 얼굴은 다 똑같이 생겼다. 하지만 다르다는 것을 타임머스는 안다. 드래곤은 애쉬의 얼굴에서 윌리엄의 얼굴을 찾았다.

*   *   *

"무너진다."

데니스가 그렇게 말하는 것과 동시에 쿠르릉 하고 건물이 무너졌다. 그 장면을 모든 기사단이 다 지켜보고 있었다.

한 달 전 기사들을 데리고 본궁 아래를 탐사하러 갔던 애쉬는 지상으로 올라와 지진의 원인을 발표했다. 본궁을 중심으로 지진이 퍼져 나갔던 이유는 본궁 지하에 있는 거대한 동굴 때문이라고.

땅이 불안정하기 때문에 지진이 일어났다는 발표에 대부분은 수긍했다. 하지만 현자의 탑만은 수긍하지 않았다. 그들은 애쉬에게 뭔가를 숨기는 게 아니냐고 물었고 애쉬는 원한다면 대표로 한두 명이 와서 확인해도 좋다고 답변했다.

"정말로 텅 비어 있네요."

대표로 온 것은 이사나였다. 그녀는 본궁 아래를 확인하고 한숨을 내쉬며 말했다. 그녀에게 거짓말을 한다는 죄책감에 세이레나는 가슴이 따끔따끔 찔렸지만 어쩔 수 없었다.

본궁 밑은 텅 비어 있었다. 어쩌면 이곳에 드래곤이 있었을지도 모른다. 길게 이어진 계단. 드래곤이 누워 있을 만한 거대한 공간. 하지만 지금은 아무것도 없다.

다만 이사나는 특정 조건에 반응하는 마법이 걸려 있는 것을 확인하고 마법을 조사하고 싶다고 요청했다. 이 지하 자체에 거대한 마법이 걸려 있었다. 드래곤을 봉인하고 있던 마법은 풀렸지만 초대 왕인 윌리엄의 후손에게 반응하는 마법은 아직 그대로였다.

이사나와 현자의 탑에서 요청을 받은 애쉬는 그것도 허락했다. 왕궁의 지하, 즉 왕궁을 현자의 탑이 샅샅이 조사한다는 사실에 귀족들은 불편해했지만 곧 그 불만도 사그라들었다.

애쉬가 남은 건물까지 모두 무너트리겠다고 말했기 때문이었다. 어차피 왕궁은 본궁을 제외하면 전부 무너지거나 금이 갔다. 그리고 본궁 지하에는 거대한 공간이 있다. 이런 안전하지 못한 땅 위에 그동안 왕궁이 있었다는 말에 아무도 애쉬의 말에 이의를 제기하지 못했다.

"여기야. 쿨린 백작 영애."

본궁이 무너지는 것을 구경하기 위해 로렌은 타인머스 공원에 있는 카페에 앉아 있었다. 그녀가 손을 번쩍 들고 부르는 말에 모아나는 뽐내듯 말했다.

"아직 쿨린 경이야."

"확정됐다며."

어떻게 알았지? 모아나도 바로 어제 들었다. 놀라는 그녀의 표정을 본 로렌이 잘난 척하며 말했다.

"내 가장 친한 친구가 왕비님이거든."

세이레나에게 들었다는 말이다. 모아나는 다가온 직원에게 재빨리 자신의 차를 주문하고 로렌에게 물었다.

"오늘 만났어?"

"응. 기사단 일 때문에. 엄청 바빠 보이더라."

바쁘겠지. 어쩌면 모아나보다 더 바쁠 거다. 모아나는 직원이 가져온 찻잔을 받아 들며 씩 웃었다. 세이레나가 그레이윈드 저택으로 거처를 옮겼다는 말을 들었다.

별궁이 있기는 하지만 그건 수도 외곽에 있다. 위치적으로 임시 왕궁으로 쓰기엔 그레이윈드 저택이 더 나았다는 판단이었다.

그 순간, 또다시 쿠르릉 하고 뭔가가 무너지는 소리가 들렸다. 로렌과 모아나의 시선이 왕궁을 향해 돌아갔다. 자욱한 먼지가 일순간 휙 하고 어딘가로 빨려 들어가듯 사라졌다.

"무너졌네."

"그러네. 무너졌네."

"새 왕궁을 짓는 건 얼마나 걸릴까?"

"글쎄. 최소 일 년? 그것도 최소한의 규모를 생각했을 때긴 한데."

"일단 본궁을 먼저 세우나?"

"그렇대."

흠. 로렌은 찻잔을 들며 모아나를 쳐다봤다. 왕궁을 새로 짓는다는 말에도 모아나의 표정에는 변함이 없었다.

왕궁을 새로 짓는 데는 어마어마한 돈이 들어간다. 이 틈을 타서 새로운 왕에게 빚을 지으려는 귀족들이 저마다 왕궁을 짓는데 돈을 내겠다고 했지만 애쉬는 전부 거절했다.

굳이 귀족들에게 돈을 받을 필요가 없다. 그는 바이트 백작을 비롯한 몇몇 귀족의 작위를 박탈하고 재산을 몰수했다. 새로운 왕궁은 몰수한 재산으로 짓기로 했다.

그리고 부족한 금액의 반은 그레이윈드 공작가와 쿨린 자작이 지불하기로 했다. 그레이윈드 공작가는 공작이 왕이 되는 거니 당연한 행동이다.

그리고 쿨린 자작은…….

"땅은 어디에 있는 건지 들었어?"

"몇 가지 후보 중에 고르라고 하던데."

모아나는 그렇게 말하며 어깨를 으쓱했다. 왕궁을 세우는 데 도움을 준 쿨린 자작은 그 공을 인정해서 백작 위를 받게 된다. 작위에 딸린 땅도.

"어차피 바이트 백작의 땅 중 하나라서. 수도에서 가장 가까운 땅으로 결정했어."

바이트 백작은 자기 영지에 거의 신경을 쓰지 않았다. 어디나 영지의 상태는 그리 좋지 않을 것이다. 그의 주 수입은 영지민의 세금이나 도로세 같은 게 아니라 도박이었으니까.

그렇다면 차라리 수도에서 가장 가까운 게 낫다.

"몇십 년 후면 쿨린 백작 영애가 아니라 쿨린 백작이 되겠네."

로렌의 말에 모아나는 씩 웃었다. 아버지가 그리 바라마지 않았던 세습 작위를 받았지만, 모아나는 귀족 작위에 그리 연연하지 않았다.

어차피 그녀는 경이다. 자신의 손으로 얻은 작위가 아버지 덕분에 물려받은 작위보다 더 소중하다.

"난 어시스 백작님처럼은 못될 거야."

모아나의 말에 로렌은 찻잔을 들어 올리다 말고 고개를 갸웃했다.

"어째서?"

"난 뼛속까지 상인이거든."

이미 받을 땅을 어떻게 쓸지 쿨린 자작과 구상 중에 있다. 수도에서 가깝지만 근처에 산과 숲이 있다. 이걸 관광지로 개발할 수 있지 않을까. 여름이 되면 수도의 사람들이 관광지인 쿨린 백작의 영지로 몰려드는 거다.

"하긴, 나도 기사가 아닌 나는 상상이 안 돼."

로렌의 말에 모아나는 시선을 들어 그녀를 쳐다봤다. 그녀는 찻잔을 들어 올리며 말했다.

"작년까지만 해도 이렇게 될 줄 누가 알았겠어."

로렌 역시 자신의 찻잔을 내밀었다.

"작년의 세이가 왕비가 될 거라는 것도 말이야."

두 사람의 머릿속에 가장 많이 변한 친구가 떠올랐다. 헌터 백작 부부가 사망한 뒤, 모아나는 세이레나가 숙부인 게일에게 잡혀 살지나 않으면 다행이라고 생각했다.

"바쁘겠지?"

모아나의 말에 로렌은 키득거리며 웃었다.

"바쁘겠지."

두 사람은 정신없이 바쁠 친구를 위해 건배하듯 찻잔을 가볍게 부딪쳤다.

"헌터!"

헌터 저택을 나가는 에즈라의 뒤를 누군가 따라 뛰어왔다. 말 고삐를 잡던 에즈라는 익숙한 목소리에 고개를 돌렸다. 새파란 눈동자가 두 소녀를 포착했다.

"테이트, 시몬스."

무슨 일이냐는 표정에 다이아나와 헤이젤은 우뚝 멈췄다. 두 소녀의 시선이 부딪쳤다. 좀 더 적극적인 다이아나가 입을 열었다.

"저녁 먹고, 대련장을 써도 될까?"

다이아나의 질문에 에즈라는 한쪽 눈썹을 들어 올렸다. 아직 소년티를 벗지 못한 그는 애쉬와 함께 살면서 점점 닮아 가고 있었다.

"그레이윈드 저택의 대련장을 말이야?"

"뭐? 아니, 여기 말이야. 헌터 저택."

다이아나의 말에 에즈라는 힐끔 헌터 저택을 쳐다봤다. 세이레나는 에즈라와 함께 그레이윈드 저택으로 거처를 옮기면서 기사단 건물이 완공되기 전까지 헌터 저택의 일 층을 페이지와 기사들을 위한 대련장 겸 휴식처로 내놓았다.

물론 에즈라의 허락도 받았다. 그는 나쁘지 않다고 생각했다. 그렇지 않아도 헌터 저택은 세이레나에게 잘 보이려는 목적으로 찾아오는 손님으로 늘 북적였기 때문이다.

기사단에게 일 층 대련장과 응접실을 내준 이후로 귀찮은 손님은 전부 사라졌다. 귀찮은 손님도 쫓아내고, 페이지들과 대련하다가 여차하면 그는 이 층 자기 방으로 올라가서 쉬면 된다. 그럼에도 누나가 있는 그레이윈드 저택에서 먹고 자는 게 에즈라답다면 다웠지만.

"그걸 왜 나한테 물어봐? 거드윈한테 물어봐야지."

"하지만 네 집이잖아."

헤이젤의 말에 에즈라는 어깨를 으쓱했다.

"내 집이 아니라 누님 집이지."

다이아나와 헤이젤의 시선이 부딪쳤다. 이번에도 다이아나가 물었다.

"그럼 안 된다는 말이야?"

"어, 아니. 그건 아닌데. 음. 내 집은 아니지만 마음대로 해. 누님도 허락하실 거야."

고마워. 다이아나와 헤이젤은 그렇게 말하고 다시 몸을 돌려 저택 안으로 뛰어 들어갔다. 에즈라는 멍하니 그 뒷모습을 보다가 머리를 쓸어 넘겼다.

"저녁 먹고 또 한다고?"

페이지의 실력은 입단 시험 때보다 많이 달라졌다. 꼴찌로 들어왔던 에즈라가 상위권에 속할 정도니까. 그의 머릿속에 세이레나가 훈련하던 모습이 떠올랐다.

이곳에 살 때 세이레나는 몇 시간이나 훈련에 매진하곤 했다. 그건 그레이윈드 저택으로 거처를 옮긴 지금도 그리 달라지지 않았다. 예전에는 아침저녁으로 훈련했다면 지금은 아침에만 훈련을 하기는 하지만.

에즈라는 자신의 말을 다시 마구간에 가져다 놓았다. 상위권에 들었다고 나태할 때가 아니다. 헤이젤과 다이아나가 저렇게 훈련하는 걸 보니 에즈라에게도 호승심이 솟았다.

곧 승단 시험이 돌아온다. 아직 페이지인 그는 승단과 상관없지만 페이지도 그 시기에 실력을 확인하기 위해 시험을 본다.

이번에야말로 일 등을 해야지. 에즈라는 어깨를 움직이며 대런장으로 들어갔다.

"무너진다."

그레이윈드 저택에서 왕궁이 가장 잘 보이는 창가에 앉은 세이레나가 중얼거렸다. 그녀의 말이 끝나기가 무섭게 쿠르릉 하고 본궁 건물이 무너져 내렸다.

기분이 이상했다. 세이레나는 창문에 손을 가져다 댔다. 그녀가 살았던, 숨 막히고 공포스러운 공간이 사라졌다. 왕비가 되어 왕궁으로 가도 그때의 그 건물은 이제 없다.

"괜찮아?"

그때, 그녀의 뒤에서 애쉬가 물었다. 이어서 그의 팔이 세이레나의 어깨를 끌어안았다. 훅 하고 좋은 냄새가 났다. 애쉬의 냄새와 그가 든 차에서 나는 냄새였다.

"마셔."

세이레나의 손에 찻잔을 들려 준 뒤 애쉬는 그녀의 이마에 가볍게 입을 맞췄다. 무너지는 왕궁을 보는 세이레나의 뒷모습이 어딘지 모르게 아슬아슬해서 견딜 수가 없었다.

"그냥, 모르겠어요."

세이레나는 따듯한 찻잔을 손으로 감싸며 솔직하게 말했다. 모르겠다. 여러 가지 기분이 섞여서 형언할 수 없는 기분을 자아내고 있었다.

홀가분하면서도 어쩐지 섭섭했다.

"마리오네트가 된 것 같아요."

"마리오네트?"

그게 무슨 소리냐는 듯한 애쉬의 질문에 세이레나는 차를 한 모금 마시고 다시 입을 열었다.

"마리오네트가 줄을 끊으면 자유로워지잖아요. 하지만 동시에 서 있을 수도 없고요."

그런 느낌이었다. 그녀가 살고 온 왕비의 인생을 완전히 잘라 냈다는 생각에 기분이 홀가분했지만 동시에 이제부터는 그녀가 전혀 모르는 인생을 살게 된다는 게 두려웠다.

하지만 바보 같은 생각이다. 모든 사람이 다 모르는 인생을 산다. 세이레나의 바보 같은 생각에 잠식된 게 부끄러워서 얼굴을 붉히며 애쉬를 쳐다봤다.

하지만 애쉬는 그런 그녀를 비웃지 않았다. 진지한 표정으로 세이레나를 쳐다보고 있었다.

"그렇겠네."

"그래요?"

"나도 평생 기사로, 공작으로만 살 줄 알았거든."

왕이 될 줄 몰랐다. 그가 해야 할 일을 최선을 다해서 하겠지만 그게 두렵지 않다는 말은 아니다. 애쉬는 세이레나의 손에서 잔을 짚어 창가에 올려놓았다. 그리고 그녀의 몸을 돌려 마주 봤다.

"그래도 상관없어. 너만 있다면."

애쉬는 거기서 잠시 말을 끊었다. 세이레나를 돌려보내기 위해 대가를 치른, 그가 모르는 자신이 무슨 생각이었는지 조금은 알 것 같았다.

"너를 돌려보낸 게 내가 한 일 중 두 번째로 잘한 일이었을 거야."

세이레나의 눈이 커졌다. 그녀는 멍하니 애쉬를 쳐다보다가 물었다.

"어, 그럼 첫 번째는요?"

"돌아온 너를 잡은 거지."

기회가 주어지는 것과 그것을 잡는 것은 또 다른 이야기다. 세이레나처럼 애쉬도 기회를 잡았다. 그는 빙그레 웃으며 고개를 숙였다.

자연스럽게 세이레나가 그의 목을 끌어안았다.

〈完〉